北京市哲学社会科学（清华大学）应急管理研究基地

风险与危机治理丛书

主编◎薛澜

# 公共风险与地方治理危机
## 美国财产税制变迁分析

The Finacial Crisis and Local Governance:
Property Tax Institution Transition under Public Crisis

李明  著

U0127668

北京大学出版社

**图书在版编目(CIP)数据**

公共风险与地方治理危机：美国财产税制变迁分析/李明著. —北京：北京大学出版社，2011.5

（风险与危机治理丛书）

ISBN 978-7-301-18834-7

Ⅰ. ①公…　Ⅱ. ①李…　Ⅲ. ①财产税－税收制度－研究－美国　Ⅳ. ①F817.123.2

中国版本图书馆 CIP 数据核字(2011)第 074394 号

书　　　名：公共风险与地方治理危机：美国财产税制变迁分析
著作责任者：李　明　著
责任编辑：高桂芳(pkuggf@126.com)
标准书号：ISBN 978-7-301-18834-7/C·0670
出版发行：北京大学出版社
地　　　址：北京市海淀区成府路 205 号　100871
网　　　址：http://www.pup.cn　电子邮箱：ss@pup.pku.edu.cn
电　　　话：邮购部 62752015　发行部 62750672　编辑部 62753121
　　　　　　出版部 62754962
印　刷　者：三河市富华印装厂
经　销　者：新华书店
　　　　　　650mm×980mm　16 开本　18.5 印张　254 千字
　　　　　　2011 年 5 月第 1 版　2011 年 5 月第 1 次印刷
定　　　价：37.00 元

# 风险与危机治理丛书编辑委员会

顾　问：闪淳昌　范维澄

主　编：薛　澜

副主编：彭宗超

委　员（按姓氏笔画排序）：

丁　辉　马怀德　于　安　王郅强

李　明　李程伟　刘铁民　乔仁毅

张秀兰　周　玲　钟开斌　高小平

彭宗超　童　星　薛　澜

# 丛书总序

薛 澜

今天,世界多极化、经济全球化深入发展,科学技术日新月异。但与此同时,人类社会面临的各种风险也与日俱增。自然风险、环境风险、经济风险、社会风险、政治风险等已渗透在人们社会生活的各个方面。国际社会越来越呈现出德国社会学家乌尔里希·贝克所论述的风险社会特征。这些风险及其所带来的技术不确定性、自然灾害、经济危机和社会冲突等问题对政府转型和社会管理都提出了严峻挑战。

现代风险的特征之一就是其影响已不再局限在单一个体或组织内,而是具有广泛的社会影响。生态破坏、核泄露、化学污染、食品安全、禽流感等各类新型风险一旦发生,每一个社会成员都难以独善其身。伴随着人类社会系统的复杂程度提高,大多数风险日益成为公共风险,其后果的公共性日益增强。公共风险需要公共组织全面实施预警、防范、控制、处置等治理措施。正因为如此,政府和其他公共机构的风险治理已日益成为一种新型的不可或缺的公共服务。

现代风险的应对需要改革公共治理模式。传统公共风险治理主体单一,担子主要落在政府肩上。政府组织形式以科层制为代表,通过政府不同专业部门分工、不同层级间职能划分来组织动员资源;政府风险处置模式以行政手段为主,辅之以市场化、社会化等措施。但是,现代风险具有涉及知识的交叉性,波及主体的广泛性,损害后果的严重性,处置手段的多元性等特征,迫切需要动员更广泛的社会力量来参与治理,形成政府、企业、社会组织、国际机构、社区、族群、家庭等各类主体积极参与的新型的共同治理结构，为公民安全和社会稳定构建坚强的保障。

现代风险应对也需要重建风险治理文化。中华文明产生于东亚季风带农业区，风雨不调、丰歉间杂、灾荒接踵，其发展演进的历程本身也是一部与自然灾害不断斗争的历史。长期以来，东方农耕文明形成了独特的风险文化，尤以知识精英阶层强烈的"居安思危"、"忧患意识"为代表。惟其如此，才能使中华民族薪火相传，历经无数次文明碰撞与交流、民族荣耀与失落、社会动荡与变迁，甚至数次亡国灭种、断发易服的危机，但都表现出绵亘不绝的顽强生命力。其背后重要的源泉之一就是强烈的风险危机意识。但是，传统风险治理维护的是"家天下"的统治秩序，现代风险治理既关注社会和谐、政局稳定等宏观层面的传统风险，更着重以避免和减少普通公民的生命、健康、财产等方面的安全威胁为宗旨。

本系列研究强调了国家公共安全战略应该注重应急管理与综合风险治理的融合，凸显目前建立风险治理综合体系的重要性，使这个在社会常态中往往被忽略的问题引起政府决策者的重视，使政府公共安全战略从应急管理转向综合风险治理与应急管理并重，从事后应对转向关口前移，实现风险治理的制度化、常规性以及合理化，从而在更基础的层面提高应急管理绩效。通过借鉴国际上既有的风险治理经验，选择通过转型期中国若干重大风险治理案例、代表性的风险源以及典型地区，对中国风险治理的现状特点、治理缺陷、框架构建进行实证分析和理论基础研究，构建全面风险治理的模型和框架。

公共风险研究围绕转型期中国风险治理的背景、风险类型、治理主体、政策过程等问题，提出建立全面风险治理的总体架构思路。围绕这一思路所作的具体研究包括作为基础理论的"风险治理与转型期中国的新挑战"；借鉴美国地方政府改革、转型分析的"公共风险与地方治理危机"；着重于风险治理程序的"流程优化与风险治理"；着重于全面风险治理体系的"公共部门与风险治理"。这些研究主题从不同侧面对本研究所阐发的全面风险治理理论进行了进一步的诠释。

本套丛书是国家社科基金重大课题项目的系列研究成果，也是清华大学公共管理学院中国应急管理研究基地(北京市哲学社会科学研究基地)近年来研究成果的一个总结。有关研究工作也曾得到国家社会科学基金、国家自然科学基金、北京市哲学社会科学研究基地和其他有关经费的资助,对此我们表示诚挚的谢意!除了近期我们陆续出版发行的这些著作之外,我们还将陆续推出若干具体风险领域的应急管理研究成果,比如食品药品安全监管的研究、社会风险治理研究、甲流感防控机制研究等等,这些研究,有的比较成熟,也有的还处于刚刚起步阶段,很多观点结论也都有值得商榷的地方。我们也希望通过出版此套丛书,能够引起社会对风险治理的广泛关注,并对我们的研究不吝赐教,从而使中国的风险治理研究出现新的蓬勃发展的局面。

# 目　录

导　论 ........................................................................... 1

第一章　后危机时代的政府治理困境 ................................. 5

　第一节　政府治理困境的金融危机背景 ........................ 5

　　一、危机的全面影响 ................................................ 6

　　二、危机传导机制描述 ............................................. 12

　　三、危机阶段性：从次贷危机到公共危机 .................. 16

　第二节　危机解读与各国政府治理之道 ........................ 19

　　一、危机预测滞后和解释力欠缺 ............................... 19

　　二、各国政府危机治理之道 ...................................... 22

　　三、各国政府危机治理政策类型 ............................... 26

　第三节　危机中的地方政府治理 ................................... 28

　　一、风险分析方法与危机治理 ................................... 28

　　二、公共风险分析基本点 .......................................... 34

　　三、财产税视角下的地方治理风险分析 ..................... 35

第二章　公共风险分析思路 ............................................. 38

　第一节　系统脆弱性与风险、危机 ............................... 38

　　一、系统脆弱性与风险产生 ...................................... 38

　　二、系统脆弱性渊源及特征 ...................................... 39

　　三、多领域的脆弱性 ................................................ 44

　第二节　脆弱性放大机制与危机形成 ........................... 47

　　一、混沌系统中的脆弱性 .......................................... 47

　　二、蝴蝶效应、脆弱度评估与减缓 ............................ 49

　　　三、公共风险分析方法　　　　　　　　　　　52

　　第三节　危机后的制度变迁　　　　　　　　　62

　　　一、危机与制度变迁的双向互动　　　　　　62

　　　二、制度变迁惰性及危机的作用　　　　　　63

　　　三、危机压力促进与治理制度变迁　　　　　66

　　　四、现有制度变迁理论的缺陷　　　　　　　69

　　第四节　风险分析的制度变迁模型　　　　　　71

　　　一、风险、危机、突发事件及其制度变迁功能　71

　　　二、风险压力模型中的制度与风险要素　　　72

　　　三、制度变迁的风险—压力模型作用机制　　74

第三章　美国地方政府治理危机的基础　　　　　　79

　　第一节　美国地方政府治理思想渊源、变革及危机　79

　　　一、横向上政治和行政两分与治理危机　　　81

　　　二、纵向上层级间互不隶属及治理危机　　　81

　　　三、地方政府民营化制度创新及其危机　　　82

　　　四、新公共服务理念与危机解决　　　　　　84

　　第二节　美国地方政府设置情况及财政基础　　85

　　　一、美国各层级政府设置概况　　　　　　　85

　　　二、美国地方政府设置情况及财政基础　　　87

　　　三、美国地方政府治理、公共产品与财产税　90

　　第三节　美国地方政府公共治理危机　　　　　91

　　　一、美国地方政府治理过程的脆弱性　　　　92

　　　二、美国地方治理的混沌、复杂性及其危机　92

　　　三、金融系统脆弱性、危机与政府监管能力下降　96

　　第四节　美国政府公共治理危机的财产税视角　99

　　　一、财产税收归宿与美国地方政府公共治理　101

　　　二、不同财产税税基理论与地方公共治理政策　102

　　　三、美国地方政府财产税与地方治理危机形成　104

第四章　美国地方治理中的财产税制及演变　　　107

　　第一节　美国财产税在地方政府治理中的地位　107

一、国际视野中的美国财产税　　107

二、美国财产税与整个政府体系　　111

三、美国财产税是地方政府治理的前提　　113

第二节　美国财产税历程：从一般财产税到不动产财产税　　114

一、初期的美国一般财产税　　114

二、一般财产税的危机　　116

三、从一般财产税到特定财产税　　117

第三节　美国现行财产税制与地方治理　　118

一、美国财产税制要素　　118

二、美国地方政府财产税基评估制度　　120

三、财产税征管系统中的地理信息系统应用　　123

四、财产税纳税争议解决　　124

第四节　风险与危机压力下美国财产税改革方向　　126

一、美国财产税在压力下改革　　126

二、美国财产税制的公平、效率　　127

三、改革中的税基市场化与非市场化　　128

四、地方政府税收管理改革　　129

第五章　美国财产税与地方政府调控能力危机　　130

第一节　房地产价格波动是危机核心　　130

一、房地产价格波动与历次危机　　130

二、美国房地产价格波动趋势　　133

三、美国房价与次贷危机发生机制　　137

四、美国房地产价格下跌对次贷危机的催化　　138

第二节　美国财产税制、利率与房地产价格　　140

一、美国利率与房地产价格　　140

二、财产税制与房地产价格　　145

三、局部均衡理论下的税基选择：租金价值体系　　147

第三节　从财产税制角度看美国政府房地产市场调控职能危机　　148

一、作为长期机制推动房地产价格上涨　　149

二、在房地产价格下降阶段，财产税制加速次贷危机　　149

三、财产税限制对于高房价的作用　　150

**第六章　美国财产税与地方政府治理的合法性危机**　153

第一节　美国地方政府合法性的财产税视角　154

一、政府治理合法性的内涵和渊源　154

二、合法性发展变迁的动态规律：合法性转换　156

三、美国地方政府合法性危机与转换中的财产税制度变迁　159

第二节　美国的财产税反抗运动　165

一、美国财产税负担的现实背景　165

二、美国公众对地方政府财产税的态度　166

三、危机后制度变迁下的惯性　169

第三节　美国地方治理合法性基础的制度变革：

　　　　两个财产税反抗案例　170

一、美国地方政府财产税的政治博弈　170

二、加利福尼亚州第 13 号提案　171

三、马萨诸塞州的 $2\frac{1}{2}$ 提案　172

第四节　美国财产税限制：新地方治理合法性的

　　　　制度基础调整　174

一、压力下的财产税限制政策　174

二、对于财产税限制的具体政策：税收减免及其他优惠　175

**第七章　美国财产税与地方政府财政汲取能力危机**　178

第一节　政府公共治理的融资　178

一、政府公共治理融资而非财政收支　178

二、政府公共治理融资原则：以收定支？以支定收？　181

三、政府公共治理融资的基本特征　184

第二节　美国地方政府主体税种的财产税及其收入危机　186

一、美国地方政府收入体系的脆弱性　187

二、美国财产税确立原则　189

三、美国财产税与地方治理的契合与危机　190

第三节　次贷危机中的美国地方政府财政危机　192

一、危机中的美国政府间财政关系　192

二、美国地方政府收入及其脆弱性面临的危机　193

三、美国地方政府财政危机的橙县案例　195

四、次贷危机中的美国地方政府财政危机案例　　197

**第八章　美国财产税与地方政府治理模式危机**　　199

　第一节　美国地方政府治理脆弱性的形成与深化　　199

　　一、美国地方政府治理模式脆弱性根源　　199

　　二、美国地方政府治理脆弱性对危机的深化　　201

　　三、美国地方政府财产税管理脆弱性问题　　203

　第二节　美国财产税管理映射的政府间关系危机　　205

　　一、国际视野中的财产税税权政府间划分　　205

　　二、美国财产税管理中的立法权　　207

　　三、美国财产税管理中的行政执行权　　208

　　四、美国财产税收监督权及其危机　　211

　第三节　从美国财产税管理透视地方治理过程　　216

　　一、财产税基评估制度及地方治理机制形成　　216

　　二、财产税信息共享的部门协调及治理现代化　　219

　　三、财产税征管制度反映地方治理能力危机　　223

**第九章　从风险治理角度看我国地方收入体制和公共治理**　　225

　第一节　我国政府层级及行政区划现状　　225

　　一、我国地方政府层级设置及行政区划由来　　225

　　二、我国地方政府层级和行政区划现状　　228

　　三、我国地方政府层级和行政区划改革　　235

　第二节　我国地方政府治理的融资现状及风险　　238

　　一、公共治理融资的"内部人"控制风险　　238

　　二、地方政府融资来源结构风险　　239

　　三、地方治理融资市场化不足和过度风险共存　　242

　　四、公共危机压力下的制度创新及其异化　　243

　第三节　地方公共融资渠道改革及其风险考量　　245

　　一、地方治理融资主渠道的税收制度危机及其改革　　245

　　二、地方治理融资的收费和政府性基金改革　　246

　　三、地方治理融资的转移支付　　247

　　四、地方治理融资的发债权及其潜在危机　　249

　　　　五、地方治理中的公共资产融资　　　　　　　　　　　250

　　　　六、民间资金参与公共融资治理与风险控制　　　　　250

　　第四节　地方政府义务教育治理危机：中外对比分析　　250

　　　　一、纵向多层级政府教育职责配置的危机　　　　　251

　　　　二、地方治理中义务教育融资风险分析　　　　　　254

　　　　三、风险与危机压力下的义务教育制度变迁　　　　258

第十章　风险社会下的我国地方财政体制与公共治理改革　264

　　第一节　风险分析下的财产税制与制度变迁要点　　264

　　　　一、财产税制变迁，使政府出现房地产市场调控职能危机　264

　　　　二、财产税比例下降，收入结构变动导致财政危机　　265

　　　　三、地方收入结构导致治理结构变迁，孕育了管理危机　265

　　　　四、"蝴蝶效应"放大脆弱性，形成政府管理危机　266

　　　　五、风险、危机和突发事件，促进制度变迁形成　266

　　第二节　对我国地方政府治理改革的启示　　　　266

　　　　一、借鉴美国财产税模式，但要保持适度的税收调控工具职能　267

　　　　二、房产税改革中，税收主导及"以支定收"和"以收定支"的平衡　268

　　　　三、引进新公共管理改革理念的风险　　　　　　268

　　　　四、注重公共治理中引发重大危机的细节　　　　269

　　　　五、危机后要及时推进制度变迁　　　　　　　　269

　　第三节　我国地方政府改革的若干政策建议　　　269

　　　　一、认真把握地方治理制度变迁的时机　　　　　269

　　　　二、完善地方财政汲取能力改革中的管理技术　　270

　　　　三、进一步推进地方收入体系改革，防范风险与危机　272

　　　　四、解决业已存在的地方公共服务非均衡性风险　272

　　　　五、减少风险要靠完善地方政府治理的细节　　273

　　　　六、积极推进风险、危机和突发事件后的共识达成与制度建设　274

参 考 文 献　　　　　　　　　　　　　　　　　　277

# 导　论

　　2003 年,中央提出对房地产课征"物业税"的政策设想,但是社会各界对改革的具体认识不尽相同。税种名称先后有"物业税"、"房地产税"、"不动产税"等说法;课征范围先后有空置房、高档住宅、超标住宅等看法;改革目的先后有抑制房价、规范财政收入、公平分配等观点。经多年"模拟评税试点"后,"另一只靴子"终于在 2011 年初落下,重庆、上海两地开展了房产税"实征试点"。尽管改革探讨很多,但唯独缺乏公共治理风险乃至危机的分析。

　　房产税与 2006 年取消的农业税均属于直接税,政府从公众收入中直接征收,公众的付出感明显,公共服务补偿、决策与管理参与要求强烈。增值税、消费税等属于间接税,政府在流转环节课征,公众付出感不明显,公共服务补偿、决策与管理参与要求较弱。直接税常常使政府与公众产生直接的利益冲突,这也是各国房产税及我国农业税社会风险多发的原因,也是推进政府治理变革的"蝴蝶翅膀"。我国继 1988 年台湾地区停征"田赋"以后,2006 年内地取消农业税,标志着中国全面结束了延续数千年的"皇粮国税"。农村税费改革也消除了"黄宗羲定律"所发挥的作用,并招致中国历史治乱循环风险的经济基础。值得注意的是,房产税除具有直接税的特点外,与课税对象是否有现金流无关,纳税人多属强势群体,抵触情绪更强烈。房产税制度普遍开征,将对政府管理过程、房地产市场、地方政府收入结构等产生什么样的影响? 如何减缓、避免这些风险与危机? 长期、普遍开征这一税种的美国地方政府的经验值得我们借鉴。

一百多年前，清末徐继畬①在《瀛寰志略》中写道："米利坚（即美利坚）合众国之为国，幅员万里，不设王侯之号，不循世袭之规，公器付之公论，创古今未有之局，一何奇也！"对当时美国迥异于中国的治理制度，表示了惊奇和赞叹。美国在历史发展过程中，形成了独特的公共治理制度安排，其中尤以地方政府最为典型。地方政府可以说是美国现行政府制度的基石，也是美国式民主最为典型的表现。按文森特·奥斯特洛姆的阐释，美国地方政府可以定义为："为满足不同利益群体的共同需求而产生、履行各种不同类型的服务、为数众多的地方单位"②。美国地方政府数量庞大、种类繁多、互不隶属、功能各异，一直被研究者称为"百衲被式"（Crazy Quilt）的复杂体系。但二十多年来，这类政府体系风险频发，1994 年加州橙县开启美国较大规模地方政府破产的先河。近年的"次贷危机"使美国陷入 20 世纪 30 年代大萧条以来最严重的危机之中，"后危机时代"的危机更是逐步从企业、经营性机构进入政府机构。从性质上看，经历了"次贷危机"→金融危机→经济危机→政府危机的转化过程。如加利福尼亚州很多地方政府濒临破产，威斯康星州密尔沃基市政府出售政府资产等等。

如何认识美国地方政府的公共风险及制度变迁规律？其中一个重要抓手就是维系这一制度的财产税制度。财产税是美国地方政府的主要收入来源，历史上曾达到全部地方收入的 70％以上，至今仍是某些类型地方政府的基本收入来源。它是美国地方政府治理的基本经济基础，也是治理制度的根源。正是围绕着财产税的估价官员选择、征收标准和支出等事项所进行的决策过程，影响了美国地方政府的组织形式、改革方向甚至公共政策的制定形式。如美国加州 13 号提案中所形成的公众动议制度等。从微观角度，财产税在美国家庭支出中占有较高比重，经济上，税率调整具有与美联储基金利率相同的流动性收缩或扩张效果；政治上，决定了人们的公共选择行为。地方政府对于财产税的长期依赖以及近年来财政收入的结构性变化，

---

① 徐继畬（1795—1873 年）晚清名臣、学者，山西代州五台县人。道光六年进士，历任广西、福建巡抚，闽浙总督，总理衙门大臣，首任总管同文馆事务大臣。徐继畬是中国近代开眼看世界的伟大先驱之一，《纽约时报》称其为东方伽利略。

② 文森特·奥斯特洛姆、罗伯特·比什、艾莉诺·奥斯特罗姆：《美国地方政府》，北京大学出版社 2004 年版，第 12 页。

使政府财政危机和公共管理危机不断出现,显示了财产税制度的调整对地方政府调控、治理、财政等方面,带来的一系列危机。从地方政府主要收入来源的财产税角度,对美国地方政府近年来所遭遇的风险进行解读,可以发现其存在的一些规律。后危机时代,一些制度弊端暴露无遗,制度变迁的"政策之窗"(Policy Window)已经开启,如果不能抓紧进入改革议程,将丧失良机。

本书阐述了公共风险治理的基本规律,认为危机所产生的社会注意力聚焦状态,往往使危机所显露的脆弱性被放大、察觉,并列入政策议程,为我们提供了深刻反思原有制度弊端,从危机与制度变迁角度全面推进制度建设的契机。从世界各国地方政府源于不动产的政府公共收入(主要是 Property Tax,或称不动产税、土地税、房屋税、房地产税、物业税等等不一而足)角度入手,分析美国地方政府收入制度与财政危机关系,并深入到公共治理内部,指出美国金融危机不仅仅是经济危机,也暴露了美国地方政府治理模式的风险与危机。这对我国在地方政府财政体制改革、公共管理制度变革中借鉴美国制度模式,提出了一定的思考空间。

从美国财产税的角度,能对美国地方政府治理有一个非常深入的了解。财产税的上述作用及制度变迁,与美国地方政府的公共治理危机形成了一种互相放大的作用。如,文中提出的一些观点对我国也有启示作用:一是财产税的政策工具职能弱化。很多地方政府财产税税基离市场价格越来越远,导致名义税率不变的情况下,实际税率越来越低,这无助于财产税促进土地资源的集约利用,也难以抑制房地产价格长期走高。这种纵向变动趋势为我国提供了某种反面借鉴。二是改变了地方政府收入结构,对财政危机的形成具有直接作用。随着财产税收比重逐年减少,政府对财产税的依赖性减弱,收费、地方债券、营业性收入甚至衍生金融产品收益等收入波动较大的财政收入形式逐年增加,使得美国地方财政收入经常处于不稳定状态。目前,我国通过房产税、土地使用税、土地出让金等地方收入制度改革,将政府依赖"卖地"的一次性收入转换为长期、小额性的政府收入,使得政府治理行为短期化的现象得到改观。但从美国地方政府治理的实践看,却远非易事。三是带来美国地方政府治理模式的危机。财产税的长期萎缩趋势,缓慢推动着美国政府管理体制的变革,使得效率标准甚至效益标准成为地方政府治理模式的首选标准。

很多地方政府实行的是市政经理制，尤其是占美国政府数量绝大多数的特别区政府，企业化倾向更为明显。这种企业化的政府，势必更多地关注效益，而非一些所谓的普世价值，这就容易偏离公平价值的决策，显示了地方治理的价值危机。近年来，我国新建住宅小区很多是由物业公司管理，有些地方在地方行政改革中，在街道、乡镇层面探索职业经理人制度，在很大程度上也是对这种模式的借鉴。但是，在吸取其先进经验的同时，也应该看到其可能带来的风险。

# 第一章 后危机时代的政府治理困境<sup>①</sup>

次级贷本身的高杠杆、高衍生特性，对其内在脆弱性具有放大效果和连锁反应，使美国近年来的"次贷危机"损害逐步深入到整个金融体系内部，形成金融危机；再由金融体系逐步侵入到美国实体经济，形成全国性经济危机；又由于美国在世界经济中的带动作用，使经济危机迅速地蔓延到全球各个角落，形成全球性经济危机；直至进入"后危机时代"，公共政策运行的后发效应开始显现，危机开始向政府治理领域蔓延，并显示了与其他各类危机完全不同的演化特征。

本书试图从危机背景下的风险分析框架入手，探讨美国地方政府治理的困境。从财产税制变迁的历史与现实出发，分析美国政府管理与危机的多维关系。同时也希望这一探讨能够为我国正在进行的地方财政、地方治理、房产税改革提供另一个视角。

## 第一节 政府治理困境的金融危机背景

从 2007 年初期开始蔓延、中期以后全面爆发的美国"次贷危机"，引发了世界范围内的金融危机乃至经济危机，并成为世界各国关注的焦点问题。这种关注程度的提高，固然使某些问题因为社会聚焦，而使其作用和影响也被无限放大。但惟其如此，使一些危机中

① 本研究得到本人主持的国家自然科学基金面上项目"物业税税基的理论创新、关键技术整合和管理流程再造"（编号：70873069）、薛澜教授主持、本人作为主要成员参与的国家社会科学基金重大项目"建立健全社会预警机制和应急管理体系——转型期中国风险治理框架建构与实证分析"（编号：06—ZD013）以及北大林肯土地政策研究中心的资助。

所显露的社会系统的脆弱性被放大、察觉，并因此列入政策议程，为我们提供了深刻反思原有体制弊端、全面推进制度建设的契机。

## 一、危机的全面影响

2007 年，美国"次贷危机"爆发，不但使其房地产市场泡沫终归灰飞烟灭，而且还使美国陷入 20 世纪 30 年代大萧条以来最为严重的金融、经济的全面危机之中。截止到现在，从美国"次贷危机"到金融危机，一直到全球性经济危机的发展已历时 3 年多时间。在这段时间里，占美国 2006 年住房抵押贷款总额比重不到 20%[①]、总金额仅仅 600 亿美元的次级贷款（见图 1-1），先后触发了金融市场的"多米诺骨牌效应"，进而引发了广泛的金融危机，直至蔓延到美国整个实体经济领域。最终，经济危机的持续发酵，已经深入到其他领域，并与收入下降、失业，甚至甲型 H1N1 流感等多重危机交织。不仅如此，这种系统脆弱性通过现有的制度体系被无限放大，逐步形成波及全球整体经济面的世界经济危机，并相继引发了一系列政府财政危机、罢工等公共突发事件，显示了与发达的社会体系和公共治理水平不相称的脆弱性，这也是很多人始料未及的。

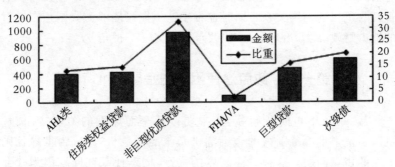

**图 1-1  2006 年美国各类住房抵押贷款及其所占比例（亿美元，%）**

资料来源：Inside Mortgage Finance Publication。

---

① 在美国大部分商业银行的资产组合中，抵押贷款都只占 15%—20% 的比重，而住房抵押贷款市场也是抵押贷款市场的一部分。从绝对数量和相对比例上可见，次级贷在整个贷款市场的位置。

**专栏 1.1　20 世纪 30 年代的大萧条(The Great Depression)①**

他们一生的积蓄在几天内烟消云散。这是美国证券史上最黑暗的一天,是美国历史上影响最大、危害最深的经济事件,影响波及西方国家乃至整个世界。此后,美国和全球进入了长达 10 年的经济大萧条时期。因此,这一天被视作开启大萧条时期的标志性事件,由于正值星期二,被称为"黑色星期二"。

大萧条的影响比历史上任何一次经济衰退都要来得深远。这次经济萧条是以农产品价格下跌为起点:首先发生在木材的价格上(1928 年),这主要是由于苏联的木材竞争的缘故;但更大的灾难是在 1929 年,加拿大小麦的过量生产,美国强迫压低所有农产品产地基本谷物的价格。不管是欧洲、美洲还是澳大利亚,农业衰退由于金融的大崩溃而进一步恶化,尤其在美国,一股投机热导致大量资金从欧洲抽回,随后在 1929 年 10 月发生了令人恐慌的华尔街股市暴跌。1931 年法国银行家收回了给奥地利银行的贷款,但这并不足以偿还债务。

这场灾难使中欧和东欧许多国家的制度破产了:它导致德国银行家为了自保,而延期偿还外债,进而也危及在德国有很大投资的英国银行家。资本的短缺,在所有的工业化国家中,都带来了出口和国内消费的锐减:没有市场必然使工厂关闭,货物越少,货物运输也就越少,这必然会危害船运业和造船业。在所有国家中,经济衰退的后果是大规模失业:美国 1 370 万,德国 560 万,英国 280 万(1932 年的最大数据)。大萧条对拉丁美洲也有重大影响,使得在一个几乎被欧美银行家和商人企业家完全支配的地区失去了外资和商品出口。中国由于特殊的银行体系,货币供给始终没有减少,银行危机也没有普遍发生,这是中国经济在整个大萧条中表现较好的一个重要原因。根据现有的数据,中国 1932 年到 1936 年的经济增长率分别为 3.68%、-0.72%、-8.64%、8.30%、5.87%,年均经济增长率为 1.7%。

---

① 根据管汉晖:《20 世纪 30 年代大萧条中的中国宏观经济》,《经济研究》2007 年第 2 期,及百度百科有关资料整理。

这些数字高于法国和美国在整个大萧条时期的增长率（0.6%和0.5%），与德国和英国大致相当（1.7%和1.8%），仅低于日本（3.7%）。如果考虑到1929年到1932年的情况，那么中国经济的增长率还要高得多。

现代宏观经济学起源于20世纪30年代的世界经济大萧条。一方面，这是由于大萧条改变了人们对于市场经济可以良好运行的信念，另一方面，20世纪30年代世界经济的经历深深地影响着经济学家们的观念及其政策建议。

美国国内外经济形势的发展，并不比人们预期得更加乐观。此次次贷危机导致的金融危机、经济危机，不仅重创了欧美金融市场，还给美国乃至全球实体经济造成了巨额经济损失，其损失程度远远超出了人们的预期。据IMF估算，截止到2008年底，此次金融危机造成的直接损失约为1.4万亿美元，全球金融机构在危机中的潜在损失高达3.6万亿美元，至今尚有一半未暴露出来。2009年底前，希腊、爱尔兰和西班牙等欧洲国家政府均出现严重财政困难，主权信用风险上升。据日本瑞穗证券的估算，全球金融机构在此次金融危机中的损失将高达5.8万亿美元。仅2007年初到2008年11月，全球各金融机构已披露的资产减记和信贷损失就已经高达9 663亿美元。具体而言，此次次贷危机的影响主要集中在了以下几个方面：

1. 波及各类行业

在日益全球化的整个金融行业中，无论是与次级贷及其金融衍生产品、保险产品相关的商业银行、投资银行、保险公司，还是近十年来蓬勃发展的各类基金管理公司，都在此次"次贷危机"中遭到沉重打击。即使那些依靠外援或非营利基金的机构、项目或事业，也因为所依赖的基金或外援缩水而影响深重。在美国各类金融机构2008年底已披露的9 663亿美元的损失中，各类银行（含投行）的损失为7 094亿美元，所占比重为73.4%；保险业损失约为1 424亿美元，占比14.7%；美国"两房"损失合计约1 144多亿美元，占比11.8%（如图1-2所示）。在银行业损失当中，世界著名的大银行纷纷列在了损失规模的前列，如花旗银行、美国银行、汇丰银行、美林银行、摩根斯坦利和雷曼兄弟等。

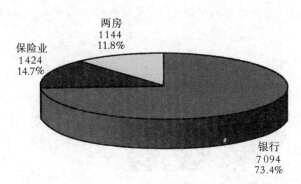

图 1-2 2008 年美国各类金融机构在次贷危机中的损失(%,亿美元)

2. 波及各类国家

与大部分危机和突发事件主要对特定地区造成损害不同,无论是发达国家还是发展中国家,在此次次贷危机中,几乎均遭到了重大损失。在 2008 年底前已披露的金融机构 9 663 亿美元损失中,美国损失了 5 868 亿美元左右,欧洲损失了 3 445 亿美元,亚洲为 350 亿美元左右(如图 1-3 所示)。美国某些地区的政府甚至面临财政困难。某些国家甚至陷入所谓"国家破产"的危机之中,如人口只有 32 万的冰岛,其金融产业在国民经济中的比重远远超过其他产业,该国金融业在这次危机中损失惨重,2008 年其金融业外债已经超过 1 383 亿美元,是其 193.7 亿美元 GDP 总额的 7 倍多。

包括中国在内的很多发展中国家,在几十年前纷纷选择了出口导向型发展战略,通过压低生产要素的价格,获得竞争优势,增强产品的市场竞争力。这种发展模式在促进经济增长速度迅速提高的同时,最终带来了资源的行业错配、劳动力及资源价格偏低、环境破坏等一系列问题。近年来,这些国家进行了大规模的结构转型,但是出口对发展的关键作用并未根本改观。在这种形势下,源于发达国家的次贷危机,最终导致的经济危机,使得发达国家的经济下滑,最终导致这些国家进口需求锐减,使得发展中国家的产品出口急剧下降,经济也同样陷入衰退境地。

除了危机中所遭受的实际损失外,包括美国和英国在内,由于政府在应对金融危机时,通过财政直接投入刺激经济增长而耗费了大量资金,直接导致了各级财政赤字的急剧飙升,也在很大程度上影响了这些国家中长期财政的可持续性,财政危机的压力进一步增长。

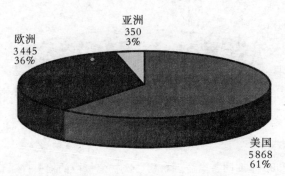

图 1-3　2008 年有关国家地区在次贷危机中的损失(％,亿美元)

数据来源：OFR(美国财政部财经研究办公室)网站。

### 3. 波及各个社会阶层

其他灾害、危机虽然也可能波及范围很广,但是往往对脆弱性不同的群体的危害不同。如 2009 年发生的甲型 H1N1 流感,有些人群受到严重感染,有些人群则基本上没有受到感染。

金融危机除了在地域上具有跨越国界的影响力之外,还导致居民个人和企业的信用全面紧缩,带动居民消费贷款、汽车贷款,甚至较高信用等级的房地产贷款、商业贷款违约率开始升高。一些具有较高信用等级、抵御各种灾害危机能力较强的优质贷款人,由于失业、收入下降,也开始出现大量违约现象,尤其是这部分人使用较多的信用卡消费贷款,更是拖欠严重。截至 2008 年底,危机中的次级贷款及其相关的债券损失大约在 6 000 亿美元,而受其拖累的较高信用等级的贷款与各类债券损失则要在 8 600 亿美元。

### 4. 衍生、次生危机正在持续发酵

其他各类自然、社会危机事件的损害的深度、广度都是有限的,通常是随着危害源的消失而消失。如 2008 年我国南方冰雪灾害对于交通的危害,随着天气转暖,而基本消失。各种公共卫生事件的影响,也是如此。

但是,"次贷危机"除了带来直接损失之外,其持续发酵所带来的间接损失也是巨大的。主要表现是,它所体现的独特的"涟漪效应"

(Ripple Effect)，将危机所带来的影响正从中心地带逐步向边缘转移：全球金融市场流动性缺失，在一定程度上促进了房地产价格急转直下，市场价值大幅度缩水，贷款人还款能力降低，贷款金融机构通过拍卖抵押不动产弥补损失的能力下降，导致金融机构呆坏账增加，运营模式回归保守和审慎。长期的经济弊端的冲击，远非短期应急性经济政策所能够解决。

5. 政府"有形之手"受制于政治利益博弈

"次贷危机"初期的影响主要局限在美国，2007 年上半年以美国第五大投资银行贝尔斯登出现财务困难为标志，次贷危机就已初露端倪。但是，经过复杂的政治博弈，直到 2008 年上半年，美国政府才开始提出各项救市措施，而且这些措施在国会参众两院审议过程中屡屡受阻。世界其他各国的大规模救市措施，也是到 2008 年下半年才开始启动。这种本来应当充分授权政府进行相机抉择的应急经济政策，总是无法在最优时刻推出。除了作为智库成员的经济学家的预测能力不足外，最主要的原因在于美国政府管理体制中的政治和行政两分，使得政府应急性救市措施启动的行政程序，很大程度上受制于政治程序的影响。政治程序受制于各种利益集团的博弈，并不取决于危机管理中的理性决策和选择。

福山（Francis Fukuyama）在亚洲金融危机之前认为亚洲现代化模式"正在走向终结"，有些学者也在上次亚洲金融危机中宣告亚洲发展模式的终结。美国著名学者库普乾（C. A. Kupchan）在其上次互联网危机中所写的《美国时代的终结》一书中也指出，在新的"更加不可测和不稳定的全球体系"中，美国的全球政治、经济地位将逐渐被取代。[①] 2008 年诺贝尔经济学奖获得者、美国经济学家克鲁格曼（P. R. Krugman），在 2006 年美国房价上涨趋势尚未终结的时候，就依据美国部分地区楼市逆转的情形，认为近三年（2006 年之前）来楼市是美国经济增长的主要发动机，楼市逆转意味着美国经济将不可避免地出现严重衰退。[②] 但是，这些危机到来之前的空谷足音，在利益集团的考量中却远没有成为主流声音，而且在当时的危机面前已于事

---

① 库普乾：《美国时代的终结——美国外交政策和 21 世纪的地缘政治》，上海人民出版社 2004 年版。

② Paul Krugman，"Housing Gets Ugly"，*New York Times*，August 25，2006.

无补，最终危机爆发变得势不可挡。

## 二、危机传导机制描述

虽然人们对于次贷危机根源的认识存在着一定的差异，但是对于次贷危机的传导机制的认识却是相对统一的。在金融危机的传导过程中，美国"次贷危机"所波及领域经历了从信贷市场传导到资本市场、从金融市场到实体经济和从国内市场到国际市场的一个总体传导路径。从危机性质上看，则主要是经历了次贷危机、金融危机、实体经济危机、政府治理危机的不同过程。

"次贷危机"的初期主要集中在信用资质较低的普通居民中，这些居民常常并无完善的信用记录，金融机构难以对其还款能力进行信用评估。虽然事实上他们也确实有很大一部分人能够按时归还贷款，但是按照正常的银行信贷审核程序，这些次级贷款的借贷者无法在金融机构通过严格的审核，并举借到一般性贷款。

近年来这些风险巨大的贷款人，却往往通过次贷制度设计，能够贷到款项。因为，为解决这些人中普遍存在的未能及时即期归还贷款的问题，有些抵押贷款机构设计了多种借贷产品。比如，前期只偿还利息或少量本金，越往后越加码等贷款品种。① 但是，潜在的巨大风险并未因此消除，类似这些创新性贷款品种孕育着更大的商业风险。为了规避次级贷中的巨大风险，次级抵押贷款公司在贷出次级贷后，往往通过出售资产抵押债券（ABS），将资产打包出售给投资银行。同样也是出于风险和利润的考虑，投资银行以担保债务凭证（CDO）的形式，将其出售给保险公司或对冲基金。这样，如同"击鼓传花"游戏那样，次贷风险像滚雪球似地不断加大，并在不同的机构之间传递，直到鼓声停止一刻，这里就是房价下跌的那一刻。

---

① 类似于深发展近年来借鉴国外经验在国内推出"气球贷"（Balloon Loan），这是国外久已盛行的房贷产品，气球贷实际是一个形象的比喻说法，即贷款人还款像吹气球的过程，先小后大，前期偿还少量贷款本金和利息，后期一次性付清全部贷款。

**专栏 1.2　次级贷款或次级按揭(Subprime Lending)**

次级贷款是为信用评级较差、无法从正常渠道借贷的人所提供的贷款。为了保证在减除呆坏账损失后的最终收益率,次级贷款的利率一般较正常贷款为高,而且常常是可以随时间推移而大幅上调的浮动利率,因而对借款人有较大风险。由于次级贷款的违约率较高,对于贷款商也有较正常贷款更高的信用风险。

2007 年中期,为应对可能带来的通胀危险,美联储连续 17 次加息,联邦基准利率从 1% 提升到 5.25%(如表 1-1 所示)。利率大幅攀升,加重了购房者的还贷负担,美国住房市场开始大幅降温。

受此影响,很多次级抵押贷款市场的借款人都无法按期偿还借款,购房者难以将房屋出售或者通过抵押获得融资。于是普通居民的信用降低,债券的评估价格下跌,一些次级贷款公司开始向投资银行出售资产来抵押债券,但其向投资银行提供的债券担保凭证存在风险高、流动性弱的特点。为分散风险,投资银行向一些保险公司等金融机构和对冲基金提供流动性强、风险较低的担保债券凭证换取流动资金。然而,一旦抵押资产价值缩水,危机就会产生,而且会波及整个链条。

在美国次级贷款市场占七成份额的房利美和房地美公司,由政府主宰,将贷款打包成证券,承诺投资者能够获得本金和利率。随着这两家公司的丑闻曝出,整个次贷市场开始争抢这两家公司所购贷款。整个过程中,新的市场参与者出于逐利目的,过分追求高风险贷款。

当房利美和房地美还占次贷市场主导地位时,它们通常会制定明确的放贷标准,严格规定哪些类型的贷款可以发放。时至今日,由于全球成千上万高风险偏好的对冲基金、养老金基金以及其他基金的介入,原有的放贷标准在高额利率面前成为一纸空文,新的市场参与者不断鼓励放贷机构尝试不同贷款类型。

许多放贷机构甚至不要求次级贷款借款人提供包括税收表格在内的财务资质证明,做房屋价值评估时,放贷机构也更多依赖机械的计算机程序而不是评估师的结论,潜在的风险就深埋于次级贷款市场中了。这样,在利息上升、房地产市场降温的情况下,危机不可避免。

表 1-1  "次贷危机"前的美联储连续 17 次加息情况表

| 美联储加息<br>情况 | 日期 | 美元<br>指数 | 利率 | 市场观点 |
|---|---|---|---|---|
| 第 1 次加息 | 2004-06-30 | 88.80 | 0.0125 | 加息在意料之中 |
| 第 2 次加息 | 2004-08-10 | 88.79 | 0.0150 | 加息表明经济良好 |
| 第 3 次加息 | 2004-09-21 | 88.43 | 0.0175 | 加息防止通货膨胀 |
| 第 4 次加息 | 2004-11-10 | 84.36 | 0.0200 | 加息改善劳动市场 |
| 第 5 次加息 | 2004-12-14 | 82.43 | 0.0225 | 加息阻止资本外流 |
| 第 6 次加息 | 2005-02-02 | 83.56 | 0.0250 | 加息减小人民币升值压力 |
| 第 7 次加息 | 2005-03-22 | 83.94 | 0.0275 | 加息挽救美元 |
| 第 8 次加息 | 2005-05-03 | 84.42 | 0.0300 | 加息难掩美元跌势 |
| 第 9 次加息 | 2005-06-30 | 89.15 | 0.0325 | 加息使经济数据逐步改观 |
| 第 10 次加息 | 2005-08-09 | 87.88 | 0.0350 | 加息抑制房地产过热 |
| 第 11 次加息 | 2005-09-20 | 88.69 | 0.0375 | 加息到达中性利率区间 |
| 第 12 次加息 | 2005-11-03 | 89.99 | 0.0400 | 加息为宏观调控的法宝 |
| 第 13 次加息 | 2005-12-14 | 90.44 | 0.0425 | 加息步伐即将结束 |
| 第 14 次加息 | 2006-01-31 | 89.48 | 0.0450 | 伯南克将就任 |
| 第 15 次加息 | 2006-03-29 | 90.25 | 0.0475 | 暗示进一步加息 |
| 第 16 次加息 | 2006-05-11 | 84.79 | 0.0500 | 加息或将暂停 |
| 第 17 次加息 | 2006-06-30 | 85.92 | 0.0525 | 美国公众期盼停止加息 |

资料来源：Fed(美联储)网站。

与上述承诺还款的贷款合约关系相反的资金供给关系链条是：保险公司和对冲基金都反过来对投资银行提供资金，投资银行对抵押公司提供贷款，次级抵押公司为次级贷的借款人提供贷款。在房地产市场价格以高于利率上升幅度持续上升的情况下，这个过程连续不断地进行下去，直到贷款人还清全部贷款；即使贷款人无法偿还，次级抵押贷款公司也可以通过住房的出售，保持收支平衡。但是，如果抵押人无法偿债，就会导致抵押贷款的评级下降，抵押资产严重缩水，产生经济危机(见图 1-4)。

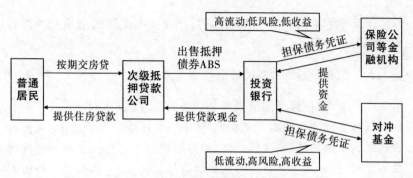

**图 1-4 次贷危机的传导机制示意图**

如上所说,美国次级贷危机的演进表现为几个风险关联环节,即

  —— 以房地产市场繁荣为基础

→金融机构抵押贷款标准放松

→各类金融产品创新

→金融业务的杠杆化功能扩大

→证券化导致信用风险更方便地由房地产金融机构向资本
市场传递

→为防止经济过热而提高基准利率

→导致短期房地产市场疲软,危机爆发的导火索点燃

  在金融全球化的背景下,美国次贷危机虽然只是美国国内贷款
市场的一个问题,但是美国经济占全球经济规模的四分之一,美国又
处于世界经济体系的最高端。全球化带来了各国经济的相互依赖
性,使得美国次贷危机通过金融市场和实体经济的相互作用传导到
全球市场,并对全球经济发展造成不确定性影响。

  但是,从上述叙述可以看出,次贷借款人是贷款违约风险非常高
的客户群体,他们被称为 NINJNA,中文简称"三无人员",意为那些
既无收入(No Income,NI),又无工作(No Job, NJ),更无财产(No
Assets, NA)的社会群体。按照正常的市场交易规则,这些人很难成
为金融市场交易的有效主体。美国各大银行乐意为他们提供贷款,
并非出于公共政策或慈善的考虑,而是能够从中获取不菲利益的动
机。在这些贷款人的上述状况或条件下,维系这种银行、次级贷款人

经济关系的关键是什么呢？我认为，正是不断上涨的房地产价格和相对低的贷款利息。

### 三、危机阶段性：从次贷危机到公共危机

广义上说，任何经济危机都是一种公共危机，只不过有一个公共影响的高低问题。此次危机的影响有一个日益扩大的趋向：从次级贷领域到金融领域，到实体经济，最终影响整个社会。危机的负外部性逐步增加，显示了危机逐步加深的过程。同时，危机的各个阶段都包含着政府危机因素。

1. 初始阶段的次贷危机

2007 年 8 月开始，是美国房地产市场泡沫破灭出现的危机阶段，即众人周知的"次贷危机"阶段。这一时期，国际经济学界多数意见认为，虽然危机给世界经济造成了一定影响，但主要集中在次级贷领域，并不一定会引发全球性经济危机。

初期，国内外专家对于次贷影响的分析判断，主要还是基于传统的经济学理论体系，根据次级贷的绝对数量及其在经济总量中所占比例所进行的线性分析。仅就其比重来看，次级贷的确只占住房抵押贷款市场份额的不到 20%，而且住房抵押贷款市场占整个抵押贷款市场的不到 90%，抵押贷款占美国各家商业银行四种主要贷款量的仅约四分之一。这样，从绝对数量和相对比例上看，次级贷在美国贷款比重是很小的，对整个金融体系的影响微乎其微。

虽然"次级贷"业务规模过度扩大带来风险的过度集中，但政府并没有实施及时有效的监管。首先，与当初次级贷有关的"两房"业务扩张本身，就是美国政府贯彻自身政策的一个重要手段和途径。其次，"两房"、"次级贷"在美国国会有巨大影响力，拥有一般市场机构无法拥有的政治"特权"。再次，政府对各类金融机构的"金融创新"和中介机构的"业务违规"监管不力，贷款机构、评级机构没有依照美国法律的有关规定向消费者真实、详尽地披露有关贷款条款与利率风险的复杂信息。

2. 金融危机阶段

用主流经济学中最为复杂的线性模型，也很难计算出"次贷危机"的发生，更难以预测其对于整个社会会产生什么实质性影响，会不会形成所谓的金融危机。但整个体系的运行结果与人们的预期相

去甚远。

危机首先借助于房地产的媒介作用,进一步深入到整个体系内部,并以受到房地产危机影响的金融机构大量破坏为特征。这一阶段从2008年5月开始集中爆发,2008年9月以美国著名投资银行雷曼兄弟公司的破产到达这一阶段的高潮。在金融危机阶段,欧美发达国家的一系列大型金融机构开始破产或重组,显示了次贷危机已经从数量微不足道的次级贷领域,逐步向其他领域转移。

这一阶段中,各个金融机构的有效运营开始受到影响,呆坏账产生一系列的连锁反应。从消费者角度,人们对金融机构的普遍不信任开始蔓延,对币值不稳定性的预期增强。从币值角度体现为大国主流货币相对小国货币的升值,小国货币迅速贬值,如澳元、韩元、亚洲大量国家货币贬值。世界范围内出现抛弃小货币持大货币的现象,币值波动风险大量集中。这种畸形需求,造成美元大幅上涨,而其他国家货币大幅贬值。

3. 危机深化阶段:实体经济危机

危机爆发以来,各国政府陆续投入的救市资金已经远远高于次级贷总额,按照线性观点中的可逆理论,早就应当能够恢复重建原有体系。但后来危机发展的事实证明,这种线性分析方式对实体经济疲软的现实缺乏很强的解释、预测能力。

从2009年开始,这次危机正从金融危机变成实体经济危机。危机前的美国经济有6年高速增长,很多投资集中在房地产和制造业,造成产能过大,而危机的深化造成了有效需求的突然下降。相对于有效需求,产能日益过剩,进一步压缩了企业投资;企业开工状况、盈利状况日益恶化,进而影响了就业预期,降低了消费者的消费信心。消费者信心的下降,反过来对过剩的产能又进一步形成压力。

实体经济这种状况使金融市场无法完全稳定。实体经济危机还会带来一系列社会经济问题,如失业问题、贸易保护主义问题、社会稳定问题等,构成全面的政府危机的根源。

4. 危机探底阶段:政府公共治理危机

实体经济危机最直接的影响就是失业人口的增加、企业效益的下降。失业人口的增加、政府刺激经济政策出台等因素,导致政府支出大幅度增加,同时,企业效益的下降,使得政府税收、收费等公共收入的下降。收入减少与支出增加这两个方向相反的作用因素影响,使得政府财政危机频现。

2009 年 1 月 26 日，冰岛政府总理哈尔德向总统提交辞呈，宣布解散联合政府，成为因这次金融危机"破产"的第一个政府；其他国家和地区政府，如韩国、东欧诸国以及美国加州政府等，也都面临金融危机所带来的"破产"威胁。因此，"政府破产"成为此次金融危机中的主要风险之一。日本政府债务占 GDP 的比例之高世所罕见，根据 IMF 的数据，日本政府债务余额对 GDP 的比率在 2007 年就已高达 188%，2014 年将至少达到 246%。

财政危机只是此次政府危机中浮在海面上的冰山一角，更为深层次的是政府公共治理模式的危机，即政府治理能力的缺失。表现在美国地方政府的宏观调控能力弱化、财政汲取能力降低、合法化能力减弱、管理能力的下降。地方政府这些治理能力的危机，在此次金融危机中显露得尤其明显。

### 5. 后危机时代的政府治理变革

在各国政府前期出台的一系列经济刺激政策的作用下，从 2009 年第二季度开始，尽管各国失业率受前期经济发展惯性影响，各项危机指标依然走高，但是全球经济信心逐步恢复。比如，作为经济预警主要考量因素的经济先行指标 PMI（制造业采购经理人指数）得到回升，工业实际产出开始回暖。金融市场的利差指标逐步恢复正常，消费者信心也逐渐回升，各国官民的经济增长预期上调。全球经济逐步渡过金融危机的恐慌，而进入所谓的"后危机时代"。这个时代所进行的调整，不是能由市场完全解决的，必须要在财政、社会治理制度方面进行与时俱进的调整。

后危机时代，人们开始逐步考虑政府治理的变革，首当其冲的是金融监管、治理模式的变革。主要发达国家，如欧盟、美国和英国等都加大了监管架构的改革步伐。无论是欧盟的泛欧与全球监管、美国的统一与综合监管改革，还是英国的组合监管等政府治理方式的改革，均加强了对资本金、流动性、金融衍生品、对冲基金等金融产品的监管，这将可能成为以全球金融稳定增长、社会全面进步为主旨的，全球金融公共治理框架的先声。

但是，在此次危机中，人们主要还是停留在一些经济指标的表面关系的分析上，很少深入到地方政府治理内部，探讨其与此次危机的关系。现有的一些治理方面的变革，也主要停留在经济领域，乃至金融领域,制度变革的层面主要是中央政府层级。政府治理危机所涉及的问题非常庞杂,其中其他治理领域、占政府主体的地方层级治理所存在的危机,并没有得到应有的关注。我们将重点从美国地方政府治理危机入手,而且以作为美国地方政府主要收入来源的财产税收制度变迁为切入点,探讨危机逐步积累的过程,以及如何在地方治理改革中,借鉴相关经验教训,进行优化的问题。

## 第二节　危机解读与各国政府治理之道

主流经济学及其他社会科学,对此次危机并未给出先验性的预测。因为目前几乎所有的社会科学以及部分自然科学对未来进行的预测,都是建立在以往经验和事实基础上的。它们的研究对象更接近于线性、简单的社会经济系统,但当今社会复杂程度提高,初始条件的变化可能会带来结果的很大不同。这种情况下,这种分析模型未必能够为准确预测未来提供直接帮助。此次危机和以往危机的事实一再证明,基于人类有限理性和过去经验基础之上的社会科学分析,在预测未来上仍然是无能为力的。尽管如此,对过去的准确解释在任何时候依然是必要的和可能的,它至少使同一个国家、地区或人群不再犯类似的错误,或者尽量不让类似的失误在其他国家、地区或人群出现。

### 一、危机预测滞后和解释力欠缺

如同任何一次经济危机一样,人们总能够在危机过后,而不是危机之前的第一时间内,就危机的直接原因得出确凿无疑的结论。

一般认为,此次全球性经济危机、金融危机直接的、表面的原因是美国次贷①危机(Subprime Lending Crisis)造成的。次贷危机是指由美国次级房屋信贷行业违约剧增,导致信用紧缩问题,而于2007年夏季引发的美国国内市场,进而是国际金融市场上的震荡、恐慌和

---

①　2007年之前的几年间,国内都在讨论通过次级债(Subordinated Debt)发行,解决银行股权结构问题的可行性,并且提出了若干相应的政策设计,人民银行也出台了《商业银行次级债券发行管理办法》,后来很多人将次级债与次级贷款混淆。但两者有着根本不同,前者是指贷款清偿顺序上的次级,后者是指信用等级上的次级。

危机。至于美国次贷危机的起源，王东认为，其根本原因是实体经济和金融领域长期失衡[1]；也有人从道德风险的角度认为，金融业者的不良行为，是构成此次次贷危机、金融危机、经济危机的起因；有人从风险放大角度认为，制度缺陷是任何体制下不可避免的，但是只有在金融衍生产品加入、金融杠杆比率迅速增高的条件下，制度瑕疵才被无限扩大，导致风险的发生；李石凯认为，低储蓄率才是美国次贷危机最为根本的原因。[2] 张明认为美国次贷危机的根源有三个：低利率造就的高房价、国际收支失衡带来的流动性过剩以及监管缺位下的无节制金融创新。[3]

西方一些学者和官员也存在类似的观点。甚至有西方学者将金融危机的根源归结到亚洲国家的长期贸易政策，如美联储主席伯南克认为：正是因为东亚过度储蓄，实行贸易保护和重商主义，导致实物商品价格压得很低，造成了投资和出口增长，也就是说，不是自由市场经济本身，而是利率和汇率价格扭曲造成了金融危机和经济危机。卡门·莱因哈特和肯尼思·罗高夫则认为，这次美国金融危机与过去 30 年以来发达经济体的五次大的危机和另外 13 次银行与金融危机在大的原因方面并无不同。[4] 此次风险过程中，所有论证都指向了一个共同方面，即金融监管的欠缺是造成金融风险的一个重要因素。[5]

当然，也有人从经济视角之外指出危机的根源。有人从意识形态角度分析危机的根源，如我国学者杨斌指出，正是由于美国采用了新自由主义的政策观念，才最终导致金融危机的出现，这完全是意料之中的事。[6] 有人从制度建设的角度去分析危机的根源，如盛洪从

---

① 王东：《美国次贷危机的深层次原因与影响》，《当代经济》2008 年第 9 期。

② 李石凯：《低储蓄率是美国次贷危机的根源》，《中国金融》2007 年第 21 期。

③ 张明：《美国次贷危机的根源、演进及前景》，《世界经济与政治》2008 年第 12 期。

④ Carmen M. Reinhart and Kenneth S. Rogof, *Is the 2007 U. S. Sub-Prime Financial Crisis So Different? An International Historical Comparison*, NBER Working Paper 13761, 2008.

⑤ 当然，也有人认为，次贷危机的主要成因并非监管不严（见段国圣和张敬国在《中国金融》2008 年第 22 期上的文章）。

⑥ 杨斌：《新自由主义是美国金融危机的根源》，《光明日报》2009 年 1 月 21 日。

金融交易制度、政治制度的角度进行的分析。① 也有人从政治、公共管理角度提出分析，如蓝志勇认为，"多年来美国政府改革路线的失衡、现代资本主义金融体系包括市场经济本身的内生性制度缺陷、深藏于现代西方政治文化与社会治理结构中的脆弱因素、资本主义特质在现代技术条件下对社会提出的新挑战、缺失的公共利益文化等等"②，才是构成危机的根本原因。

　　人们普遍认为，美国长期的经济增长导致泡沫过多，"次贷危机"是对这种过热的反弹。其中，长期的低利率政策导致美国房地产业呈现总体过热的趋势。首先，低利率导致货币供应量过度增长，流动性过剩，从而吸引人们从事大量资产类投资，包括对房地产的投资；其次，低利率使得资金使用成本下降，人们更倾向于用按揭贷款的方式购房，成为拉升房价上升的主要因素之一。在这两方面的因素作用下，房价上升形成一种循环：房价上升——开发商加大土地开发——作为稀缺资源的土地价格上涨——房价进一步上升（因为土地成本是房屋成本的60%左右）——开发商加大开发力度，银行加大贷款力度（包括给开发商和购房者的贷款）——住房需求和供给同时上升，房价也不断上升——房地产泡沫形成。

　　如果用低利率政策解释近年来房地产价格上升的趋势，似乎是可以解释通的。如，从2002年起，美国房价以每年10%的幅度上涨，2005年房价上涨了17%，2003—2006年四年间，美国平均房价涨幅超过50%。这也正是美联储连续调低联邦基准利率的时期。我们通过截取1920—2000年间美国联邦基准利率的走势，分别与房价指数、建筑成本指数、人口变动指数、十年期美国国债利率变动指数进行相同年份拟合后发现，房价指数有着与利率指数并不相同的变动趋势，一直呈现持续上升趋势。当然，这可以用人口变动、建筑成本的变动予以部分的解释。这说明，美国长期的联邦基准利率走势与美国房地产市场的价格走势并不吻合。这种价格有着其他更为长期的影响因素，它是根据宏观经济形势进行相机抉择的结果，并无固定

　　①　盛洪：《美国金融危机的制度原因》，《中评网电子周刊》2009年第12期。
　　②　蓝志勇：《公共政策的缺失与当前世界性经济危机》，《公共管理学报》2009年第1期。

的发展趋势。

因此，我们认为美国低利率短期内导致的流动性过度、金融衍生工具泛滥是在一定时期构成危机的直接原因，而金融监管、评级机构评级失真，甚至人性贪婪等方面的因素，则是次贷危机形成的间接原因。一个波及面如此之大的全球性危机的原因，绝不会仅仅局限在金融领域，甚至不仅仅局限在经济领域，而是有深刻的政治、社会、公共管理甚至文化等方面的原因。我认为，此次危机除了上述经济方面的影响因素外，政府治理方面的缺陷和问题，是造成危机的深层次原因之一。

**二、各国政府危机治理之道**

从 2008 年 2 月起，直接感受到"次贷危机"威胁的美国政府开始频频推出各种应急性的救市方案，以应对"次贷危机"对经济带来的危机状况。下半年，"次贷危机"引起的连锁反应，开始波及其他国家政府；10 月份开始，其他各国政府开始推出应急经济政策。

1. 美国的应急政策（按时间序列）

2008 年 2 月 7 日，美国通过了约 1 680 亿美元的《经济刺激法案》，旨在通过退税、刺激消费促进美国经济增长。

3 月 11 日，美联储、欧洲中央银行等五家西方主要央行宣布，将采取联合措施向金融系统注入资金。

7 月 30 日，美国总统布什签署总额达 3 000 亿美元的《房市援助法案》，旨在帮助房利美和房地美摆脱困境。同时，政府将设立新的监管机构，加强对这两家融资机构的监管。包括向 40 万无力偿还房贷的美国购房者提供帮助的有关条款，还将向购房者提供 150 亿美元的购房退税。

9 月 7 日，美国政府宣布成立联邦住房融资机构，接管房利美和房地美。

9 月 16 日，美国政府接管全球保险业巨头 AIG。美国政府持有 AIG 79.9% 的股份，并有权否决普通和优先股股东的派息收益。

9 月 16 日，美联储、欧洲央行和日本央行等西方主要央行再次同时向金融系统注入大量资金，以缓解信贷市场的流动性不足。

9 月 20 日，美国政府提出 7 000 亿美元的金融救援计划。并给予美国政府在未来两年购买金融机构不良资产的广泛权力,还把美国国债最高法定限额从现有的 10.6 万亿美元提高到 11.3 万亿美元,以便为实施救援计划留下资金空间。

10 月 1 日,美国参议院投票通过 7 000 亿美元救市计划,并对救市方案作出修订:增加了一些减税措施,将联邦存款保险金额的上限由目前的 10 万美元提高到 25 万美元。

10 月 3 日,美国众议院通过修改后的大规模金融救援方案,美国总统布什签署了《2008 年紧急经济稳定法案》。

10 月 8 日,美联储、欧洲央行、英国央行以及加拿大、瑞士和瑞典等国的央行联合大幅降息 0.5 个百分点。

11 月 25 日,美联储宣布投入 8 000 亿美元,制定名为"定期资产支持证券贷款工具"的方案,向那些由消费贷款和小型企业贷款支持的证券持有者提供 2 000 亿美元的无追索权贷款。

2. 其他国家的应急经济政策(按时间序列)

10 月 12 日,欧元区 15 国首脑在欧元区首次峰会上通过行动计划,同意各成员国为银行再融资提供担保并入股银行。

10 月 19 日,韩国推出了大规模金融救援计划,包括为本国银行外币债务提供担保,向银行和中小出口企业(300 亿美元)、国有中小企业银行提供资金(1 万亿韩元)。

10 月 30 日,日本公布了总额达 27 万亿日元的一揽子经济刺激方案,向日本所有家庭发放总额为 2 万亿日元的现金补助。将为陷入困境的中小企业提供信贷担保,并降低失业保险费用缴纳标准和削减高速公路通行费。还包括将为日本农民提供补贴、减税和鼓励企业增加雇员等内容。

10 月 31 日,俄罗斯公布了政府支持本国实体经济计划的主要内容。包括:保障投资人和贷款人的合法利益并防止企业破产;优先支持建筑、机械制造、国防、资源行业、零售和农业等领域;加大对中小企业的支持力度等。

11 月 9 日,中国政府宣布实施积极的财政政策和适度宽松的货币政策,并出台进一步扩大内需、促进经济增长的 10 项措施,两年投资约 4 万亿元人民币,扩大内需,刺激经济增长。

**专栏 1.3　中国应对危机的 10 大政策措施**

（1）建设保障性安居工程，加快棚户区改造，实施游牧民定居工程，扩大农村危房改造试点；

（2）加快沼气、饮水工程、公路、农村电网、南水北调、病险水库加固、灌区节水改造、扶贫开发等农村基础设施建设；

（3）加快铁路、公路和机场等重大基础设施建设，重点建设一批客运专线、煤运通道项目和西部干线铁路，高速公路网，中西部干线机场和支线机场建设，城市电网改造；

（4）加快医疗卫生、文化教育事业发展，加强基层医疗卫生服务体系建设，加快中西部农村初中校舍改造，推进中西部地区特殊教育学校和乡镇综合文化站建设；

（5）加强生态环境建设，城镇污水、垃圾处理设施建设和重点流域水污染防治，重点防护林和天然林资源保护工程建设，支持重点节能减排工程；

（6）加快自主创新和结构调整，支持高技术产业化建设和产业技术进步，支持服务业发展；

（7）加快地震灾区灾后重建各项工作；

（8）提高城乡居民收入，提高明年粮食最低收购价格，提高农资综合直补、良种补贴、农机具补贴等标准，增加农民收入，提高低收入群体等社保对象待遇水平，增加城市和农村低保补助，继续提高企业退休人员基本养老金水平和优抚对象生活补助标准；

（9）全面实施增值税转型改革；

（10）加大金融对经济增长的支持力度，取消对商业银行的信贷规模限制，合理扩大信贷规模，加大对重点工程、"三农"、中小企业和技术改造、兼并重组的信贷支持，有针对性地培育和巩固消费信贷增长点。

——根据 2008 年 11 月 5 日国务院常务会议通过的有关政策整理

　　11 月 26 日，欧盟委员会批准相当于欧盟 GDP 1.5% 的 2 000 亿欧元经济激励计划，向欧洲汽车业提供至少 50 亿欧元的注资，并把向欧盟成员国提供的结构基金付款提高到最多 63 亿欧元。

12 月 4 日，全球五大央行大幅降息，其中英国央行降息 100 个基点至 2%，为 1694 年创立以来最低；欧洲央行降息 75 个基点至 2.5%，是成立 10 年以来最大降幅；瑞典央行降息 1.75 个百分点，至 2%；新西兰央行降息 1.5 个百分点至 5%；印度尼西亚央行调降基准利率 0.25 个百分点，自 9.5% 降为 9.25%。

12 月 12 日，中韩两国央行宣布签署货币互换协议，规模为 1 800 亿元人民币/38 万亿韩元（按 12 月 9 日汇率计算）。

12 月 12 日，日本宣布价值 23 万亿日元的经济刺激方案，其中追加 10 万亿日元财政预算、13 万亿日元的金融预算，旨在提高就业保障、帮助地方政府创造就业机会、经济对策准备金、减税等。

12 月 13 日，欧盟峰会通过 2 000 亿欧元经济刺激计划，敦促各成员国尽快制定并实施经济刺激措施。

2009 年 1 月 17 日，加拿大政府推出 400 亿加元的刺激计划，主要用于中低收入群体的永久性减税、降低企业所得税、个人所得税的减免、基建投资、建设高质量住房、保护环境、改善融资渠道等。

2009 年 1 月 12 日，德国投入 500 亿欧元，用于降低法定医疗保险费、增加职工培训措施、对汽车制造等工业企业实施特殊的救助办法。

2009 年 2 月 2 日，法国投入 265 亿欧元，重点投资交通、能源和住房建设等领域，同时加大政府在教育、科研以及医疗、社会福利和文化等方面的投入，增加对落后困难地区的拨款支持，鼓励或直接向企业投资，扶持中小企业发展，争取保护或增加就业。

2009 年 2 月 8 日，挪威投入 1 000 亿克朗，成立两个新的国家基金，一只用于增强银行业的核心资本，另一只用于投资公司债。

2009 年 2 月 13 日，澳大利亚投入 420 亿澳元，用于基础设施、学校和住房项目，向中低收入劳动者支付的现金。

2009 年 4 月 9 日，日本政府通过了历史上最大的预算修正案，追加 15.4 万亿日元。为置换环保、节能产品、未成年小孩提供补贴，政府持股类型扩大至优先股、上市基金以及房地产投资信托等。

3. 各国地方政府应对危机的政策

由于房价在危机中暴跌，大量开发商被迫改变甚至放弃了原有的房地产开发计划，直接导致地方政府原本的土地出售和规划审批收入大量减少，使得主要依靠土地相关税费、转让收益作为自有资金来源的地方政府面临巨大的危机。

为缓解房地产业萧条的状况,很多地方政府在处于上述财政危机的情况下,为刺激房地产投资的增加,开始减轻房地产税费负担。如,澳大利亚地方政府出台了减免房屋交易税和贷款印花税等政策,伯伍德市为减少地产开发商的开发成本,鼓励更多拥有土地的居民自己建房和改造旧房,政府市政规划部门放松和简化了建房审批规定和手续等。

相关部门的精简也首当其冲。在英格兰,截至 2009 年被裁掉的地方政府部门职位已有 1 万个左右。其中,英格兰南部和西南部的情况最严重,两地分别有 57% 和 67% 的地方政府实施了裁员。而被裁撤的职位主要集中在市政规划、土地买卖服务等受经济危机打击较大的不动产相关部门。

另一方面,各国地方政府为增加收入不得不做出逆向调节的自相矛盾税费政策。如,2009 年 7 月底英国诺丁汉市政府宣布,从 2012 年起向该市所有拥有停车场(停车位超过 11 个)的公司收取每年 250 英镑的停车费,两年内将涨到 350 英镑。剑桥、牛津等市的地方政府,也考虑实施类似的政策。除了增加税费外,在允许地方政府发行债券的国家,地方政府在收支缺口巨大的情况下,往往会选择发债筹集收入。如,印度中央政府允许地方政府通过市场拆借融资 3 000 亿卢比(约 61.4 亿美元)以解决其资金困境。奥巴马政府签署的《2009 美国复苏和再投资法案》中,设立了一种新型地方政府债券,即"建设美国债券"(BABs)。

### 三、各国政府危机治理政策类型

在 20 世纪 30 年代的危机应对中,各国政府所形成的一些政府治理政策工具,依然是此次应对危机的应急性经济政策的主导,主要分为财政政策与货币政策两大类型。此次启用的财政政策工具主要包括财政部、中央银行等机构通过直接支出、减税、免税、补贴等手段使得居民家庭、企业可用的收入增加,进而促进消费、投资,增加就业等。货币政策则依然是由中央银行通过调整存款准备金率、拆借利率、汇率、公开市场操作等货币手段,间接增加金融市场中的流动性。

在各国政府推出的应急性经济政策中,以美国推出的政策最为集中,规模也最为庞大。这与美国是次贷危机的发源地,及其身为世界规模最大经济体的地位有关。这些政策主要包括以下几类：

1. 退税或者减税政策

2008 年 2 月美国联邦政府最早推出的 1 680 亿美元经济刺激计划，主要就是一揽子的退税政策。后来陆续提出的一系列应急性经济政策中，包括向购房者、其他商品消费者、企业等市场主体退税，来达到间接增加流动性、提高居民消费能力的各类应急性政策占据了主要部分。

2. 对金融机构直接注资政策

这是一种更为典型的直接干预政策，包括央行向金融系统注入资金，政府持有问题金融机构的股份、购买金融机构不良资产等注资措施。这些政策显然也与西方社会的各级政府长期以来，在经济领域中奉行的私营化、民营化，更多依靠市场力量提供公共服务的新自由主义经济政策是存在一定差距的。

3. 对金融机构加强监管，甚至国有化的政策

这也说明美国政府对经济的干预措施，已经由以往的纯粹经济手段，转向加强政府管理的措施迈进。这类措施包括政府成立联邦住房融资机构，直接接管房利美和房地美；直接接管 AIG，并持有 AIG 79.9% 的股份，有权否决普通和优先股股东的派息收益，实际上已经实现了国有化。

如果说上面的注资等措施，不过是一种间接地介入企业经营过程的政策措施，而此处的监管，甚至国有化措施，标志着这些应急政策与传统的西方宏观调控政策渐行渐远。

针对奥巴马为应对金融危机所推行的这些带有社会化色彩的各类应急性经济措施，美国一些保守派甚至称"奥巴马同志"为"优秀的社会主义宣传者"，甚至称他想建立"美利坚社会主义共和国"。

4. 增加市场流动性的降息和提供贷款支持政策

不断调低联邦基准利率，成为美国应急政策的一个核心措施。除了这种被动性的应急政策外，美国也启动了诸如提供消费贷款和小型企业贷款支持的一些直接干预市场运行机制的政策，这也显然与以往的新自由主义的政策有着很大的不同。

5. 提供各类补贴，甚至现金的政策

范围涉及低收入群体、未成年人、环保产品、汽车行业、各类消费，甚至发放具有现金功能的各类消费券。实施这类措施的，主要是

美国之外的其他国家和地区。

6. 政府直接投资政策

这标志着政府已经由单纯的监管主体转变为直接的市场主体。这些措施主要包括基础设施建设、建设高标准住房、交通、能源建设等直接投入。美国很少实行此类政策，实行这些措施的国家主要是日本、中国、法国等传统上具有较多政府干预、政府生产职能的国家。

各国此次应对危机的政策基本上属于经济领域的政策，采用的政策工具也基本上是经济类的政策工具，以政府直接提供、管制等介入方式为主。政策类型上，根据危机后所暴露的制度缺陷，长期性的制度建设欠缺，应急性、短期性，甚至试图立竿见影的政策手段为主，基本上没有那些侧重于政府治理方面变革的政策。

## 第三节　危机中的地方政府治理

在危机的酝酿、产生、发展的过程中，美国房地产价格的长期变动趋势发挥了直接的作用，但是，从更深层次上看，美国地方政府公共治理问题，无疑具有更为关键的作用。

### 一、风险分析方法与危机治理

对地方治理风险形成与制度变迁的分析，应当建立在有效的分析方法之上。但是，以这一角度，依然存在一些难以解决的问题。

1. 危机研究的方法论迷思

不可否认的是，由于金融危机根源于市场经济本身所固有的内在矛盾，仅用"风险—监管"的原始分析框架，已经很难对危机作出本质上的把握。[1] 与此相似，仅仅用经济学的需求—供给的解释框架，也很难诠释当下危机的全部情境。

与此次次贷危机、金融危机乃至全球性经济危机相伴随的是，经济学、现代金融理论，甚至推而广之的社会科学，显示了其对经济和社会发展走势的预测能力上的欠缺；危机过后的经济学界，对此集体失语。对此，张晓晶认为，"危机是对经济制度的挑战，更是对于经济

---

① 赵磊：《对美国次贷危机根源的反思》，《经济学动态》2008 年第 11 期。

学本身的挑战,经济学尚无法把握这个不确定性的世界"①。中国政府鉴于各个决策咨询机构在金融危机之前,出于唯上不唯实、本位主义、利益主义,而作出不准确的预测的情形②,决定成立"中国国际经济交流中心",作为最高级别的"超级智库",以求发挥其相对独立超然的作用,在国家经济和社会发展的预测中发挥更有效的指导功能。但是,实际效果如何,仍然有待于观察。

---

### 专栏 1.4　中国国际经济交流中心简介③

中国国际经济交流中心(China Center for International Economic Exchanges,CCIEE)是经中华人民共和国政府批准成立的国际性经济研究、交流和咨询服务机构,是集中经济研究领域高端人才并广泛联系各方面经济研究力量的综合性社团组织。中心由国家发展和改革委员会主管,经国家民政部登记注册。

中心理事长由国务院前副总理曾培炎先生出任。

中心的主要业务范围和服务领域是:

1. 研究经济问题。主要研究领域包括:世界经济发展趋势,国际金融、国际贸易、跨国投资,以及国际经济领域的重大热点、焦点问题,国家宏观经济、财政金融、外资外贸、区域经济、产业发展以及经营管理等方面的重大问题和相关政策,为政府、社会和企业提供服务。

2. 开展经济交流。围绕重大经济问题,组织开展国内外智库间的研讨与交流,增进了解和共识;举办论坛、研讨会等活动,为政府、研究机构、企业等之间沟通情况、交流信息、分享成果与经验提供渠道和平台。

3. 促进经济合作。建立和发展与外国政府、企业、研究机构、社会团体及国际组织的良好合作关系,面向国内外企业和各

---

① 张晓晶:《次贷危机的警示:经济学家还无法把握这个不确定性的世界》,《经济学家茶座》2008 年第 35 期。

② 姜艾国:《为何经济学家遭质疑》,《瞭望新闻周刊》2009 年第 11 期。

③ 摘自中国国际经济交流中心网站,http://www.cciee.org.cn/temp/NewsInfo.asp? NewsId=200。

级政府，提供合作信息，推介合作项目，为促进国内外经济合作发挥桥梁和纽带作用。

4. **提供咨询服务。**为政府宏观调控、制定中长期发展规划和重大经济政策等提供分析报告和政策建议；为地方政府制定区域发展规划、行业组织制定产业发展规划等提供智力支持；为企业发展战略、经营决策、海内外投资、兼并重组、技术创新和市场开拓提供信息、政策、法规等咨询服务。

中心下设办公室、研究部、合作部、咨询部、信息部等机构，编辑出版《研究报告》、《智库言论》、《信息反映》等刊物。

值得指出的是，如果不引入新的分析方法，进行方法论上的革命，仅仅按照政府行政管理模式，仍然难以提高社会科学对于现实问题的解释力。

2. 引入风险分析方法的意义

近代社会科学的研究方法是在近代物理学方法论的基础上发展而来的，当代主流的社会科学研究理论出于路径依赖，沿袭了这种方法体系。但是，近代物理学研究的对象基本上是线性、静态或有一定内在规律的动态事物或者系统。研究这种系统的方法上的一个重要特征就是使用线性思维方式，对一些基本条件进行简化、假设。如经济学上的所谓经济人假定、充分信息假定。方法论上以过去和现在的经验数据为基础，通过这些数据归纳出来所谓的规律，输入当前的数据去预测未来。

但是，现代科学新发展表明，无论是自然科学，还是社会科学，其研究对象更多的是一个复杂的动力系统。这种系统不再是以往简单的、静态的系统，而是复杂的、动态的系统，即混沌系统。反映现代复杂系统运行规律的混沌理论的两个特点是：未来的不可预测性、系统对初始条件的敏感性。后者几乎成为现代系统不稳定性、脆弱性，乃至各类危机的最主要的起始原因。以往的线性思维方式，难以适应对这一新的经济、社会复杂系统进行研究、观察的需求。不进行这种思维方式上的创新，人们便难以对金融危机进行正确判断。

3. 美国地方政府治理危机的财产税制视角

美国联邦、州、地方政府都出现过危机状况，其中百纳被（Crazy

Quilt)式的地方政府的风险状况通常最为严重。2007 年次贷危机中，大量的地方政府面临破产的边缘，有些地方政府已经破产，这是联邦政府、州政府中比较少见的。当然，这与地方政府数量众多、治理水平差异较大有很大的关系，也与其特有的治理结构有关。

由于地方政府状况的纷繁复杂，我们很难从各个视角对其进行全面的考察。不过，我们可以从影响美国地方政府的某个要素出发，进行分析。这一角度就是美国地方政府的财产税。

在美国地方政府的自有财源中，最重要的是财产税。美国历史上，财产税在所得税、销售税不发达的时候，是美国地方政府运行的基本物质基础，决定了地方政府的治理模式。在财产税比重式微的今天，由于其独特的税制规定，财产税在美国地方政府调控地方经济、控制财政收支，乃至治理模式的形成方面，其影响是深远的。

首先，财产税支出一度在美国家庭支出中占有较高的比重，有的地方甚至高于消费信贷利息支出。使得财产税税率从家庭支出角度，具有与美联储利率相同的支出负担、流动性收缩、扩张效果。财产税虽然对房地产市场具有较大影响，但它是美国地方税种，地方政府出于政治原因对财产税施加了各种各样的限制，减弱了财产税抑制房地产消费的作用，成为美国金融危机的一个重要因素。在近 20 年来，各州税率更是普遍维持在一个较低水平，倒是获得了各地选民普遍欢迎，因为低税率降低了房地产保有成本。但另一方面，保有成本的降低在一定程度上刺激了消费，财产税难以发挥对房地产市场的调控作用，无助于资源的集约利用，并成为直接影响了美国房地产价格的一个重要因素。

其次，虽然税率长期趋势是不断下降，但美国财产税是美国自有财源的主体，甚至构成很多地方政府（如特别区政府、学区政府）的全部自有财源。美国财产税的税基是房地产价值，房地产价值恰恰是受到危机影响后，波动最大的一种物品。这就容易导致地方政府征收的财产税收入变动巨大，形成地方政府危机的潜在因素。因此，财产税对美国地方政府形成的财政危机具有直接的作用，财政危机恰恰构成美国金融危机的一个重要方面。

再次，财产税形成了美国地方政府的合法性危机。很长一个历史时期，美国地方政府选举权是由当地拥有房地产的居民把持，维系政府公共服务提供的主要就是居民缴纳的财产税。随着财产税在财政收入中的比重下降,营业税、所得税、上级转移支付的增加,企业纳税超过居民,在地方政府收入中占主导地位,并且地方政府中采用企业管理模式越来越多,这些导致地方政府企业化程度增加。近十几年来,市场化程度较高的公债、股权甚至衍生金融产品投资数量的增加,使得地方政府的合法性渊源更是遭到质疑。

最后,财产税长期走低的趋势,带来了美国地方政府治理模式危机。财产税的社区共担、无论收入高低与否普遍缴纳、评估标准的社会共议、税收负担以支定收的管理模式,形成了美国地方政府的基本管理方式。但是,长期的物业税收入变化趋势,缓慢地推动了美国政府管理体制的变革。比如,美国地方政府市政府中,实行市政经理制的数量众多,其所存在的决策脆弱性,也为美国次贷危机埋下了祸根。

4. 对我国的借鉴意义

改革开放以来,尤其是 1994 年实行分税制以后,我国地方财政体制逐步形成。地方政府,尤其是城市政府,以不动产交易环节的相关税费、出让金收入为主;农业为主的县市,以农村税、"三提五统"等税费收入为主要的收入来源。这种财政收入格局形成了巨大的风险因素,一度带来了一系列治理危机和大量的突发事件。

比如,20 世纪 90 年代末期到 21 世纪初的农村"三乱"盛行,对基层政权的稳定性、合法性带来巨大冲击。土地出让制度改革后,城市政府"土地财政"所形成的房地产市场价格上涨、政府治理中的短期行为、政绩工程,都形成地方政府治理危机。21 世纪初的农村税费改革,在很大程度上是对于县乡政府危机状况的反应。但是,农村税费改革后,随着地方财政收入主要来源于上级政府的转移支付,政府与公众的关系日益淡化,农民对地方事务的参与热情减少,改革中所设计的"一事一议"治理方式流于形式,又形成了新的治理危机。

近年来,为了调控房地产市场价格、完善地方财政体制、地方政府治理,在一些城市开始了房地产保有阶段的税费改革。初期的提法是"物业税"制度的改革,近年来,逐步改为"房产税"。2011 年开始,在经过多年评税试点工作后,重庆、上海终于开始房产税实征试点工作。但房产税能否化解高房价危机,以及是否带来新的治理风险,将成为一个需要长期研究的话题。

专栏 1.5　中国房地产保有课税的改革路径

2003 年中国共产党的十六届三中全会在《关于完善市场经济体制若干问题的决定》中第一次明确提出：在条件具备的时候对不动产开征统一规范的物业税，相应地取消有关税收的改革设想，物业税概念首次走进人们的视野。

2003 年开始，财政部和国家税务总局先后分 3 批在北京、辽宁、江苏、深圳、重庆、宁夏、福建、安徽、河南、天津 10 个省区市和计划单列市的 32 个县、市、区开展房地产模拟评税试点（空转）。

2005 年 11 月底，在“2005 中国财税论坛”上，国家税务总局局长谢旭人与财政部部长金人庆也提出，逐步出台物业税。

2009 年 5 月国务院批转国家发改委《关于 2009 年深化经济体制改革工作意见》，提出“深化房地产税制改革，研究开征物业税”。

2010 年 4 月，国务院出台《关于坚决遏制部分城市房价过快上涨的通知》，即所谓的“新国十条”。提出，要加快研究制定“引导个人合理住房消费、调节个人房产收益的税收政策”。

2010 年 5 月，国务院批转《国家发展改革委关于 2010 年深化经济体制改革重点工作意见》，明确将“逐步推进房产税改革”列入今年深化财税体制改革重点内容之一。政府逐步由所谓“物业税”政策到“房产税”政策，并一直将其作为宏观调控、改进地方政府治理的一个重要政策工具。

2011 年 1 月，重庆、上海开始房产税改革试点（实转）。

——根据近年有关政策整理

这就要求对房产税制的探讨不能仅仅局限在其必要性、可行性上，而应该进一步研究税收在不同人群之间的税收负担关系，以及房地产税收制度下的地方政府治理模式、公共服务提供的特点。同时，更要研究房产税改革可能带来的政府治理的风险和危机。

### 二、公共风险分析基本点

在公共风险分析框架内,透过财产税视角,对地方政府公共治理的风险、危机进行认知,是本书的重要目的。在进行这种分析之前,首先我们要了解公共风险分析的基本框架。

公共风险分析的前提是现代社会的风险性,以及现代风险的公共性。现代社会中存在着风险的"制度化"和"制度化"的风险并存的现象,在这种情况下,仅仅进行线性、静态的分析是远远不足的,必须在风险理论基础上,分析其系统性、脆弱性和制度变迁特征。

1. 作为风险分析基础的现代风险社会理论

乌尔里希·贝克、吉登斯等人最早提出了"风险社会"理论,指出人类具有冒险的天性,但也有寻求安全的本能,而近代以来一系列制度的创建为这两种矛盾的取向提供了实现的环境以及规范性的框架。与市场有关的诸多制度(典型的是股票市场)为冒险行为提供了激励,而现代国家建立的各种制度则为人类的安全提供了保护。但是,随着人类活动频率增多、范围扩大,其决策和行动对自然和人类社会本身的影响力也大大增强,从而风险结构从自然风险占主导逐渐演变成人为的不确定性占主导。

2. 自然、社会的系统性构成了现代风险的基本背景

现代社会中,各种经济和社会生活已经形成了一个庞大而复杂的网络系统。这一系统是由包括电力、能源、金融、食品等各个行业的实体经济,民族、国家、地区、社群等社会系统,中央、地方等政府系统等各不同的复杂子系统组成。整个系统依靠各个子系统之间互相依赖、互相交叉、你中有我、我中有你在运行。每个子系统也不是孤立的体系,其在整个系统中都承担着各自的不同功能。微小的风险能够迅速地产生,并通过系统的放大作用,给整个系统带来巨大危害。风险只是表明了危机的可能性,但是通过这种系统性传导机制,许多风险就演化为危机。

3. 系统的脆弱性是危机产生的基础

并非所有风险最终都会形成危机,形成危机的一个要件就是系统的脆弱性。任何一个系统都具有天然的脆弱性,这种脆弱性源于一个物体容易受到损害的特性。后来指,随着人类社会的逐步发展、演化,各类人为建立的系统,由于系统一部分受到外来力量的冲击,

而导致整体损害的情形。系统脆弱性的两个主要表现就是,系统运行的不确定性以及对于初始条件的敏感性,这是蝴蝶效应发生作用的前提。

4. 脆弱性通过蝴蝶效应的放大是危机恶化前提

一旦某个子系统的某一部分因其脆弱性的存在而受损,首先影响本系统的运行,进而向其他系统传导。如果这一传导过程没有中断的话,整个系统将在这种传导机制中不断地将脆弱性在范围上逐步扩大,在危害程度上逐步加深。使得由于微小的脆弱性带来的不足为道的危害,扩大到不可收拾的地步。

5. 放大后形成风险、危机和突发事件

公共危机的产生在经过系统性的传导后,风险的严重程度超出了预警监测和事后处理的能力,形成整个系统的危机。在整个系统处于全面风险、危机中,各类突发事件往往由此产生。在风险社会,危机频仍的情况下,突发事件不再是偶然、孤立存在的个案,而是整个系统的一个反应。

6. 压力状态下制度变迁的完成

包括制度主义在内的各种社会变迁理论,在涉及制度变迁问题时,并没有对制度变迁的动力和时机给予很好的解释。在风险分析框架下,可以对此提供一个相对合理的解释。制度变迁通常在压力条件下产生,由通过危机或突发事件给予人们良好的学习机会,很容易达成制度变迁的共识。同时,风险、危机和突发事件的状态,也往往能够为制度变迁指明方向。事实证明,人类社会的制度变迁,往往是在风险、危机、突发事件的压力环境下逐步达成的。

### 三、财产税视角下的地方治理风险分析

次贷危机的爆发源于系统的脆弱性,这种脆弱性经过蝴蝶效应的放大机制,形成社会风险,并促进危机的形成。一个个突发事件的爆发过程,将制度变迁的迫切性、变迁方向充分暴露,最终使得制度进步有了可能。地方政府公共治理危机,表面上源自于一个个外在的突发事件,但是这种危机的孕育,缺失经历了集腋成裘的过程。这种危机累积过程突出表现在政府调控能力、地方治理中的财政汲取能力、地方治理合法性、地方治理中管理控制能力等方面。从美国地方政府财产税视角,可以对这种危机,进行一个透视。

**1. 财产税视角下的政府调控能力危机**

政府税制除了具有财政收入的职能之外，多数税制还具有政策工具的职能，其中比较突出的有海关税收对进出口的调控职能、所得税对居民所得的调控职能，消费税对于消费市场的调控职能等。其中，财产税对不动产市场的价格居民持有财富的形式的调控职能，也是较为明显的，其机制主要是通过市场化的税基、不断调高的税率等手段，增加房地产的保有成本，实现这种调控作用。但是，从美国财产税的变动趋势可以看出，税基、税率的固定化导致相对于房地产实际价值，税基逐年下降，财产税的调控功能逐渐趋向减弱。这种政府系统性控制能力上的脆弱性，在系统内逐步蔓延，成为房地产市场危机的根源之一。

**2. 财产税视角下的美国地方政府财政汲取能力危机**

在地方政府财产税收入逐步萎缩，其他税收收入不振的情况下，逐步使得使用者付费（User Charge）、经营性收入、证券交易收入等非稳定性的市场化收入，占据美国地方政府收入越来越大的份额。这种状况一方面增加了整个社会的风险资产的数量，增强了地方政府财政系统的脆弱性，为金融危机的发生创造了条件。另一方面，这种收入结构的变化本身就孕育着巨大的财政风险因素。近年来，美国地方政府收入波动风险增加，甚至在几次危机中频频出现政府破产案，就是这种风险的明证。

**3. 财产税视角下的美国地方政府合法性降低**

美国地方政府的财产税制变动趋势不仅对财政危机的形成构成直接影响，也在动摇美国地方政府治理赖以存在的价值基础。美国地方政府自治制度，植根于治理费用的平等分摊。在初期，每个自治地方享有选举权的公民，所缴纳的税收数量是非常接近的，权利的经济基础也是相对平等的。但是，源于其他类税收，甚至收费、利润等因素的公共收入增多后，这种所谓的合法性基础遭到了侵蚀。上世纪90年代英国之所以试图恢复人头税，也在很大程度上是出于权利义务公平、对称的考量。财产税收入逐渐降低的过程，也是美国地方政府原本依赖的合法性流失逐步流失的过程。这种影响是深远的，但因其渐进性而不受重视。但是，正是这种渐进性的风险累积，可能带来的危机也更加积重难返。

4. 财产税视角下的美国地方政府管理能力弱化

随着收入结构的变化,美国地方政府"以支定收"的公共产品提供体制也遭遇重大挑战。作为对于这种挑战的回应,美国地方政府的组织形式近几十年来发生了解构性变化。其中,最主要的就是特别区政府的数量大量增加和采用市政经理制城市比例的大幅度上升。这是"新公共管理运动"思潮的反映,更是财产税式微,地方政府公共收入结构、模式变化的一个反映。近年来,发展中国家和转轨国家在权力下放、建立地方治理结构的改革中,纷纷开始祭起财产税(或者不动产税、房地产税、物业税等等不一而足)这一地方治理中的"利器",试图解决地方治理中的一些问题。但这些国家往往较少注意其他国家地方政府在财产税(或房地产税、不动产税)中存在的治理风险与危机因素,这不能不引起人们的反思。

# 第二章  公共风险分析思路

我们所处的社会越来越变成一个风险社会,纷繁复杂、多种多样的危机并存,但是所有危机的酝酿、产生、扩大、爆发、扩散等等都有一定的规律可循。地方政府治理危机也是如此,本书所涉及的政府对房地产市场调控能力危机、财政汲取能力危机、治理合法性危机、政府管理模式危机等都呈现这一特征。

## 第一节  系统脆弱性与风险、危机

当代风险管理研究中,人们之所以关注系统脆弱性问题,是因为脆弱性是各种危机和突发事件产生的微观基础。关注脆弱性的研究,可以了解各类危机以及突发事件产生、发展的机理,从根本上防止社会系统的脆弱性,减少危机和各类破坏性突发事件的产生。2007 年次贷危机直至最终的政府危机的发生具有一定的突发性,但这种突发性也是经历了一个缓慢的积累过程,由一系列微弱的脆弱性逐步累积,最终导致了整个社会系统的危机,甚至可能的崩溃。

### 一、系统脆弱性与风险产生

现代社会风险的最大特点在于,经济和社会生活已经形成了一个庞大的复杂网络系统。这一系统是由包括次贷系统、金融系统、各个行业的实体经济、社会系统、政府系统等在内的各个不同的复杂子系统组成;整个系统依靠各个子系统之间的互相依赖在运行;每个子系统也不是孤立的体系,其在整个系统中都承担着各自的功能。一旦某个子系统的某一部分因其脆弱性的存在而受损,首先影响本系统的运行,进而向其他系统传导。如果这一传导过程没有中断的话,整个系统都将会处于全面风险中,危机由此产生。

1. 社会大系统脆弱性增强,危机波及范围越来越广

这里所说的波及范围主要不是指波及的地域范围,而是指波及的领域、行业等范围。现代社会大系统的复杂程度激增,各个子系统之间的联系日益密切,某一系统受损,都会在不同程度上对其他系统造成损害。

以此次危机为例,首先是利率放松、物业税降低、管理缺陷等原因直接导致了投机增加→房地产价格上涨→泡沫产生→挤压泡沫→美国次贷危机→金融危机→实体经济→全球经济→政府治理……,形成了一个恶性循环链条。

2. 危机事件承灾体经济价值增高,可能造成的损失越来越大

与 20 世纪各个时期所发生的金融危机相比,经过近半个多世纪的财富积累,各国存量国民财富大为增加,流量的国民经济活动日趋频繁。在这种情况下,由各种各样的危机事件造成的经济损失,往往不再局限于以往经常发生的金融业损失,其所衍生出来的对其他行业的损害越来越严重,直至最后造成对整个社会的损害。随着社会的进步和发展,这种可能性损失的数量将越来越大。

3. 家庭、公众的脆弱性增强,金融危机对民生的影响日益突出

20 世纪的很长一段时间里,世界各国以农村人口为主,主要是自给自足的生活方式,与外界联系较少。在这种状态下,依靠自身、家庭及村落就能够独立生活,所谓"鸡犬之声相闻,老死不相往来"的小国寡民的生活状态。但是近一个多世纪以来,城市化进程加快,经济一体化的形成,人们逐步形成了市场化的生活方式,对外界有严重的依赖性。

以电力为例,当代社会人们已经习惯于靠电话、手机传递信息,通过机动车辆出行,靠电力进行日常照明,靠空调调节温度,靠电脑、网络进行联络、购物、传递信息等,但这些系统的运行,都要依靠经济体的正常运行实现。一旦像美加大停电、1998 年中国南方雪灾等类似事件发生,电力供应遭受损坏,"人们的生活仿佛一夜之间回到过去",这种落差是人们猝不及防的。

## 二、系统脆弱性渊源及特征

脆弱性最初并不是一个专用的学术名词,而是人们在日常生活中用以描述一个物体容易受到损害的特性。后来,随着人类社会的

逐步发展、演化，各类人为建立的系统越来越多，甚至成为社会生活的基本模式。由于系统一部分受到外来力量的冲击，而导致整体损害的情形越来越常见。

### 1. 系统脆弱性来源

关于脆弱性的来源，研究者有着不同的看法。如，邱仁宗认为脆弱性概念来自医学对人身体的描述，所以最初首先表示人体容易罹患各类疾病的意思。[①] 但是，杰森纳（M. A. Janssena）等人认为，脆弱性这一概念起源于人类对自然灾害的各类研究，表示暴露在风险之中的自然系统容易受到各类灾害破坏的特征。[②] 英国学者科菲、威斯特盖特、威斯纳（P. O. Keefe、K. Westgate and B. Wisner）等人提出，不利的社会经济条件是人类社会在自然灾害面前具有"脆弱性"的原因。[③] 因此，尽管人们对于脆弱性有着不同看法，但却都认为脆弱性在最初并非一个学术名词，而是风险管理说法在生活中的应用。

关于脆弱性在当代风险与危机管理理论和实践运用中的含义，各个研究者根据各自不同的理解从各自的角度进行了一些诠释。如，范晨芳等人认为脆弱性主要用来描述相关系统及其组成要素易于受到影响和破坏，并缺乏抗拒干扰、恢复初始状态（自身结构和功能）的能力。[④] 坎农·布莱基（Cannon Blaikie）等人认为，脆弱性指人类、人类活动及其场地的一种性质或状态。脆弱性可以看成是系统安全性描述的另一种表示方式：脆弱性增加，安全性降低；脆弱性越强，抗御灾害和从灾害影响中恢复的能力就越差。[⑤] 商彦蕊对脆弱性给出了更为综合性的定义，认为脆弱性应指一定社会政治、经济、文化背景下，某孕灾环境区域内特定承灾体对某种自然灾害表现出

---

① 邱仁宗：《脆弱性：科学技术伦理学的一项原则》，《哲学动态》2004 年第 1 期。

② M. A. Janssena、M. L. Schoon and W. Ke, et al., "Scholarly net works on resilience, vulnerability and adaptation within the human dimensions of global environmental change", *Global Environmental Change*, 2006,16(3): 240—252.

③ P. O. Keefe、K. Westgate and B. Wisner,"Taking the naturalness out of natural disasters", *Nature*, vol. 260, 1976, pp. 566—567.

④ 范晨芳、杨一风、曹广文：《脆弱性评价在公共卫生突发事件预警理论模型构建中的应用》，《第二军医大学学报》2007 年第 10 期。

⑤ Cannon Blaikie, I. P. T. Davis and B. Wisner, At *Risk*: *Natural Hazards*, *People's Vulnerability and Disasters*, London: Routledge, 1994, PP. 141—156.

的易于受到伤害和损失的性质。这种性质是区域自然孕灾环境与各种人类活动相互作用的综合产物。①

除学者之外，有关风险与危机管理组织对脆弱性也进行了定义。UNDRO 从承灾体的角度认为，脆弱性是承灾体对破坏和伤害的敏感性，这一直被认为是衡量损失和受损程度测量的标准（the susceptibility to damage and injury, UNDRO, 1982）。美国桑地亚（Sandia）国家实验室将脆弱性定义为：可攻击的设施安全薄弱环节。② 国际减灾策略委员会（International Strategy for Disaster Reduction）将脆弱性定义为：由于人类活动而导致的一种状态，该状态描述社会对于灾害所受影响以及自我保护的程度。③

随着整个社会系统的发展，以及系统科学、系统工程的出现，脆弱性又被广泛地应用到系统工程中，脆弱性分析成为系统性科学研究的一项基本原则。目前脆弱性这一概念已被应用到很多研究领域，例如风险管理、应急管理、灾害学、生态学、公共健康、气候变化、土地利用、可持续性科学、经济学、工程学等各类学科研究及实践中。在金融系统的研究更为广泛，成为金融风险研究最基础性的问题。

国内对于灾害管理、风险治理、应急管理等领域的脆弱性研究起步较晚，从 20 世纪末开始关注承灾体对于灾害的脆弱性分析，并逐步采用定性和定量分析的方法。其中，定量分析方法主要是采用指标体系法和系统分析法。④

根据有关系统脆弱性的研究，我们可以按照人们日常对于脆弱性的种类划分，比较典型的定义，以及各个定义与划分的不同侧重点，将系统的脆弱性进行如下划分（见表 2-1）。

---

① 商彦蕊：《自然灾害综合研究的新进展———脆弱性研究》，《地域研究与开发》2000 年第 6 期。

② AWWA Interim voluntary security guidance for water utilities[EB/OL]. [200-12-09]. http://www.awwa.org/awwa/science/wise/report/cover.pdf.

③ B. C. Ezell, "Toward a systems-based vulnerability assessment methodology for water supply systems", *Risk-Based Decision-making*, 2002, PP. 91—103.

④ 于翠松：《环境脆弱性研究进展综述》，《水电能源科学》2007 年第 8 期。

表 2-1　脆弱性概念比较①

| 种类划分 | 典型定义 | 不同侧重点 |
|---|---|---|
| 暴露于不利影响或损害的可能性 | 脆弱性是指由于强烈的外部扰动事件和暴露部分的易损性，导致生命、财产及环境发生损害的可能性 | 与"风险"的概念相似，着重于损害的潜在影响分析 |
| 遭受不利影响损害或威胁的程度 | 脆弱性是指系统或系统的一部分在灾害事件发生时所产生的不利影响的程度；脆弱性是指系统、子系统、系统组成部分由于暴露于灾害（扰动或压力）而可能遭受损害的程度 | 常见于自然灾害和气候变化研究中，强调系统面对不利扰动（灾害事件）的结果 |
| 承受不利影响的能力 | 脆弱性是社会个体或社会群体应对灾害事件的能力，这种能力基于他们在自然环境和社会环境中所处的形势；脆弱性是指社会个体或社会群体预测、处理、抵抗不利影响（气候变化）并从不利影响中恢复的能力 | 突出了社会、经济、制度、权力等人文因素对脆弱性的影响作用，侧重对脆弱性产生的人文驱动因素进行分析 |

　　通过对系统脆弱性理论和实践的研究，我认为脆弱性是一个概念的集合，包含了"风险"、"敏感性"、"适应性"、"恢复力"等一系列相关概念。这些概念和定义，既考虑了系统内部条件对系统脆弱性的影响，也包含系统与外界环境的相互作用下所显示的易受外部侵扰的特征。

　　从上述定义看来，脆弱性应当包含三层基本含义：一是它表明系统、群体或个体存在内在不稳定性，该系统、群体或个体对外界的干扰和变化（自然的或人为的）比较敏感。在外来干扰和外部环境变化的胁迫下，该系统、群体或个体易遭受某种程度的损失或损害，并且难以复原。二是指对于受到暴露的单元，由于暴露于扰动和压力之中而容易受到损害的程度。三是系统对于环境和社会变化带来的压

---

① 李鹤、张平宇、程叶青：《脆弱性的概念及其评价方法》，《地理科学进展》2008 年第2 期（依据本人的理解，并参考其他文献，进行了部分调整和修改）。

力及扰动,由于缺乏适应能力而容易受到损害的一种状态。①

2. 脆弱性的共同特征

从上述考察可以看出,脆弱性逐步从日常生活中的一般概念发展成为描述复杂系统特征的专用名词,并在很多领域得到广泛应用。虽然各个领域应用这一概念的时候常常对其属于专用名词,还是一般用语等不加区分,但是我们认为这些脆弱性研究仍然存在一定的共识。

(1) 现代脆弱性常常存在于复杂的动力系统中。

我们现代所说的脆弱性,无论是人体、自然环境、社会等脆弱性,都不再是一个简单的线性系统,而通常是一个复杂的动力系统。所谓的脆弱性,也往往指复杂系统的某一部分容易遭受破坏的特性。这种复杂动力系统具有初始条件敏感性的特征,一旦遭受到某种扰动,就能够迅速地通过"蝴蝶效应",并通过业已存在的动力系统,将这种脆弱性迅速放大。

(2) 脆弱性所附着的客体具有多层次性。

脆弱性概念已被应用到家庭、社区、地区、国家等不同宏观系统层次。脆弱性所附着的客体不仅涉及人群、动植物群落等自然系统,还通常会涉及特定区域(岛国、城市)、市场、产业等多种有形或无形的客体。

(3) 造成脆弱性客体上的扰动具有多维性。

任何一个复杂动力系统通常都暴露于多重扰动之中,正是这些扰动使得某些本来不具备破坏力的脆弱性变得破坏性增强。这些扰动既有来自复杂系统内部的,也有来自复杂系统外部的。除此之外,不同来源的扰动之间还存在复杂的相互作用,这就使得系统的脆弱性的形成及发展更具有复杂性。

(4) 脆弱性有大量的相近概念。

"敏感性"(suscepbility)、"易损性"(fragility)、"不稳定性"(instability)、应对能力、恢复能力(resilience)、适应能力等概念,已成为

---

① 刘燕华、李秀斌:《脆弱生态环境可持续发展》,北京:商务印书馆 2001 年版;曲波、丁琳:《对区域经济脆弱性内涵的理论阐释》,《当代经济》2007 年第 02 期。

脆弱性研究、表述中的构成要素，它们在不同学科具有不同的含义。[①] 其中，敏感性是指单位扰动施加在系统上滞后，所导致系统产生的变化；恢复能力指生态系统在遭到外界干扰因素的破坏以后恢复到原状的能力；应对能力是指系统在扰动所产生的不利影响中，复原或适应不利影响的能力，在一定程度上包含了恢复能力和适应能力的概念。

（5）脆弱性总是针对特定扰动而言的。

任何一个复杂动力系统并不是针对所有扰动都是脆弱的，面对不同的扰动通常会表现出不同性质的脆弱性。因此，脆弱性总是与施加在整个系统上的特定扰动密切相关。以贵州省的瓮安事件为例，尽管之前当地也发生过一些群体性冲突事件，但是这些事件并未诱发大规模的社会冲突，只是到了特定事件发生后，整个瓮安地区的社会安全的脆弱性才显露出来，并爆发大规模冲突。

### 三、多领域的脆弱性

虽然脆弱性研究在很多领域中都取得了较大的进展，但是这些研究仍然没有摆脱概念发展初期所难以摆脱的局限性，不同领域对脆弱性概念的表述也存在较大差异。我们所说的脆弱性主要集中在下面几个领域。

#### 1. 自然界系统的脆弱性

可持续发展已经成为人类社会发展的共识，随着经济和社会发展系统的复杂程度的提高，脆弱性所引致的危机常常带来发展的中断，这是可持续发展面临的巨大挑战。其中，环境脆弱性对人类发展的影响最直接。近几年来，随着全球气候变暖和人类发展对环境的不断开发利用，出现了诸如全球气温上升、冰川融化、干旱、洪涝、水污染事件、供水危机、生物物种减少等一系列脆弱性事件。人们开始越来越多地关注环境脆弱性的变化，譬如对灾害系统脆弱性、生态系统脆弱性、地下水系统脆弱性以及水资源系统脆弱性的研究。[②]

---

① 沈珍瑶、杨志峰、曹瑜等：《环境脆弱性研究述评》，《地质科技情报》2003 年第 22 期。

② 商彦蕊：《自然灾害综合研究的新进展——脆弱性研究》，《地域研究与开发》2000 年第 2 期。

20 世纪 80 年代,随着世界范围防灾、减灾实践的深入,脆弱性被引入灾害学领域。这些研究主要是针对某一具体的灾害采用定性分析的方法,分析不同收入人群对于灾害的相对承受能力。随着研究的深入,学者开始从社会学的定性分析逐渐转入自然科学的定量评估。①

2. 技术及计算机网络的脆弱性

计算机网络近年来发展迅速,但是这一最为典型的人造系统,具有更为明显的脆弱性特征。其脆弱性是指计算机网络的一组特性,恶意的主体(攻击者或者攻击程序)能够利用这组特性,通过网络中已授权的手段和方式获取对资源的未授权访问,或者对网络以及网络中的主机造成损害。②

弗兰克·皮耶桑斯(Frank Piessens)认为,脆弱性是几乎所有网络安全事件的根源,而这些网络安全事件中,很少因为有硬件的不可靠性导致,更为复杂和敏感的软件系统脆弱性是网络脆弱性中最为典型的。③

脆弱性测试是检查信息系统的安全漏洞和抗攻击能力的有效方法。④

3. 经济系统的脆弱性

经济体系的脆弱性研究是伴随着市场经济体系的发展而发展起来的,其中主要体现在关于经济危机的研究。在一定意义上可以说,经济危机伴随着市场经济的始终。市场经济条件下,"看不见的手"与"看得见的手"的共同作用,构成了现代经济的基本特征。所谓"看得见的手"最初就是为了解决"看不见的手"所带来的经济领域的脆弱性而发展起来的。

在关于经济体系的脆弱性导致经济危机的理论研究中,马克思

---

①  于翠松:《环境脆弱性研究进展综述》,《水电能源科学》2007 年第 25 卷第 4 期。

②  程微微、陆余良、夏阳、杨国正:《计算机网络脆弱性评估研究》,《安徽大学学报(自然科学版)》2007 年第 4 期。

③  Frank Piessens, "A taxonomy of causes of software vulnerabilities in internet software", Supplementary Proceedings of the 13th International Symposium on Software Reliability Engineering, 2002, 47—52.

④  段云所、刘欣、陈钟:《信息系统组合安全强度和脆弱性分析》,《北京大学学报》2005 年第 5 期。

的研究具有一定的代表性。马克思主义经济危机理论并未因计划经济的式微而减少了解释力，因为资本主义经济仍然没有解决生产的社会性和资本主义私人占有之间的矛盾，而这恰恰构成周期性危机的根源。

经济脆弱性的研究范围非常广泛，主要涉及发展中国家的经济脆弱性研究①、能源安全体系的脆弱性研究②、贫穷的脆弱性研究以及金融脆弱性研究。③ 其中，受到关注最多，成果最丰富的是金融脆弱性研究。

### 4. 金融系统的脆弱性

金融脆弱性（financial fragility）理论最早是由凡勃伦（Veblen）提出来的，明斯基（Hyman Minsky）对这种理论进行了系统化。随着金融系统复杂程度，系统各部分间互相依赖程度的提高，脆弱性通过金融系统特有的杠杆效应成倍地放大，各种类型的金融危机不断爆发，且每次都呈现不同的特征。危机不再只发生在相对封闭的金融领域内，其发生的初期常常与实际经济联系甚微，甚至有些经济体之前的指标看上去很好，随着发展人们才能看出它与实体经济的联系。

从外部宏观经济角度来解释金融危机发生的原因的传统理论越来越缺乏说服力，这迫使人们放弃传统的思维方式，从内因的角度即从金融制度自身来解释新形势下金融危机发生的根源。正是在这一背景下金融脆弱性概念应运而生。④ 班德特（Bandt）和哈特曼（Hartmann）认为，金融部门的资产负债结构特征、复杂的网络特性、金融信息和信用特性这三个特性，决定了金融比经济中的其他部门更脆弱，更易于陷入系统性危机。

在具体解释银行脆弱性的理论模型中，银行体系的内在脆弱性或不稳定性模型占有重要地位。其源于 20 世纪 30 年代费雪（Fisher）的开创性研究；70 年代中期，明斯基、金德尔伯格（Kindleberger）

---

① 唐永胜：《发展中国家经济脆弱性的根源及其化解》，《现代国际关系》2005 年第 11 期。

② 赵宇飞、韩增林：《中国能源安全体系脆弱性研究》，《国土与自然资源研究》2007 年第 3 期。

③ Jonathan Morduch, "Poverty and Vulnerability", *The American Economic Review*, Vol. 84, No. 2.

④ 黄金老：《论金融脆弱性》，《金融研究》2001 年第 3 期。

等人在费雪研究的基础上,揭示了银行系统不稳定的原理与机制;20世纪 80 年代后,佩多安(Padoan)等将其扩展到国际金融领域。

## 第二节　脆弱性放大机制与危机形成

脆弱性能够形成公共危机的原因,在于系统运行的不确定性及其对运行的初始条件的敏感性。在不确定性、敏感性基础上形成的对脆弱性的放大机制,就是混沌理论中常说的"蝴蝶效应"。

### 一、混沌系统中的脆弱性

脆弱性通常存在于复杂动力系统中,对这种复杂动力系统运动规律的研究通常被称为混沌理论。金融系统、政府管理系统恰恰符合这种复杂动力系统的一切特征,所以这一理论在金融领域、政府管理领域中的研究不断深入,尤其是应用于这两大系统中的危机研究之中。

在传统牛顿力学体系中,虽然也有扰动、不确定性等概念,但不是作为其理论体系的主流而存在的。这一体系中的系统发展是按线性规律进行的,事物之间的关系可以通过试验或模型予以重复再现。这种思维方式对社会科学的方法论构成了决定性的影响。可重复、可验证成为科学的试金石。经济学甚至直接借用了物理学的工具和试验经济学的手段,而不仅仅限于分析方法的借用。二战以后,以物理学为代表的自然科学很快出现了混沌理论、相对论、量子力学等 20世纪自然科学的三大发展。建立在传统牛顿力学理论方法基础上的社会科学研究方法与实践方式,面临着全面解构。

汉语中的"混沌"一词,源于中国古代哲学中对于宇宙起源的解释。"混沌"的概念用于复杂动力系统的研究,是由美国数学家约克(J. A. Yorke)和美籍华人学者李天岩于 1975 年在论文《周期三意味着混沌》中提出的。对于脆弱性进行研究的混沌理论,最早是来源于自然科学的研究,这也符合社会科学方法论的来源路径。

虽然"混沌"这一概念在近几十年中得到广泛应用,但是目前对于"混沌"并没有一个统一的、普遍为人们所接受的明确定义。一般认为,混沌是"确定性系统中的内在随机性,并具有对系统初始条件的高度敏感依赖性"①。彭加勒首先提出：简单的确定性系统能产生惊人的复杂性，甚至是不可预见的行为，也就是今天所说的混沌现象。在确定性系统中，将来与过去是现在的唯一函数，所以整个系统行为是有序的、可预见的。②

尽管人们对于混沌理论（Chaos Theory）和混沌现象有着不尽一致的观点，但是都基本认为：之所以将系统定义为混沌，是因为动态复杂系统的演化和发展具有不可预见性，以及对初始条件极端敏感依赖性两个基本特点。尤其是后者更是对于混沌现象的基础，被称为对初始条件的依赖性（Sensitive Dependence on Initial Conditions，SDIC），也是系统产生危机和重构的根本原因。③ 即系统发展某一个起点上的轻微变化，可能会给系统的后续发展带来完全不同的后果。如果这种轻微的变化是一种脆弱性的话，后果很可能就是系统解构性的巨大危机。

混沌运动表现为缺乏秩序和规律，即呈现一种混乱，貌似随机且对初始值十分敏感。虽然系统发展的过程是严格确定性的，但其长期行为却无法预计。这种无序表现的后果是系统的发展方向上具有内在随机性、非周期性。从这个意义上看，任何试图对系统发展，包括对系统脆弱性所产生的危机后果进行长期预测都是不可能做到的（参见表 2-2）。

表 2-2　系统性体系与混沌体系对比④

|  | 旧的系统性话语体系 | 新复杂性/混沌话语体系 |
|---|---|---|
| 系统特征 | 输入、过程、输出、影响：一个系统的线性因素 | 秩序和混沌：系统的两个方面 |
| 平衡性 | 平衡或动态平衡：系统随着时间的变化稳定 | 远离均衡：系统外部的高能量流入 |

---

① 何孝星、赵华：《关于混沌理论在金融经济学与宏观经济中的应用研究述评》，《金融研究》2006 年第 7 期。

② 周邦珞：《展现新科学的混沌现象》，《中国人民大学学报》1995 年第 6 期。

③ C. Robert Bishop, "What Could Be Worse than the Butterfly Effect?" Volume 38, *Canadian Journal of Philosophy*, Number 4, December 2008, pp. 519—548.

④ E. S. Overman, "The New Sciences of Administration: Chaos and Quantum Theory", *Public Administration Review*, 1996, 56, 56 (5).

续表

| | 旧的系统性话语体系 | 新复杂性/混沌话语体系 |
|---|---|---|
| **系统组织性** | 人为组织和系统更新 | 自组织或自动更新:经常性的自我更新 |
| **系统结构** | 反馈和控制:沟通以避免偏离 | 耗散结构:崩溃和重生 |
| **部分整体关系** | 整体论:整体等于部分之和 | 不可通约性:了解了一个系统并不意味着了解其组成元素 |
| **周期性** | 明确的、一致性的周期 | 周期:即混沌和秩序的扰动周期 |
| **可逆与否** | 可逆的:系统是可逆的,因而可以通过线性模型或试验再现,进行事先供应或计划 | 不可逆性:系统的进步,是不可逆的运动 |

## 二、蝴蝶效应、脆弱度评估与减缓

类似人类社会的这种复杂动力系统,虽然存在脆弱性,但不一定带来危机。危机通常是在脆弱性基础上,通过所谓"蝴蝶效应"的放大机制形成的。为减缓这种危机,我们可以通过脆弱度评估去认识系统脆弱性,并减缓脆弱性。

### (一)蝴蝶效应的放大机制

蝴蝶效应内涵是指复杂的动力系统中,对初始条件的敏感性特征,是系统脆弱性被无限放大,进而导致危机产生的根本原因的理论的一个形象化表述。早在 1903 年,彭加勒就曾指出,"初始条件中的微小差异,可能会在终结现象上造成巨大的差异。在前期的一个微小误差,可能在后期形成一个巨大的差别,因此预测变得不可能"①。

在 1963 年美国科学促进会上,洛仑兹演讲道:"一只蝴蝶在巴西扇动翅膀,会在得克萨斯州引起龙卷风吗?"他用"蝴蝶效应"(Butterfly Effect)来描述这一复杂动力系统的初始条件微小变化带来系统

---

① 昂利·彭加勒:《科学与方法》,北京:商务印书馆 2004 年版。

长期的巨大连锁反应的特征。"蝴蝶效应"这一著名的科学比喻由此产生。

一只蝴蝶扇动双翅，从理论上讲会带来天气系统初始运动条件的细微改变；这种细微改变的不断放大，能够形成后期天气的巨大差异。比如，经常导致全球天气异常的"厄尔尼诺"现象，就是由于赤道附近海面温度的微小变化，通过逐级放大，最后形成了一种影响全球的灾难气候。

其实，这种"蝴蝶效应"的原始表述，早在中外传统思想中就有它的影子。比如我国成语中就有"风，起于青萍之末"、"千里之堤，溃于蚁穴"；《礼记·经解》中有："《易》曰，'君子慎始，差若毫厘，谬以千里。'"都表示细微的改变，能带来显著的后果。西方社会中流传甚广的一首民谣，"钉子缺，蹄缺卸；蹄缺卸，战马蹶；战马蹶，骑士绝；骑士绝，战事折；战事折，国家灭"。这也说明，"钉子缺"这样一个细小的初始条件，竟然能导致"国家灭"的严重后果。

"蝴蝶效应"说明，越是复杂的系统，对于来自内外部各种扰动的敏感性越强，这也是复杂动力系统的脆弱性所在。

### （二）危机后的脆弱度评估

虽然复杂系统的运行具有不确定性，造成风险、危机的脆弱性因素更难于被认知，但是人们对于系统脆弱性及其放大后所形成的危机可以进行评估，并发展出一系列评估方法，成为我们进行风险分析和管理的主要工具。

#### 1. 脆弱度的评估

开展脆弱度评估是脆弱性理论与实践相结合的一个有效方法。虽然脆弱性评估并没有发展出来一套具有普遍适用性的评估方法，但是近年来，人们还是提出了一些常用的脆弱性分析评估方法。

（1）综合指数法。

综合指数法从脆弱性表现特征、发生原因等方面建立综合性的评价指标体系，利用统计方法或其他数学方法将影响系统脆弱性的各种因素加总后，综合成脆弱性指数，来表示评价单元脆弱性程度的相对大小，是目前脆弱性评价中较常用的一种方法。如财政领域中的财政脆弱度分析，就是把政府收入汲取、支出弹性、负债率等多种因素,加权平均后综合而成。①

（2）图层叠置法。

近几年来,随着 GIS 技术的日益普及和完善,应用 GIS 技术评估自然和人文系统的脆弱性的做法越来越多。图层叠置法就是基于 GIS 技术的一种脆弱性评价方法。将若干灾害风险因素图结合起来,将得到一张定性化的灾害图。根据灾害的脆弱性定量分析结果,可以做出脆弱性图。最后,灾害和脆弱性地图组合起来就得到风险图,可以非常明晰、直观地将风险、脆弱性因素标示出来。②

（3）脆弱性模型评价法。③

该方法基于对脆弱性的理解,首先对脆弱性的各构成要素进行定量评价,然后从脆弱性构成要素之间的相互关系出发,建立脆弱性评价模型。但是,该方法的局限性在于脆弱性各要素之间的关系往往不是直线型的、单一的。

（4）危险度分析。

危险度分析是依据风险对各种因素的潜在影响与危害程度、规模,进行评估的方式。这些因素人口、社会、经济等因素。这种评估属静态的脆弱度评估。④

当然,由于脆弱性理论刚刚发展起来,其评估方法的发展尤其不成熟,有些方法也只是适用于部分风险脆弱性评估领域,而且其有效性也尚未得到公认,对此我们应有清醒的认识。

**（三）系统脆弱度的降低**

关于减少脆弱度的方法,有人认为,应采取减少致灾事件发生的可能性或干预致灾事件发生发展过程,从系统稳定性角度,降低脆弱

---

① 理查德·何明、墨雷·皮特里:《评价财政脆弱度的构架（国际货币基金组织工作报告）》,http://www1.worldbank.org/wbiep/decentralization/Courses/China%2006.12.00/RichardH-cn.htm.

② 王淑红、黄毅、陈彬:《灾害、脆弱性以及风险分析》,《水土保持科技情报》2004 年第 1 期。

③ 冯萍慧、连一峰、戴英侠、鲍旭华:《基于可靠性理论的分布式系统脆弱性模型》,《软件学报》2006 年第 7 期。

④ E. R. Smith, L. T. Tran, R. V. O'Neill, "Regional Vulnerability Assessment for the Mid-Atlantic Region: Evaluation of Integration Methods and Assessments Results", EPA Regional Vulnerability Assessment (ReVA) Program, EPA/600/R-03/082, 2003.

性；鉴于系统对外界暴露其脆弱点，是系统脆弱性扩大原因之一，因此可以通过减少暴露，减轻脆弱性；外因往往也是脆弱性扩大的原因之一，因此干预灾害形成的社会、环境条件；改进灾害反应和灾害管理；提高知识和信息水平，加强灾害研究等方法。[1]

也有人认为，应从提高整个系统安全标准，加强系统运行参与者安全培训，提高防护水平等方面入手，增强整个系统运行稳健性，进而减少脆弱度。[2]

也有人结合计算机网络安全系统等具体领域的脆弱性分析，提出具有相对普遍性的降低脆弱性的方法，如安全硬件建设，加强和完善安全管理水平等两个方面。[3]

总的来看，降低脆弱性主要包括两方面的措施：一方面，优选预控对策，减少致灾事件发生的可能性或干预其过程；另一方面，夯实支撑基础，完善重大突发事件的脆弱性管理体系。后者包括增强各组织的综合协调与合作机制，提升全体民众社会成熟度，加强发挥各种媒体的积极作用，构建重大突发事件资源保障体系等。[4]

### 三、公共风险分析方法

英国、德国等国政府普遍使用的公共风险分析是各国风险治理的基础与核心方法。通过公共风险分析，政府可以综合了解某个区域各种危害可能引起的影响总规模，更直观地对不同危害造成的风险进行比较。公共风险分析主要包括以下步骤：

#### （一）风险分析区域的描述

公共风险分析都是针对国家、省州、城市、乡镇等某个特定行政区域进行的。首先确定区域后，再计算出在某一个危险发生时，这个区域可能会遭受的人力、物力、财力及非物质损害的规模。风险分析的第一步是清晰描述风险分析区域的重要信息，包括该区域的地理、

---

[1] 商彦蕊：《自然灾害综合研究的新进展——脆弱性研究》，《地域研究与开发》2000年第6期。

[2] 徐勇：《核事故和放射性突发事件的危机管理脆弱性分析》，《中国公共卫生管理》2007年第2期。

[3] 同上。

[4] 祝江斌：《基于重大突发事件扩散机理的脆弱性管理问题研究》，《管理现代化》2008年第4期。

人口、环境、经济和供应等情况,如表 2-3 所示。

表 2-3　场景描述参数表

| 参数 | 纲要问题 |
|---|---|
| 危险 | • 哪一个事件是考虑的对象? |
| 发生地点 | • 这个事件是在哪里发生的? |
| 区域范围 | • 哪些区域受到该事件的影响? |
| 强度 | • 这个事件的强度有多大? |
| 时间点 | • 事件是什么时候发生的?(一年中的哪天/如果可能,一天中的什么时候?) |
| 时间长短 | • 事件及/或它的影响持续的时间有多长? |
| 过程 | • 事件的起因是什么?<br>• 事件发生的过程是怎样的? |
| 预警时间 | • 事件是否是预期的?<br>• 公民是否能够对事件做准备?<br>• 有关部门是否能够对事件做相应的准备? |
| 影响 | • 谁/什么事物受到事件直接/间接的影响?(人、环境、物体等) |
| 参考事件 | • 是否发生过类似可比的事件? |
| 其他信息 | • 有关部门/救援人员/志愿者的准备程度/培训水平如何?<br>• 对于受害人/受害事物的易受伤害程度和/或者它们的抗伤害程度的认知<br>• 还有什么是对这类情景很重要,但至今为止没有列入考虑范围的? |

### (二)公共风险类型选择及场景描述

风险分析的第二步在确定要分析的危险之后,必须设计一个场景,作为风险分析的出发点。场景必须对事件做出明确、详细的描述,在此基础上对预期的风险规模做出精确估算。场景包括所分析事件的形式、涉及范围、强度、发生及持续时间(如表 2-3)。

### (三)公共风险发生的可能性估算

风险分析的第三步是估算确定场景发生的可能性。各国一般采用 5 级制分类,包括从 1 级("几乎不可能")至 5 级("非常可能")五个类别(表 2–4)。

表 2–4　发生可能性的分类

| 级别 | 可能性 | 每年……次 | 每……年 1 次 |
|------|--------|-----------|--------------|
| 5 | 很可能 | ≤ 0.1 | 10 |
| 4 | 可能 | ≤ 0.01 | 100 |
| 3 | 偶尔可能 | ≤ 0.001 | 1 000 |
| 2 | 不太可能 | ≤ 0.000 1 | 10 000 |
| 1 | 几乎不可能 | ≤ 0.000 01 | 100 000 |

注释:这是统计中用到的多少年发生一次的统计形式。比如一场百年洪水是指据统计平均每 100 年才会发生一次的事件。但这并不意味着这次事件之后的 100 年以内不会再发生相同规模的事件。

### (四) 估算损害规模

风险分析的第四步是估算所确认的危险发生后可能造成的损害的规模。估算损害规模的前提是选择合适的损害参数,并且规定损害规模每个参数下各个级别的限值,同时考虑其综合影响参数。

1. 选择损害参数

表 2–5 列举了用于估算不同领域典型损害的常用损害参数,包括人、环境、经济、供应及非物质等五个领域各 4 项一共 20 项。这些指标属公共风险中普遍会遭到损害的元素,分析者也可以根据实际补充其他参数或对现有参数进行完善。

表 2–5　公共风险的典型损害参数

| 领域 | 损害参数 | 单位 |
|------|----------|------|
| 人 | 死亡人口 | 数量 |
| | 受伤人口 | 数量 |
| | 需要救助时间超过 14 天的人口 | 数量 |
| | 需要救助时间在 14 天以下的人口 | 数量 |

| 领域 | 损害参数 | 单位 |
|------|---------|------|
| 环境 | 保护区的破坏 | 公顷 |
| | 水域中生存空间的破坏 | 公里及公顷 |
| | 地下水的破坏 | 公顷 |
| | 农业用地的破坏 | 公顷 |
| 经济 | 物质损失 | 欧元 |
| | 后续损失 | 欧元 |
| | 经济成果的损失 | 欧元 |
| | 商业收入的损失 | 欧元 |
| 供应 | 饮用水供应中断 | 小时/天，数量 |
| | 电力供应中断 | 小时/天，数量 |
| | 燃气供应中断 | 小时/天，数量 |
| | 电信中断 | 小时/天，数量 |
| 非物质 | 对公共安全和秩序的影响 | 程度 |
| | 政治影响 | 程度 |
| | 心理影响 | 程度 |
| | 文化产物的损害 | 数量及损害程度 |

2. 确立界限值

为了便于将损害规模分级，下一步通常要为每一个损害参数规定界限值。为每一个参数估计预期的影响并归类到一个适当的损害值下。级别从"很小"（损害值1）到"很大"（损害值5）。表2-6、表2-7、表2-8、表2-9、表2-10可以作为级别分类的模板，每个使用者可以根据法律规定、分析需求等作相应调整：

表 2-6　公共风险分析中"人"的损失大小分类

| 等级 | 描述 | 死亡人数 | 伤/病人数 | 需要救助时间超过 14 天的人数 | 需要救助时间低于 14 天的人数 |
|------|------|----------|-----------|------------------------------|------------------------------|
| 5 | 很大 | > __ | > __ | > __ | > __人<br>> __小时/天 |
| 4 | 大 | __ - __ | __ - __ | __ - __ | __ - __人<br>__ - __小时/天 |
| 3 | 一般 | __ - __ | __ - __ | __ - __ | __ - __人<br>__ - __小时/天 |
| 2 | 小 | __ - __ | __ - __ | __ - __ | __ - __人<br>__ - __小时/天 |
| 1 | 很小 | ≤ __ | ≤ __ | ≤ __ | ≤ __人<br>≤ __小时/天 |

表 2-7　环境风险损失的大小分类

| 等级 | 描述 | 保护区的破坏 | 水域中生存空间的破坏 | 地下水的破坏 | 农业用地的破坏 |
|------|------|--------------|----------------------|--------------|----------------|
| 5 | 很大 | 长期> __公顷<br>或<br>暂时> __公顷 | 河> __公里<br>或湖> __公顷<br>或海> __公顷 | > __公顷 | 长期> __公顷<br>或<br>暂时> __公顷 |
| 4 | 大 | 长期> __ - __公顷或暂时> __ - __公顷 | 河> __公里<br>或湖> __公顷<br>或海> __公顷 | __ - __公顷 | 长期> __ - __公顷或暂时> __ - __公顷 |
| 3 | 一般 | 长期> __ - __公顷或暂时> __ - __公顷 | 河> __公里<br>或湖> __公顷<br>或海> __公顷 | __ - __公顷 | 长期> __ - __公顷或暂时> __ - __公顷 |
| 2 | 小 | 长期> __ - __公顷或暂时> __ - __公顷 | 河> __公里<br>或湖> __公顷<br>或海> __公顷 | __ - __公顷 | 长期> __ - __公顷或暂时> __ - __公顷 |
| 1 | 很小 | 长期≤ __公顷<br>或<br>暂时≤ __公顷 | 河≤ __公里<br>或湖≤ __公顷<br>或海≤ __公顷 | ≤ __公顷 | 长期≤ __公顷<br>或<br>暂时≤ __公顷 |

表 2-8  经济风险损失的大小分类

| 等级 | 描述 | 物质损失 | 后续损失 | 经济成果损失 | 商业收入损失 |
|---|---|---|---|---|---|
| 5 | 很大 | > __ | > __€ | > __€ | > __€ |
| 4 | 大 | __ - __€ | __ - __€ | __ - __€ | __ - __€ |
| 3 | 一般 | __ - __€ | __ - __€ | __ - __€ | __ - __€ |
| 2 | 小 | __ - __€ | __ - __€ | __ - __€ | __ - __€ |
| 1 | 很小 | ≤ __€ | ≤ __€ | ≤ __€ | ≤ __€ |

表 2-9  公共供给风险损失的大小分类

| 等级 | 描述 | 饮用水供应中断 | 电力供应中断 | 燃气供应中断 | 电信中断 |
|---|---|---|---|---|---|
| 5 | 很大 | > __人持续<br>> __小时/天 | > __人持续<br>> __小时/天 | > __人持续<br>> __小时/天 | > __人持续<br>> __小时/天 |
| 4 | 大 | __ - __人持续<br>__ - __小时/天 | __ - __人持续<br>__ - __小时/天 | __ - __人持续<br>__ - __小时/天 | __ - __人持续<br>__ - __小时/天 |
| 3 | 一般 | __ - __人持续<br>__ - __小时/天 | __ - __人持续<br>__ - __小时/天 | __ - __人持续<br>__ - __小时/天 | __ - __人持续<br>__ - __小时/天 |
| 2 | 小 | __ - __人持续<br>__ - __小时/天 | __ - __人持续<br>__ - __小时/天 | __ - __人持续<br>__ - __小时/天 | __ - __人持续<br>__ - __小时/天 |
| 1 | 很小 | ≤ __人持续<br>≤ __小时/天 | ≤ __人持续<br>≤ __小时/天 | ≤ __人持续<br>≤ __小时/天 | ≤ __人持续<br>≤ __小时/天 |

表 2-10  非物质风险损失的大小分类

| 等级 | 描述 | 对公共安全和秩序的影响 | 政治影响 | 心理影响 | 文化产物的损害 |
|---|---|---|---|---|---|
| 5 | 很大 | 程度：_____ | 程度：_____ | 程度：_____ | 程度：_____ |
| 4 | 大 | 程度：_____ | 程度：_____ | 程度：_____ | 程度：_____ |
| 3 | 一般 | 程度：_____ | 程度：_____ | 程度：_____ | 程度：_____ |
| 2 | 小 | 程度：_____ | 程度：_____ | 程度：_____ | 程度：_____ |
| 1 | 很小 | 程度：_____ | 程度：_____ | 程度：_____ | 程度：_____ |

人、环境、经济和供应这几个领域的损害参数的级别可以通过数量范围来划分，具体数据由这一方法的运用者做出相应的规定。与之相比，非物质领域的损害参数只能在有限的情况下量化估计。比如在估算某个事件对公共安全和秩序的影响时，可以统计在分析区域内受影响的行政单元的数量等。

3. 单项与综合损失值计算

每个损失参数的损失值的计算是风险分析中至关重要的一步，在场景里描述的危险发生，每个参数都会根据之前所规定的级别分类获得一个损害值。在计算损害值时必须同时考虑一些其他影响损害的因素，比如脆弱性、现有的保护措施、用于抵抗的资源及事件的克服。通过简单的加法就可以得出总的损害值。首先将所有参数的等级值相加，然后除以参数的数量。表 2-11 是一个计算例子。

表 2-11　各个因素损害值及总体损害值举例[①]

| 领域 | 损害参数 | 绝对单位 | 预期的损害（举例） | 缩写 | 损害值（举例） |
|------|---------|---------|------------------|------|-------------|
| 人 | 死亡人口 | 数量 | 15 | $M_1$ | 2 |
| | 受伤人口 | 数量 | 120 | $M_2$ | 2 |
| | 需要救助时间超过 14 天的人口 | 数量 | 0 | $M_3$ | 1 |
| | 需要救助时间在 14 天以下的人口 | 数量 | 12 万 | $M_4$ | 3 |
| 环境 | 保护区的破坏 | 公顷 | 500（暂时） | $U_1$ | 2 |
| | 水域中生存空间的破坏 | 公里及公顷 | 无 | $U_2$ | 1 |
| | 地下水的破坏 | 公顷 | 无 | $U_3$ | 1 |
| | 农业用地的破坏 | 公顷 | 无 | $U_4$ | 1 |

---

① 表中列举的数值/信息是随机选择的，只是为了形象说明计算过程。

| 领域 | 损害参数 | 绝对单位 | 预期的损害<br>（举例） | 缩写 | 损害值<br>（举例） |
|---|---|---|---|---|---|
| 经济 | 物质损失 | 欧元 | 40 亿 | $W_1$ | 5 |
| | 后续损失 | 欧元 | 目前尚未能<br>做量的统计 | $W_2$ | 1 |
| | 经济成果的损失 | 欧元 | 目前尚未能<br>做量的统计 | $W_3$ | 1 |
| | 商业收入的损失 | 欧元 | 目前尚未能<br>做量的统计 | $W_4$ | 1 |
| 供应 | 饮用水供应中断 | 人员数量，<br>小时/天 | 无 | $V_1$ | 1 |
| | 电力供应中断 | 人员数量，<br>小时/天 | 23 万人，<br>3 天 | $V_2$ | 5 |
| | 燃气供应中断 | 人员数量，<br>小时/天 | 无 | $V_3$ | 1 |
| | 电信中断 | 人员数量，<br>小时/天 | 12.5 万人，<br>1 天以下 | $V_4$ | 3 |
| 非物质 | 对公共安全和秩序的影响 | 程度 | 无 | $I_1$ | 1 |
| | 政治影响 | 程度 | 无 | $I_2$ | 1 |
| | 心理影响 | 程度 | 无 | $I_3$ | 1 |
| | 文化产物的损害 | 数量及损<br>害程度 | 3 处明显受<br>到损害 | $I_4$ | 3 |

总数：　37

除以损害参数的量：　20

总体损害值：　1.9

注释：1. 在计算总体损害值时，必须时时将所有损害参数纳入计算范围。

2. 可以给每一个普通的参数分配不同的权重。这样就可以将每个参数不同的重要性也计算进去。

3. 即使一个或多个参数没有遭受任何损害，也以损害值"1"来计算。

### （五）公共风险估算及形象化显示

用风险矩阵来形象地显示风险分析的结果，用一个点来代表一个风险，根据其发生可能性及损害规模的大小填入矩阵（见图2-1）。

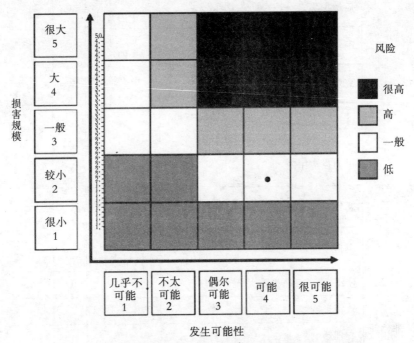

**图2-1 以点的形式在矩阵中形象地显示计算出的风险**
**（例如一项发生可能性为4，预期的规模为1.9的风险）**

一个事件发生可能性总是使用从1至5的自然数（整数）表示，而表示损害规模则一般精确到小数点后一位数，使之更精确。公共风险分析的目的之一是，将不同风险和事件（场景）在一个矩阵中相互比较（见图2-2），①以了解其相关性。

---

① 在荷兰和英国每年进行一次全国风险分析并将其结果在一个矩阵中标示出来。英国的风险分析的方法和结果是保密的，只对外公开一份非常简明的总结（比较"国家风险登记"，2008年），而在荷兰绝大部分都是公开的（比较"2008 Ministerie van Binnenlandse Zaken en Koninkrijksrelaties"）。

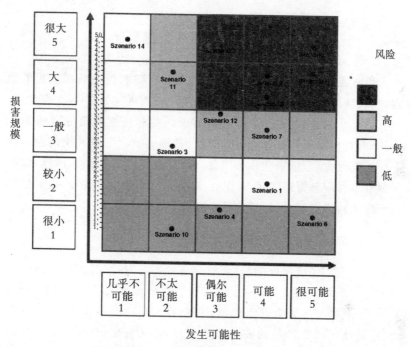

图 2-2　在矩阵中以点的形式比较不同的风险(举例)

## (六) 政府对公共风险的管理

风险分析本身不是目的,它是各国政府全面风险管理的一个环节,这个管理过程包括确定环境、风险识别、风险分析、风险评价、风险处置等的循环。在公共风险管理范围内,政府的责任是提供关于危险、风险及现有能力的可靠的信息。这些信息应作为中立的、透明的决策基础,使有关政府领导遇到复杂问题时,能够及时做出风险决策、风险准备以及危机管理决定等等。

值得指出的是各国普遍应用的公共风险分析方法只是风险管理的方法之一,目前还应该应用信息技术来协助风险分析。[①] 同时使用电脑地理信息系统(GIS)也会具有针对性地为本文介绍的风险分析提供补充。

―――――――――――

① 例如在瑞士,瑞士公民保护局为支持风险管理而免费提供一套软件,名为"风险计划"(Risk Plan), http://www2. vbs. admin. ch/internet/apps/riskmanagement/(2010 年 3 月 5 日)。

## 第三节　危机后的制度变迁

虽然我们可以通过加强风险管理,改变脆弱性来减缓危机的出现,或者从根本上防止危机的发生。但是,危机常常是不可避免的,危机到来常常以突发事件的形式出现。在非线性复杂的混沌系统中,经由对初始条件具有高度敏感性的"蝴蝶效应",将系统的脆弱性进行无限放大后,危机往往会因此产生。这就需要我们在风险、危机与突发事件应急管理各个环节中,对构成人们行为规则的确定性制度经常性地进行调整,以适应这种变化。

### 一、危机与制度变迁的双向互动

现代市场经济制度的确立,意味着分工与专业化的高度发达,并带来了以下两方面变化:一方面从整个经济角度,扩大了经济规模,做大了"蛋糕";从某个行业角度,带来了规模经济效益,提高了经济效率,降低了单个产品的成本。另一方面,从系统论角度,整个社会的系统性日益增强,越来越具有混沌特征。每个人的日常生活、工作不得不严重依赖于其他人的行为。影响他人行为的职业道德、个人际遇、行业状况、地区发展等风险与危机和突发事件所带来的脆弱性,都会经由这种动态系统对初始条件的高度敏感性,蔓延到整个系统,使得任何人都无法独善其身。①

从这个意义上看,人类社会系统自身具有不确定性、不完全性(比如经济学中的契约不完全性、信息非对称性、道德风险等)、不可预见性等特征。这种系统完全依靠正式、非正式制度规则在维系;制度、规范、文化的作用之一,就是减少这种不确定性。但是,形成的制度漏洞就是系统的脆弱性,在遭遇到自然、人为的灾害的时候,风险、危机和突发事件就容易形成。

我们注意到,历史上一些比较重大的制度变革常常与一些风险、危机甚至突发应急事件有着时间序列上的前后关系;反过来,这些制度的完善和形成的功能,又都旨在减少各自风险、危机和突发事件的产生。如,英国王室的财政危机、合法性危机之后的英国君主立宪制

---

① 汪丁丁:《中国社会进入高风险时期?》,《财经》1999 年第 1 期。

度的确立。我国在经历"国民经济面临崩溃的边缘"①之后,对外开放政策的形成。

不仅仅是带有根本性的制度变迁,一些相对不是宏大的制度、规则的形成与风险、突发事件的发生也存在这种关系。如,美国1858年"纽约毒牛奶事件"之后,食品卫生管理系统的脆弱性和制度缺陷得以暴露,美国食品卫生制度开始全面确立。2003年,广州"孙志刚事件"之后,中国收容审查制度被取消,新的社会救助制度开始建立。2003年,席卷全国的"SARS事件"之后,中国公共卫生制度得以逐步完善等等。

我们进一步研究发现,历史上很多制度变迁的背后,都有着风险、危机甚至突发事件的因素作为推手。风险、危机和突发应急事件常常是脆弱性的放大镜,甚至常常决定了制度变革的方向和力度。

研究建立社会风险预警和应急管理体系,完善风险治理框架的目的,不仅仅是为了应对危机和应急事件。同时,也可以在对这些风险、危机、突发事件反思、评估基础上,发现漏洞,主动通过制度性变革,完善整个制度体系、提高宏观治理水平,回应风险社会的现实。

**二、制度变迁惰性及危机的作用**

1978年以来,我国实行的是渐进式改革模式,不断的制度变迁是取得改革成功的关键所在。但是,制度变迁的阻力在于旧制度自我发展、自我强化的制度惯性,以及因此进入一种低效而无法自拔的状态,即路径依赖以及路径依赖所带来的制度锁定。制度自发的发展力量无法抵消这种制度的路径依赖,常常风险、危机、紧急事件是打破这种路径依赖、促进制度变迁的主要力量。风险—危机—紧急事件不仅是制度变迁的主要推动力量,而且决定了制度变迁的发展方向和时机。反过来,风险、危机甚至紧急事件以后所形成的制度,又防止了各自的风险、危机和紧急事件的产生。政治、经济和社会领域中,这种风险—危机—紧急事件与制度变迁的双向互动模式更具有普适意义和重大作用。美国"次贷危机"所暴露出来的制度性缺陷,应当通过制度性变迁来进行弥补。

---

① 见华国锋:1978年的五届全国人大政府工作报告;胡锦涛:中国共产党第十七次全国代表大会报告;温家宝在夏季达沃斯(天津)论坛上的讲话。

### 1. 制度发展中的路径依赖和长期锁定

初期的路径依赖理论主要是一种关于经济变迁的理论，而经济变迁包括技术变迁和制度变迁。[①]"路径依赖"概念最初由戴维和阿瑟先后提出，主要是在对技术变迁的分析中产生的，后经过诺斯等人的不断扩展，应用到了制度变迁领域。

戴维德通过人们选择了 QWERTY 键盘，而没有选用 DSK 键盘的案例分析指出，正是路径依赖导致了这种情形的存在。他提出导致路径依赖的三种机制：一是技术的相关性，按 QWERTY 顺序安装的键盘越多，试图学会按 QWERTY 键盘打字的人就越多，拥有这种能力的打字者就越多，购买这种技术的雇员就越多；规模经济，采用这种技术的厂商越多，规模报酬递增，成本递减；投资的准不可逆性（Quasi-Irreversibility），重新训练打字者使他们由一种标准转向另一种标准的成本过于高昂，导致在专用键盘技术上投资的准不可逆性。

阿瑟提出了相似的观点：一种技术的市场份额不是依赖偏好和技术的可能性，而是由于递增报酬导致"锁定"（Lock-in）的历史小事件（Historical Small Events）。由于技术不是根据效率，而是由递增报酬和偶然事件选择，因此缺乏效率的技术可能流行。

戴维德在后来的研究中进一步将路径依赖理论扩展到了制度分析领域，认为制度分析领域具有同样的作用机制。[②] 诺斯认为，由于经济和政治的相互作用和文化遗产的影响，制度变迁可能远比技术变迁的情形更为复杂。诺斯着重于强调路径依赖的制度观与技术观的差别，并发展了一个解释力更强的制度性路径依赖概念。诺斯的制度性路径依赖是指制度性框架使得各种选择定型，并使得各种制度变革可能被锁定的情形。[③] 诺斯等人的路径依赖分三个层次：心智层面的路径依赖、共享心智固化后形成的制度层面的路径依赖以及制度的表现形式——经济和技术层面的路径依赖。如果要打破路径依赖，只有从源头做起，那就是破除心智层面的路径依赖，这就需

---

① 刘汉民：《路径依赖理论研究综述》，《经济学动态》2003 年第 6 期。

② Paul A. David, "Why are institutions the 'carriers of history'?: Path dependence and the evolution of conventions, organizations and institutions", *Structural Change and Economic Dynamics*, 1994, vol. 5, issue 2, pages 20—220.

③ Pierre Garrouste and Stavros Ioannides, *Evolution and Path Dependence in Economic Ideas: Past and Present*, Cheltenham, England, 2000.

要依靠意识形态方面的变革。①

　　制度的自我强化机制产生了大规模的收益递增，而递增的收益又决定了制度变迁的不同轨迹。当报酬递增普遍发生时，制度变迁得到巩固和支持，并沿着良性循环轨迹发展；当报酬递增不能普遍发生时，制度变迁就朝着非绩效方向发展，且愈陷愈深，最终锁定在无效率状态。格莱伯贺就以德国鲁尔工业区的衰落为例，说明从一个国家或地区来看，这种路径依赖所带来的锁定可分为结构锁定、政治锁定与认知锁定。②

　　2. 制度变迁对路径依赖的打破

　　路径依赖是旧制度和旧体系因多种原因锁定在无效率的状态，制度变迁则是对这种路径依赖的打破。当不确定性发生，形成风险并对系统的存在构成威胁的时候，制度创新和制度变迁就成为必要的了。

　　在早期制度学派的代表人物凡勃伦、康芒斯和密契尔那里，已经开始将制度和制度变迁作为早期制度经济学研究的核心。但是，这些学者也主要从外在制度变迁去考虑，缺乏对制度变迁锁定在某一领域的研究，当然也就没有路径依赖打破的研究。只有以诺斯、科斯等为代表的新制度经济学派，通过需求—供给的分析框架，对制度变迁如何摆脱锁定的机制进行分析。该学派认为，制度是在变迁所获收益大于变迁所需成本时，才会打破原有的路径依赖，发生制度变迁。他们构造的需求分析框架是：在现有制度结构下，由外部性、规模经济、风险和交易成本所引起的收入增加不能实现时，一种新制度的创新可能应运而生，并使这些潜在收入的增加成为可能。

　　该学派还在"需求—供给"的理论框架中分析了两种制度变迁方式，即诱致性制度变迁和强制性制度变迁。诱致性制度变迁往往发生在需求层面，是在制度变迁的预期收益大于成本时，通过现行制度安排的变更和替代，由个人或一群人在响应获利机会时自发倡导、组织和实行的。诱致性制度变迁是一种自下而上、从局部到整体的制

---

①　周业安：《政治过程中的路径依赖》，《学术月刊》2007 年第 08 期。

②　G. Grabher，"The Weakness of Strong Ties：the Lock-in of Regional Development in the Ruhr area"，in Gernot Grabher（Ed.），*The Embedded Firm-on the Socia-Economics of Industrial Networks*，London，New York：Routledge 1993，pp. 255—277.

度变迁过程。强制性制度变迁常常发生在国家制度供给层面，通过政府命令和法律引入实现的，它可以起到矫正制度安排供给的不足的作用。① 但是，在这一理论体系中，缺乏任何内在机制保障这种强制性制度供给做到真正符合社会对制度的需求。

皮尔逊(Paul Pierson)曾经提出用"路径依赖"模型来解释政府管理过程中的制度起源和这种强制性制度变迁的过程。他认为政治过程中缺乏类似市场那样强有力的竞争压力，制度变迁的动力机制不足，通过学习机制引进其他制度体系的愿望也不强烈，不同的利益集团甚至常常在抵制制度变革过程。由于旧的制度是既得利益者保护其利益的屏障，所以最初所选择的制度（政治系统变化的分叉点、临界点，也就是混沌系统的初始点），在回报率递增机制作用下，非常容易形成了原有制度的自我强化机制，导致公共生活中的制度变迁比经济制度有着更强的路径依赖。② 皮尔逊认为，政治体系变化中的分叉点、临界点所形成的制度至关紧要。这种所谓的分叉点、临界点就是混沌系统的起始点。这种后期所谓强化机制的重要性，就是对应于混沌理论中"蝴蝶效应"。不过，值得指出的是，皮尔逊虽然指出了公共生活制度变迁的环节，并重点分析了政治制度的变迁过程，从而将制度分析的观点引入了政治领域，但他并没有触及更深层次的制度变迁根本动力机制问题。

### 三、危机压力促进与治理制度变迁

很多人社会科学理论都曾意识到了风险、危机和紧急事件在制度变迁中的作用，虽然这些研究并未形成完全系统化的理论，但是却没有去构建更为系统化的模型去解释这些因素的作用。更多集中于两个视角，即较为抽象的宏大叙事诗视角和较为具体的国家财政、税收视角。

1. 风险、危机、突发事件和文明演进

英国历史学家汤因比从自然和人类之间所进行的"挑战和应

---

① Justin Yifu Lin, "An Economic Theory of Institutional Change: Induced and Imposed Change", *Cato Journal*, Vol. 9, No. 1, Spring/Summer 1989.

② Paul Pierson, "Increasing Return, Path Dependence, and the Study of Politics", *American Political Science Review*, Vol. 94, No. 2, June 2000, pp. 251—267.

战"，这一宏阔视角，来说明世界古代历史上各主要文明的兴起与自然危机的关系。他认为，与那些自然生存条件优越的民族相比，那些面临较严峻自然环境挑战，需要常年应对各类风险、危机甚至突发事件的民族，往往能够创造出更加灿烂的文明。① 他举出了自然环境容量较小的日本大和民族，颠沛流离于世界各地的犹太人为例说明这一问题。在严峻环境下，人们为克服这些自然环境所带来的威胁，必然要积极思考出各类应对办法，并逐步将这些办法和灵感，系统化为各式各样的制度、科技知识。这些制度和科技知识的不断积累，将带来文明的不断演进。

国内的学者也认为，现代化进程之所以在西欧首先启动，主要原因之一就是中世纪农业社会中人与自然的紧张关系所形成的周期性爆发的重大灾害事件，通过劳动力和资源之间相对价格的不断变动，所形成的寻求相互替代的动机，导致了社会经济结构和阶级结构不断调整，最终形成有利于生产效率提高和技术发展的经济制度和国家政权形式。②

2. 风险、危机、突发事件和政治制度变迁

政治制度变迁压力的积累可能是一系列危机事件的发生，最终的某个突发事件可能会构成整个政治制度变迁的肇始起因。所以，梁启超在事后总结"戊戌变法"起因的时候说道，中国在甲午战前是没有国族意识的，国族意识、改革意识的形成，"唤起吾国四千年之大梦，实自甲午一役始也"③。

各种社会组织制度的形成，也往往与风险、危机和突发事件有关。希克斯认为，当外来冲击非常罕见时，一个社会在漫长、缺乏变化的生活中倾向于把日常行为习惯化。当外来干扰非常频繁时，一个社会倾向于建立某种军事性的高效率机构，以对付各种紧急状况。这时候所形成的正式制度（Formal Institution）变迁，往往是为了适应这种危机干扰的要求。他以商业制度的演进来说明这一问题，他认为"商业经济制度的演进在很大程度上是一个如何找到减少风险

---

① 汤因比：《历史研究》，上海人民出版社 1986 年版。

② 夏明方：《自然灾害、环境危机与中国现代化研究的新视野》，《历史理论研究》2003 年第 4 期。

③ 梁启超：《附录一：改革起源》，《戊戌政变记》，中华书局 1954 年版。

的途径的问题"①。寻找信息是为了减少风险，而商人寻找信息、减少信息不对称的根本动力在于从减少风险中获得较高利润的可能性。近现代有限责任公司、股份有限公司制度的建立，就是将原来的股东无限经营风险有限化，最终成为整个世界进入现代化的基石。

3. 国家财政税收风险、危机和制度演进

市场经济时代中，经济分析方法占据了理论分析的主流，关于风险、危机的分析也难以摆脱这种倾向。对国家而言，"财政乃庶政之母"，从财政、税收危机与制度变迁角度最能掌握透视其规律。熊彼特、奥康纳等人开创的，从宏观的财政税收和国家制度变迁的角度（也有人称之为财政社会学）进行的分析更具有代表性。

熊彼特最早提出了税收危机的理论，认为在社会转折时期，现存的制度为适应新的需要，在危机的压力下相继陨灭转变为新的形式，社会转折总是包含着原有财政政策的危机。② 具体说来，税收国家由于支出大量扩充，无法由常规的税收收入来支应，最终将导致国家过度举债。税收国家支出扩充，造成财政压力，起因于国家职权的过度扩张，尤其是新增许多职责，如充分就业与景气政策、社会福利给付、国家的文化奖助、最低所得的国家保障、公共建设的提供、国际贸易的促进和国防建设等。在职能增加，支出扩大的同时，由于受到经济及政治条件等方面的限制，税收收入停滞不前，收入与支出不同步发展，于是形成了熊彼特所说的税收国家危机。③

詹姆斯·奥康纳（James O'Connor）延续了马克思的分析方法，提出了财政危机理论。他将国家纳入生产体系中分析，将国家支出分为社会资本和社会支出，前者是国家的间接性生产支出，体现国家积累职能；后者是国家的消费性支出，用于维护国家的合法性。国家危机在围绕国家预算安排上体现出来，垄断企业要求国家预算更多地用于社会投资，组织起来的工人失业者和经营破产者则要求扩大

---

① 约翰·希克斯（John Richard Hicks）：《经济史理论》，北京：商务印书馆1987年版，第46页。

② R. A. Musgrave, "Schumpeter's crisis of the tax state: an essay in fiscal sociology", *Journal of Evolutionary Economics*, (1992) 2: pp. 89—113.

③ Joseph Schumpeter, "The Crisis of the Tax State", pp. 99—140, in *The Economics and Sociology of Capitalism*, edited by Richard Swedberg, Princeton: Princeton University Press, 1991.

社会支出。随着各项支出需求增加,收入有限的政府在越来越大的支出压力下,财政危机日趋严重,各项制度必须进行不断的调整。① 这一理论解释了国家财政支出危机的形成原因,以及危机在推动制度变迁上的作用。

张宇燕认为,近代国家起源于 16 世纪的西欧,这一历史性变革的主要原因就是财政压力的推进。君主们为了获得大笔财政资金去支付战争费用,努力采取一切可能措施克服财政压力。一方面通过不断寻求向新兴资产阶级征税的途径,这导致了现代税收制度的建立;另一方面,由于日常征税仍然满足不了非常时期的军费开支,举借公债就成为非常迫切的任务,而国家信用是借债的关键②,这导致公债制度的建立。上述两种压力及两种制度形成,都促进了代议制制度及现代资本市场的建立。

张宇燕进一步认为,作为对熊彼特、希克斯命题的扩展,财政压力不仅是改革的起因,还将在很大程度上影响改革的路径。从这个意义上看,一个更为完整的理论命题应该是:财政决定改革的起因和路径。③ 可见,张宇燕等人将社会制度的演进归结到财政原因,但是这种模型却缺乏更加一般性的解释力,无法解释缺乏财政内容的制度变迁。

### 四、现有制度变迁理论的缺陷

建立在传统的线性、静态系统基础之上的原有的制度变迁分析方式,强调了系统的自适应功能,没有深入到具有动力机制的系统内部,分析制度变迁的原因。这种分析方式存在着以下几个强假设,从而影响了分析的广泛适用性:

1. 经济制度分析是这种理论的隐含分析框架

以往的制度变迁理论研究,主要集中在经济学非主流研究方向的制度经济学领域,而政治学、公共行政理论中的制度学派的研究,主要也是在沿用制度经济学的观点,所以制度经济学的研究成为各

---

① James O'Connor, *The Fiscal Crisis of the State*, St. Martin's Press, New York 1973.

② 张宇燕、何帆:《由财政压力引起的制度变迁》;盛洪、张宇燕:《市场逻辑与制度变迁》,中国财政经济出版社 1998 年版。

③ 同上。

学科制度研究的主要方法。诺斯、科斯等人在制度变迁的研究中，基本上继续沿用了主流经济学的所谓"理性经济人"假设。在供给需求的基本分析框架下，将对路径依赖的打破、制度变迁的形成，归之于制度变迁的成本—收益分析。一些非经济制度的变迁，如道德规范、社会法律制度、文化制度、非正式制度（Informal Institution）的变迁等，则无法纳入这种分析框架。

2. 这种分析框架是以两种制度的定量比较为前提

这种分析框架，常常以成本收益分析，作为解释制度变迁的基础。但是，如制度 A 比制度 B 收益更高的话，那么 A、B 应当同时存在于大致相同的环境，并正常运行才有可能进行这种比较。不过，由于出现时间序列的先后，这种比较常常变得不现实。雷伯维茨（Leibowitz）和马格利斯（Margolis）较早意识到了这种不足，提出了静态标准和动态标准，指出戴维和阿瑟的分析是建立在静态分析的基础上。但他们也没有从根本上解决这种问题和不足。

3. 制度变迁中的"上帝之手"假定的存在

无论是制度经济学，还是政治学中的制度主义变迁理论都存在一个判断制度优劣，并指引制度变迁方向的"上帝之手"的存在。也就是说，必须存在有一个超越现有的利益群体之上的推动力，对效益较高的制度变迁方案进行选择，这种变迁才能够实现。在实际的制度变革过程中，这种作为制度选择前提的"上帝之手"只能归结于政府。不过，如果归结到政府的话，就容易产生现实理性问题。因为政府并非是一个纯粹超然个体，它仍然是由理性思维上并非如此可靠的一个个人组成。政府的选择正是由这些人所做出的，这些人做出这些选择来，必然有一定的肇始动因。如何找出这些动因，是现有的理论所没有办法解决的。

4. 路径依赖、制度变迁理性主义与实践中的非理性主义脱节

总体上来看，路径依赖及其制度锁定，以及打破路径依赖所形成的制度变迁，都是建立在理性人所做的理性分析基础之上的。虽然后来阿瑟意识到这个问题，并提出历史小事件（Historical Small Events）在制度锁定中的作用，但是人们依然将路径依赖视为理性选择的结果。如果制度变迁是由理性支配的话，人类历史上就不会存在低效率的制度锁定情况，而应该是制度的日益完善。但实际情况是，人类历史上不仅仅存在制度上的倒退，同样也存在着制度的循环

（如中国历史上反复上演的专制王朝制度循环）等非理性的制度变迁的情形。

到了 20 世纪 80 年代以后，经济学分析方法在分析制度变迁时遭遇到明显的局限性，因而开始大量引进意识形态、灾害危机等更多的解释变量去解释制度变迁问题。制度变迁理论是新古典经济学和历史制度主义的综合，这种综合有一个有趣的特点：早期偏重运用新古典方法，到了研究的后期（80 年代以来）逐渐地感觉到新古典方法的局限，因而又跳出新古典传统的禁锢，表现出向历史制度学派的回归。但是这种所谓的回归依然是经济学主导下的回归，对制度变迁的解释依然局限在经济领域。[①]

## 第四节　风险分析的制度变迁模型

在一个混沌动力系统中，经济学、政治学中的新旧制度主义学派对于制度变迁的原因的解释并未深入到变迁动力层次。这些理论关于成本收益衡量方法的假设前提或是缺乏现实性、或是与制度变革的现实不符，只有补充引进了风险、危机、应急的制度变迁模型才能对此予以更加完备的解释。

### 一、风险、危机、突发事件及其制度变迁功能

通过对制度变迁、社会改革进程的考察，我们发现任何制度变革都能够找到风险、危机、紧急事件三类因素的影子。这些因素不仅仅局限在经济方面，很多也包括了非经济性的风险、危机和紧急事件因素，而且这些因素在促进制度变迁方面发挥的作用各不相同（见表 2-3）。

风险的一个更加完整的定义是：能够影响一个或多个目标的不确定性，以及可能产生不利后果与可能性的一种情况。这个定义使我们认识到，有些不确定性与目标并不相关，它们应该被排除在风险管理过程之外。另一方面，风险往往与"不利后果"相关，这种"不利后果"包括主观和客观两个方面，即可能产生的客观损失（人员伤亡、经济损失、环境影响等）和可能造成的主观影响（人群心理影响、社会

---

①　彭文平：《制度变迁理论的新动向》，《经济学动态》2000 年第 7 期。

影响、政治影响等）。

　　危机一般来说是指对自然界的防护体系、互相依赖的生物圈系统，经济领域的基本运行机制和运行规则，社会系统的基本价值和行为准则架构产生的严重威胁，并在短时间内和不确定性极高的时候，必须做出及时决策的情况。

　　突发事件通常是危机已经开始，甚至损害已经造成的情况下突然发生的，任何危及国家安全、危害公共安全和社会秩序，威胁公民生命和财产安全，并有可能造成非常严重的后果，需要立即予以处置的事件。对突发事件进行的处置、管理过程，通常被称为应急管理。

　　一般说来，风险→危机→突发事件的紧急程度呈现递进的趋势，可以灵活处置的空间越来越小。但是，从制度变迁的角度来看，紧急程度提高的同时，对于制度变迁的指向也越来越明确，压力所带来的制度变迁动力也越来越强。

## 二、风险压力模型中的制度与风险要素

　　复杂系统的脆弱性所带来的风险、危机、突发事件，通过公众注意力吸引、变迁起源、变迁时间跨度、变迁强烈程度、变迁方向、对路径依赖的作用程度等几个方面，构成了促进制度变迁的动力机制（见表2-3）。与此同时，制度变迁以后所形成的制度，也反过来通过减少制度漏洞和现实不确定性、脆弱性，减少风险、危机产生的概率，防止突发事件造成的损失。

表 2-3　风险、危机和灾难事件与制度变迁的相互作用途径

|  | 风险事件 | 危机事件 | 灾难事件 |
| --- | --- | --- | --- |
| 公众注意力吸引 | 低 | 较高 | 最高 |
| 变迁起源 | 起源之一 | 起源 | 原始起源 |
| 变迁时间跨度 | 长 | 短 | 更短 |
| 变迁强烈程度 | 弱 | 强 | 更强 |
| 变迁方向 | 模糊 | 不明确 | 明确 |
| 变迁发生地点 | 范围不确定 | 稍确定 | 限定在一定范围 |
| 对路径依赖的作用 | 形成压力 | 形成冲击 | 很快打破 |

### 1. 公众注意力

即变迁是否引起公众和社会舆论的注意,以及在多大程度上影响这种注意力量。现代公民社会中,公众注意力是作用于政策议程的主要变量。一项政策只有被公众所注意,才能够被提上政策议程。其中,风险虽然涉及范围较为广泛,但是对公众的吸引力较弱,只能被一部分人所注意,往往容易为人们所忽略。危机则会引起较多人的注意,也更容易被列入政策议程。紧急事件往往一经发生,就成为社会公众注意的焦点问题,并立即列入政策议程。

### 2. 变迁起源

即复杂动力系统的制度变迁动力的初始来源。风险是制度变迁的最初始来源,但是并不构成制度变迁的直接起源。制度变迁往往在危机的情形下发生,突然发生的紧急事件成为制度变迁的最直接来源和推手。

### 3. 制度变迁的时间跨度

指制度变迁所经历的时间长短,这在很大程度上能够衡量制度变迁所能够影响的事件范围,以及在此期间可能发生的制度变异。其中,风险的持续时间最长,危机的作用时间较短,突发事件的持续事件最短,但是这也是仅仅就一般情况而言的,而且是在不考虑到后果的情况下。

### 4. 制度变迁的方向

因风险作用范围广、强度弱,所以比较容易受到其他因素的影响和扰动,进而发生各种变异,所以对于促进制度变迁的方向相对模糊。在风险、危机的加剧所产生的紧急事件的作用强度大、时间短,所以容易具有更加明确的变迁方向,往往在很大程度上主导了制度变迁。危机对于制度变迁方向的指因作用则处于上述两者中间。

### 5. 制度变迁的发生地点

风险促进的制度变迁发生地点具有范围广泛的特点,而危机则具有相对确定的时间地点,紧急事件通常会限定在一定的范围内发生、发展。所以,尽管在政府治理风险普遍存在的情况下,为什么变迁总是在特定的范围内发生,这与风险、危机、紧急事件的发生地有着密切的联系。通常的制度变迁都是在受到紧急事件影响最为明显的地方发生、发展。

### 6. 对打破路径依赖的作用

制度变迁中的路径以来是指因以往的某种行为或惯性的制度特征，导致的制度陷入某种状态而不能自拔的情形，我们在这里也可以成为制度惯性。其中，风险对于路径依赖可以形成一定的压力作用，危机则会对于路径以来形成强烈的冲击，而紧急事件的冲击则会很快打破这种路径依赖的形式，迅速形成制度变迁的因素。

研究上述几个方面作用机制的意义在于，对风险、危机、紧急事件在于制度变迁中的作用进行进一步的梳理，以把握制度变迁的合适时机，为在风险和危机条件下，促进有效的制度变迁奠定基础。

### 三、制度变迁的风险—压力模型作用机制

在这种情况下，我们提出风险—压力模型（这里"风险"的含义是广义的，包括危机和紧急事件的情形），来代替以往的成本—收益模型对制度变迁机制的解释框架。我们认为风险—压力模型的作用过程是双向的，既包括风险、危机和事件对于制度变迁的促进作用，也包括制度变迁后通过缺陷、漏洞的弥补，提高了风险、危机防范水平方面的作用。

### 1. 风险压力与缺陷暴露

在存在风险、危机甚至紧急事件的情况下，各种制度的缺陷暴露最为明显，而且其暴露程度按照风险→危机→紧急事件的顺序增强。这一方面是因为系统本身随着风险压力的提高，处于紧急运行状态，缺陷暴露得非常明显。另一方面，紧急状态下人们的注意力高度集中，日常不被关注的事情往往能够被成倍地放大，并被广泛关注与重视。

以 2003 年的 SARS 事件为例，通过这一事件带来的危机，暴露了各级政府风险治理中的一系列问题。如政府信息公开、公民知情权、政府危机应对能力、公共卫生投入、公众卫生意识等等，这些都是日常生活中所难以意识到，或即使意识到也难以引起重视的。

### 2. 风险—压力模型的心理基础：制度变迁的动力机制

只有当原有的体制导致了危机时，国家才感到有压力去进行

根本性的变革,并采取一种新的体制。这里的危机是指使得原来的运行路径发生根本性转变的重大变化事件,它对原有体制运行是毁灭性的,但是对创造新的发展路径的角度看,它又是功能性的。① 英国皇室的财政危机使得国王不得不向议会妥协,由此产生的宪政为新产权制度的建立奠定了基础。即使存在同样性质的危机情形下,仍然会由于心理、文化的因素,带来制度变迁的差异。而通过蝴蝶效应的积累、放大的效果,将使得制度变迁的方向大不相同。如美洲白银的流入英国,造成了一个新型的资产阶级,但是中国的对欧洲的贸易顺差,造成了大量白银流入中国,但是中国为何并没有产生资产阶级? 有人认为,由于科举制度带来的中国官僚体制具有很高流动性,官职不能继承,官员们从心理上倾向于大量向民间攫取财富。②

3. 制度变迁中的政策之窗或触发机制的出现

在众多的公共问题中,只有一部分在特定时机下才能引起政策制定者、倡议者的注意。这就像存在一扇窗户,只有这扇窗户开启时,公共问题才有可能通过它进入房间,列入决策者的政策议程③,但是这扇“窗子”却并不总是开启的。约翰·W. 金登(John W. Kingdon)把公共问题引起决策者注意、并进入政策议程的机会称为“政策之窗”(如图 2-3 所示)。政策之窗是政策建议的倡导者提出解决办法的机会,或者是他们促使其特殊问题受到关注的机会。④ 在我们看来,“政策之窗”理论并不是脱离现实的模型,而是基于现实归纳的分析框架。相对于最终决策,“政策之窗”是一个容易被忽视的问题,但它却是公共政策过程的一个决定性环节。

---

① 宁军明:《路径依赖、路径创造与中国的经济体制转轨》,《学术月刊》2006 年第 4 期。

② 汪丁丁、韦森、姚洋:《制度经济学三人谈》,北京大学出版社 2005 年版。

③ 张伟:《打开政策之窗》,《学习时报》2006 年 352 期。

④ 约翰·W. 金登:《议程、备选方案与公共政策》,中国人民大学出版社 2004 年版,第 52 页。

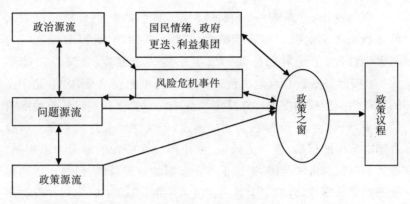

图 2-3　金登政策议程理论中风险危机与政策之窗关系图

与金登的政策之窗理论相似的是，拉雷·N. 格斯顿（Larry N. Gesron）在其政策议程理论中提出了触发机制。政治过程中的触发机制就是促进公共政策进入议程，并获得通过的催化剂。触发机制往往是一个比较重要的事件，该事件把例行的日常问题转化成一种普遍共有的、积极的公众反应。但并不是所有的重大事件都可以起到催化作用，这种催化剂的作用还取决于三个因素的相互作用：范围、强度和触发时间。[1]

无论是政策之窗，还是触发机制，对政策或制度变迁，都提出了与以往的政治理性主义不同的解释。它们强调了具有偶然性的突发事件在推动政策变迁中的作用，这显然是与以往纯粹理性形式的制度主义解释是不同的。

4. 风险治理中变迁共识的达成

进入政策议程以后，最大的问题是如何使不同的群体、阶层之间就制度的变迁达成共识。市场经济的特点之一就是利益主体的多元化，在这种状态下公共政策的最大难题是共识难以达成，作为公共政策又必须对多方利益进行平衡。由于多种利益的指向往往是截然相反的，缺乏自动均衡机制，达成这种均衡的共识是一个艰难的过程。在这一过程中，共同的危机压力是达成共识的主要动力，而一些突发事件的产生往往成为制度变迁共识达成的主要契机。

---

①　拉雷·N. 格斯顿：《公共政策的制定——程序和原理》，重庆出版社 2001 年版，第 23—25 页。

比如,近年来房地产尤其是居民住宅价格扶摇直上,远远超过居民收入的增长速度,住房的普遍缺乏与部分住房闲置、多套住房保有,形成巨大反差,带来巨大的经济风险和潜在的社会危机。通过出台房产税制度,增加住房保有成本,减少房地产空置,在以往很难获公众赞同的增税措施,此时却成为社会共识,这种共识就是在这些风险、压力下产生的。

5. 制度变迁的形成和新制度下脆弱性减少

达成制度变迁共识后,开始推进新的制度变迁,新的制度体系开始逐步形成。由于新的制度体系是在通过发现原有制度的漏洞和脆弱性,并对原有制度体系的漏洞和脆弱性进行不断修补以后形成的,所以新制度应该比原来的旧制度更加完善,也更加能够减少风险、危机的产生。

制度的主要功能是使活动参与各方增强对各方行为的可预期性,进而减少不确定性。不可预期性、不确定性恰恰是带来风险、危机的最主要源泉。新制度相对于原有的制度,必然会带来风险的减少。

6. 新一轮制度变迁的开始

任何一个社会系统的制度规定性,都是适应外部世界的不确定性而产生的。这些社会系统由于系统混沌状态的存在,也必然随着外部世界的变化而进行不断的调适,以适应这种变化。制度是以相对确定的体系来应对客观世界的不确定性,所以这种调整应不断进行。

不过,风险、危机、紧急事件对变迁的压力呈现逐步加大的趋势,但是在既有制度框架内,通过制度变迁调整适应外部世界的余地却越来越小。所以,这种政府风险治理的政策、制度调整越超前进行,所带来的主动性越强。

在原有的制度容量通过风险、危机、紧急事件的调整变得无法进行的时候,在新的制度层面上进行调整的新一轮制度变迁就开始了。

总的来说,在风险—危机—突发事件的框架下,全面地解释了制度变迁的动力、来源、间隔、地点、方向、路径依赖等因素(如图 2-4 所示)。一方面,解释了制度的形成过程。同时,也反过来解释了制度对危机的形成和发展的作用。这就形成了包括对风险治理过程,以及政府治理危机解释的一个基本框架,下面我们将利用这一框架所形成的一些理论,对美国地方政府治理危机进行一些分析。

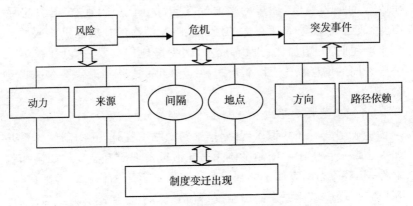

图 2-4　制度变迁的风险—危机—突发事件模型

# 第三章 美国地方政府治理危机的基础

美国地方政府治理的脆弱性,在 2007 年的金融危机过程中暴露得非常明显,并最终形成了一系列的危机和各种各样的突发事件。这种风险、危机和突发事件的产生有着深刻的政府治理的根源,在系统所处经济、社会环境适宜条件下,其发生可能性、危害性将显露。为此,我们首先需要对美国地方政府治理的基础进行一些反思,并在此基础上对其危机表现进行分析。

## 第一节 美国地方政府治理思想渊源、变革及危机

美国现有的政府治理模式,是建立在其固有的政府管理哲学基础之上的。在这一体系设计中,州政府具有核心地位。历史上看,州政府产生于联邦政府之前,联邦政府则是在最初的 13 个州政府联合基础上逐步形成的。另一方面,《美国宪法》中并无地方政府职权的明确规定,现实中主要遵循著名的"狄龙法则"(Dillon's Rule)的判例,来界定地方政府。即地方政府产生于州政府,其职权按照宪法对州政府的职权规定,由州政府对地方政府的授权产生。但是,随着政治、行政二分模式遭挑战,及新公共管理运动、政府纵向关系调整等变化,这种关系模式遭遇到越来越多的危机。

专栏 3.1 "狄龙法则"(Dillon's Rule)

狄龙法则是美国处理州和地方关系的重要原则。它认为城市是州立法机关的创造物,州立法机关对其组织和结构具有绝对的控制力。这个规则是爱荷华州最高法院法官狄龙(Dillon),

1872 年在其著作《论市法人》一书的第一版提出来的，所以被称为"狄龙法则"。在狄龙的这本书中，这一法则只适用于市政府的权力来源，但是后来法院的解释却把它适用于县政府、镇政府、学区、特区政府在内的全部地方政府。

按照这个法则，市政府具有下述权力：第一，法律明文授予的权力；第二，明文授予权力所必然地或充分地或附带地包括的默示权力；第三，达到市法人公认的目的所必需的权力，而不是为了方便而必要的权力。对权力的合理性存在疑问时，法院必须拒绝市政府具有这个权力。狄龙法则的要点是对于地方政府权力采取严格解释。地方政府只有法律明文授予的权力，默示的权力受到很大的限制，实际上等于认为地方政府除了法律明文规定的权力之外，没有其他权力。

"狄龙法则"自诞生以来就不断受到各种冲击。在狄龙时代，美国地方政府腐败，为了限制地方政府的活动，加强州对于地方政府的控制，狄龙提出了上述法则。当代情况与 19 世纪的情况已经有了很大的不同，在原有制度受到一系列危机挑战后，细小的修补已经无法从根本上消除地方政府现有的治理危机。

这种情况的变化表现在：

首先，二战后美国各州的地方政府相继确立了地方自治制度，地方政府相对于州政府而言取得了较大的自治权。

其次，美国联邦政府开始通过经济渗透逐步介入地方政府事务，城市逐渐陷入联邦的控制。"狄龙法则"的变迁体现了权力制衡，地方政府在摆脱州权控制的同时，又受到联邦权力的制约。

再次，地方政府提供了大量公共服务，作为一个独立的公法人也承担起越来越多的职责。法院对于狄龙法则的意见已经改变，但是到目前为止关于地方政府职权尚没有统一的观点，在很大程度上仍然取决于法官的自由裁量权。[1]

---

① 王明扬：《美国行政法》，中国法制出版社 1995 年版，引用时有改动。

### 一、横向上政治和行政两分与治理危机

在美国"进步时代"(Progressive Era，1890—1913)以前，美国实行的是"政党分肥制"(Patronage)，每次选举后便发生一次人事大变更，使行政管理混乱，政治不稳定。这种弊端使美国公众愈来愈不满，迫切要求改革这种官吏制度。1880 年的大选中，参加总统竞选的候选人詹姆斯·加菲尔德认为，"政党分肥制"下的政客就像拦路抢劫的强盗，只不过政客掏出的不是手枪而是求职书。加菲尔德当选后，还没来得及废除"政党分赃制"，便被一个怀恨在心的求职未遂者开枪刺杀。当时美国舆论认为是"政党分肥制"谋杀了总统。这一突发事件促进了美国的制度变革，美国国会于 1883 年通过彭德尔顿法，实行功绩制，政党分肥制废止。

政治与行政二分法①只能在"政党分肥制"废止以后才能够真正实行。美国政府之后通过政治与行政二分，把选任的官员与考任官员分开，政治职能和行政职能分开。两者相分开的思想和体制设计，虽然保证了公共产品供给的职能分工和稳定性，在一定程度上也使政客与官员之间通过分工形成制约，保证了激励有效性。但在美国的实际政府管理实践中，政治与行政却总是交缠在一起，尤其是地方政府管理总受制于各类政治利益博弈，远离最优公共管理效果，并孕育着危机。比如，2007 年的"次贷危机"中，刺激经济需要出台减税政策，资本家、中产阶级可以受益，但是减少社会保障的政策，却往往使得低收入阶层受害。

### 二、纵向上层级间互不隶属及治理危机

与政府间横向政治和行政分开相对应的是，不同层级间纵向上互不隶属的关系。从纵向上看，美国各级政府由本级议会或者公民大会选举或选择产生。地方政府中的市政经理制政府、部分特别区政府及一些政府部门，由民意机构按照市场化原则进行选择后产生。

---

① 这一理论最早由德国政治学家布隆赤里明确提出后，美国学者威尔逊建立了理论雏形，古德诺加以系统论证，最终奠定了系统的政治与行政二分理论，并对此后的公共行政学和政府管理活动产生了巨大影响。

联邦、州和地方政府各自对产生它们的机构负责，政府之间除了因依法实施的转移支付、法定委托事务之外，是一个个平等的公法主体。各级政府间可能会有各种各样的基于平等协商后签订的协议、合同等平等关系，但并不存在行政上的隶属关系①，也不存在所谓的指导关系。

虽然约翰·狄龙在 1872 年提出地方政府的权力是被州政府授予的，市政机构的起源、权力和权利，全都来自州议会，排斥了地方政府免受州议会控制之权利（即著名的"狄龙法则"）。但是，"狄龙法则"中的关系主要限于州议会对地方政府的关系，各级行政机构之间并无这种领导、指导关系的存在。以州警察在管辖范围内的执法为例，尽管地域就在某个地方政府界内，但一般只是按照职责分工，执行相应的公务或进行执法合作，一般不存在命令地方政府配合问题。

这种纵向上无隶属关系的做法，保证了政府间公共产品提供的专业化，但是在涉及需要政府间协调行动的事务上，则缺乏共同行动的基础，这在此次危机中表现得比较明显。比如联邦政府实施刺激投资政策的时候，州政府、地方政府却在实施相反的紧缩政策。在经济、社会领域风险危机日益系统化的今天，这种协作显得尤为必要。

### 三、地方政府民营化制度创新及其危机

美国地方政府在原有政府设计原则的指导下，预算约束缺乏、机构不断臃肿、社会负担日益沉重，酝酿着巨大的风险、危机。在这种情况下，进行制度创新成为美国地方政府规避风险、防范危机的一个重要选择。新公共管理运动的兴起为这种选择提供了契机。

20 世纪 80 年代中期以来，随着传统的公共行政思想逐渐让位与新公共管理理论，新公共管理运动在政府改革领域占据主导地位，新公共管理运动中的地方政府民营化改造成为改革的典型做法。新公共管理改革思想的主要观点：

————————

① 部分州的县级政府除外，因为很多州的县级政府通常并无自身的立法机构，常常是州政府的派出机构。

一是公共部门和私人部门的组织形式、管理方式、运营模式,甚至融资形式没有本质差别;

二是私人部门因其产权明晰,预算约束严格,运营效率和管理水平要远远高于公共部门;

三是借用私人部门管理模式、方法和技术,是提高政府效率和管理水平,提高公共产品运营水平的根本途径。

具体政策上,他们主张用企业家精神改造政府,强调政府和非政府组织、私人部门的合作。认为政府的作用是掌舵而不是划桨,实现公共服务职能的方式是通过选择掌舵者购买划桨者。政府作用在于通过民主程序设定社会所需要的目标,利用非政府力量来直接组织生产,提供公共服务。

美国地方政府公共管理改革实践虽然各不相同,但它有两个基本做法,即管理主导思想上的自由化,措施方法上的市场化。美国地方政府改革以企业组织生产过程改造政府公共服务提供过程,有利于政府效率的提高。但是,这种嫁接方式可能会损害诸如公平、正义、代表制和参与等民主宪政价值,与美国传统的政府观念和现实追求相差过远,进而形成了美国地方政府危机的根源。

新公共管理运动中所形成的一系列新型的管理模式改革,逐渐将政府等同于一般性的企业进行管理,从而丧失了原有的政府追求平等价值观的动力,同样也孕育着经济和社会发展领域重大的危机。地方政府与联邦政府缺乏协调性,单纯地追求经济目的,而没有整体的政治目的的考虑。如 2001 年美联储推出低利率政策,纵容了房价的长期上涨趋势,增加了地方政府调整税基的难度,却降低了资本市场商业化融资的难度。在这种情况下,地方政府实行财产税减税政策,增加政府债券融资,甚至参与金融衍生产品的市场交易,加重了地方政府对资本市场的依赖,也使得政府风险到了前所未有的地步。

尽管基于对美国地方政府危机的认识,我们了解到新公共管理理论存在着巨大的缺陷,并在此次危机中表现得更加明显。但美国国内除罗伯特·登哈特、珍妮特·登哈特二人的新公共服务理论外,其余对新公共管理理论及其政府企业化倾向的批评者,大都没有建构起对抗新公共管理理论的系统理论。

### 四、新公共服务理念与危机解决

鉴于新公共管理理论对于公共治理基本价值的一定程度的背弃，以及美国地方政府改革过程中，危机频现的现实，新公共服务理论开始发展起来。新公共服务理论的来源包括原行政理论中的民主和公民权理论、社区和市民社会的模型，以及组织人本主义理论及后现代主义理论。在此基础上，登哈特夫妇明确指出新公共服务应遵循七项基本原则，即：

（1）政府的主要作用是服务而不是掌舵。

（2）公共利益是政府治理追求的目标，而不是企业化生产的副产品。

（3）战略地思考，民主地行动。符合公共需要的政策和计划，通过集体努力和协作过程，能得到有效、负责任的贯彻执行。

（4）服务于公民而非"顾客"。公共利益源于对共同价值准则的认知，而不是个体自我利益的简单相加。

（5）责任并不是单一的，往往是多重的。公务员不应当仅仅关注市场、关注效率，他们也应该关注宪法和法令、社会价值观、政治行为准则、职业标准和公民利益。

（6）重视人而不只是生产率。

（7）超越企业家身份，重视公民权和公共服务。①

登哈特夫妇在其新公共服务理论中，反对新公共管理理论将政府公共产品和服务提供与私人企业产品和服务提供的市场化行为进行简单类比的理论。当然他们也反对传统的政府含义中政府职能就是掌舵的思想②，而是主张回归民主传统、共同价值、公众利益、社会责任等公共服务观念。

但是，所谓的新公共服务理论也主要是局限在价值层面，没有像新公共管理理论那样在实践中有一系列相对成熟的做法。而且新公

---

① 罗伯特·登哈特、珍妮特·登哈特：《新公共服务：服务而不是掌舵》，中国人民大学出版社 2004 年版，第 26—40 页。

② 英文中的"Government"这个词的词根来自希腊文，其本来含义是"掌舵"。

共服务理论只是与政府公共管理的价值有关,无助于解决实际存在的政府治理危机的诸多现实问题。

## 第二节　美国地方政府设置情况及财政基础

一切观念的危机都是现实危机的反映。美国地方政府治理思想的危机与其地方政府现有的治理模式密切相关。在上述政府管理理念基础上,我们将进一步考察美国地方政府设置现状及存在的问题。

### 一、美国各层级政府设置概况

除少数岛国和城市国家之外,各国大都是多层级的政府体系。多层级政府中,除了中央或联邦政府之外,都存在一个"次国家层级"的政府,有的被称为省,有的被称为州等等。州政府在美国政府体系中具有独特的地位,最初的 13 个州政府采取的是 13 个股份公司形式,组成联邦后,议会代表权、表决权也在很大程度上借鉴了公司治理模式。因此,美国独特的民主模式也在这种独特的"股份公司"形式下形成。

大多数国家都将"次国家层次"之下的政府称为地方政府,这一"次国家层级"以下的政府组织形式较为复杂。在很多国家,这一"次国家层次"之下的所谓地方政府也并不是单一层次的地方政府,往往仍然具有多种层次。上述所有各层次政府之间往往没有某种形式的隶属关系。

单就层级而言,大多数研究者认为现代各国大多分三级政府,有的分四级。但是,我认为这一看法有一定的偏颇。因为这种层级划分还是从行政管理上的命令、服从关系进行的。事实上,很多国家实行的是地方自治的政府体制,地方政府与其他政府间并无命令、服从关系。层级关系主要体现在不同政府间提供不同层次的公共产品与服务的关系(如表 3-1 所示)。

表 3-1　部分国家政府设置类别表[①]

| 国别 | 国家层 | 次国家层 | 地方综合性政府 | 其他类型地方政府 |
|------|--------|----------|----------------|------------------|
| 美国 | 联邦政府 | 州 | 县、市、镇 | 特别区、学区政府 |
| 德国 | | 州 | 县、独立市、乡镇 | 乡镇联合行政体 |
| 俄罗斯 | | 共和国、边疆区、州、联邦直辖市、自治州、自治专区 | 区、市、镇、村 | |
| 加拿大 | | 省 | 地方行政区、市、乡镇 | 印第安特别区，以及校区、学区等特殊目的政府 |
| 印度 | 中央政府 | 邦、直辖区 | 县、区、村镇 | |
| 日本 | | 都、道、府、县 | 市、町、村 | |
| 英国 | | 郡、大都市区 | 郡属区、自治市 | 有些地方设教区或区 |
| 法国 | | 大区、省 | 县、区、市镇 | 学区 |
| 中国 | | 省、自治区、直辖市 | 设区的市、县（市、区）、乡、镇 | 15 个副省级城市 |

　　注：表中所列的情况，只是说明各有关国家政府层级设置的一般概况，具体到某些国家，这种层级设置可能存在较大差异。

　　美国属联邦制国家，设有 1 个联邦政府、50 个州政府，每个州之内的政府都被通称为地方政府。这些地方政府分综合目的政府（General Purpose Governments）和特别目的政府（Special Purpose Governments）两类。其中，特别区和学区政府数量占美国政府总数的 56.2%，综合性的政府数量占 43.8%（见图 3-1）。地方政府中的综合目的政府所提供的公共服务是多种多样的，这些政府主要包括县（County）、自治市（Municipality）、乡镇（Township）等，但是各州地方政府设置情况有所差别，48 个州设置了县或相当于县的机构，

　　① 根据文森特·奥斯特罗姆、罗伯特·L. 比什等：《美国地方政府》，北京大学出版社 2004 年版；赫尔穆特·沃尔曼：《德国地方政府》，北京大学出版社 2005 年版；罗伯特·L. 比什和埃里克·G. 克莱蒙斯：《加拿大哥伦比亚省地方政府》，北京大学出版社 2006 年版；吴寄南：《日本的行政改革》，时事出版社 2003 年版等资料综合而成。

所有的州都设置了自治市,20 个州设置了乡镇、学区和特别区等地方政府。大多数州的地方政府层级中,州中有县、县中有市镇。

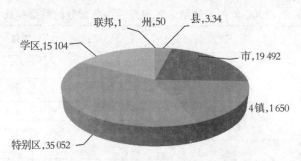

**图 3-1 2002 年美国各类政府数量和比例图①**

如果从公共服务覆盖范围上看,美国一般目的政府层级主要有联邦—州—县—市镇四级。如果包含了特别目的政府和学区政府,则层级更多。因为特别区、学区都具有法定的独立收入来源、独立的选举任命制度和自成体系的组织结构,与一般目的政府的所属部门不同,其公共服务覆盖范围更复杂、层次更多。

**二、美国地方政府设置情况及财政基础**

美国地方政府管理模式常常被称为"百纳被"模式,是指它由功能各异,管理区域交叉重叠的不同类型的政府组成。除了县、市、镇等一般目的政府外,还包括学区、特别区等政府组织形式,其中尤其是特别区政府,真正体现了所谓的"百纳被"模式(见图 3-1 和表 3-2)。

特别目的政府包括特别区和学区,学区一般是指提供义务教育的区域,功能比较单一。按照所承担的功能分类,特别区政府可以划分为单一功能的特别区政府和复合功能的特别区政府。其中,单一功能区政府主要负责教育、社会服务、交通、环境和住房、公用设施、防火、目的、工业等一项公共服务职能的特别区政府组成。复合功能区政府主要指综合了上述两项以上功能的区政府。单一功能的区政府数量占 91%,以防火、防洪、供水、住房和社区发展、水土保持等 5

① U. S. Census Bureau, *2002 Census of Governments*, Volume 1, Number 1, Government Organization, GC02(1) - 1, U. S. Government Printing Office, Washington, DC, 2002.

类公共产品和服务的供给为主，这5类占去了52.15%。复合功能的特别区政府仅占9%（见表3-2）。

表3-2　2002年美国特别区政府提供服务划分的数量和比例①

| ITEM(项目) | | | 数量 | 百分比 |
|---|---|---|---|---|
| 全部特别区政府 | | | 35 052 | 100 |
| 总计 | | | 31 877 | 90.94 |
| 教育类服务 | | 教育 | 518 | 1.48 |
| | | 图书馆 | 1 580 | 4.51 |
| 社会服务 | | 医院 | 711 | 2.03 |
| | | 健康 | 753 | 2.15 |
| | | 福利 | 57 | 0.16 |
| 单一功能区 | 环境和住房 | 自然资源 防洪 | 3 247 | 9.26 |
| | | 水土保持 | 2 506 | 7.15 |
| | | 其他 | 1 226 | 3.50 |
| | | 公园与娱乐 | 1 287 | 3.67 |
| | | 住房和社区发展 | 3 399 | 9.70 |
| | | 排水 | 2 004 | 5.72 |
| | | 固体废弃物处理 | 455 | 1.30 |
| | | 供水 | 3 405 | 9.71 |
| | | 其他 | 485 | 1.38 |
| | 防火 | | 5 725 | 16.33 |
| | 墓地 | | 1 666 | 4.75 |
| | 工业发展抵押收入 | | 234 | 0.67 |
| | 其他 | | 1 161 | 3.31 |
| 多功能区 | 总计 | | 3 175 | 9.06 |
| | 自然资源和供水 | | 102 | 0.29 |
| | 给排水 | | 1 446 | 4.13 |
| | 其他 | | 1 627 | 4.64 |

---

① U. S. Census Bureau, *2002 Census of Governments*, Volume 1, Number 1, Government Organization, GC02(1) - 1, U. S. Government Printing Office, Washington, DC, 2002.

从 1952 年到 2007 年近 50 年的时间里,变动最大的是特别区政府和学区政府。其他政府形式相对稳定。其中,学区政府减少最多,2007 年比 1952 年减少了 78.38%,特别区政府则增加了 202.93%,是增加最多的政府类型(见表 3-3、图 3-2)。

表 3-3　1952—2007 年美国地方政府数量变化情况

| 政府类型 | 1952 | 1962 | 1972 | 1982 | 1992 | 2002 | 2007 | 1952—2002 年变化 | |
|---|---|---|---|---|---|---|---|---|---|
| | | | | | | | | 数量(个) | 百分比(%) |
| 县 | 3 052 | 3 043 | 3 044 | 3 041 | 3 043 | 3 034 | 3 033 | -19 | -0.62 |
| 市 | 16 807 | 17 997 | 18 517 | 19 076 | 19 296 | 19 431 | 19 492 | 2 685 | 15.98 |
| 镇区 | 17 202 | 17 144 | 16 991 | 16 734 | 16 666 | 16 506 | 16 519 | -683 | -3.97 |
| 学区 | 67 355 | 34 678 | 15 781 | 14 851 | 14 556 | 13 522 | 14 561 | -52 794 | -78.38 |
| 特别区 | 12 340 | 18 323 | 23 885 | 28 078 | 33 131 | 35 356 | 37 381 | 25 041 | 202.93 |
| 总计 | 116 756 | 91 185 | 78 218 | 81 780 | 86 692 | 87 849 | 90 986 | -25 770 | -22.07 |

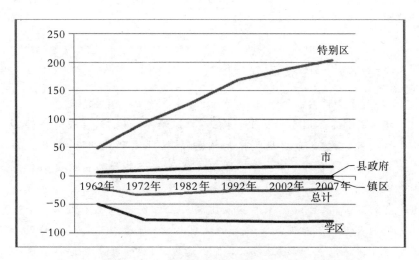

图 3-2　美国 1952—2007 年地方政府增长率变化图(%)

### 三、美国地方政府治理、公共产品与财产税

由于公共产品偏好显示问题的存在，容易使消费者隐瞒其真实偏好，从而产生"搭便车"问题；在公共产品社会选择上，阿罗不可能性定理认为公共产品生产无法实现帕累托最优；公共产品管理上，存在居民选择公共产品提供者与公共产品提供者提供产品的积极性脱节。这三个问题是私人产品的生产所没有的。

在蒂伯特提出"用脚投票"的著名论断之前，马斯格雷夫（Musgrave）和萨谬尔森（Samuelson）认为，公共产品不能依靠市场机制来提供，与私人部门相比，在公共部门中有相当比例的国民收入没有实现最优配置。但蒂伯特认为，马斯格雷夫和萨谬尔森的分析对联邦支出适用，不过并不适用于地方支出，于是创造性地提出了地方公共产品问题，自此开始了地方财政的研究。奥茨对地方财产税和地方支出方案对财产价值的影响进行了回归分析，发现财产税和公共服务上的差别反映在住房价值中，从而将对房地产征收的财产税，通过税基变化与公共服务提供联系起来。汉密尔顿认为，通过分区限制解决了财产税和公共服务均衡的问题，进一步拓展了蒂伯特模型。因此，引入财产税的蒂伯特模型又被称为蒂伯特—奥茨—汉密尔顿模型。

---

**专栏 3.2  "用手投票"和"用脚投票"**

"用脚投票"（Voting by Foot），最早是由美国经济学家蒂伯特（Charles Tiebout）提出的：在人口流动不受限制，存在大量辖区政府，各辖区政府税收体制相同，辖区间无利益外溢，信息完备等假设条件下，由于各辖区政府提供的公共产品和税负组合不尽相同，各地居民可以根据各地方政府提供的公共产品和税负的组合，来自由选择那些最能满足自己偏好的地方定居。居民们可以从不能满足其偏好的地区迁出，而迁入可以满足其偏好的地区居住。形象地说，居民们通过"用脚投票"，在选择能满足其偏好的公共产品与税负的组合时，展现其偏好并作出了选

择哪个政府的决定。

"用手投票"(Voting by Hand)：在股份公司中，产权是明晰的，投资者以其投入资本的比重，参与公司利润分配，享有所有者权益；以其股权比重，通过公司股东代表大会、董事会，参与公司的重要决策，其中包括选择经理层。在政治领域中，用手投票更为典型。通过选票、选择各级领导人，已经成为政治决策的常见现象。

德国学者阿波尔特把一个辖区内的居民身份分成几类：消费者、雇员、资本拥有者。他指出"用脚投票"造成两大效应：首先，居民能够寻找他们所偏好的地区，因而直接改善了所偏好的地区处境；其次，由此引发的迁移——甚至仅仅存在迁移的威胁，能够敦促政治家根据居民的偏好来调整其政策。不过，也有很多学者对这一研究路线进行了批评，但这并没有妨碍其成为最有影响的地方公共产品、财产税收理论。也有些人进行了一系列资本化研究，这些研究检验了地方设施和税收对财产价值的影响。

从地方政府治理、公共产品、财产税之间的关系可以看出，财产税在地方政府治理与公共产品提供中具有核心地位。这种看上去复杂的关系，都是通过财产税所形成的公共服务对于房地产价值的影响去实现的。除此之外，物业税和房地产价值间也有着双向关系。一般认为这种关系是单向的，即房地产价值的变动，带来了税收份额的增加或减少。[①] 通常减少的时候多，增加的时候少且数量有限。剧烈的市场下滑，会带来地方政府危机爆发。

## 第三节　美国地方政府公共治理危机

美国 2007 年次贷危机中，除了政府的金融监管缺位之外，美国政府公共管理也存在弊端。这些缺陷构成了美国次贷危机、金融危机和实体经济危机的根源。

---

① Byron F. Lutz, *The Connection Between House Price Appreciation and Property Tax Revenues*, Working Paper of Federal Reserve Board, Washington, D. C. 2008—48.

## 一、美国地方政府治理过程的脆弱性

在此次次贷危机中，美国地方政府设置中的缺陷显露无遗。这是长期制度风险压力下逐渐变迁的结果，也暴露出美国政府治理系统脆弱性。

1. 地方政府与中央政府政策缺乏协调性

在联邦政府缺乏任何手段去主动调控房地产市场的情况下，与房地产市场密切相关的地方政府同样缺乏调控能力，甚至频频出台逆向政策。联邦政府宏观调控能力下降，地方政府对不动产课征的财产税税基逐步萎缩，税额逐年减少，最终也使得财产税制对房地产价格调节能力的逐年减弱。即使中央政府推出的各项调控措施，也很难取得地方政府的配合。

2. 地方政府财政收入波动性越来越强

政府财政危机成为每次金融危机中的常态，这主要源于政府财政来源方式的改变带来的财政危机、税收收入危机等。从 1978 年美国加州 13 号提案以后，占地方主要自有收入来源的财产税，与地方财政收入比重每况愈下，经营性收入和有价证券甚至衍生产品收入比重越来越高。这种收入结构导致稳定性差、波动性强，爆发危机的可能性增加，危害性加大。

3. 地方治理中的效益至上，带来价值目标缺乏

政府缺乏价值目标，偏重效益指标，所带来的政府管理模式商业化色彩越来越浓厚。特别区政府大部分实行某种程度的企业化的效益核算，很多干脆就是企业化的组织形式。在一般目的政府（GPG）中，实行市政经理制的市政府占一半以上。这些组织形式，都将效益指标作为主要目的，容易偏离公平、正义等非价值目标。由于企业化经营的后果，造成政府机构本身非常容易受到市场波动的影响，随经济危机发生政府危机。

地方政府治理中，所显露的这些脆弱性，都在一定程度上为此次次贷危机的形成构成了推波助澜的作用。到了后危机时代，随着危机向公共领域、政府机构的加深，这种危机的表现更加明显。

## 二、美国地方治理的混沌、复杂性及其危机

混沌理论、蝴蝶效应可以用来说明美国地方政府管理这一复杂

系统中的危机形成及深化。美国地方政府体系的组成具有"百纳被"式的复杂组织结构,这些组织结构的形成、演化及其运行,并没有完全按照开国元勋们所设计的那样,按照联邦层次的传统的"三权分立"的形式去运行。但是,这种地方政府组织结构也没有与企业雷同,而是在不断地适应各种各样的变化中,形成如今的组织形式。

1. 美国地方政府行政管理中的混沌理论

美国建国初期的地方政府组织,适应了当时公共服务相对简化的现实,主要集中在治安、婚丧嫁娶等基本社会事务的管理需要,所提供的公共服务相对简单。目前,大部分美国县政府履行的公共管理职能,就带有很多那个时代的痕迹。因此,传统公共行政理论认为公共组织是按照线性特征进行设计运行和控制的,即整个政府组织目标是其部分目标的综合;部门之间的关系强调统一指挥、责任明确、相互制衡、相互制约。

但是,随着美国社会的发展和进步,公共需求种类逐步增多,需求量日益增大,公共事务管理系统日益复杂,公共支出也呈现成倍增长,公共行政系统中非线性的因素也随之增加。因此,有学者认为正是这种复杂性系统的形成,使得地方政府治理系统中开始出现越来越多的不稳定、不平衡、不规则的现象。这表明混沌现象在公共行政领域是存在的——这一观点已为一些学者所接受和承认,公共行政领域的混沌观也逐渐形成。[①]

有的学者从公共管理实践的角度,对政府管理中的这种混沌现象进行了初步描述。其主要特征包括:

(1) 政府的部分目标之和并不等于总体目标;
(2) 政府部门间、各级政府间的职能,无法完全划分清晰;
(3) 政府的 X 无效率现象无法根本消除;
(4) 政府制定的各种计划,总是赶不上系统运行所带来的变化;
(5) 随着规模增加,政府的效率递减;
(6) 常任制、程序化、法律控制等政府手段和措施,常常滞后于变化。[②]

---

① 左林江:《公共行政中的混沌与复杂性理论》,《西南科技大学学报(哲学社会科学版)》2006 年第 12 期。

② 张璋、武玉英:《混沌理论与公共行政》,《北京行政学院学报》2001 年第 8 期。

**2. 美国地方政府治理危机中的"蝴蝶效应"**

在公共行政管理世界里，"蝴蝶效应表明，最初的原因可能会被扭曲并进入公共行政管理系统，并随着时间的推移产生出惊人的效果"①。由于政府公共管理系统的复杂性，使得混沌成为公共管理中的常态。斯特威尔（Stilwell）从议会政治的角度对这种现象进行了描述。他认为在议会政治中，政治决定的作出都是以议题决定为标志的。纳入地方政府议程的议题数量、种类、细致程度等，都是构成治理系统混沌状态的基本要素。

但是，这些主要议程的要素往往不是完全理性所决定的。单就议案数量上看，一般议会机构的议程在1—10个之间（见图3-3）。但是，某个问题能否列入议程，则具有很大的偶然性，不受完全理性的控制。如，议案有时并不取决于所谓的代表人数的多少，而是在很大程度上取决于动议者话语权的高低，甚至取决于列入议程当天是否有人在议会门口蹲守等偶然因素。

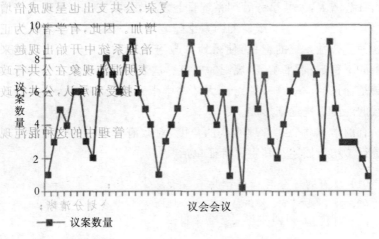

**图3-3　议会议程中议案数量的混沌**②

从这个意义上看，不仅美国政府管理中常常会存在这种偶然性，我国政府管理中也常常存在这种偶然性。比如，在一些群体性事件

　　① L. Douglas Kiel, *Managing Chaos and Complexity in Government*, Sanfrancisco: Jesse Bass Publisher, 1994. p. 7.

　　② J. Stilwell, "Managing Chaos", *Public Management*, 1996, 78, 78 (9).

处置中,为迅速处理和平息事态的要求,地方政府往往超出法律规定,满足某些当事人超出正常规定的一些额外要求。虽然一时间使得事态平息,暂时解决了危机和冲突,但是提高了以后解决类似问题的门槛。以后每次处理类似的矛盾、冲突的时候,都要在前一次基础上进行层层加码。这不仅逐步增加了政府的运行成本,使得现有的制度框架容量难以有效地容纳法定处置手段,酝酿着更大的危机,促使制度框架的解体。

3. 美国政府管理中混沌理论的应用

无论人们承认与否,虽然所谓的确定性、规律性和可预计性是主流公共管理理论的基本假设。但是,公共管理实践所面临的现实却是一个充满不确定性的系统混沌环境。在这种情况下,地方政府管理应注意以下问题①:

(1) 地方政府管理要实行终极目标导向管理,不要过于依赖精确、细致的计划。因为政府治理系统运行对于初始条件具有高度敏感性,使得任何微小变化都会对整个系统运行形成巨大干扰,拘泥过于细节计划只能阻碍政府治理的最终目标的实现。

(2) 地方政府治理中,要注重对于行政管理相对人的回应性。这种回应性是保证政府整体目标所必需的。当然,这种回应性不是被动地接受管理对象脱离系统运行规则的干扰,否则的话容易偏离系统目标。

(3) 目标同样要有适应性和弹性,以适应未来变化。由于政府治理过程中的管理对象、管理环境等是一个动态变化的要素,一些微小的变动可能会对目标形成扰动,所以目标本身也需要进行不断的调整。

(4) 积极主动的态度,去适应行政过程中的不确定性。不确定性是混沌系统的区别于原有的线性系统的一个重要特征。适应这种不确定性的要求,就是增强行政过程中的灵活性。

(5) 充分利用混沌,达成积极变化。主动利用一些可以达成积极变化的细节,去促进积极后果的产生,减少、延迟由于系统的脆弱性被放大,而导致系统危机,甚至崩溃的可能性。

---

① J. Stilwell,"Managing Chaos",*Public Management*,1996,78,78(9).

### 三、金融系统脆弱性、危机与政府监管能力下降

从 2007 年美国次贷危机产生、发展可以看出，金融风险具有不确定性、连锁性、放大性和突发性等特征，整个金融系统属于复杂动力系统，其运行具有明显的混沌现象特征。混沌理论的出现促使我们回顾所熟知的经济和金融时间序列，并对这些经典解释提出疑问。① 传统的金融市场分析和金融监管是一种典型的线性分析方法，它往往与市场秩序和金融监管的目标产生严重的偏离。② 这种目标和市场秩序、市场监管偏离的现状，通过混沌系统中的初始条件的敏感性，以及对脆弱性无限放大的特征，使得金融风险、金融危机的产生成为一种常态。

1. 金融系统的内在脆弱性与风险扩散

作为基础性风险的信用风险具有信息不对称性，由于贷款方对自身的经济状况、还款能力等有着更加充分的信息，所以金融参与的各方是信息充分不对称的，这就为道德风险买下了隐患。为减少这种不对称性，微观主体一般通过签署风险相反的对冲契约来控制市场风险，但这样的资产组合加长了金融体系的信用链。这样基于纯粹获利需求，与实体经济不相干的"虚拟经济"总量，大大超过实体经济，从而影响了实体经济的稳定也使得金融脆弱性。流动资产和固定资产的证券化倾向，增强了企业资产的流动性。但随着资本市场高度发达，企业所有权高度分散化、高度流动性，投资者对长期持有资产既不感兴趣，又无力控制。投资者变化无常、难以捉摸的心理因素在金融交易中的作用日渐增强，从而使得金融系统风险变得不可确定。③ 由于现代化电子通讯手段在金融交易中得到日益广泛应用，信息和资金可瞬间完成洲际间的传递与调拨，从而不正确信息及投资者判断失误在迅速传递过程中极易被指数式放大，以至传染性地爆发金融危机。

---

① 何孝星、赵华：《关于混沌理论在金融经济学与宏观经济中的应用研究述评》，《金融研究》2006 年第 7 期。

② Wu Jinguang, Ma Li, "A Study on Transmission Mechanism of Financial——Supervision with Chaos", *Theory Canadian Social Science*, Vol. 4 No. 2 April 2008.

③ 周国红：《金融系统风险研究与控制的混沌理论探索》，《浙江大学学报》2001 年第 6 期。

2. 突发性的危机与系统性风险

在银行及监管系统存在脆弱性的前提下,往往容易导致银行系统各类突发事件的产生。混沌中的"蝴蝶效应"对于金融系统脆弱性具有无限的放大作用,又由于现代金融的系统性,往往形成整个金融体系的系统性危机。突发危急事件是指在金融领域(特别是银行机构)突然发生,具有影响某一局部地区经济、社会秩序稳定或影响全国、全球性的经济社会秩序的不良突发性事件。这些事件可以分为,金融系统的技术故障、银行挤兑、股市暴跌、单个银行倒闭、局部银行危机等突发事件(参见表3-4)。一般来说,根据银行事件的来源和性质不同,可分为内生性银行事件与外生性银行事件。[①]

表 3-4　银行机构突发事件分类

| 事件分类 | 来源分类 | 危机成因 |
|---|---|---|
| 系统性银行突发事件 | 经济因素 | 周期性经济波动引起的危机事件 |
| | | 非周期性经济波动引发的危机事件 |
| | 非经济因素 | 社会因素 如:政治动荡、社会动乱、战争等 |
| | | 自然因素 如:地震、水灾、台风、传染病流行等 |
| 非系统性银行突发事件 | 内生银行事件 | 经营管理不善 |
| | | 员工违法违规操作 |
| | | 借款人违约 |
| | 外生银行事件 | 歹徒抢劫、暴力袭击 |
| | | 行政、执法不当 |
| | | 社会谣言、新闻炒作 |

资料来源:乔海曙、张贞乐:《银行危机的蝴蝶效应、负外部性及其防治》,《金融论坛》2006 年第 11 期。

但是,非系统性的突发事件,只有在复杂的金融系统中对脆弱性的放大作用,才有可能造成整体的经济危机的产生。

---

① 乔海曙、张贞乐:《银行危机的蝴蝶效应、负外部性及其防治》,《金融论坛》2006 年第 11 期。

系统性金融风险一般是指某个突发事件导致金融体系的某个部分信心受挫、实体损失或不确定性增加，通过放大对整个体系，甚至对实体经济造成严重危害的风险。几乎任何金融危机、经济危机都是系统性风险爆发的结果，系统性风险在 2007 年次贷危机中表现得尤其明显。

3. 美国政府金融监管能力危机

美国对金融市场实施监管的主要机构是联邦储备系统（Federal Reserve Board，简称美联储）、证券交易委员会（Securities and Exchange Commission，简称证交会）和金融行业监管局（The Financial Industry Regulatory Authority，简称监管局）。美国金融市场的监管体系在理论上是多种机构设置严密、严防死守，但实践中却依然存在巨大的脆弱性。

美国金融监管中最重要的机构是美联储，它具有货币政策、银行监管以及救助银行等三大职能。美联储体系包括联邦储备局（Federal Reserve Board）、联邦储备银行（Federal Reserve Bank）和联邦公开市场委员会（The Federal Open Market Committee）。从人员安排上看，联邦储备局有主席和副主席各 1 名，委员 5 名，且全部由美国总统提名，并经美国国会上院之参议院批准方可上任，任期为 14 年。联邦储备银行包括 12 家区域储备银行及其分布在全美各地的 25 家地区分行，每家区域性储备银行都是一个法人机构，拥有自己的董事会。会员银行是美国的私人银行。公开市场委员会由 12 名成员组成，包括联邦储备局全部成员 7 名，纽约联邦储备银行行长（通常由华尔街出掌），其他 4 个名额由另外 11 个联邦储备银行行长轮流担任。从根本上看，美联储本身却并非政府机构，而是具有私人性质的中央银行，主要反映的是投资人利益，在投资风险监控和减弱上缺乏作为。

证交会属于直属美国联邦的独立准司法机构，属于政府机构性质。证交会负责美国的证券监督和管理工作，是美国证券行业的最高机构。但是，证交会有"旋转门"之称，即证交会的最高领导和从事证券行业的专业人士经常相互改换门庭。

美国金融业监管局（The Financial Industry Regulatory Authority，FINRA）是美国金融市场的自我监管组织，属于非政府的行业自律机构。它由美国证券商协会（NASD）与纽约证交所的会员监管、执行和仲裁等部门合并形成。监管局主要负责监管柜台交易市场行为,以及投资银行的运作,目标是加强投资者保护和市场诚信建设。但是,美国金融业监管局的作用相对弱小,心有余而力不足。

美国联邦政府之外的州政府、地方政府在金融市场监管上乏善可陈,州政府能够发挥的一些作用,地方政府则完全置身于监管之外。美国公司法属于州立法体系,公司法人由州政府负责管理;但证券法却是联邦法体系,资本市场由联邦机构来监管。美国联邦政府认为依照美国宪法原则,联邦法律必须由联邦政府的机构来执行,州政府不得介入资本市场监管,使得公司法人管理与公司投资行为管理脱节。① 但是,美国监管体系中的州监管体系,银行监管局、证券监管专员和保险监管专员,尤其是其中的州检察机构在风险防范中发挥了巨大的作用,依然是值得借鉴的。

基于对现有监管弊端的认识,美国政府开始了改革进程。经过长期博弈,2010 年 7 月,美国总统奥巴马签署的《多德-弗兰克法案》生效。这是自 20 世纪 30 年代"大萧条"以来改革力度最大、影响最深远的金融改革法案。这次改革主要是通过构建新的监管框架,新设金融稳定监督委员会(Financial Stability Oversight Council,FSOC),各监管机构负责人均成为其成员。该委员会承担广泛的协调职责,包括识别威胁金融稳定的风险,强化市场纪律,应对威胁金融体系稳定的新风险因素等。同时,保护消费者免受金融欺诈,保证信息充分披露,防止危机重演等,也成为此次改革的主要内容。

## 第四节　美国政府公共治理危机的财产税视角

美国地方政府是一个异常复杂的系统,有人称之为"百纳被"模式,这是一个非常形象的说法。要深入到美国地方政府治理的内部,考察其风险、危机及其制度变迁规律,就必须从一个有效的角度切入。我认为,美国财产税制是研究美国地方治理过程的一面镜子,可

---

① 2009 年 6 月 29 日,美国最高法院在"科莫诉结算公司协会"一案中,做出一个判例,认为各州有权按照其本州的法律对全国性的银行实行监管,而不论州政府与联邦政府是否有职能交叉。

以发现美国地方政府治理的风险、压力和突发事件与制度变迁的关系。

美国财产税收入的变化所经受的压力过程，决定了美国地方政府财政收入，政府管理模式的变迁。这种政府管理模式在日常细微的政府管理过程中，通过"蝴蝶效应"的放大效果，反过来促进了此次次贷危机的形成。

### 专栏 3.3 "百衲被"——美国地方政府治理体系

"百衲被"是美国地方政府研究者对美国地方政府治理体系的概括。所谓"百衲被"，原义是指在美国一些地方的婚俗中，年轻人在结婚时，家人要取下家庭里每个人衣服上的一小块布，然后用这些五颜六色的小碎布缝制一床被面，以此表达全家人对新人的祝福。这种特征主要体现在一下几个方面：

（一）地方政府数量庞大和组织形式复杂多样

美国地方政府大体上分为一般目的政府和特殊目的政府。一般目的政府的形式有乡镇、自治市和县。而特殊目的政府则只承担某一项或几项公共服务功能，如学区政府就只承担公立教育方面的服务功能；特别区政府也只承担某一项或几项特定领域的服务功能。除了一般目的和特别目的政府这些正式的地方政府建制之外，美国还存在着大量的准政府组织，它们也承担着类似政府的公共服务功能。

（二）地方政府治理模式的多样性

美国地方政府治理模式。主要有以下几种：乡镇会议模式，即由全体居民直接选举产生一个代表机构，即乡镇管理委员会，此外也选出一定数量的财产税评估员、收税员、治安员、乡镇文书、司库等其他官员承担具体的行政管理职能。委员会制度肇始于 1900 年 9 月得克萨斯州加尔维斯顿市的一场灾难性风暴。委员会既负责立法工作，也负责行政工作，每个成员又负责某项具体行政管理工作，随着议会——经理制盛行，委员会制逐渐衰落。议会——经理制，借用了私人公司的治理结构，市政经理就相当于公司经理或称首席执行官（CEO），市长相当于董事会主席,目前在市政改革中被广泛采用。弱市长制。市长由全体选民直接选举产生的,财产税估税员、市政法官、警务专员其他行政官员也是选举产生的,而非由市长任命的。强市长制,市长通过普选产生,其他行政官员由市长任命并对市长负责。

（三）地方政府管辖范围的交叠性

在美国,一个大城市中有几百个独立分割的地方政府交叠并存是很普遍的现象,每个城市居民一般来说都同时属于一个县、一个自治市、一个学区和几个为交通、排污、控制空气污染而设的特别区。在他们看来,一个人同时属于几个地方政府,就像人们从不同的商店里购买自己喜欢的不同商品一样,只不过有些商店是百货公司、有些商店是专卖店而已。

摘选自:井敏:《"百纳被"——美国地方政府治理体系》,《学习时报》2008 年 10 月 20 日。

## 一、财产税收归宿与美国地方政府公共治理

可以说税收归宿问题直接决定了美国财产税的发展路径,也间接决定了美国地方治理模式。比如美国地方财产税中对税基的各种限制,其主要依据就是财产税归宿带来的各利益群体负担不均衡,导致的社会公平差异。又如,因税收归宿所导致的税收负担的差异,导致各地公众对于财产税的不满情绪加重,对不同税负却享有同权的做法表示怀疑,导致对地方政府合法性产生质疑,进而导致其合法性危机的一个重要因素。税收归宿的分析是探讨财政制度对经济行为、公共政策、政府公共管理行为影响的基础。

用于税收归宿的一般均衡分析的哈伯格模型(Harberger Model),避免了局部均衡割裂市场联系的弱点,这个模型初期主要是从公司所得税角度分析税收归宿。后来,通过对哈伯格模型进行修正和扩展,将社会保险税、财产税纳入分析范畴,对于地方政府管理行为分析更具有了一般化的基础。

> **专栏 3.4 税负转嫁和税收归宿：地方治理分析的起点**
>
> 税负转嫁，是指在商品交换过程中，纳税人通过各种途径将其所交纳的税款全部或部分地转移给他人负担的经济过程和经济现象。
>
> 税负转嫁作为一种经济过程和经济现象，是纳税人的一般行为倾向，是纳税人的主动行为。税负转嫁也是各个经济主体之间对税收负担的一种再分配，也就是对经济利益的再分配，税负转嫁的客观结果，必然是导致纳税人与负税人的不一致。从经济角度看，税负转嫁影响了供给或者需求，与商品价格的升降直接相联系，很多商品价格的升降在很大程度上是由税负转嫁引起的。
>
> 与税负转嫁密切相关的一个概念是税收归宿。所谓税收归宿，也称为税负归宿，它是指处于转嫁中的税负的最终落脚点。税收归宿与税负转嫁的实质，都是研究税收负担的再分配问题。两者不同的是，税负转嫁主要研究的是税收负担再分配的过程，税收归宿主要研究的是税收负担再分配的结果。税收归宿更多地与利益的再分配相联系，因此政治分析中此概念应用较多。
>
> 根据：陈共：《财政学》（第六版），北京：中国人民大学出版社 2009 年版整理。

## 二、不同财产税税基理论与地方公共治理政策

对税收归宿的不同解释也是西方划分财产税理论不同派别的基本标准，按此标准可划分为"传统论"、"受益论"、"新论"。三种理论在税收归宿、税基资本化的地方公共治理政策上观点有着较大的不同。

1. 财产税的传统论与地方治理的平权

由西蒙和涅茨提出，认为财产税全部通过抬高房价，由购房者承担，即全部进入房地产税基，没有通过任何复杂的机制对房地产价格构成影响。之所以成为传统论，主要是这种理论适合了简单经济条件下的作用机制，也适应了地方公共治理下区域内居民财产、收入相当，承担的税负大致均衡，地方治理的发言权平等的状况。

2. 财产税的受益论与地方有效治理

建立在"用脚投票"和"土地分区"的原则上，是对蒂伯特模型的扩展，由汉密尔顿、费舍等人提出，并由汉密尔顿和费舍两人进行深化，这一观点认为财产税没有对经济的扭曲效果，它通过财产税对应的地方政府所提供的公共服务增值，促进了财产税基的增长。用公式表示为：

$$V + T = C(H) + C(LPS)$$

其中，$V$ 是房地产税基，$T$ 是财产税，$C(H)$ 是房屋价值，$C(LPS)$ 是地方公共服务增值，这对其逻辑关系进行了表达。

从地方治理的角度来看，财产税的受益论观点使税收内化在社区内部，社区居民用脚投票是有效的，社区居民承担了所有的地方政府治理费用。这种结果直接导致了社区的同质化，最终导致了地方政府治理是有效的。这种情况下，不动产所有者应享有更多权利。

3. 财产税的新论与地方治理中资本权利

新论由米斯考斯基提出，由佐德罗和米斯考斯基深化，认为财产税是对资本进行的征收，对经济行为具有扭曲效果，税负增加通过资本外流，侵蚀财产税基。资本化条件下，税基流动成为地方政府竞争的根源，布鲁克纳（Jan K Brueckner）和萨维德拉（Luz A Saavedra）发展出税基竞争模型，利用空间计量经济学方法调查了美国地方政府间财产税竞争，根据"空间滞后"计量经济模型，估计出来不动产税基的反应函数，对这种理论有效性进行证明。

从地方治理的角度，资本所有者承担地方治理的费用，地方政府竞争结果将是资本在不同区域之间的流动，所以资本所有者而非不动产所有者应当在地方政府治理中拥有更大的发言权。

三个理论在税基特性、税基变动性、税负承担者以及累退还是累进的四个方面具有重要的区别，（见表3-5）。

表3-5　传统论、受益论与新论的主要区别

| | 古典论 | 受益论 | 新论 |
|---|---|---|---|
| 税基特性 | 不流动 | 不可流动，分区控制 | 可流动，房屋是资本 |
| 税基变动 | 税收直接入税基 | 用脚投票，居民流动 | 资本流动且供给一定 |
| 税负承担者 | 房屋所有者 | 享受公共服务的居民 | 资本所有者 |
| 累进和累退 | 比例税，累进性 | 人头税，累退性 | 资本税，累进性 |

4. 财产税归宿、税基和地方公共治理的融资

税收归宿分析的基础是课税对象的税收弹性差异，进而可以分析房产、土地所有者、租赁者、资本对于财产税的承受能力和实际负担差异，引导出地方政府治理的公共融资来源，及其对地方政府竞争力的影响。

按照新论的分析思路，资本所有者将承担所有的财产税税负，地方政府融资的主要来源是资本所有者，所以未来的财产税将是投资歧视性的，会恶化地方政府的竞争力。按照受益论的观点，财产税所带来的公共服务的增加，将促进税基的增值，房地产是不可移动的，这种增值将被产权人享有，因而财产税是一种受益税，地方治理资金来源主要是地方居民。按照古典观点，土地或房产产权人承担所有的税收负担，其中尤其是土地权人负担所有的税收。

从地方治理融资角度看房地产财产税的另一个特点，就是税基和税源的分离。其他税种如所得税、增值税等税种税基、税源是一致的，即税收的来源及税收计算基础是所得或者增值。财产税的税基是房屋、土地，税源却是需要居民从自身的其他收入中付出。这会对本地的劳动力市场竞争力产生影响。

如未来开征的房产税要考虑到对房屋价值较高，但又收入较低的家庭的影响，这在西方财产税课征的历史上是常见的。同时，由于财产税税基增值与居民收入增值的非同步性，也会导致财产税基增长对工资收入水平的侵蚀问题。西方地方治理、地方财政发展中，著名的美国加利福尼亚 13 号提案，反映的就是这种情况。

### 三、美国地方政府财产税与地方治理危机形成

美国地方政府管理中，一般是实行"以支定收"，每年通过公共选择程序，首先确定了本地区所需要提供的公共服务总量后，确定支出总额。然后看其他渠道所能够确定的财政收入数量，确定应征收的财产税数额。政府的其他各种收入是相对固定的，因此财产税收的多少就成为地方政府汲取能力的关键。美国地方政府财产税征收管理形式、来源渠道不同，对地方政府公共服务资金来源、总量产生不同的效应。

1. 财产税税率弹性与政府房地产市场调控能力危机

一次性取得土地批租收入，与分年度征收财产税，对房地产价格

影响不同。一般说来,一次性收取土地批租收入,容易形成土地取得的高价格;分年度获取财产税,对房地产取得价格影响相对较小。美国财产税税率、税基常年下降,财产税减免逐步增加,限制措施层层加码。这种趋势所带来的结果是,政府利用财产税调控房地产市场的能力急剧弱化,形成政府调控的危机。

**2. 美国财产税与地方治理的合法性危机**

直接源于对居民税收的公共收入,从心理上将使得居民要求补偿的愿望更为强烈,强化公共事务的参与意识。在公共收入和支出之间的对应性越强,公众的问责动力和政府的责任意识将越强,这曾经为西方民主政治建设奠定基础。我国农村税费改革以往的农业税征收也非常明显地显现出这点。美国近20年来,随着新公共管理运动的深入,公共资金更多地来源于非税收收入,导致公共治理的价值观危机,并成为金融危机的一个重要渊源。

财产税在美国地方政府收入中逐年降低,使得其财政收入越来越多地来自于企业的税收、债券、收费、利润、资本市场收益等公共融资模式。这使得政府的公共服务提供范围转移到重点围绕企业需要的轨道上,忽略居民生活所需的基本公共服务。这些导致了公众对于地方政府的合法性认同的降低,对于地方征收财产税的合法性产生越来越多的质疑。从上世纪开始,美国各地频繁发生的税收反抗运动,说明人们对财产税的认同感很弱。

**3. 美国财产税衰微孕育着地方政府财政汲取能力危机**

在新公共管理的政府改革思想的主导,同时也是在财产税逐年减少的预算约束压力下,地方政府越来越依靠企业化税收、市政债券,甚至资本市场融资去获得财政收入,美国各州地方政府收入结构发生巨大变化,使得越来越多的地方政府面临财政汲取能力危机。

相对于财产税收,债券、收费、企业利润甚至资本市场收益等具有内在不稳定性,也容易带来政府的财政收入方面的危机。此次金融危机中,众多的美国地方政府、州政府之所以濒临破产边缘,也是与其更多地依赖非税收收入有关,这在历次的危机中也有很多的例证。

**4 美国财产税的变动趋势积累着政府管理能力危机**

美国财产税制度下形成的传统议会—行政两分的政府治理模式,以公平、公正作为地方政府的价值追求,在此基础上兼顾效率。

但是，近 20 多年来，随着财产税收式微，加上新公共管理运动的兴起，美国地方政府中，特别区政府已经基本企业化，完全按照企业经营模式进行考核、经营。美国地方一般目的政府，尤其是城市政府，也基本上是市政经理制占主导地位，以效益为主要考核目标。这种偏重于效益的政府组织方式，导致监管能力的下降，实际上孕育着新一轮的政府治理中的价值观危机。

美国地方政府近 100 年来，通过以财产税为核心的收入体制的改革，形成了目前的地方政府收入体制，以及相应的政府管理现状，这种现状所存在的弊端在常态管理的条件下是难以为人们所察觉的。但是，正如人们在"蝴蝶效应"中所发现的，社会系统对于子系统具有严重的依赖性，在危机来临时候将产生一系列放大效应，其弊端将变得异常严重。

# 第四章 美国地方治理中的财产税制及演变

经过长期的财政、税收制度演进,美国形成了世界上最为典型、成熟的不动产保有课税的财产税制度。虽然美国各州的财产税制、税收收入与美国地方政府其他制度一样,呈现一种"百纳被"特征,具体制度规定的差异巨大,甚至不同城市之间也具有巨大的差异,但仍然具有一些共性特征。在通过美国财产税制透视美国地方政府治理之前,我们首先需要对美国财产税制在地方治理体系中的发展,进行一个简单的描述。

## 第一节 美国财产税在地方政府治理中的地位

美国财产税,是其地方政府的主要自有财源,在美国历史上,甚至一度占到美国地方政府收入的绝大部分,至今依然是美国很多地方政府的主要收入来源。因此,财产税收入及其管理方式的变迁,对于美国地方政府的管理模式有着决定性的影响。

### 一、国际视野中的美国财产税

几乎对所有对不动产保有征税的国家而言,这种税收占 GDP 和各级政府总收入的比重并不大。到了 20 世纪 90 年代的时候,发展中国家的财产税只占 GDP 的 0.4%,占其各级政府全部收入的 2%,比几十年前的水平略有下降。同一时期的 OECD 国家占 GDP 的 1%多,占全部税收的 4%,比其他类型国家略多(见表 4-1)。

表 4-1　各国地方财产税收入占 GDP、全部地方政府收入的比重

| | 1970 | | 1980 | | 1990 | |
|---|---|---|---|---|---|---|
| | GDP | 地方财政收入 | GDP | 地方财政收入 | GDP | 地方财政收入 |
| OECD 国家 | 1.24 | 17.4 | 1.31 | 17 | 1.44 | 17.9 |
| 国家数量 | (16) | (16) | (18) | (17) | (16) | (16) |
| 发展中国家 | 0.42 | 27.6 | 0.36 | 24.3 | 0.42 | 19.1 |
| 国家数量 | (20) | (21) | (27) | (27) | (23) | (24) |
| 转轨国家 | 0.34 | 6.7 | 0.59 | 8.51 | 0.54 | 8.8 |
| 国家数量 | (1) | (1) | (4) | (4) | (20) | (20) |
| 所有国家 | 0.77 | 22.8 | 0.73 | 20.4 | 0.75 | 15.6 |
| 国家数量 | (37) | (38) | (49) | (48) | (58) | (59) |

资料来源：由罗伊·巴尔和佐治亚州立大学安德鲁·扬公共政策学院的巴亚尔·图门那桑根据 IMF 的《政府财政统计年鉴》(*Government Finance Statistics Yearbook 2001*)整理。

　　虽然不动产税在占一个国家或地区的 GDP、各级政府总收入中的比重有限，但是对于一个家庭却往往是不菲的支出。对于处于政府层级最低层次的地方政府是非常重要的收入来源，而且他具有收入与支出、税负与公共服务对应性强的特点。惟其如此，使它成为虽然备受诟病却仍然具有较强生命力的原因所在。

　　从历史上看，以不动产，尤其是其中的土地作为课税对象的税收收入，曾经一度是很多国家的主要财政收入来源。然而，随着工商业的兴起，新型工商业对土地的依赖性越来越低，使得相应的不动产税的重要程度也在降低。

　　在实行较完善的分税制国家，不动产保有课征的税种（财产税、不动产税、房产税、土地税等），是不动产税制体系的主体，并构成地方政府提供公共服务的主要的收入来源。如美国占地方政府税收收入的 75%，加拿大 84.5%，澳大利亚、新西兰[①]、以色列等国家，甚至达到 90% 以上，而日本、荷兰等国家却只有 20%—40% 之间（部分国

---

① 　澳大利亚、新西兰甚至因不动产税占有较高比重，而被称为乔治主义国家。

家地方税收收入中财产税比重情况如图 4-1 所示①)。

同样,在考虑到使用者付费、行政性收费甚至近年来随着新公共管理运动的兴起,地方政府企业化程度越来越高,一些经营性收益所占的比重大幅度提高。在考虑到这些地方财政收入的其他项目后,不动产税在各类国家全部政府收入中的比例会有较大幅度的降低(参见表 4-2)。

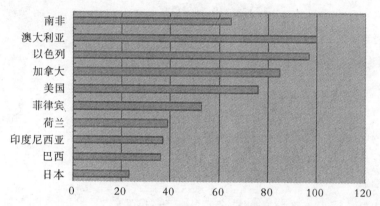

**图 4-1 美国与各国财产税占地方税收比重比较**

**表 4-2 世界部分国家不动产税及其占地方收入比重**

| 国家 | 税种名称 | 占地方收入比重(%) |
| --- | --- | --- |
| **OECD** | | |
| 澳大利亚 | 土地税、市政税 | 60.1 |
| 加拿大 | 财产税 | 53.3 |
| 日本 | 固定财产税 | 45.3 |
| 德国 | 土地税 | 15.5 |
| 英国 | 房屋税、非国内居民财产税 | 28.0 |
| **中东欧** | | |
| 匈牙利 | 财产税、特定用途小块土地税、地方税、旅游税 | 2.2 |

① 资料来源:根据 IMF 的《政府财政统计年鉴》(*Government Finance Statistics Yearbook 2001*)整理。

| 国家 | 税种名称 | 占地方收入比重(%) |
|---|---|---|
| 拉脱维亚 | 房地产税 | 18.2 |
| 波兰 | 城市房地产税、农业税、林业税 | 9.7 |
| 俄罗斯 | 土地税、个人财产税、企业财产税 | 8.1 |
| 乌克兰 | 土地转让收入和税收 | 9.5 |
| **拉丁美洲** | | |
| 阿根廷 | 财产税 | 35.0 |
| 智利 | 财产税 | 35.1 |
| 哥伦比亚 | 统一财产税 | 25.9 |
| 墨西哥 | 财产税 | 13.0 |
| 尼加拉瓜 | 财产税 | 6.4 |
| **亚洲** | | |
| 中国 | 城镇土地使用税、城市房地产税、房产税 | 3.09 |
| 印度 | 财产税 | 7—40 |
| 印尼 | 土地和建筑税 | 10.7 |
| 菲律宾 | 物业税 | 13.4 |
| 泰国 | 建筑和土地税、土地开发税 | 1.2 |
| **非洲** | | |
| 几内亚 | 房屋租金税、地方商业税 | 27.2 |
| 肯尼亚 | 财产税 | 20.0 |
| 突尼斯 | 房屋租金税、未建设土地税、地方商业税 | 27.2 |
| 南非 | 财产税 | 21 |
| 坦桑尼亚 | 地方建筑税、全国性土地租金 | 18 |

注释：本表系在 Richard Bird 和 Enid Slack 对 OECD、中东欧、拉丁美洲、亚洲、非洲等 25 个国家不动产税制研究的基础上，按照现行部分国家的相关税制进行了更新。其中，对原作者的部分错误进行了订正。

### 二、美国财产税与整个政府体系

美国各州财产税制度所呈现的很多现实特征,都是其制度在历史上长期演化的一个结果,并与历史状况有着千丝万缕的联系。从总的方面看,其课税对象的范围经历了一般财产税到不动产财产税,进而对不动产财产税进行限制的过程。

美国实行联邦政府、州政府和地方政府的分税制,联邦和州有完全的税收立法权,而大多数地方政府只能在州制定的税法约束下征税。其中,联邦政府的财政收入主要来自个人所得税,其次是公司所得税,个人所得税收入大约是公司所得税收入的 5 倍;州政府财政收入主要来自于所得税和销售税;而地方政府则把包括动产和不动产在内的财产税作为其主要的收入来源(见表 4-3)。

表 4-3　美国不同税种在各级政府税收中的分配(2001)　单位:%

| 税种 | 联邦 | 州 | 地方 | 各级政府合计 |
|---|---|---|---|---|
| 个人所得税 | 81 | 17 | 2 | 100 |
| 公司所得税 | 81 | 17 | 2 | 100 |
| 消费税 | 17 | 67 | 16 | 100 |
| 财产税 | 0 | 4 | 96 | 100 |
| 机动车税 | 0 | 92 | 8 | 100 |
| 其他税 | 48 | 36 | 16 | 100 |
| 合计 | 58 | 26 | 16 | 100 |

美国政府构成中主要有联邦政府、州政府、地方政府三种大类型。其中,地方政府的数量最多,形式也比较复杂,主要分为两类即一般目的政府,包括县、市、镇政府;以及特殊目的政府,主要包括特别区政府、学区政府两种类型。财产税是各类地方政府的主要收入来源,构成地方政府的主体税种。财产税在各类型地方政府收入中所占的比重各不相同,最多的达到 90% 多,最少的也有 50% 以上(如图 4-2)。

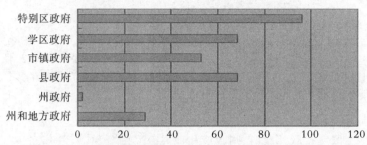

图 4-2　2001 年美国各级政府财产税占总税收的百分比柱形图

在财产税收入分布中,各种类型的地方政府收入也有所区别。其中,学区政府、市镇政府、县政府的收入,占整个财产税收入的比重最大,特别区政府占比重较少(如图 4-3 所示)。其中的主要原因在于,特别区政府主要是基于给排水、消防、图书馆等某项公共服务而存在,使得其有可能越来越多地依靠收费、各类经营性收益融资,进而财产税所占比重越来越低。

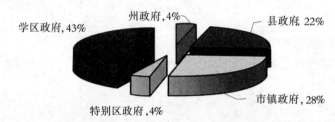

图 4-3　2001 年美国各级政府财产税占总税收的百分比饼图

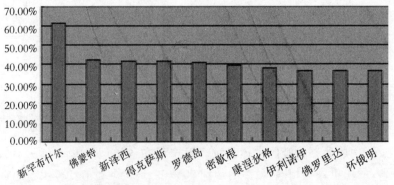

图 4-4　2008 年美国财产税比重最高的 10 个州占地方收入比重图①

---

①　资料来源:Tax Foundation.

### 三、美国财产税是地方政府治理的前提

财产税通过地方政府公共产品提供,对地方公共服务水平产生影响,进而与房地产市场价值、财产税税基之间存在确定的相关关系。这是西方地方财政学存在的基础,也是现代地方民主、地方治理理论的前提。美国财产税、地方治理理论的假设前提是:

一是土地及其地上物所有权属于私人所有,产权清晰。这样,西方经济学中的所谓理性经济人假设才能够有效地发挥作用,也是地方治理的边界清晰、减少治理效果外溢的基本条件。

二是资本、居民区域间流动的障碍小。这是公众在不同地方政府之间,进行公共产品和公共服务选择,"用脚投票"的机制得以有效运行。从地方政府角度,感觉到公共服务竞争压力,以及影星的预算约束,进而提高公共产品和公共服务质量。

三是房地产分区明显,规划严格。这是公众进行公共服务选择的动力所在,也是地方政府财产税税基管理、加强地方治理的重点。

四是整个社会的投资相对稳定,变化不大。这影响了投资流动的有效性,因为只有新增投资较多,才能使得资本流动具有现实性。

在上述假设前提下,从地方政府公共治理的表现形式上看,美国地方政府治理的核心是实行"以支定收",其主要收支关系是(见图 4-5):

一是每年通过民意代表机构(议会或者居民大会)确定需要确定公共服务的支出需求,在此基础上确定支出预算,根据支出预算的需要,确定收入预算。

二是在计算其他税收、收费收入,州、联邦政府转移支付收入,债券收入等其他收入后,从收入预算中减除,确定需要财产税提供的收入数量。

三是根据房屋价值、评估价值,确定财产税税率后,制定相应的税法,开展相应的征收。

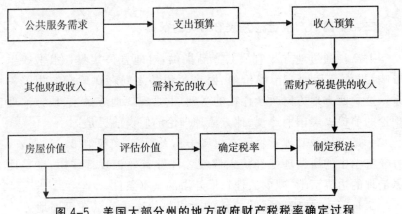

图 4-5　美国大部分州的地方政府财产税税率确定过程

从美国地方政府确定财产税形式上看，地方政府并无收入匮乏之虞，财产税收入税率也将根据实际的支出需求进行调整。但是，美国财产税收实践却是普遍存在房地产税率、税基政策的限制政策。从上述理论前提看，美国财产税对地方政府公共服务、房地产价值的作用机制有着特定的背景，这是在学习、借鉴美国财产税经验时应注意的。

## 第二节　美国财产税历程：从一般财产税到不动产财产税

美国财产税起源于欧洲中世纪对财产课税的制度，并经历了一个长期的发展历程。不过，在英国逐渐发展成为按照年租金价值课税的体系，并影响了其原来的殖民地国家或地区。美国逐渐形成了按不动产价值的课税体系，并成为很多国家效仿的样板。

### 一、初期的美国一般财产税

美国殖民地时期，财产税成为主要税种之一，按照列举的方式课征，列举的项目中有的按照评估价值，有的按照账面价值，甚至数量。美国独立战争前，财产税翻了几番，随着税收归宿的变化，其公平性也日益成为公众争论的焦点。

到 1796 年，美国也只有四个州将全部财产评估后课税，但没有任何一个州的宪法统一要求按照价值课征财产税。到了 1818 年，伊利诺伊州首先采用了统一的税收条款。密苏里州 1820 年紧随其后，田纳西州 1834 年也制定了统一的规定,按照单位每英亩的价值(ad valorem)课税。到了 19 世纪末,美国共有 33 个州修改了州宪法或制定了统一的法令,要求所有的财产都要按照价值课税。这一过程可如表 4-4 所示:①

表 4-4　美国 19 世纪统一实行评估课征财产税的州②

| 序号 | 州 | 年份 | 州宪是否统一规定 | 序号 | 州 | 年份 | 州宪是否统一规定 |
|---|---|---|---|---|---|---|---|
| 1 | 伊利诺伊 | 1818 | 是 | 18 | 内华达 | 1864 | 是[5] |
| 2 | 密苏里 | 1820 | 否 | 19 | *南卡罗来纳 | 1865 | 是 |
| 3 | *田纳西[1] | 1834 | 是[2] | 20 | *佐治亚 | 1868 | 否 |
| 4 | 阿肯色 | 1836 | 否 | 21 | *北卡罗来纳 | 1868 | 是 |
| 5 | 佛罗里达 | 1838 | 否 | 22 | *密西西比 | 1869 | 是 |
| 6 | *路易斯安那 | 1845 | 否 | 23 | *缅因 | 1875 | 否 |
| 7 | 得克萨斯 | 1845 | 是 | 24 | *内布拉斯加 | 1875 | 否 |
| 8 | 威斯康星 | 1848 | 否 | 25 | *新泽西 | 1875 | 否 |
| 9 | 加利福尼亚 | 1849 | 是 | 26 | 蒙大拿 | 1889 | 是 |
| 10 | *密歇根[3] | 1850 | 否 | 27 | 北达科他 | 1889 | 是 |
| 11 | *弗吉尼亚 | 1850 | 是[4] | 28 | 南达科他 | 1889 | 是 |
| 12 | 印第安纳 | 1851 | 是 | 29 | 华盛顿 | 1889 | 是 |
| 13 | *俄亥俄 | 1851 | 是 | 30 | 爱达荷[6] | 1890 | 是 |
| 14 | 明尼苏达 | 1857 | 是 | 31 | 明尼苏达 | 1890 | 否 |
| 15 | 堪萨斯 | 1859 | 否 | 32 | *肯塔基 | 1891 | 是 |
| 16 | 俄勒冈 | 1859 | 是 | 33 | 犹他 | 1896 | 是 |
| 17 | 西弗吉尼亚 | 1863 | 是 | | | | |

---

① Glenn Fisher, "History of Property Taxes in the United States", *EH. Net Encyclopedia*, edited by Robert Whaples. September 30, 2002. URL http://eh. net/encyclopedia/article/fisher. property. tax. history. us

② Glenn W. Fisher, *The Worst Tax? A History of the Property Tax in America*, Lawrence: University Press of Kansas, 1996.

　　* 号表示对宪法进行了修改或补充

　　1. 田纳西州 1796 年的宪法包含了独特的统一按每 100 英亩征税；2. 田纳西州规定个人 1000 美元的财产和土地上属的他人的产品免税；3. 密歇根州规定除财产用于缴纳其他税收之外，执行统一规定；4. 除了对奴隶的课征；5. 内华达不包括矿产权；6. 爱达荷州要求按阶层统一，其他要求一致。

　　美国各州初期的统一财产税适用于一切动产与不动产，有形财产和无形财产，税收及其征管体系也是适应了美国政府体系的发展状况。各州被划分成为不同的县，承担了大量的实施州法的责任，而市民可以自由地组成自治市、学区和各类特别区，去执行额外的公共服务职责。造成的后果是，尤其是独立后建立的一些州，大量政府重叠设立。许多农村为主体的州，根本没有其他的工商税收税源，只能靠征收财产税取得收入。同时，不动产位置固定、征管对象有形、价值显见，因此收入可以较容易根据不同政府的行政区域进行分配，也适应了这些地方政府较低的管理水平。

## 二、一般财产税的危机

　　但是，到了 20 世纪初期，一般财产税却遭到了越来越多的诟病，当时的一个著名学者甚至称财产税是个"最坏的税收"。[①] 财产税面临着很大的危机，其弊端主要体现在：

　　1. 财产税收征管机构的管理能力有限

　　随着经济社会的发展，财产形式发生了变化、创新，其他如股票、债券、抵押债权等在个人财产中的比重越来越大。财产权利人也日益复杂多样，所有权行使的方式日益多样，居住区域上也未必是本地人。财产价值计算方式也纷繁复杂。财产税征管机构也越来越缺乏相应的法定权利、能力、资源甚至技术，去管理如此复杂的财产体系。

　　2 财产税征管人员的征管积极性不高

　　在地方政府治理模式下，很多州的财产税估价人由公众选举产生。作为民选官员的估价人（Assessors），对选民财产进行如实估价并导致税基上升、税额增加的情况下，必将招致选民的反对，影响本人的选情。同时，估价官作为本地人，对当地财产进行评估，通常无

---

　　① E. R. A. Seligman, *Essays in Taxation*, New York: Macmillan Company, 1905, originally published in 1895.

法避免人情干扰。所以,地方政治家们普遍对于征收财产税缺乏相应的积极性。

### 3. 公平性问题明显

与以往不同的是,越来越多的人依靠工资收入生活,而不是来源于土地的收入,使得其财产状况与不动产财产状况与实际收入产生很大的背离。同时,仅对不动产课征或者对不同财产课征不同税率也显失公平,因为有些人可能会转变资产形式,来规避税收。只是因为财产形式不同导致税收差异巨大,财产税的公正性将受到很大影响。

1907 年,美国全国税收协会主导的改革中,引入所得税,无形财产和一些个人有形财产不再进入财产税税基。尽管如此,对于县、各类自治市、镇和学区,以及提供诸如灌溉、排水、道路、公园、图书馆、消防、保健等各类公共服务的特别区政府来说,财产税依然是各地方政府的主要收入来源。各类政府职能在空间的重叠并未给财产税在各级政府之间的共享造成很多问题,财产税收入按照法律规定在个地方政府之间进行了准确的划分。

### 三、从一般财产税到特定财产税

世界各国的财产税设立之初都属于综合财产税制度,即综合计算所有财产的价值,课征财产税。但是到了近代,随着财产数量、种类大量增加,财产形式也日益复杂,尤其是动产增加更快,应收款、商标、商誉、专利权、虚拟资产等大量出现,使一般财产税在征收上遇到很大困难。各国财产税课征来源逐渐集中在不动产、营业性动产和船舶、车辆等注册财产,其中最主要的是不动产。

对不动产课征财产税优势很多,而对营业性动产、注册财产课征财产税同样具有很多优点,比如营业性动产都在主营业地进行注册登记,有一定的资本金作为承担责任的担保,有比较健全的会计制度可供稽核等。相对于其他财产,船舶、车辆等注册财产的年检、注册制度的存在,很容易实行税收的源泉控制,征收上也具有无可比拟的优点,同样成为课征的重点之一。

但是,一般性财产税向不动产、营业性动产、注册财产三个课征重点的转化过程中,由于在企业经营领域中的商品税、企业所得税等工商业税收的存在,对经营性动产、企业注册财产的征收容易产生重复征税问题,影响了企业竞争力的发挥;对个人拥有的车辆等注册财产的征收容易与交通类税费征收产生重复征收问题,也会产生大量规避、逃匿行为。不动产位置固定、不易偷漏、价值巨大,而且不动产是个人财富的最为集中的表现形式,对不动产的课征不易引发税收的转移,所以世界各国的财产税课征近年来主要集中在土地、建筑物等不动产上。从这个意义上看,各国财产税在很大程度上已经成为不动产税。

上述变化从美国财产税发展进程可以看出:20 世纪初期,美国许多州将无形财产排除在一般财产税课税范围之外,而归入所得税的课征范围。接着于 1933 年,美国纽约州又将有形动产排除在一般财产税课税范围以外,其理由是其对动产征收带来大量逃避税现象,不如干脆不征税,以减少课征技术困难和降低征收成本。纽约州的这一做法带动了相当一部分州对财产税课征范围的调整。

## 第三节　美国现行财产税制与地方治理

美国的财产税属于地方税种,立法权、减免权、征收权等主要税权由地方政府、州政府享有。与很多国家存在一个全国统一的财产税制度不同的是,美国财产税制正如同美国的地方政府制度一样,不存在一个全国一致的财产税税收制度。但是,在共同的制度演进中,美国各地财产税税制要素上仍然形成一些具有共性的东西。

### 一、美国财产税制要素

#### 1. 纳税人

一般而言所有权人为不动产财产税的纳税人;不动产没有所有权人的,实际使用人或控制人应被视为所有权人缴纳财产税。美国财产税的纳税人包括自然人和企业法人,分居民纳税人和非居民纳税人。一般规定居民纳税人须就其世界各地的财产纳税,非居民纳税人仅就其居住国内的财产纳税。其中,不动产实际使用人或控制人包括承租人、保管人及受托人。

#### 2. 征税对象

美国财产税的征税对象一般可以分为不动产和动产两大类。虽然经过多年改革后,美国财产税收入主要来源于不动产,但是其他类型的财产税仍然具有一定的比例。

不动产包括土地和土地上的建筑物，动产包括有形资产（如耐用消费品、家具、车辆等）和无形资产（如股票、债券、现金、银行存款等），原则上征税对象是纳税人拥有的全部动产和不动产。

各州的财产税构成中，不动产所占的比例通常远高于动产，应税财产主要包括房产、企业营业动产、土地等。不动产、动产包括住宅物业（Residential Property）和商业物业（Commercial Property）等类别，住宅物业、商业物业的税收收入占了财产税收入的绝大部分，其中最主要的是居民住宅。2002 年美国非农业区的住宅物业占总财产税收收入的 65％、商业物业占 18％。地方财产税的课税对象实际上已经形成以不动产，尤其是居住类不动产为主的局面。

3. 税率

与很多国家不同的是，美国大多数地方政府的财产税率不是以法律的形式规定一个固定税率，而是根据地方年度支出需求倒算出来的。其主要原因就是源于美国"以支定收"的财政制度，即根据议会确定的每年需要政府提供的公共服务数量，在此基础上确定支出数额，然后按照掌握的评估税基情况，倒算出来税率。

如何确定财产税的税率是一个复杂的过程，这种复杂性来自于财产税的分散性。财产税是地方税，州、县、市、镇、学区和特区等各级政府均有征收财产税的权力，财产税的总税率是州政府对财产征税税率与各级地方政府对财产征税税率的加总。

财产税的税负主要取决于法定税率。法定税率一般在地方政府常规预算程序中确立，法定税率每年通过一次。确定法定税率的数据主要是：批准或提交的总开支计划；非财产税收入总估算；财产税收以及税收单位评估净值。

地方政府确定其财产税税率的方法如下：

（1）地方政府对其管理区域内的财产进行估价，确定应纳税财产的价值，并把这些财产的评估价值汇总，在确定财产税税收减免数额后，两者的差额就是应纳税财产的总价值，用 Total Value 表示。

（2）地方政府确定其下一财政年度的预算总额，以及除了财产税以外的其他收入总额，两者的差额就是该政府要征收的财产税总额，用 Total Tax 表示。

（3）地方政府把财产税税率确定为要征收的财产税总额与应纳

税财产的总价值的比率，即 Tax Rate = Total Tax/Total Value。美国各地习惯把 Millage Rate 作为财产税税率的单位，一个 Millage Rate 等于 1‰。

各级地方政府根据以上方法确定其对财产征税的税率后，把这些税率和州制定的税率加总，得到该地区的财产税总税率：总税率 = 州税率 + 县、市税率 + 其他机构的税率。

此外，各级地方政府都受到州税法的制约。各级政府在确定税率的过程中，应遵守州税法对财产税税率、征税对象、减免条例和征税程序的规定；其提出的财产税税率大多要受到州级部门的核准。

为限制法定税率、评估价值变动的幅度，还设置了有效税率。有效税率等于法定税率乘以评估比率。评估比率是评估价值与市场价值的比率。如果评估价值与市场价值的比率超过一定限度，说明评估质量存在问题，需要重新对房屋进行评估。

### 二、美国地方政府财产税基评估制度

地方政府有独立于征管机构的评估机构，一般 3—5 年间对各类财产价值进行评估，评估后得出公平市场价格（FMV，Fair Market Value）。将公平市场价格乘以估价折价比率（Assess Ratio）后，从而得到计税估计价值（Assessed Value）。估计价值才是税务部门征收财产税时的征税依据；估计价值扣除某个可能的税收减免以后，乘以财产税的总税率，最终得到应纳财产税。

1. 税基评估机构

美国地方政府的评税机构是地方政府直属机构或是地方财政部门下属的职能部门。其工作职责是负责辖区的地区的土地、建筑物市场价值的评估，按照地方规定税率计算纳税人应纳税额，通知纳税人到税务部门申报纳税。美国地方政府的评税机构由于运用计算机开展工作和进行管理，人员一般较少。

财产税一般由县政府或市政府的税务部门负责统一征收，然后由各类地方政府根据分成比例从财产税税款中取得相应份额。财产税一般一年或半年征收一次。多数个人在缴纳每月的房屋按揭时即将当月的财产税一起缴纳到银行，税务部门直接从银行取得税款。图 4—6 是伊利诺伊州房地产税的行政周期：

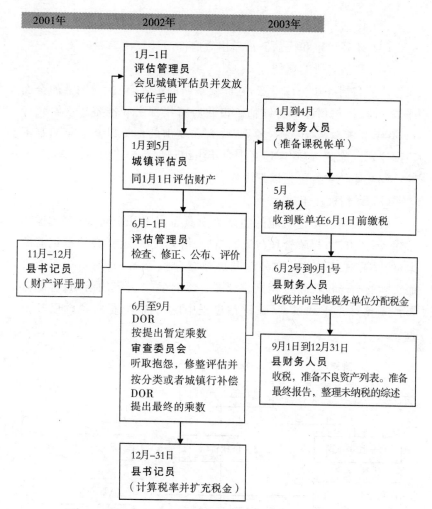

**图4-6  美国伊利诺伊州不动产税评估行政周期示意图**

2. 不动产税收管理

有效的税收管理需要三个方面的内容和工作:功能良好的土地名册系统;评估和上诉;税收征收和强制执行。每年,美国各地的政府都要对房产进行估价,以核定居民需要缴纳的财产税。其中,评估名册是一个管辖区对财产所有人征收财产税的重要根据。

评估名册的编撰步骤主要可分为以下几个方面:

(1) 税基价值评估。

(2) 通知财产所有人确认评估价值。

（3）评估和上诉。有异议的财产所有人可对评估进行上诉。

（4）计算税率和税额。最后由政府部门计算税率和税额。

（5）评估名册的更新。

评估名册并非一成不变，它需要不断的更新，包括周期性的全面评估、分批评估和每年再评估。市政府每年都必须准备年度财政计划，有年业务预算，年资本预算，收入和支出的估算以及五年的基本建设计划。除此，市政府还必须每年组织计划草案强制听证会。

税基评估主要包括以下内容：

（1）评估模块组成。

财产税税基评估功能的实现需要具备以下几个组成部分：评估法律、评估方法、行政管理与组织结构、信息技术支持、税收登记册的上诉，以及对工作人员和公众开展教育项目等等（如图 4-7 所示）。而实际的财产税税收过程则主要是一个计算与记录的活动，可能需要计算预算需求和税率，在评估过程中应用税率，征收税款以及执行等。

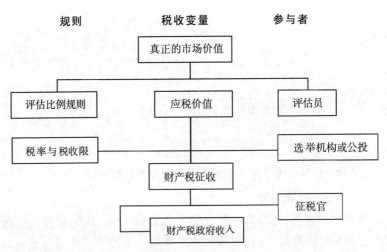

图 4-7　美国不动产税评估组织结构图

（2）评估方法。

在美国，决定财产评估价值有三种方法，分别是：售价比较法、收入法以及成本法。

售价比较法主要是基于多个类似财产的售价比较,如果面积(FT)＝1 500,浴室(Bath)＝2,卧室(BR)＝3,车库(Garage)＝2,则根据公式 V＝10 000＋37.5FT＋9 000 Bath＋2 000 BR＋2 200 Garage 可以得到评估值＝10 000＋37.5×2 000＋9 000×2＋2 000×3＋2 200×2＝94 650 美元。

收入法主要是基于产生收入的财产来计算,比如 20 个单位的公寓,每个单位每月租金为 500 美元,则总的租金为 500×12×20＝120 000 美元,成本是 100 000 美元,则净收入为 20 000 美元;以 20 年计,利率为 8%;则现值为 20 000/$1.08^t$＝212 072 美元,这里的 t＝0—19。

成本法,适用于新建并具有特殊目的的财产。其成本等于生产具有类似品质的新结构所需要的成本减去折旧。

经过评估得出的价值称为公平市场价格(FMV, Fair Market Value)。税务部门并不根据 FMV 对财产征收财产税,而是把 FMV 乘以估价折价比率(Assess Ratio,根据州法律一般是 40%),从而得到估计价值(Assessed of Value)。估计价值才是税务部门征收财产税时的征税依据;估计价值扣除某个可能的税收减免以后,乘以财产税的总税率,最终得到应纳财产税总额。

估计价值＝公平市场价格×估价折价比率;应纳财产税总额＝(估计价值－税收减免额)×总税率。

### 三、财产税征管系统中的地理信息系统应用

地理信息系统(GIS)目前已经成为美国社会中政府实施公共治理的重要工具,在地方政府财产税管理、区域规划等方面得到广泛应用。地理信息系统创建于 1920 年,其初始用途是为国家军事利益服务的,后逐渐向社会开放,是一种无偿服务系统。地理信息系统作为一种批量评税的辅助工具,在评税中发挥着重要作用。地理信息系统是由州规划部门开发,供各部门包括道路管理、农业、税务和评估等部门使用,各部门在地理信息系统上添加不同的图层,满足本部门的工作需要。

以伊利诺伊州为例,税基评估有州政府负责,州评税和税务局现

在使用的地理信息系统涵盖全州 2800 个征税图，近 220 万财产税纳税人的房地产数据在税图上都有数据链接。

地理信息系统在房地产评估上的广泛应用，为快速、便捷、准确批量评估财产价值提供了强有力的技术支撑和手段，而且它使房地产价格评估过程更加公开、透明，因而也能做到公开、公正和合理。在不动产的财产税课征中的应用，也带动了其他领域中对于地理信息系统技术的广泛使用，成为地方政府管理的一个重要的政策工具。

### 四、财产税纳税争议解决

房地产评税机构评出每块地块的房地产价值后，要向纳税人发出通知，告知房地产的纳税价值，若纳税人有争议的，可以向做出评估房地产价值的评税机构提出上诉，也可以向做出评估房地产价值的评税机构的上级提出上诉。若仍然存在争议的，可以向法院提出诉讼，评税官员要根据仲裁或判决的结果修改或维持房地产的计税价值。

实施申诉的截止时间在不同州有着不同的规定，主要由地方法律决定。通常通知送达时间为两周，在送达后至提交申诉时间为 30 天。财产评估或税务通知必须包括纳税人申诉的权利和完成申诉程序的截止时间。纳税人通常都会注意和执行他们的申诉权利，基于大量经济、政府和政治因素，不同评估单位和每年的申诉频率都不同。

图 4-8 是美国印第安纳州财产税上诉程序：

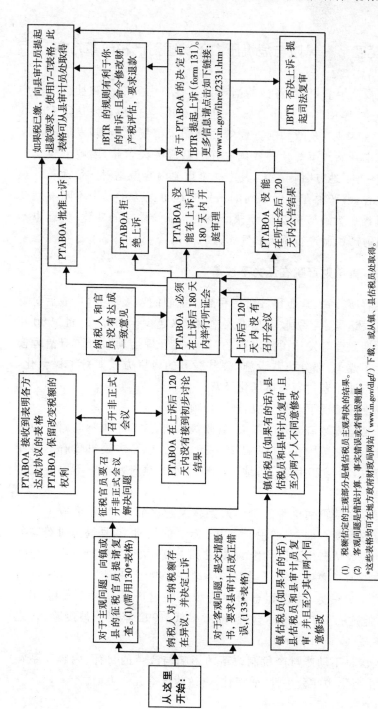

图4-8　美国不动产税评估申诉结构图

(1) 税额估定的主观部分是镇估税员主观判决的结果。
(2) 客观问题是错误计算、事实错误或者错误测量。
*这三表格均可在地方政府财政网站（www.in.gov/dlgf/）下载，或从镇、县估税员处取得。

## 第四节　风险与危机压力下美国财产税改革方向

从横向上看,世界各国的财产税在各自国家经济和社会生活中的的地位、作用各不相同。从 20 世纪末开始,伴随着发达国家公共治理改革,中欧、东欧和前苏联等国开始了市场化转型,发展中国家的政府也开始改革等。一些国家在公共服务民营化、财政分权化改革中,推进了地方财政改革,其中一个重要内容就是财产税改革。从纵向上看,财产税在美国不同的历史时期也经历了一个不断发展变化的过程。为适应经济形势、财政状况、征管需求的变化,美国也不断地对财产税制进行调整和完善。

### 一、美国财产税在压力下改革

随着所得税、营业税等所得和商品税制的发展壮大,二战后对财产税占发达国家各级政府总收入比例越来越少。同时,20 世纪 80 年代中后期欧美等发达国家出现的"新公共管理运动",对政府治理模式进行了改革,部分公共设施、公共服务的融资方式实行了民营化,逐步推行使用者付费或市场化经营。

在上述情况下,财产税出现了两项改革:

一是地方政府以外的中央、省州级政府,逐渐不再参与财产税的收入分享。如美国在 20 世纪 20—30 年代以后,多数州政府不再课征财产税,截至 20 世纪末,地方政府以外的政府基本上不再参与税收分享。

二是定期重估税基的做法遭到越来越多的反对,并形成了一系列相应的改革。如,财产税课征史上著名的加州 13 号提案对美国各州财产税改革产生了巨大影响,许多州一度取消了财产税,大多数州对税收的增长幅度实行了限制。英国在 1990 年为避免税基重估所带来的反对意见,将以租金价值为税基的财产税改为人头税(Poll Tax),但这一税制设置不合理、征缴率低,1992 年很快被废除,代之以房屋税(Council Tax)。

美国将不动产财产税制改革的影响与改革的目标、内容联系在一起,主要集中在公平性、效率性、财政收入等几个方面。

## 二、美国财产税制的公平、效率

税制的公平、效率历来就是一个两难选择,为顾及纳税能力、公益目标,不动产财产税必然要按课税对象、纳税人划分为不同的种类,实施不同的政策。因此,制定区分税率和法定减免制度成为不动产财产税的特点,但这将带来税制的复杂化,效率降低。

基于市场价值的财产税基问题之一就是其波动性。在美国很多地方政府中,按照不断上涨的房地产价值进行税额计算,将导致收入的剧烈波动。但是,在美国有些地方,这种波动性又是很难发生的。其主要原因在于占建筑物的大部分的是住宅,提高住宅的不动产财产税额,在很多地方将遭到强烈反对,是十分困难的(参见表 4-6);而提高非住宅的税收,又于事无补。美国很多州在改革中对税率增加设置上限,实行"断路保护"或税基冻结政策,从而切断了市场价值与评估价值之间的联系,解决了税收波动的问题。

与美国财产税制度相近的加拿大也实行了类似的政策,如加拿大安大略省经过 30 年的研究讨论以后,与 1998 年开始对其不动产课征的财产税体系进行了改革,建立一个基于市场的统一评估基础,同时在省政府公平征收范围的限制下,市政府被允许对不同种类的财产按照不同税率进行征收。结果是新的税制改革使得税收收入稳定,但是税制却变得日益复杂,公平性也降低。

表 4-6　2008 年美国居民住宅财产税占收入比排名前 10 位的州

单位:美元

| 州名 | 财产税负 | | 财产税与住宅价值 | | | 财产税所有者收入 | | |
|---|---|---|---|---|---|---|---|---|
| | 平均 | 排名 | 平均价值 | 与价值比 | 排名 | 平均收入 | 与收入比 | 排名 |
| 全美平均 | 1 897 | 0 | 197 600 | 0.96% | 0 | 65 385 | 2.90% | 0 |
| 新泽西 | 6 320 | 1 | 364 100 | 1.74% | 2 | 90 010 | 7.02% | 1 |
| 新罕布什尔 | 4 501 | 3 | 264 700 | 1.70% | 5 | 77 222 | 5.83% | 2 |
| 康涅狄格 | 4 603 | 2 | 306 000 | 1.50% | 7 | 87 419 | 5.27% | 3 |
| 佛蒙特 | 3 281 | | 214 700 | 1.53% | 7 | 62 857 | 5.22% | 4 |
| 伊利诺伊 | 3 384 | 7 | 214 900 | 1.57% | 6 | 70 341 | 4.81% | 5 |
| 纽约 | 3 622 | 4 | 318 900 | 1.14% | 17 | 76 409 | 4.74% | 6 |

续表

| 州名 | 财产税负 | | 财产税与住宅价值 | | | 财产税所有者收入 | | |
|---|---|---|---|---|---|---|---|---|
| | 平均 | 排名 | 平均价值 | 与价值比 | 排名 | 平均收入 | 与收入比 | 排名 |
| 罗得岛 | 3 534 | 5 | 286 000 | 1.24% | 16 | 75 813 | 4.66% | 7 |
| 威斯康星 | 2 963 | 9 | 173 300 | 1.71% | 4 | 64 507 | 4.59% | 8 |
| 马萨诸塞 | 3 406 | 6 | 353 600 | 0.96% | 20 | 84 549 | 4.03% | 9 |
| 密歇根 | 2 191 | 17 | 151 300 | 1.45% | 9 | 59 229 | 3.70% | 10 |

资料来源：Tax Foundation U. S. Census Bureau.

公众普遍压力日益增大情况下，一些州议员甚至开始酝酿取消财产税，并将税负转移为其他税收来源。如佐治亚州有议员主张废除财产税，并提出该州宪法修正案——GREAT(Georgia's Repeal of Every Ad Valorem Tax)提出：以增加等同财产税的销售税来替代财产税，即提高销售税、取消所有销售税免除项目，使增加的销售税弥补废除财产税所减少的收入。①

### 三、改革中的税基市场化与非市场化

在美国财产税的发展过程中，很多地方纷纷进行了税基市场化改革，从对课税对象的计量征收到计价征收，改革促进了这些地方政府收入模式由企业利润向税收收入的转换，导致税基价值的提高和税收收入的增加，为地方治理改革奠定了物质基础。目前美国财产税的基本税基模式，都是按照市场化的税基进行设计的，显示了这一市场化的改革方向。

与此相关的另一方面就是，美国进行不动产财产税制改革的主要目的，主要还是将不动产财产税作为取得财政收入的工具在使用，而非作为政策工具来使用。其中，增加收入是很多国家的改革目的，保持收入的稳定性和适度增长，也是一些州地方政府改革的目的。

但是这些市场化的改革努力也常常遭遇到一系列障碍，比如家园免税政策、断路政策、税基增长限制政策等等。比如，2009 年 10 月

---

① 资料来源 http://jayrobertsforgeorgia. com/index. php? option = com_content&task = view&id = 37&Itemid = 36。

佛罗里达州议会通过了税收改革方案,决定将家庭住宅税收的豁免额由 25 000 美元增加到 50 000 美元,同时采纳"保护家园倡议"中关于税收限制和减税的建议,对非家庭住宅类财产实施 10% 的估值限制,预计这一方案的实施将平均减少房屋所有者每年约 240 美元的支出。①

### 四、地方政府税收管理改革

主要表现在税收征收管理水平、产权管理水平和政府对公众的回应力三个方面。其中,最为直接的就是通过计算机辅助评估、地理信息系统、综合征管系统、数据库技术的应用,促进了税收征收管理精细化水平和技术含量。对不动产地籍登记系统的完善,也促进了房屋、土地产权管理水平的提高。更为重要的是,由于不动产财产税收入与地方政府公共服务的对应性、税基的显见性,有助于提高政府对于公众回应能力和政府管理的透明度,进而提高政府的整个公共管理水平。

不动产财产税作为一种政策工具,显然会影响土地的使用模式,尤其是城市土地的使用模式。相对于同时征收土地税和地上建筑物税,只征收土地税显然会鼓励高密度的开发项目。同时,课征不动产财产税增加了不动产保有成本,会在一定程度上减少土地、房产的闲置行为,减少不动产投机。很多国家就曾考虑过提高对第二套住房的不动产财产税,进而起到限制不动产闲置行为。在转轨国家不动产财产税制度转换时期,对不动产闲置行为的影响是非常明显的。

最近,美国有些地方开始酝酿财产税管理方面的改革,如印第安纳州的立法者提出将财产税的征管由地方政府转移到州政府,以防止地方扩大支出,也防止不顾居民反对提高财产税负担。该州税收筹集委员会还提出了短期和长期方案:短期内,将居民财产评估价值增长限制在 1% 内、商业财产限制在 3% 内,住宅财产税在 2009 年削减 35%,部分学校的教育支出责任转移到州政府,以州指定的估价员代替各县、镇选举的估价员;长期内,以本地居民 6 年期的平均收入增长率来限制地方政府的支出增长率,州政府的销售税税率从 6% 提高到 7%。

---

①　王德祥、袁建国:《美国财产税制度变革及其启示》,《世界经济研究》2010 年第 5 期。

# 第五章　美国财产税与地方政府
## 调控能力危机

美国过去几十年逐步拉升的房价,是维持次贷及其衍生金融产品能够较长时期存在的基础。在高价格条件下,遇到利率调整、投资波动的情况,就会对次贷危机起到催化作用。高房价的最终根源与美国许多州的财产税限制、减免造成的房地产持有成本过低和税收的宏观调控职能缺失有关。

## 第一节　房地产价格波动是危机核心

房地产价格高企对于次贷危机形成的核心作用,人们已存在一致的认知。在此,我们需要对美国房地产价格变动发展的内在机制进行进一步分析,以对此次危机产生有更进一步的认识。

### 一、房地产价格波动与历次危机

房地产价格波动与历次金融危机具有一定程度的拟合性,通过对房地产价格机制与经济波动的分析可以看出,这种波动存在一定的内在联系。

1. 房地产真实价格波动与历史上的金融危机

20世纪以来,几乎每次金融危机都伴随着房地产市场价格的巨大波动,进而带来各种经济和社会危机。当然,这种价格波动一般是指真实价格,而非名义价格向下的波动。在近几十年所经历的较大规模的金融危机中,房地产平均实际价格下降达到了35%,而这种房地产价格下降持续的周期平均达到6年之久(见图5-1)。

其中,在历次危机中房地产真实价格从高峰到低谷,下降幅度最大的例子是香港 1997 年金融危机。此次金融危机中房价平均下降52%，使得各个阶层的利益普遍受损，但是，随着此次危机中一些不明朗因素的清晰化，低迷迅速扭转，此次房地产市场低迷持续的时间不到 6 年的平均数。

房地产市场低迷持续时间最长的是日本，达到了创纪录的 17 年，即从 1992 年一直持续到现在，仍然没有摆脱紧缩的困境。其地产价格从高峰到低谷下降幅度为 37%，但是其房价依然是全球最高的。

1929 年的所谓"大萧条"时期，美国的整体房价下降了 13%，房地产市场低迷持续时间为 8 年。从下降幅度和持续时间来看，此次危机的损害并非突出的。

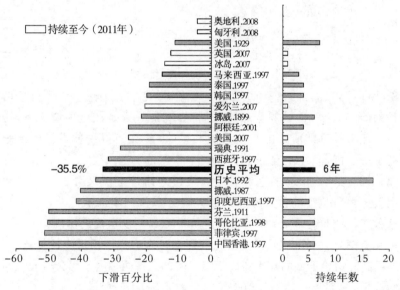

图 5-1　房地产实际价格周期与银行危机：高峰
低谷差（左）持续年期（右）[1]

注释：每次银行危机事件都是按照国家（或地区）和开始的年份定义。由于数据的限制，只有那些系统性的银行危机事件被包括在内。历史平均数据的报告信息不包括目前正在蔓延的金融危机事件。住房真实价格根据消费者价格指数通货膨胀缩减得来。

① Carmen M. Reinhart and Kenneth S. Rogoff, 2008b, "Banking Crises: An Equal Opportunity Menace", National Bureau of Economic Research Working Paper 14587.

2. 房地产真实价格下降与经济危机之间关系的内在机制

房地产的真实价格与经济危机之间的关系，有些类似于"鸡生蛋，蛋生鸡"的古老寓言中所揭示的共生互生关系。在房地产市场存在大量泡沫的情况下，随着价格上升到一定程度，必然开始了泡沫挤出的过程，容易导致银行无法通过对抵押财产的拍卖，获得贷款损失的充分补偿。贷款人也由于市场的萧条，导致本身收入的减少，无力支付房地产抵押贷款。房地产价格上升直接导致贷款人、银行、保险公司等相关的金融机构之间，通过借贷关系所建立的资金链断裂。

大范围、大规模资金断裂的不断发生，往往直接导致危机的发生。危机发生以后，通常会通过银行贷款的收缩，将这种危机进一步传导到其他企业，乃至整个社会。反过来又导致房地产需求的减少，使得真实价格进一步下降。

3. 次贷危机中房地产价格下降对危机形成的决定性作用

只有在市场利率水平不断下降，房价不断上涨的情况下，次级贷款的借款人才可以用"借东家钱还西家债"的办法（Refinancing Strategy），以高价（投资）房产"养"低价（住宅）房，通过房地产价格增长的间隔效果，达到规避风险，进行套利的效果。在这种情况下，房地产抵押利率即使高出其他贷款利率，也能够使得这种借贷关系维持下去。因此，在这种价格趋势下，很容易引起贷款人过度借贷现象，造成房地产市场的泡沫升级。反过来房价上涨又会进一步促使次级按揭贷款市场自我膨胀式的风险分散机制不断被激化。[1] 正是这种房地产价格高企，成为次贷危机形成的一个重要的诱因。

美国"次贷危机"就是由于在低利率时期房贷市场过度投机，在利率提高和房价下跌的双重压力下而爆发的。这两种因素都会造成流动性缺失，并逐步蔓延到其他相关的金融市场，进而形成金融危机。[2]

但是，也有人认为恰恰是财产税制度本身，是次贷危机的直接原因，而非仅仅是作为渊源存在的。如金朝武认为，贷款利率上调对买房人的影响远没有房产税上涨对房屋所有人的影响大。由于每年要缴纳数额巨大的房产税使得购房者在缴税后再也无力支付月供了。

---

① 孙立坚、周赟、彭述涛：《次级债风波——对金融风险管理的警示》，《世界经济》2007 年第 12 期。

② 秦月星、熊平安：《从美国次贷危机探视流动性之谜》，《财政研究》2007 年第 11 期。

断供导致房屋被收回,而银行拍卖价格又远低于房产实际价值,进而导致银行的破产,从而形成了次贷危机。①

## 二、美国房地产价格波动趋势

事实上,美国房地产价格在经历了 20 世纪 80 年代初期到中期的上涨后,进入 90 年代末期以来,一直呈现上升的趋势(见图 5-2、图 5-3、图 5-4),进而才能够支撑美国长期以来的房地产抵押贷款市场中次级贷款比例的直线上升。但是,从 2006 年下半年开始,房地产价格呈现了直线下滑趋势,到了 2008 年几乎跌落谷底,甚至出现了负增长变化,到了 2009 年上半年复苏仍然没有根本出现。

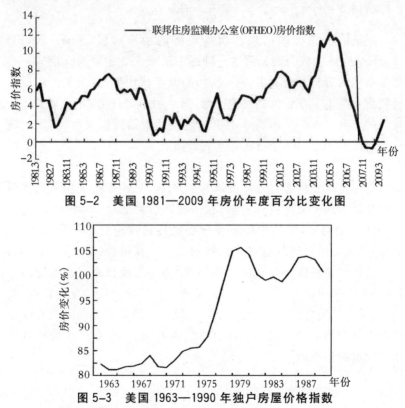

图 5-2　美国 1981—2009 年房价年度百分比变化图

图 5-3　美国 1963—1990 年独户房屋价格指数

数据来源:美国统计局网站。

---

①　金朝武:《次贷危机敲警钟,学者建言我国应缓征或不征房产税》,《法制日报》2008 年 11 月 8 日。

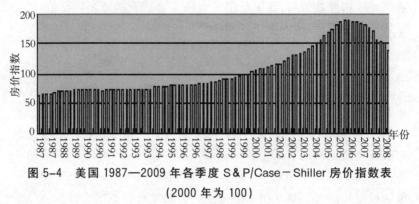

**图 5-4　美国 1987—2009 年各季度 S & P/Case－Shiller 房价指数表**
**（2000 年为 100）**

数据来源：www. homeprice. standardandpoors. com.

　　以最能反映美国房地产市场走势的独户房屋（Single-Family Houses）价格指数为例说明这一问题。从图 5-2 中更为长期的一些数据所做的分析可以看出，到 20 世纪 70 年代中期之前，美国房地产价格指数基本上在较低的位置徘徊，但是到中期开始，开始有了一个较大的上升速度。从图 5-3 中更为近期的数据可以显示，到了次贷危机时候的 2007 年，指数正好达到最高点。

　　结合住房贷款和房地产价格指数的变化过程，可以看出住房价格高低与贷款支付能力有着很强的相关性。从图 5-5 美国各类住房抵押贷款违约损失率可以看出，在房地产价格低迷，市场不振，价格趋于降低的时候，恰恰也是各类住房抵押贷款违约率较高的时期。其中，尤其是次级贷款对住房价格的反应尤其敏感，变动幅度较大；优质贷款对住房价格的反应并不明显，变动幅度很小。两者变动方向，基本上与房价升幅的百分比呈反比。而所有贷款的变动幅度、趋势，几乎与优质贷款并无明显差异，这说明次级贷的变动并没有改变整个贷款市场的根本走势。就直接的影响而言，所谓的次级贷款的损失比重是很小的。

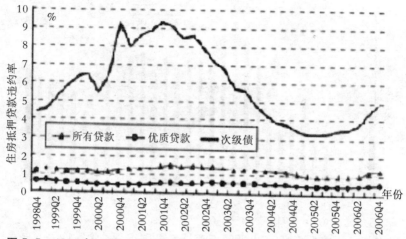

**图 5—5 1998 年 4 月—2006 年 4 月间美国各类住房抵押贷款违约损失率**

数据来源：美国住房金融署（WWW.fhfa.gov）。

2006 年开始，美国房地产市场开始受到冲击，房价开始下跌，购房者难以将购置的房屋出售或通过不动产抵押获得融资。抵押贷款机构已经发放的贷款也难以回收，由于房地产价格的下滑，这些贷款机构即使将抵押房地产拍卖，也难以弥补他们的贷款经营损失。基于住房抵押收益基础上发行的一些债券，也面临价值下降的风险。购买了这些债券的机构，面临亏损的风险。其中的投资银行、对冲基金都曾大量购买这些债券，或者是对这些债券进行了各类投资组合、衍生交易，所导致的亏损情况更为严重。

在一定时期内，美国房地产市场长期走势呈现明显的上升态势，当然这与美国总体经济在这一时期的上升趋势是一致的（见图 5—6）。尤其是近 10 年来，美国真实 GDP 的增速，基本上维持在 2.5% 左右。反映房地产市场主要发展指标的房价/租金、房价/收入的两个比率，以及房价增速、联邦基金利率变动趋势两个趋势指标可以看出。美国房价在近 20 年来呈现一个持续上升趋势，甚至在次贷危机初期，房价/租金、房价/收入等反应房地产业内在发展水平、价格上升动力的两个主要比率，仍然呈现一定程度的上扬趋势。这说明，在经济发展过程中，已经缺乏任何自动抑制价格上升的机制。

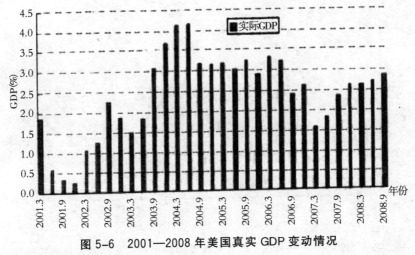

**图 5-6　2001—2008 年美国真实 GDP 变动情况**

数据来源：美国统计局。

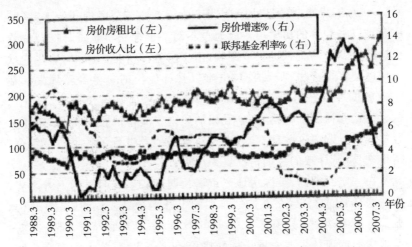

**图 5-7　美国住房价格主要相对变量情况(1988—2007)**

数据来源：美国住房金融署。

与我国在房地产市场上因为土地供给主体单一、垄断供给等因素不同的是,美国土地供给主体众多,市场竞争性强,房产价格构成中,土地价格的决定因素并不显著,房地产市场价格更多地是由房产供给和需求本身所决定的。如詹姆斯等人根据美国部分地区的房价、地价之间关系得出的回归分析公式:

$$\Delta \ln P_{it} = -0.025 + 0.288 L_{it}$$

$$(0.025)(0.092) \quad R^2 = 0.027 \quad N = 29$$

该公式表示在房产价格的变动中,土地价格的变动只占其中较小的比例。[①] 这样,作用于房地产供给和需求本身的利率、税率等因素就能够具有较大的发挥作用空间。这点是与我国的房地产市场价格变动是不同的。

### 三、美国房价与次贷危机发生机制

从次级贷款各个环节链条中的关系来看,房地产价格在次贷危机的形成机制中起着核心的作用。因为抵押支持债券或者抵押贷款证券化(Mortgage-Backed Security,MBS)的价值,在根本程度上取决于被抵押的房产价值。次贷关系每个环节中能够有利可图,也在很大程度上取决于房产价值的预期变动趋势。如果仅仅从图5-5中次级贷款的高违约率来看,我们一般很难理解为什么房地产金融机构发放次级贷款的冲动要远远高于发放其他优质贷款。因为显然次级贷的风险要远远高于其他贷款,而且信贷市场上所占份额要小得多。但是,如果作为抵押标的物的房地产预期价值能够持续上升,情况可能就大不相同。即使在考虑到次级抵押贷款较高违约率的因素之后,房地产金融机构一样可以具有较大的盈利空间。

首先,在房地产价格持续上涨的情况下,住房贷款金融机构发放次级贷款就不存在上述所说的风险问题。因为假如出现次贷借款人违约,难以支付剩余款项,甚至逃废贷款的时候,银行也可以通过拍卖抵押品(住宅),获得比贷款本金加上利率要高,或者至少大体相当的资金。因此,只要房价一直持续地高于利率上涨,银行就不用担心因借款人违约而遭受损失的问题。

其次,在房地产价格持续上涨的时候,贷款风险就很容易通过保险形式进行转移。因为这种情况下,贷款保险公司就有为这些贷款提供保险的利润空间,这一空间通常是房价上涨率与利率之间的差。这样,抵押贷款机构可以将这种风险通过风险证券化的形式,向贷款

---

① James M. Poterba, David N. Weil, Robert Shiller, "House Price Dynamics: The Role of Tax Policy and Demography", Brookings Papers on Economic Activity, 1991 (2), 143—203.

保险机构进行风险转移,贷款保险机构可以通过再保险,或者组合打包成新的金融产品,将风险向全行业转移。

再次,在房地产价格持续上升的情况下,贷款人也不必担心还款问题。因为,即使现金流不足以支付各期利息、本金等款项,贷款人也可以从不断上涨的价格中,通过出售房产来获取利益,偿还原有贷款。

最后,在住房价格不断上升的前提下,违约损失也可以通过没有违约的贷款的收益去部分弥补。因为次级贷款的利率一般要高于优质贷款,经济链条中的其他机构,可以通过金融产品的创新,从这种价格上涨中分到相应的份额。

所以,美国次贷关系的维系在很大程度上是建立在"房地产价格只涨不跌"的暗含假定之上的。如果美国次贷市场所有当事人的行为不是建立在"房地产市场价格只涨不跌"的假定上,那么次贷市场的各种产品根本无法推出,即使推出也不会有市场需求。只要房地产价格持续上涨的趋势能够持续,这种次贷借贷关系就能够持续地维持下去。

房地产价格的持续上涨中,各种利益主体对继续上涨具有持续的期待,导致进一步上涨。在特定时期受多种因素的冲击,导致房地产价格迅速下跌,对美国次贷危机形成具有核心作用。在对历次金融危机考察基础上,金德尔伯格在十几年前就提出,历次金融危机最终能够形成的共同原因就是:人们"对未来收益的过高估计"。这次美国次贷危机与金德尔伯格所描写的典型危机确实没有多大差别,唯一的差别在于投机对象的不同。①

### 四、美国房地产价格下跌对次贷危机的催化

没有房地产价格的持续上涨,房地产抵押贷款银行也就缺乏任何刺激,去设计出如此众多的高风险的房地产抵押贷款品种;一些信用差、收入低的公众,也不会出于投机的目的,把住房抵押贷款当作"自动提款机"而进入住房次级贷款市场;住房按揭贷款证券化产品也就缺乏相应的有效市场需求,更不能够基于这些产品创造出大量的衍生产品。

---

① 姚枝仲:《美国金融危机:性质、救助与未来》,《世界经济与政治》2008 年第 12 期。

但房地产价格具有双刃剑的功效,价格一旦下跌,其影响则正好是反其道而行之。此次美国次贷危机的直接原因就是房地产价格的这种持续下跌。美国经济在经历了 2000 年互联网泡沫的短暂冲击后,从 2003 年已经开始了经济全面复苏过程,在此期间通货膨胀压力重新显现。为了抵制通货膨胀的风险,美联储从 2004 年 6 月到 2006 年 6 月的两年时间连续 17 次上调联邦基金利率,联邦基准利率的上升逐渐刺破了美国房地产市场泡沫。这从近年来美国房地产市场的变动情况中可以看出:美国很多地区房地产价格的上升势头在 2005 年夏季结束时戛然而止;2006 年美国房地产市场进入全面修正期;2006 年 8 月美国房地产开工指数(U. S. Home Construction Index)同比下降 40%;2007 年美国住宅房地产的销售量和销售价格均继续下降,二手房交易的下跌程度是 1989 年以来最为严重的,2007 年第二季度的整体房价甚至创下 20 年来的最大跌幅。①

房地产市场一旦进入较长时期持续下跌,甚至只是与以往价格相比持平或微跌时候,维持次贷存在的利润空间就会被挤压殆尽。基于这种利润空间而进行的一系列赢利假设、产品设计基础将不复存在,从而引发资金流通上的恶性循环,MBS 和房市的风险关联度就会因此激增。房地产价格下跌时,抵押品价值不再充足,贷款人收入较低,就很容易面临贷款违约、房子被银行收回的处境。对于贷款机构来说,由于贷款人违约,很容易引起抵押贷款机构的呆坏账增加,资金周转困难,倒闭破产案增加。与这些次贷产品直接相关的贷款保险机构,也会出现被保险标的物出险率过高,形成坏账。与这些银行、保险机构存在资金往来的相关企业的商业性贷款也受到影响,流动性降低,金融市场的系统风险增加。

既然房地产价格波动在次贷危机中具有如此核心的地位,我们同时也了解了房地产价格的持续下跌对于次贷危机的影响因素。那么除了宏观经济发展本身外,是什么根本性因素决定了房地产价格的持续性上涨?笔者认为,财产税是其中的一个缓慢但是长期的决定因素。

美国次贷危机发生以后,对其渊源的反思一直在进行。从危机管理的角度,任何一个危机的产生,其诱发因素都是多维度的,次生、

---

①　张明:《美国次级债危机的演进逻辑和风险涵义》,《银行家》2007 年第 9 期。

衍生灾害的发生更是复杂交织的。从次贷危机到金融危机、经济危机只是一个表面的路径，内在的发展也是复杂的，对其复杂因素的认识，是最终得以建立预警指标、预警系统的关键所在。

但是，目前反思中存在三个问题，一是较少学者从美国财产税与房地产市场价格、提供公共服务资金来源、政府公共管理几者关系的角度，对各种危机的产生根源进行深入的研究。二是财产税研究也没有从公共产品角度去进行，基本上是就税制论税制，没有充分认识其对于房地产市场和宏观经济政策的影响，从而滞后于地方政府改革、财政改革的发展要求。三是财产税税制研究没有解决税基理论在中国的适用性问题，特别是在房屋、土地所有权分离，存在土地出让金条件下，税基价值来源，及其与房地产市场价格的关系问题。

## 第二节　美国财产税制、利率与房地产价格

房地产业属资金密集型行业，需要进行大量间接融资，为房地产开发和销售提供资金周转；购房也需要大量投入，消费者常常无法全部依靠自有资金去一次性付清房款，常常需要巨额的抵押贷款。利率是资金的使用价格，利率的微小变动必然会对房地产的供给和需求产生较大的影响，从而影响房地产价格波动。之所以在此讨论利率对房地产价格的关系，是因为利率、房地产税率对于房地产价格的作用机制是相类似的，而且对次贷危机的认识中，利率因素是非常关键的。

### 一、美国利率与房地产价格

美国的银行利率体系包括再贴现率、国债利率、联邦基金利率（同业拆借利率）、存贷款利率以及其他金融资产的利率。其中，再贴现利率是最低的，主要借款利率一般是最高的，而反映市场资金供求最基本的利率则是国债利率，同业拆借利率要高于国债利率。[①] 美国的官方利率是联邦基准利率，是银行之间调剂资金余缺的同业拆借利率，反映了银行贷款成本，在 20 世纪 90 年代后期以后逐渐成为美联储进行宏观调控的主要政策工具（见图 5-8）。

---

① 田彦：《美国利率体系及其定价基准》，《银行家》2005 年第 12 期。

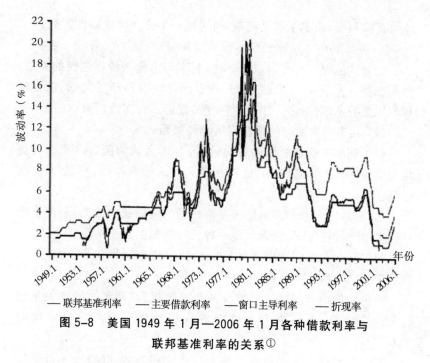

图 5-8　美国 1949 年 1 月—2006 年 1 月各种借款利率与
联邦基准利率的关系①

### 1. 利率与房地产价格关系

我们所说的利率与房价的关系,主要指借款利率与房地产价格之间的关系,不过由于联邦基准利率在很大程度上对其他利率具有主动的影响作用,美国对住房价格的调控主要是依靠美国联邦储备委员会调节联邦基准利率来实现的。所以房价与利率之间的关系,在很大程度上也是指这种关系。

联邦基准利率主要是通过对住房抵押贷款利率的直接影响,实现对房地产市场价格的影响的。根据美国联邦住房抵押贷款公司公布的报告,在 2001—2005 年之间连续 13 次降低联邦基准利率后,美国人最常用的 30 年期抵押贷款固定利率的平均水平,2003 年和 2004 年分别为 5.83% 和 5.84%,是 1971 年以来的最低纪录,这就极大地刺激了公众的购房热情,使得房地产市场不断地升温。②

关于影响房地产业发展的利率,杰克·C.哈里斯认为,是住房贷

---

① 田彦:《美国利率体系及其定价基准》,《银行家》2005 年第 12 期。

② 胡芳:《美国靠联邦基准利率调控房价》,《中国地产市场》2005 年第 6 期。

款的真实利率,而不是名义利率,对房地产价格产生实质性影响。①

2. 美国利率与房地产价格的作用机制

正如其他理论研究领域中一样,利率与房地产价格之间的关系,也存在着巨大争议,主要观点有:两者间存在着负相关关系、正相关和不相关关系,有更多人也认为存在其他因素对房地产价格的干扰。

(1) 利率与房地产价格呈现负相关关系。

对于利率对价格的影响方向,大部分学者认为两者之间呈现负相关关系,即利率提高,房地产价格降低;利率降低,房地产价格提高。

如,詹姆斯·考和多纳德·基南所做的一项研究表明,利率上涨导致房地产价格下降,两者呈现一种比较明显的反比关系。②

阿格瓦尔和菲利普斯在随后所做的研究也同样认为,房地产抵押贷款利率与房地产价格呈负向关系。③

哈里斯运用美国房地产市场的基本数据,对两者之间的关系进行了计量检验,也认为名义抵押贷款利率与房地产价格呈反向关系。④

邓切尔所做的研究得出了与上述研究相类似的结论,不过他将租赁价格同样考虑在内,认为实际利率越低,房地产的租押价格涨得越高。

宋玉华、高莉在对美国房地产市场的进一步研究中认为,因为低利率政策使得房价的大幅度上升,并没有增加购房者的支付压力。如 2000—2004 年间,美国中位房价上升了 33%,但是购房者每月所需偿付的贷款额却只是从 846 美元上升到 876 美元,上升幅度不过3.5%。低利率成为支撑美国 2000 年以来高房价高销售量的主要

① Jack C. Harris,"The Effect of Real Rates of Interest on Housing Prices," *The Journal of Real Estate Finance and Economics*, 1989, 2, (1) 47—60.

② James B. Kau and Donald C. Keenan, 1980,"The Theory of Housing and Interest Rates", *Journal of Financial and Quantitative Analysis*, 6(4), pp. 833—847.

③ V. B. Agarwal and R. A. Phillips, ,1984,"Mortgage Rate Buy-Downs Implications for Housing Price Indexes", *Social Science Quarterly*, 65, pp. 868—875.

④ J. Harris, 1989, "The Effect of Real Rates of Interest on Housing Prices", *Journal of Real Estate Finance and Economics*, 2, pp. 47—60.

因素。①

不仅如此,很多研究者还进一步给出了这种关系的模型化解释。如埃里克·J.莱文和格威利姆·普赖斯(Eric J. Levin and Gwilym Pryce)分别用 $Q_s = f(P, C)(1)$,$P = h/r(2)$,$C = l/r + W(3)$ 等三个公式表示房价、地价和供给量之间的关系,同时假设公式(1)中的关系是线性的,可以得出公式(4),即:

$$Q_s = a + b(P - C) = a + bh/r - bl/r - bW(4),$$

从公式(4)的关系中可以看出,长期真实利率的下降,可以使得土地和房屋的最终价格上升。②

罗伯特·布兰科等人同样对真实利率和房价的关系进行了研究,得出了租金D、房价P和利率r,风险率R和未来增长d之间关系的公式: $D/P = r + RP - d(1)$,并由此推导出来 $P = D/(r + k)(2)$ 的公式,其中的 $K = RP - d$。③ 这样得出来的同样是利率和房价的反比关系的公式,即真实利率的降低,将带来房价的升高。

之所以低利率政策带来房价的提高,其内在的作用机制在于房地产是消费是资金密集的行为,多数人的购置住房多通过抵押贷款的形式进行,利率对住房消费的影响很大,利率的提高将直接导致消费成本的增高、消费需求的减少,直接起到降低价格的作用。

(2)利率与房地产价格呈现正相关关系,甚至不相关。

但是,也有部分人认为,利率与房地产价格呈现正相关关系,即在一定的条件下,利率上升,房价上升;利率下降,房价也下降。

如J.L.古德曼④和G.基尼⑤通过研究发现,房地产价格和利率

① 宋玉华、高莉:《美国房地产业的繁荣、风险及其对美国经济的影响》,《美国研究》2006年第3期。

② Levin and Pryce, *The Real Interest Rate Effect on the Price*, Real & PES Working Paper, 28, Feb, 2007.

③ Juan Ayuso, Roberto Blanco and Fernando Restoy, House Prices and Real Intfrest Rates In Spain. Prepared for the BIS Annual Autumn Central Bank Economist's Meeting held in Basel on 30—31 October 2006.

④ J.L. Goodmam, "*Interest Rates and Housing Demand* 1993—1995", Common Sense versus Econometrics Paper presented at the Mid-year AREUEA Meeting of 1995.

⑤ G. Kenny, "Modelling the Demand and Supply Sides of the Housing Market Evidence from Ireland", *Economic Modelling*, 1999. 16, pp.389—409.

之间存在正向关系。

安德瑞思·库柏（Adrian Cooper）对英国房地产市场研究也发现，英国抵押贷款利率与长期利率相关使得房地产价格波动幅度减弱。[①]

刘学梅认为利率上涨并没有抑制房价上升。[②] 所以，从这个意义上看，房地产市场与利率之间并不存在直接的关系。但是，这种观点显然是不被理论、实践界所认可的。几乎每次遇到房地产市场过热，所使用的基本政策工具就是提高利率，减少需求。

（3）利率与房地产价格的变动长期和短期的关系存在差异。

艾伯莱希姆等人则认为利率与房地产价格之间是否是负相关关系，取决于经济波动、税收政策等变动情况。[③]

黄书雷、张洪则从区分长期、短期，并给出了不同的结论。他们认为，提高利率在短期内增加房地产商的开发成本和消费者融资成本，将给房价带来下降的压力；但长期看，将会带来供给和需求的减少，起到反向作用，会带来明显的价格上涨压力。[④]

有人则区分了一年期存款实际利率、一年期商业贷款实际利率、存款准备金实际利率、中央银行实际贷款利率、实际再贴现率等多种不同的利率，并区分了中长期的差异，得出了更为多样化的结论。[⑤]

上述以利率为因变量的房价决定机制中，多半都有其他因素的作用，如房租的作用机制，但是房租的作用机制需要一些外生变量去解释，比如一个地区移民的数量、人口增长、离婚率等公式变量因素之外的变量去解决。[⑥]

① Adrian Cooper, "The Impact of Interest Rates and the Housing Market on the UK Economy", *Economic Outlook 2004.*

② 刘学梅：《我国房地产价格走势与理论、汇率机制改革》，载《经济问题探索》2005年第 5 期。

③ M. Shahid Ebrahim, Ike Mathur, "A Modified General Equilibrium Analysis of Housing Prices and Interest", *Rates*, Oct, 2003.

④ 黄书雷、张洪：《房价房租利率相互关系实证研究》，《云南财经大学学报》2008 年第 5 期。

⑤ 宋勃、高波：《利率冲击与房地产价格波动的理论与实证分析：1998—2006》，《经济评论》2007 年第 4 期。

⑥ Levin and Pryce, "The Real Interest Rate Effect on the Price", *Real & PES Working Paper*, 28, Feb, 2007.

利率对房价的影响也主要是从供给—需求的基本框架进行解释的,但是除了利率之外,众多的外生变量也同样对房屋的供给和需求发生作用,因而实际的房价作用机制要远远复杂得多。

宏观调控的理论和实践中一般认为,利率与房地产价格之间存在着负相关关系。所以,宏观调控的货币政策实践中,一般将提高利率作为房地产市场紧缩的主要手段。

## 二、财产税制与房地产价格

美国财产税对次贷危机形成最为长期的效应是财产税机制对于房地产价格的影响。从税收归宿、税基资本化及其公共产品提供的理论角度,财产税是影响美国房地产市场价格走势的一个长期因素,而高房价这种长期因素影响的结果。这就需要分析财产税与房价之间的关系,认识财产税制度变迁是如何影响美国政府对房地产市场的宏观调控能力的。

### 1. 利率与财产税实际税率对房地产价格的影响机制

利率无疑是大家公认的直接影响房地产供求、进而影响房价的一个重要因素。现实公共政策中,各国央行也将基准利率作为调整房地产市场价格的主要政策工具之一。在美国利率体系中,主要包括再贴现率、国债利率、联邦基金利率(同业拆借利率)、存贷款利率以及其他金融资产的利率。在这些利率当中,再贴现率是最低的,因为它反映了中央银行对困难银行的优惠支持政策。反映市场资金供求最基本的利率则是国债利率,同业拆借利率是反映商业银行之间相互调节资金余缺的成本大小,一般要高于国债利率,但低于商业银行的贷款利率。因为同业拆借利率是商业银行的贷款成本,商业银行出于盈利的硬预算约束,自然要让贷款利率高于同业拆借利率。为吸取存款,商业银行的存款利率要高于国债利率,但出于降低成本需求,一般要低于同业拆借利率。

美国联邦储备委员会更是将联邦基准利率,作为调整包括房地产市场在内的宏观经济的主要政策工具。其内在作用机理是:利率是资金的价格,它不仅反映了资金市场的供求关系,也可以反过来调节资金的供求关系,并受到物价水平、经济周期和预期的影响。这是在各国宏观经济调控中得到公认的一套理论体系,也曾经在世界各国的宏观调控中发挥过重要作用。

美国各州对房地产按照价值普遍征收的财产税的税率,在房地产市场宏观调控作用机制上,具有与利息相类似的经济效果(参见表5-2)。

表5-2 美国房地产抵押贷款利息与财产税①

| 类别 | 房地产抵押贷款利息率 | 财产税税率 |
|------|--------------------|-----------|
| 计算对象范围 | 居民、工商业用房部分或全部价值 | 居民、工商业用房部分或全部价值 |
| 义务人范围 | 部分居民(购房者) | 大部分居民 |
| 资金来源 | 来自借款人收入 | 来自纳税人收入 |
| 借款人、纳税人责任 | 借款人在债务额内承担还本付息的义务 | 纳税人人在纳税额之内承担纳税义务。 |
| 抵押贷款、税款风险依存 | 借款人还款能力及房地产增值状况 | 纳税人收入及其房产价值变化 |

### 2. 财产税实际税率与房地产价格调控

我们认为,尽管管理体制上存在巨大差异,进而影响了财产税、地方政府公共服务与房地产价值关系中某些作用机制的有效性,但是仍然具有某些共同的规律,这种规律可以分为长期和短期进行表述。

短期内,财产税确实能够起到抬高房价或房屋租金价格的作用,而且这部分税收增加,在卖方市场的情况下,很可能通过出售或租赁价格向买方转嫁。我们可以用公式(1)来表达这种关系:

$$V_T = V_0 + T \quad 或者 \quad R_T = R_0 + T \qquad (1)$$

公式(1)中的 $V_T$、$R_T$ 分别是资本、租金价值体系下的税基,$V_0$、$R_0$ 分别是资本、租金价值体系下的原始房价或租金,$T$ 为财产(物业)税。

长期内,财产税通过提高房地产所有者的住房保有成本,减少投机性购房需求,进而达到降低房价的作用。但是,这种作用机制取决于税率 t 与物业增值率 i、出租盈利率 r 之和的比较情况。当 $ti + r$、$ti + r$、

---

① 根据曹远征:《美国住房抵押贷款次级债风波的分析与启示》(《国际金融研究》2007年第10期)一文整理而成。

$t = i + r$ 三种情况下,将分别造成房地产价格降低、平衡、升高作用(如图 5-9 所示)。分析当年的价值影响的时候,可以用与上述类似的简单公式(2)表示为:

$$V_t = V_0 + (i + r - t)V_0 \qquad (2)$$

如果年期为 n 年,用收益还原法计算出来的价值可以用公式(3)表示为:

$$V = {Y}/{r}$$,其中的 $Y$ 是年租金价值。 $\qquad$ (3)

在考虑了征收财产税的情况下,则收益还原法计算出来的房地产价值则可以用公式(4)表示为:

$$V_t = {Y}/{r + t} \qquad (4)$$

在上述财产税对于房地产价格影响的公式(1)、公式(2)、公式(4)中,都可以看出财产税与房地产价格的作用机制之间的关系。

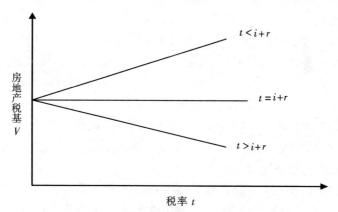

图 5-9　财产税对税基的长期影响机制

### 三、局部均衡理论下的税基选择:租金价值体系

在分析税收对于房地产价值影响的时候,必须看财产税征收中所参照的税基是什么,及其价值的大小。这依然是分析财产税对房地产价值影响的必要环节。

根据财产税税基的价值表现形式,可以将世界上财产税划分为三大体系:租金价值体系、资本价值体系、增值体系。在完全竞争市场条件下,从价值的角度来说,三种价值体系应该是等值的。但三种体系的等值是由既定的假设前提决定的,这就是必须建立在房地产完全产权之上。比如：按收益还原法公式：$V = \sum_{i=1}^{n} Y \big/ (1+r)^i$（其中 V 是房地产价值，Y 为租金，C 为成本 i 为年限，r 为折现率），在 n 为无穷大情况下，才可能存在上述的公式 $V = Y \big/ r$，与公式 $V_t = Y \big/ r + t$（考虑了财产税）。

但 n 为无穷大的假设与中国房地产管理的实际不相符。我国住宅、商业、工业三种主要用地方式都是有期限的，很多使用多年的房地产用地使用期限已很短，政策上如何展期存在很大的不确定性。所以，在不完全产权的条件下，不应就土地、房屋所有权价值纳税，而应就房屋使用收益即租金收益纳税。香港房地产产权制度与大陆有相似性，主要选择租金为税基不无道理。除此之外，许多的英联邦国家也采用租金价值体系，也与其价值体系的选择有关。

我国未来房产税改革中，税基选用租金体系的优点在于：一是比较直观，容易为公众所接受。因为租金价值几乎每天都有实际案例可供参考，但房屋买卖则没有如此频繁。二是相对税负较低。在目前较高租售比的情况下，说明租金本身已经被低估，而且租金税基的绝对数量，肯定要远远低于房地产价值。三是符合我国房地产的不完全产权现状。租金是使用权的价格，不涉及房地产的所有权问题，符合我国产权现状。四是税基管理相对简单，税收成本低。不过，从长期看，我依然主张采用房地产价值作为税基，因为他更完整地反映了房地产的价格因素。

之所以在这里对税基形式做一些详细的介绍，就是要在后续的内容中，对美国财产税、房地产价值之间的关系进行论述，同时考察美国各地对财产税的限制，进而对金融危机形成的影响进行分析。

### 第三节　从财产税制角度看美国政府房地产市场调控职能危机

历史上美国财产税在地方政府税收体系中占有较大的份额，与利率等调控手段对人们的影响相比，美国财产税纳税人广泛、期限近乎无限，所以在很大程度上对纳税人实际支出和消费心理的影响要高于贷款利率的影响机制。但是，由于"税收反抗"运动的影响，目前这种作用机制大打折扣,而且对财产税的正常调节作用产生了一系列负面影响。

## 一、作为长期机制推动房地产价格上涨

从长期看,由于美国各州通过各种断路政策、增长限制等政策,对地方政府财产税税基、税率增长进行了一系列限制。通过税收减免等具体的操作性措施,侵蚀了税基。这都在很大程度上影响了美国房地产市场的正常供给平衡,在长期内趋向于拉升价格:

一是通过不动产财产税课征,增加房地产所有者保有成本,进而减少购房者的投机性需求,推进房地产产品理性消费的作用丧失。不动产财产税具有所谓的自动稳定器职能,这主要体现在房地产市场高涨的时候,税基增长带来的税收负担增加,将减少投机性购房需求;而房地产市场低迷的事后,由于税基的下降带来税负的减少,而刺激购房的需求。因为,人们在购置住房时候将综合考虑房地产每年的抵押贷款利息 R、财产税税率 T 和价格增长率 $\triangle$P 等因素,进行房地产的投资。只有当 $\triangle$P≥R+T 的情况下,有可能进行投资。但是,如果 T 趋于下降,或者固定不变,而 $\triangle$P 上升速度高于 R+T 的情况下,则容易带来巨大的投机空间。如果能够及时地调整税基,使税基与房地产价格同步,则 T、P 则同步上升,减少了投机空间。但是,这一系列的机制设计都是建立在税基与房地产行情同步变动的情况下,而实际过程中,这种变动被一系列限制政策所中断。

二是限制了存量住房的上市交易。由于各类税收限制措施普遍对房产税基实行指定评估时点(通常是指定一个以前的年份,如 13 号提案中规定以 1975 年 3 月 1 日为评估时点),只有房屋产权换手后才能按新价值确定税基,这对于原有房屋的所有权人继续保有原有住房是有利的。于是,存量住房的所有权人更多地选择不上市交易,进而限制了存量房地产上市交易量,影响房地产市场灵活反映供求。

上述两点在美国房价走势处于上升通道的时期,对这种房地产价值的上升趋势起到了巨大的推波助澜作用。

## 二、在房地产价格下降阶段,财产税制加速次贷危机

从短期看,现有的美国各地财产税制度在由房地产市场高涨转向进入下降通道的时候,这些政策措施却又在加速市场下降,从而成

为次贷危机的催化剂。

一是次贷危机中，对原有住房者而言，因为各类限制措施已经将税基增长控制在一定幅度、一定期限间隔，财产税不会增加支出负担，但是财产税税率也不会主动降低。如果能够税基与价格同步，经济萧条时价格下跌，税收下降，将刺激需求，有利于经济复苏。但各种限制政策形成税收刚性，现实中已经存在的刚性税收负担，也会在很大程度上限制消费者的即期消费能力。

二是对于通过次级贷款新购住房的贷款人来说，不但要缴纳贷款利息，并且还需缴纳约合房地产价值总额 1%（美国各地大体的税率）左右的财产税，税率高的地方甚至达到 5% 左右，这是一个巨大的支出负担。

因此，从这两方面看，所谓的税收"自动稳定器"（Automatic Stabilizers）的功能，在目前美国的不动产课征的财产税中是不存在的。相反的，因为地方政府对财产税各类限制政策的存在，使得财产税在经济危机时期成为经济平衡的"扰动器"。

### 三、财产税限制对于高房价的作用

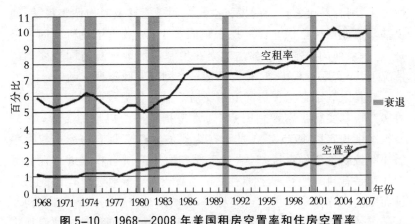

**图 5-10　1968—2008 年美国租房空置率和住房空置率**

注释：衰退相关数据来自国民经济研究局；空租率、空房率数据来自美国统计局。

图 5-10 所显示的租房空置率的上升背后有供需两个方面的原因：一方面可能是受房地产市场高回报率的影响，过多的投资者进入市场购房后出租，增加了租赁市场的短期供给。根据美国全国房地

产同业公会的调查,2003 年到 2004 年,投资购房数增加了 14.4%,而且其中 79% 的投资购房者在购房后打算将房屋用于出租。

另一方面,则是由需求减少导致租房空置率的上升。需求减少的原因可能是由于包括财产税在内的房地产税收负担较轻,导致保有住房的成本较低,部分租赁市场中的高收入的承租人见房价低,转而购房自住,退出了租赁市场进入购房市场,使美国住房拥有率得到了提高。另据美国全国房地产同业公会的调查表明,2000—2005 年间美国各地居民平均住房拥有率为 68.17%,高出 1990—2000 年间的 64.9% 达 3.27 个百分点。[①]

---

**专栏 5.1　加利福尼亚州 2007 年财政危机与 1978 年第 13 号提案**

在 2007 年开始的美国次贷危机中,施瓦辛格为州长的加州陷入了空前的财政危机。从根本上看,症结与加州州宪法中的第 13 号提案有关,它是由 1986 年诺贝尔经济学奖得主——布坎南 1978 年最早在加州提出,并在后来的全民公决中,以 2∶1 的优势获得批准。第 13 号提案通过之后,陆续又提出一系列法案,直接后果是加州政府预算的 85% 由加州公民根据法律赋予的权力自行决定,州议会和政府只能审议剩下的 15% 的经费,任何税制变动必须经三分之二选民同意才可实施。

第 13 号提案的出现有其特殊的时代背景。20 世纪 30 年代开始到 70 年代以前,整个世界经济几乎都实行凯恩斯的扩张性财政政策。在这种对政府权力扩张的担忧中,人们认为:民众不能放纵政府权力的扩张,应该从宪法层面去对政府的征税权力加以限制,这一思想得到了时任加州州长里根的支持。里根入主白宫后,也把这些思想带到了华盛顿,成为里根经济学的重要组成部分。里根经济学的主要内容:降低税收和公共开支、支持市场自由竞争、降低政府对企业经营的控制,通过经济和财富的增量在低税率的前提下增加国家税收。这些政策带来了美国

---

① 宋玉华、高莉:《美国房地产业的繁荣、风险及其对美国经济的影响》,《美国研究》2006 年第 3 期。

80 年代后的经济持续繁荣。

虽然目前里根保守主义思想已不占上风，但在第 13 号提案的发源地，限制政府权力的思想仍然保持着庞大的势力。第 13 号税案不仅限制了州议会的征税权力，同时，还创制了全民公决方式，为地方政府治理中开了一个先例，致使州议会和政府在不可预计的经济、社会问题出现时，很难有所作为。

　　根据姚轩鸽：《税道苍黄——中国税收治理系统误差报告》，西安：西北大学出版社 2011 年版内容整理。

　　政府房地产市场调控职能的危机并非是在一朝一夕之间出现的，而是一种长期作用的结果。在房地产市场价格体系中，财产税收在很大程度上发挥了蝴蝶的第一次震动翅膀的作用，通过这种微小的日积月累的政策变化，对于房地产市场的结构产生着深远的影响。

# 第六章 美国财产税与地方政府 治理的合法性危机

美国财产税制度的变迁,使得地方政府治理中作为合法性的经济基础在缓慢地发生着变化。作为制度基础的财产税状况,缓慢地改变着治理的合法性,并构成了这种合法性危机,以及因此而带来的制度变迁。这种状况的表现就是美国各地持续存在的财产税反抗运动(Property Tax Revolt),甚至这种税收反抗运动,乃至于各国普遍存在的税收骚乱,都在很大程度上影响了各国地方政治、地方治理的发展。

> ## 专栏 6.1 美国进步时代的亨利·乔治及其土地单一税
>
> 亨利·乔治生活在美国历史上所谓"进步时代"前期,当时美国经济发展速度举世瞩目,城市人口接近 40%,基础设施不断改善,外表上一片繁荣景象。但土地价格暴涨,房地产投机盛行,土地所有者获得了巨大收益;广大民众却没有享受到物质进步带来的好处,甚至无遮雨片瓦。美国著名经济学家亨利·乔治的名著《进步与贫困》在 1879 年写就时,没有受到出版家的青睐,只能自行印刷;却赢得公众追捧,发行量在 200—500 万册之间,使当时欧美社会洛阳纸贵。被认为"除马克思之外,没有任何一个其他的思想家在专业学术领域之外引起如此轰动"。
>
> 亨利·乔治全书的逻辑极为简洁:土地是大自然给予公众的共同财富,其利益应为公众共享。但物质进步带来的财富增

长，通过土地价格上升，全部被土地所有者获得，并成为贫困的根源。解决方法只有一条，即"废除一切租税，单独征收地价税"，将公共投入带来的增值归公，作为公共支出的主要来源。这些思想被后人概括为乔治主义，其土地税制改革主张在美国、加拿大、澳大利亚等国产生了巨大影响。

在19世纪末20世纪初的中国，传教士马林、革命家廖仲恺首先介绍并引进了亨利·乔治的经济思想。孙中山的"平均地权"主张，及其后"三民主义"中的民生主义，即以这一思想为理论基础。民国建立以后的土地税收制度，存在明显的亨利·乔治思想的痕迹，并通过历史传承，对海峡两岸现行不动产税制产生了深远影响。

根据亨利·乔治：《进步与贫困》，吴良健、王翼龙译，北京：商务印书馆2010年版前言内容整理。

## 第一节　美国地方政府合法性的财产税视角

合法性是政府治理存在的基础，现代政府建立和发展的过程就是在旧的合法性弱化的时候，寻求新的合法性，进行合法性转换，以不断地适应公众对合法性要求的过程。如果这一过程中断，将会带来合法性危机。预算收入是政府合法性的基础，因为只有通过公众认可，才能获得政府运行所必需的资源。[①] 美国地方政府合法性的确立和发展过程，就是一个公众参与形式、政府组织形式等不断转变的过程。在这种转换过程中，财产税制发挥了核心作用。

### 一、政府治理合法性的内涵和渊源

英语中的"Legitimacy"一词，被译作汉语中的"合法性"。这是一个被广泛使用的政治概念，通常指作为一个整体的政府被民众所认可的程度。任何一个类型的社会组织之所以能够运行，并不在于其

---

① 彭宗超、李洺：《预算参与：地方预算改革的合法性危机及转换》，长沙：《第二届"中国公共预算"研究讨论会论文集》2008年。

组织管理本身的周密性、科学性,恰恰在于是否反应了公众意愿,具有内在的民意合法性。合法性实际上是汉语中的合理性、正当性、公共性、正统性的意思,而非符合现实存在的某项法律规定。因为有时一种不符合民意、不具有合法性的政府或组织,照样可以符合现实中的法律规定。

总体上看,古典自由主义强调公民私权,并以法治约束政府,主张代议制民主制。哈耶克认为,卢梭等人的法国古典自由主义则强调公民的政治参与,政治合法性来自于人民的参与和同意。一般认为,合法性概念也是最早由卢梭提出并阐发的。此后,这种有关合法性的争论在各个领域、各个层面展开。比如,近年来哲学界广为讨论的中国哲学的合法性问题①,关于对改革的合法性的讨论。② 法学理论上,合法性表现为自然法学和实证主义法学之争,前者主张"恶法非法",后者主张"恶法亦法"。自然法理论的合法性概念主要是对于自然法规则的符合程度,更接近我们这里所说的合法性。

德国社会学家马克斯·韦伯开始了对现代政治合法性危机的反思,强调对公民私权的保护与公民的政治参与,是治理合法性的两极。他把政治统治的合法性划分为传统型统治、超凡魅力型统治和法理型统治三个类型。③ 哈贝马斯认为:"合乎法律"不是合法性的充分条件,只有被认为公正合理的法律、政策和政府治理过程才会获得社会认同。同时,对于如何判断社会认同,哈贝马斯还区分了两种公众意愿的表达模式:公职人员的选举与公共意见的直接表达。前者实行的是代议制间接民主,通过民意代表对公共事务的参与来实现;后者则延续了古希腊传统,实现"在场的"民主,公众以自由参与对公共事务讨论的方式进行。

选举模式在高层级政府治理上,发挥着巨大作用,因为这一层次参与主体数目过于庞大,很难实行直接民主。但是,却难以解决现代

---

① 赵景来:《中国哲学的合法性问题研究述要》,《中国社会科学》2003 年第 6 期;黄裕生:《什么是哲学与为什么要研究哲学史——兼谈中国哲学的合法性》,《中国哲学史》2004 年第 3 期。

② 蒋满元:《政府应对合法性递减危机的关键性途径选择:基于意识形态和制度创新力量的比较分析视角》,《经济体制改革》2008 年第 4 期。

③ 韦伯:《学术与政治》,冯克利译,三联书店 1998 年版,第 56—57 页。

社会地方政府治理层次的公共权力合法性危机问题。只有将公共权力重新置于经由公众自由参与辩论的"持续的同意"，而非仅仅通过单一选项的"一次性选举"基础上，才能重建政府合法性的社会基础，即公民对公共领域的直接参与。这就使得任何公共权力是否具有代表民意的合法性，是否建立在经由自由辩论而产生的公众舆论支持之上。

## 二、合法性发展变迁的动态规律：合法性转换

政府合法性是建立在公众对于治理的持续性同意，而非一次性认可的基础上。经公众持续性同意，具有长久合法性的制度往往是经济、社会发展的根本动力。任何制度建立之初都具有某种形式的合法性，但是往往随着合法性资源的递减，治理绩效开始衰退。为治理这种衰退，政府需要不断地增加财政投入，减少财政汲取，导致财政危机。合法性衰减带来财政危机及其制度压力，往往成为制度变迁的基本动力。

1. 合法性资源供给：制度创新成为发展根本动力的内在原因

长期以来，美国地方政府是作为州政府的派生物发展起来的。在建国之前，地方政府治理的合法性来源于州，州政府来源于英王授予。建立起联邦之后，联邦政府创造了新的合法性形式，即联邦的权力是各州授予的，州权力的合法性来源于公众。州未授予联邦的权力，一律由州合法保留。意识形态、政治层面和经济层面等合法性资源的被充分生产，人们对制度认同程度的提高，将调动起人们的积极性，按照制度所规范的行为方式活动，并努力实现这种制度设计的初始目标，这是制度能够促进发展的根本。

2. 合法性资源递减：绩效衰退的开始

任何制度设计在被人们反复适用后，就会逐渐发现其存在的问题，问题持续发酵后，最终酿成人们对其合法性的质疑。在合法性受到质疑的情况下，制度对人们行为的激励将逐步减弱。但是，这种合法性衰减并不能根本动摇各类制度存在的根本，不一定构成组织运行障碍和个人的困境。只要这种制度能够为其存在提供最基本的资源维系组织和个人的运行，就仍然能够存在下去，但这种状态很可能已处于最低效运行模式下，组织和个体的潜能没有得到充分发挥，其

脆弱性显露无遗。对于政府来说,只要没有发生实质性的财政危机,这种状态会一直维持下去,变革也不会发生。在美国进步时代之前很长一段时间里,就是这种状态。地方政府贪污腐败盛行,"城市老板"把持市政,合法性遭到了前所未有的质疑。

通过分析合法性的主要组成要素,确定衡量合法性资源的各类指标 I,确定合法性 L 的组成及递减的计算方式:$L = I_1 \downarrow + I_2 \downarrow + \cdots\cdots + I_N \downarrow$(公式 1)。

### 3. 合法性衰减带来的财政危机:治理变迁的基本动力

政府如果不改变原有治理体系,应对合法性衰减,就必须不断地增加合法性资源的生产,其中的主要手段就是政府通过公共支出购买这种合法性资源。如通过减少公众的税收支出、增加福利支出项目、增建公益设施,以取悦民众,减少公众的不满。或者以经济持续增长、物价稳定、充分就业等政绩,来取得政绩合法性等等。这些措施都容易造成支出增加、税收减少或经济失衡的出现。

以公众对于某项公共治理的合法性 $I_1$ 为例,需要增加支出标准 E,减少税收或其他收入负担 R,来维持 $I_1$ 的恒定维持在 a(见公式 2)。但是,由于人们合法性认同标准的递增,往往导致为将合法性水平维持在 a,需要相应的支出标准越来越高,税费负担越减越少。

$$I_1 \equiv a \equiv E \uparrow + R \downarrow（公式 2）$$

政府的公共收入平衡的基本条件是一定时期内,经常收入(R)加公债收入(B),等于经常支出(E)加投资支出(I)加国债还本付息支出(BE)。当然预算失衡短期内可以通过寅吃卯粮、拆东墙补西墙的办法,并不一定带来财政危机。但是,当这种失衡(公式 3)长期化,就容易带来财政危机,并成为诱发制度变迁的动力。

$$R + B \geq E + I + BE（公式 3）$$

### 4. 合法性资源递减、财政危机与地方政府治理变迁

合法性资源递减、财政危机与地方政府治理变迁三者之间呈现一种动态的循环关系,可以通过图 6-1 的模型予以解释。

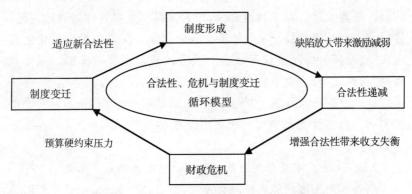

图 6-1　合法性、财政危机、治理变迁循环

　　财政收入危机之所以能够触发这种变迁，是因为财政预算对公共组织是一种硬约束，直接威胁自身生存能力。政府组织维系自身持续生存、政治人物维护执政地位的焦虑心态，是促使制度变迁发生的最强大动力（参见图 6-2）。偶发的危机状态只能促进短期的非制度性变革，因为只要组织存在哪怕是低效运行的可能，这种变迁通常也不会发生。所谓成本收益的衡量作为制度变迁动力的说法，只能存在着具有强烈发展动机的组织或个体身上，并非适用于所有组织和个体的一般性解释框架。如果得过且过，甚至不惜结束政治生命，是无所谓衡量成本收益得失，更不会主动推进变迁与否的。

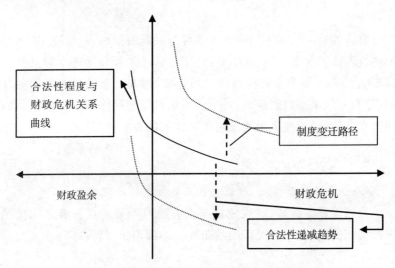

图 6-2　合法性、财政危机、制度变迁机制模型

### 三、美国地方政府合法性危机与转换中的财产税制度变迁

美国地方政府经历了一个发展过程,是对自己所处环境中社会经济变化的政治反应的产物。社会结构的改革,人口的变动和财政的危机,都是环境变化的例子,反过来它们又引起地方政府的重大转变。

1. 美国地方政府治理合法性变迁

殖民时代,美国地方政府管理形式大体分为两种形式,一种是弗吉尼亚模式,即地方政府在相当大的程度上受英国体制的影响,地方治理的自主性很小;另一种是实行自治的新英格兰模式,但这种自治必须获得国王授予的特许状,并受其约束。从根本上看,这些政府机构的合法性最终都是来自于英王,属于韦伯所说的传统型的合法性。

在美国独立后的一段时间内,作为美国公共权力核心的州政府,在失去从英王那里获得的政府传统合法性资源后,新的合法性尚未建立起来,面临着政府治理的合法性空白。联邦政府起初也只是基于 13 个州政府的联合,也就缺乏合法性来源。当时,马萨诸塞州的情况最为典型。独立战争后的该州,开始了重建政府合法性的努力。1780 年的马萨诸塞州宪法规定,选举人须为年纳税不少于 3 英镑的土地所有者,或者其财产值 60 镑,被选举人须拥有价值达 300 镑财产。① 竞选和当选参议员的财产要求更高。州内各地下议院代表人数依据人口数确定;但参议院代表人数依据缴税数目分配。这些比革命前甚至还要退步,其政府合法性遭到了大量的质疑。正是在该州,发生了美国历史上绝无仅有的一次农民起义"谢斯起义",促进了美国重新思考政府合法性重建问题。通过 1787 年的制宪会议,完成了联邦、州和地方政府合法性重建。

联邦政府、州政府治理的合法性问题解决的基本规则是,联邦政府权力由宪法明文规定,之外的权力全部归州政府享有,州政府基于公众选举产生。但地方政府的权力没有明文规定,其治理的合法性

---

① 当时比美国发达的英国,普通工人的年收入是 30 英镑。

一直没有得到解决。因此，1872年爱荷华州高级法院的狄龙法官所作的一个裁决认为，地方政府都是根据州宪法建立，其职能是由州宪法特许确定的。该裁决作为一个经典判例，纳入美国的宪法体系。目前美国绝大部分州，地方政府能够凭借州宪法中的"地方自治"条款，经过州同意，起草和制定一个地方自治宪章，规定地方自治的组织、管理和权力范围。地方自治也不意味着地方政府就可以完全不受州政府的控制。因为州议会可以决定地方政府自治范围，且地方法规如与州法冲突时，还要以州法律为准。

2. 美国财政危机、财产税税制变迁与地方政府治理合法性重建

政府收入结构在很大程度上决定了治理模式。在20世纪以前的政府收入中，财产税收入比重各不相同，反映了治理结构状况变迁。

（1）独立战争前后至19世纪30年代末：资产财政时期。

独立战争前后的英国北美殖民地13个州通常征收的税种有五个，即人头税、财产税、雇员税、关税和货物税。不过，由于政府通过大量出售土地，进行巨额投资，获得主要收入来源，包括财产税在内的各类税收比重在此时是比较低的。所以，有学者称这一时期为资产财政时期（the era of asset finance）①。

在这一时期中，州议会主要由拥有大量土地的地主组成，经常授予公用事业公司特许权，允许它们违背地方居民意愿在市镇中经营，还把公用事业从市政府分出来，卖给私营公司。地方议会也多是具有一定资产的人士组成，有些地方甚至直接按照资产或纳税额多少分配代表权。地方政府更像是基于股份制的一个大型公司，不具有广泛的民意代表性，其合法性遭到质疑。

（2）19世纪40年代到20世纪上半叶：财产税时期。

1839年，美国脆弱的金融市场崩溃，土地价格暴跌，通货紧缩引发了美国历史上的经济衰退。为应对财政危机，各州政府停建了运河，东部各州被迫恢复了财产税。从19世纪40年代开始，美国财产税占联邦、州、地方政府比重前所未有地上升，直到1902年全国平均

---

① John Joseph Wallis, "American government finance in the long run: 1790 to 1990", *The Journal of Economic Perspectives*, 2000.

达到一半以上(见表6-1)。

**表6-1　20世纪前财产税占美国13个主要州政府收入比重(%)**[①]

| | 1835—1841 | 1842—1848 | 1902 |
|---|---|---|---|
| 大西洋沿岸 | 0.02 | 0.17 | 0.55 |
| 西部和南部 | 0.34 | 0.45 | 0.70 |
| 全国平均 | 0.16 | 0.30 | 0.57 |

注释：大西洋沿岸地区包括马萨诸塞(MA)、马里兰(MD)、纽约(NY)、宾夕法尼亚(PA)、罗德岛(RI)、特拉华(DE)、南卡罗来纳(SC)、北卡罗来纳(NC)；西部和南部包括伊利诺伊(IL)、印第安纳(IN)、俄亥俄(OH)、阿拉斯加(AK)、密西西比(MS)、肯塔基(KY)。

　　财政危机促进了政府合法性的制度变迁,使得来源于更多公众的财产税的地位日渐重要,纳税人也变得日渐广泛。如何使得政府治理具有更广泛的民意代表性,成为一个迫在眉睫的问题。各州政府开始修宪进程,适应新的平等、民主的政府治理合法性需求。如,各州开始统一按照价值课征财产税,体现更多的平等性;限制政府债务,因为人们发现这不过是延期的税收;禁止政府投资私人公司、上市公司,改变政府的"股份公司性质";废除公司特许制等等。不过此时的财产税多为一般财产税,即针对所有的动产、不动产征收,而不是专门针对不动产。

　　由于各地方政府按照财产评估价值课征财产税,需要反映更广泛民意的评估官员。人们对采取上级政府任命形式的官员不信任,财产税开始由当地民主选举产生的官员评估并管理,地方政府官员计算应征收的税额和税率。如果说很多民众对选举地方执政官不感兴趣,参与率低的话,对于关乎自己切身利益的评估官员选举热情空前高涨。这一变革,使得更多的公众参与进地方政府管理过程,地方政府的民意代表性进一步提高,使得地方政府成为各层级政府中民

---

[①]　John Joseph Wallis, "American government finance in the long run: 1790 to 1990", *The Journal of Economic Perspectives*, 2000.

意代表性最高的。

这一时期，公众参与、自主来源的增加、新移民的涌入，使得地方政府系统获得迅速的发展，其中 19 世纪 90 年代到 20 世纪 20 年代被称为进步时代。1860—1910 年，居民人数超过 5 万的城镇由 16 个迅速地增加为 109 个，芝加哥人口在 1880—1890 年间，人口翻了一倍。1942 年美国第一次政府统计中，地方政府数量为 15.5 万个，其中特区、校区政府为 9 千多。州被分割成县，作为州政府代表履行州的职责，自治市（municipality）、镇或小镇（township）、学区也纷纷开始大量建立。尤其是提供特定公共服务的各种特别区得到迅猛发展。这些公共服务包括供水、灌溉、排水、道路、公园、图书馆、消防、公共卫生服务等。这些类型的地方政府是在公众直接认可的基础上建立的，其提供的服务于公众生活密切相关，其决策直接反映公众需求，具有充分的合法性基础。

（3）20 世纪中期至今：一般财产税转换、财产税限制与税收反抗。

由于动产的隐匿方便和财富形式的日益复杂，使得对所有财产课征财产税遭遇到了很大的困难。同时，销售类、所得类税收的增加，也使得财产税地位相对下降。财产税对经营性财产的重复征收，使得各地投资受到影响。1929 年世界范围内的大危机，导致大量财产税欠税，并出现纳税人暴力抗税现象。二战后，美国经济繁荣、社会稳定，退伍老兵住房需求旺盛，房地产开始逐步攀升，税基增加导致了税负大增，税收反抗运动更是达到了高潮。20 世纪 70 年代，结合越战背景和世界范围内的学生运动，这种反抗运动尤其严重。其中，以 1978 年加州的 13 号提案运动最为典型，影响也最为深远。此时的财政危机也最为严重，其中最典型的就是纽约政府财政危机。进入新世纪以来的 2007 年次贷危机，更是导致了美国公众收入下降，人们再次爆发了一系列财产税反抗运动。

## 专栏 6.2　1975 年的纽约市财政危机①

　　1975 年纽约财政危机是经济、社会和政治各种力量交互作用的产物。20 世纪 60 年代末和 70 年代初,地方政治的主要角色发生变化,该市黑人和地方公务员工会力量日益强大,导致福利开支的急剧上升。虽然州宪法明确规定了该市所能提高的财产税的限额,并把长期借款限定在该市可征财产税总值的 10%。1966—1971 年间,城市高等教育预算增长了 251%,福利增长了 225%,医院增长了 123%。其余的治安、消防、卫生、教育等传统支出增长较少,但也平均跃升了 66%。此外,退休金支出从 1965 年的 3.64 亿元直线上升到 1974 年的 11.21 亿元。在 1965 年到 1973 年间,该市预算增长了 3 倍多。

　　1975 年 3 月 17 日,各地方金融机构通知纽约的亚伯拉罕·比默市长,它们将不再认购或购买该市的债券,3 月 31 日止,该市总负债超过了 140 亿美元。其中急需偿还的短期债务超过 50 亿。该市借款超过全国城市债券总数的 25%。单是债务利息的支付就花掉了该市全部预算的 14%。为帮助纽约市恢复财政稳定,州立法机关颁布了《纽约市财政紧急法案(FEA)》,主要条款效力持续到 2008 年。这一紧急法案为纽约市设计了一种财政计划结构,其主要特点是设立财政管制委员会,对纽约市财政问题实施监察并适时行使控制权;每年年底依据市政公认会计原则(GAAP)编制平衡预算,将运营赤字控制在 1 亿美元以内;制定详细的四年期财政计划。纽约市在 2001—2002 财政危机中迅速恢复,要部分归功于这一法案。

　　但是,这一紧急预案的部分条款,如允许财政管制委员会在某些情况下对纽约市预算行使控制权,与纽约市当地的地方自治权存在重大冲突,也使得人们对其合法性产生质疑。

---

　　①　纽约市宪章修改委员会:《关于宪章修改的初步建议概述》(2005 年),http://www.nyc.gov/html/charter/downloads/pdf/preliminary_report_exec_summary_june10ch.pdf.

不断发生的危机抗税运动及其所造成的州政府对地方财产税的限制，迫使地方不得不通过增加使用者付费、销售税和政府间补助来弥补开支不足，联邦政府、州政府的补助随之增加。这些都直接导致了地方政府收入结构的变化，财产税大约从 40 年代开始，占整个地方政府的收入直线下降（见图 6-3）。20 世纪 80 年代开始，由于被迫降低财产税依赖，向用户收取使用费迅速成为地方政府日益重要的一种融资方法。

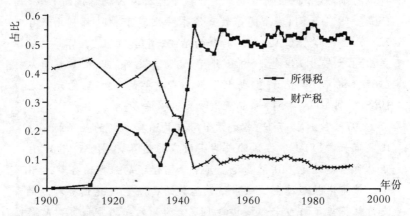

图 6-3　1900—2000 年美国财产税、所得税在政府收入中比重变化（%）①

市民参与管理的最早推动力，是由约翰逊总统的社会行动计划提供的。20 世纪 60 年代末和 70 年代初，所发生的骚乱使得市民参与管理的呼声更加高涨。以 13 号提案为典型的税收反抗运动影响，不仅仅影响了财产税制，更是影响了政府治理合法性内涵。比如，13 号提案所开创的通过公民提案方式提出提出议案，并以三分之二以上多数方式通过，被美国地方政府很多治理领域所援用。事实上，在以后的地方政府治理中，许多都提出了市民参与政府管理的问题。就消除贫穷而言，市民可以选举社区行动委员会来监督计划实施。政府治理的合法性形式，再一次得到制度创新。

另一方面，由于使用费的增加、税收的减少，人们更多地作为用户而非具有平等权利的公众，成为政府治理满意与否的最主要评判

---

① 理查德·D. 宾厄姆：《美国地方政府的管理：实践中的公共行政》，北京大学出版社 1997 年版。

者,使得政府治理合法性内涵面临颠覆性改变。同时,美国州和联邦政府的转移支付占地方政府支出的比重越来越大,将接管更多的地方功能或者扩大给地方政府的补助,所谓财政联邦制将成为空谈。① 这也是在美国 100 年来,联邦政府日益强大,深入各个角落的重要原因。但是,地方政府合法性,伴随着作为传统上地方政府经济基础的财产税制度的消减,面临前所未有的变革困境。

## 第二节 美国的财产税反抗运动

虽然经济效率被视为新自由主义所主张的市场机制的主要归宿和出发点,但是目前美国政府公共管理领域,政治和行政并未做到真正"两分"。行政在很大程度上受制于政治利益博弈影响,导致"非效率"产生。目前,我国国内大多数研究者认为,房产税能够提高社会公平,但是一些发达国家的公众认为对房地产征收的财产税恰恰最不公平。在发达国家历史上经历了长期的所谓财产税税收反抗运动,这些反抗运动随经济社会危机到来,变得非常激烈。

### 一、美国财产税负担的现实背景

2000 年以来美国经济不景气,美联储为刺激经济增长,开始了连续下调利率。但是这种长期性刺激政策,加上其他因素的共同作用,导致了房地产市场的畸形繁荣。仅 2000—2006 年之间,美国房价指数就上涨了 130%。很多州对房地产征收的财产税没有实行税基限制政策,进行定期评估的结果是房产价格上涨、税基上涨。但是财产税税率却未相应削减,导致财产税水涨船高,使居民的税收负担加重。各地居民要求改革、甚至废除财产税的呼声却一直十分强烈,财产税欠税和抗税事件也日益增多。

美国税收基金会 2009 年初公布的调查数据显示,居民认为财产税和所得税是最不公平的税收。如,2008 年全美居民每个住宅单位平均缴纳财产税 1 897 美元,住宅财产税占家庭收入比例为 2.90%。由于居民收入高、房产价格高、政府支出高,纽约州、新泽西州、新罕

① 王智波:《美国财产税制度的演化:进程、原因与启示》,《广东社会科学》2009 年第 5 期。

布什尔州、康狄涅格州等成为美国财产税负担最重的州（参见图 6-4）。其中，纽约州的西切斯特县是全美平均税负最高的地方，2006—2008 年之间，家庭平均承担的住宅财产税达到 8 404 美元，如果再加上其他税，2008 年该县居民平均负担的州和地方税，约占个人总收入的 10%。

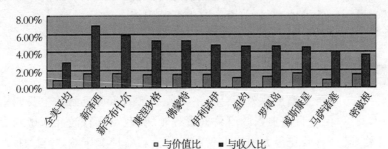

图 6-4　2008 年美国税负前 10 位的州的财产税收入比、价值比图

## 二、美国公众对地方政府财产税的态度

琴尼派克大学在近几年对美国部分州的调查表明，美国过半数的注册选民将财产税列为最坏（The Worst）和最不公平（The Least Fair）的税种，比名列第二的联邦所得税 17% 的得票率高出 37 个百分点。[①] 表 6-2、6-3 就是该大学对不同政治态度、区域、性别民众的调查结果。

表 6-2　康狄涅格州居民对各税种的态度

| | 全部 | 房主 | 共和党 | 民主党 | 印第安人 | 男 | 女 | 组屋家庭 |
|---|---|---|---|---|---|---|---|---|
| 联邦所得税 | 16% | 17% | 19% | 15% | 16% | 19% | 14% | 20% |
| 社保税 | 10 | 7 | 9 | 9 | 13 | 8 | 12 | 6 |
| 州所得税 | 5 | 5 | 5 | 6 | 5 | 6 | 5 | 6 |
| 州销售税 | 9 | 8 | 6 | 13 | 10 | 10 | 9 | 6 |
| 地方财产所 | 53 | 57 | 55 | 52 | 47 | 53 | 53 | 58 |
| 不清楚/不回答 | 6 | 6 | 6 | 5 | 8 | 5 | 6 | 4 |

①　琴尼派克大学（Quinnipiac University），http://www.quinnipiac.edu/x1327.xml? ReleaseID = 468.

表 6-3　不同地域的宾夕法尼亚人对于各税种的厌恶程度

| | 阿里加尼 | 费城 | 东北部 | 东南部 | 西北部 | 西南部 | 中部 |
|---|---|---|---|---|---|---|---|
| 联邦所得税 | 11% | 27% | 19% | 16% | 17% | 14% | 14% |
| 社会保障税 | 9 | 11 | 10 | 8 | 15 | 6 | 10 |
| 州所得税 | 5 | 9 | 6 | 6 | 5 | 6 | 4 |
| 州销售税 | 9 | 10 | 7 | 10 | 9 | 8 | 10 |
| 地方财产所 | 60 | 39 | 51 | 54 | 48 | 60 | 55 |
| 不知道/不回答 | 6 | 4 | 6 | 6 | 5 | 6 | 7 |

　　公众对财产税的憎恶不仅表现在美国有关州的民意测验中（参见表 6-4 和 6-5），还通过财产税对投票态度的影响，反映这一情绪。曾经在美、英、日等国家酿成过影响政局的"财产税反抗"运动，则是这一情绪更激烈的反映。①

　　公众对财产税的不满与其税基特性有关。现代税收普遍是对流量（本期收入或本期支出）征税，因为现代税收公平的基本定义就是：不是按照你在社会财富中占有多少，而是按照你实际享受多少计算。同时，将价值流量作为税基与每个人的现实收入与支出能力相联系，不会出现税款支付能力的窘境。但是财产税却是对存量——即不动产的市场价值进行的课征，这就容易引发一系列问题。

表 6-4　财产税对宾州人投票态度的影响（不同人群）

| | 全部 | 房主 | 共和党 | 民主党 | 印第安人 | 男 | 女 | 组屋家庭 |
|---|---|---|---|---|---|---|---|---|
| 特别重要 | 56% | 63% | 58% | 59% | 46% | 56% | 57% | 57% |
| 很重要 | 29 | 28 | 29 | 28 | 32 | 28 | 31 | 33 |
| 不重要 | 13 | 9 | 12 | 12 | 20 | 15 | 11 | 9 |
| 不知道/不回答 | 1 | 1 | 1 | 1 | 2 | 1 | 1 | 1 |

---

　　① N. Jinno, & A. Dewit, 1998, Japan Taxing Bureaucrats: Fiscal Sociology and the Property Tax Revolt, *Science Japan*, 1(2).

表 6-5　财产税对宾州人投票态度的影响(不同地区)

| | 阿里加尼 | 费城 | 东北部 | 东南部 | 西北部 | 西南部 | 中部 |
|---|---|---|---|---|---|---|---|
| 特别重要 | 57% | 54% | 63% | 53% | 56% | 61% | 54% |
| 很重要 | 30 | 31 | 26 | 33 | 32 | 25 | 28 |
| 不重要 | 12 | 15 | 11 | 13 | 12 | 13 | 15 |
| 不知道/没回答 | 1 | – | 1 | – | – | 1 | 3 |

**专栏 6.3　英国人头税取代财产税中的税收骚乱**

鉴于征收财产税的程序复杂,很多国家和地区进行了改革尝试,包括 1989 年英国首相撒切尔夫人进行的小区收费(即人头税)取代地方政府房产税的尝试。

但是,人头税效率最高,但是也最不公平。如果按照人口数量,作为计税依据,显然比其他任何一种税基更为简单,但家财万贯的富人和几乎一文不名的穷人,却要缴纳同样多的税款。按照福利经济学观点,如果按照人数平摊税款,富人的个人福利损失几乎忽略不计;穷人则可能需要倾其所有,才能缴纳税款。人头税的不公平程度几乎是最高的,现代国家一般不再征收。

撒切尔夫人 1989 年在苏格兰以小区收费(即人头税)取代地方政府房产所,次年扩展到英格兰和威尔士。新措施刚一推出,很快成为撒切尔夫人任期内最不受全民欢迎的政策之一。撒切尔夫人却深信人头税会获得支持,并游说苏格兰统一党及早落实。

其后人头税的问题逐步显现。很多地方议会制定的新税率远高于预计水平,被指责趁机调高税率。1990 年 3 月 31 日,在英格兰和威尔士推行小区收费的前一天,伦敦特拉法加广场出现大型游行示威,并演变为暴动。事后数以百万计的人拒绝缴税。人头税的反对者聚集在一起,反抗区镇地方长官,中断法院听取人头税债务人的申诉,撒切尔夫人仍然拒绝让步。大众认为归根结底要负责的不是地方的执行者,而是新税制的构思者和推行者。撒切尔夫人的支持度骤然下跌,成了她下台的一大主因。

### 三、危机后制度变迁下的惯性

虽然在公众普遍抱怨、税收反抗乃至骚乱的压力下,财产税合法性受到质疑,有些州甚至要求根本上废除财产税,从而使得财产税的主导地位下降,在美国各州和地方税收中的比重已经降至二战前的三分之一,并且绝大部分的州一级政府已不再征收财产税了。

但是,少数州一级及绝大部分地方政府仍然保留这一税种。其原因主要是:一方面,如果贸然取消财产税,将会打破了原来的市场均衡,带来公众利益的重新分配,涉及重新建立一个利益均衡的重建问题。另一方面,如果取消财产税,就需要增加别的税或用一个新税种去代替它,建立新的税种同时也就是建立新的利益均衡。上述两者都会引起众多的政治和行政问题。因而,人们常说"最好的税制就是原来那种"。在这样的政治压力下,不管好坏,政府都有一种保持现存税收体系的趋势。

同时,财产税从地方政府公共治理合法性角度而言,也有着其他税收所没有的比较优势。

一是财产税有利于地方自治和地方政府保持独立性。如果完全依靠来源于高层级政府的转移支付,地方治理在经济基础上将会很大程度上来源于高层级政府,而不是来源于居民对于地方政策、公共事务的持续性同意。地方居民也会因公共资金并非来源于自身的直接付出,而并不强烈要求通过公共服务补偿。对于公共事务和预算支出变得漠不关心。[①]

二是财产税支持的公共服务是显见的,而非源泉扣税也使得纳税是显见的。两种收入的显见性使得居民往往要求政府收支透明,硬化了预算约束。同时,由于税收来自于每个公众自身的收入,使得公众有更大的激励去参与行政事务,促进了公众的民主参与程度。[②] 从财产税特性上看,这一税种收支能促进地方政府合法性重建。

所以,虽然在公共治理的风险、危机的压力下,地方财产税的制

---

[①] 中国实行税费改革以后,虽然政府收入有保障了,但是农民参与热情降低了。原来设想的"一事一议"等公共治理方面的改革工作将无法进行。

[②] 王智波:《物业税可行吗?一个否定的判定》,《税务研究》2008 年第 4 期。

度创新形成的政府合法性基础正在建立过程中，但是这种合法性建设过程已显示出强大生命力。

## 第三节　美国地方治理合法性基础的制度变革：两个财产税反抗案例

　　曾任布什总统讲稿主笔人的肯尼思·S.贝尔（Kenneth S. Baer）认为，"现代美国在1978年成型，如果需要进一步思考1978年的思想，你就会发现那一年才是现代美国的开端"。在肯尼思·S.贝尔所说的那几年内，这种财产税反抗的浪潮很快就席卷全国，在美国历史上被称为"税收反抗"。几乎所有的州在这次运动之后都对房地产征收的财产税施加了某种限制，其中较为著名的有加州13号提案和马萨诸塞州 $2\frac{1}{2}$ 提案（Proposition $2\frac{1}{2}$）。对美国地方政府治理合法性基础的影响，不亚于"狄龙法则"的影响力。

### 一、美国地方政府财产税的政治博弈

　　从民意测验中对于公众情绪的揭示，可以看出公众对财产税的不满情绪。政治家们在地方政治中，利用这种不满情绪进行政治博弈，改变地方治理合法性内涵。可以说对现代地方政治影响最大的是70年代的一系列税收反抗运动。1978年，加利福尼亚州的保守党政治家贾维斯认为，可以利用州里的投票制度来降低财产税，减少政府干预的目的。1966年，在发生了税基评估人在税基评估中收受贿赂的丑闻后，加利福尼亚州立法机关制定了一项改革法案，旨在减少税基评估中的人为因素，对税款按统一的市场价格百分比进行评估。

　　但是，到20世纪70年代的时候，随着经济繁荣的到来，房地产价值一路飙升，家庭不动产财产税基也随之猛增，因此人们所交纳的财产税也猛增，导致税收负担沉重（参见图6-5）。加州13号提案、马萨诸塞州的 $2\frac{1}{2}$ 提案等一系列提案，都是在这样的背景下出台的。

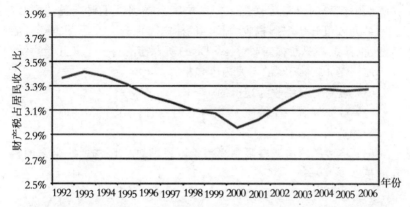

**图6-5　1992—2006年州和地方政府财产税占居民收入的比重变动图**

资料来源：Property tax data from Census of Governments（1992，1997，and 2002），and State and Local Government Finances（other years）；personal income data from Bureau of Economic Analysis.

其中，尤其是加州13号提案对美国政治产生了深远的影响，甚至有人认为，这是美国保守主义运动的开端。通过13号提案的运动，所有财产将按照其实际价值1%的统一税费进行征收，除非按13号提案程序重新动议、表决，不能增加新的税收。加利福尼亚州的商会、工会组织、民权团体、公共部门雇员等其他，强烈反对这个提案。但是，与保守党人士贾维斯和维格里动员起来的反对派公众相比，人数明显处于劣势。最后，13号提案最终以65%对35%的绝对优势获得通过。

波及全国的财产税收反抗运动，使美国人意识到，地方政府是由抗税者建立的，政治家是公仆，不是主人。此后4年里，至少有18个州通过全民公决的形式进行了减税限税。地方政府治理合法性，前所未有地在税收反抗运动，在代表各种利益集团的政治博弈中，得以重建。①

**二、加利福尼亚州第13号提案**

1978年6月，加州选民通过了著名的州宪法第13号提案，即旨

---

①　约翰·米克尔思韦特、阿德里安·伍尔德里奇：《右翼美国：美国保守派的实力》，上海人民出版社2008年版。

在降低财产税的州宪法修正案。该法案大幅削减了财产税，并制定了一系列政策开始限制税收增长。他标志着保守主义思潮重新开始活跃，也标志着罗斯福新政（New Deal）所标榜的自由主义开始终结。

加州第 13 号提案的主要内容包括：

（1）限制财产税收为现价的 1%；

（2）财产价值一律按照 1975 年 3 月 1 日，或以后换手时现价，或以后的建造价格；

（3）将房产价格调整限制为每年不超过 2%，限制通胀带来的税基增长；

（4）禁止对房地产交易征税；

（5）对房地产的税收增长，须获得三分之二以上的多数同意。

实施上，上述这些修正案很难实际操作，议会因此不得不制定了大量的新法令去做些补充规定及其细则。比如，其中一个修正案就允许继承人可以不必对房产进行重新评估而继承房产。

实际上，加州 13 号提案用房地产 1975 年的价值，或其最后转让给非家庭成员的价值作为税基，将大大低于房屋的应有价值，这对于长期不进行房地产交易的所有权人是有利的。

从此以后，加利福尼亚地方政府更多地依赖收费、使用者付费和工商税收去筹集财政收入。一系列政府形式的设计，包括以收费为主提供公共服务的特别区政府也开始逐步地应运而生，政府合法性的内涵发生巨大变革。13 号提案还导致地方政府间为争夺应税投资进行自拆台脚的恶性竞争，并形成巨大的财政风险的根源。所以，在历次金融危机中的财政危机中，都能够找到 13 号提案的影子。

### 三、马萨诸塞州的 2½ 提案

加州 13 号提案是 70 年代末的"税收反抗"运动中比较著名的案例，并成为各州仿效的样板之一。除此之外，其他州也出台了类似的限制措施，其中比较著名的有马萨诸塞州的 2½ 提案。

2½ 提案是马萨诸塞州的财产税限制法令的名称，其主要内容是限制本州各自治市的不动产税收增长。它是通过公众动议（ballot initiative)①的形式通过的。1980 年提出动议申请(initiative peti-tion),1982 年正式生效。2½ 提案中的"2½"主要是指作为提案主要内容,即对财产税实际总体税率,以及作为税基的房地产价值增长,都限制为 2.5%。其主要内容包括:

(1) 最高限度(Ceiling)。即每年各自治市从课征财产税的财产中,所取得的财政收入比例,不能超过这些财产实际价值的 2.5%。即实际上规定了最高税率封顶的措施。

(2) 增长限制(Increase Limit)。即包括新增不动产在内的财产税总量,年增长率不能超过 2.5%。

(3) 除外条款(Exclusions)。主要包括新增长(New Growth Exclusion)、资本性支出(Capital Exclusion)、债务(Debt Exclusion)、给排水(Water/sewer Debt)四项例外条款。

这些限制措施主要是一种税收总量的限制,包括居住、商业、工业等各类不动产。实践中,他常常从个案限制开始,但是这种个案限制的后果常常是远远低于实际的总量控制限制。

2½ 提案所造成的侧面影响是,按不变价格计算,各自治市来源于财产税的财政收入将会面临日益下降的状况。因为,从 1980 年以来,美国各地的年通货膨胀率一直就高于 2.5%,这就意味着地方政府真实税率弹性实际上是负数,收入一直处于下降的趋势。

因此,在民意的驱使下,对财产税的限制是全方位的。既包括对整个税收数量、税率进行限制,也包括对特定人群提供优惠,包括对农地、自住房、穷人、退伍军人、残障人士、老年人等。当然,在某些情况下,也包括旨在经济刺激的措施,如经济刺激功能包括对特定行业低税率,新商业的减免税,开发区的暂停征收,税款指定用于特定行业等措施。

---

① 公众动议是提起议案的一种形式,普通公众通过征集一定最低数量的注册选民的授权,发起某一法令、宪法修正案、宪章修正等的公众投票,或者要求行政或立法机关通过某项议案。这是一种直接民主的形式。

## 第四节　美国财产税限制：新地方治理合法性的 制度基础调整

财产税限制政策的实施，改变了地方政府合法性的基础。不过这种改变并非是对基础的根本性变革。这种限制政策基于两个方面，即对纳税人的限制与对课税对象的限制。前者使得不同主体间产生税负差异，后者则多出于投资或社会政策。

### 一、压力下的财产税限制政策

在 1929 年大萧条时期，美国很多州对财产税施加了很多限制，一些州将自有住房（Owner-Occupied）的纳税人排除在外。这类所谓的"家园免税"（Homestead Exemptions）政策后来招致了很多的批评。因为这些应急性措施使得很多拥有自有住房的富裕阶层享受了税收减免，也造成了巨大的税收不均衡。而很多地方政府行政区域内主要是由居民自有住宅组成。

二战以后许多地方政府以"断路政策"（Circuit Breakers）取代了"家园免税"政策，将中低收入人群、老年人、残障人士作为受益对象。"断路政策"旨在减轻老年人和低收入家庭税收负担，它是根据人们的收入水平来确定财产税税收补助的一种政策。因为房屋所有者的收入和税收负担能力的变动趋势并不完全一致，最典型的是退休居民的房地产。由于受经济发展等因素的影响，退休居民的房地产价值经常会持续上升，所面临的房地产税收负担也相应随着提高。而与其有限的收入和支付能力相比，不断增加的房地产税对他们是一个沉重的负担，这时房地产税的减免政策就不可避免。但是，一般的财产税断路政策并不包括应缴纳给学区政府的财产税。

到了 1991 年，美国 35 个州具有各种形式的断路政策。[①] 根据预算与政策优先中心（Center on Budget and Policy Priorities）统计，美国有 18 个州采用了断路政策。其中的 8 个州仅仅将这些政策适用于老年人、残障人士，其余 10 个州适用于任何家庭。所有的 18 个州

---

①　Advisory Commission on Intergovernmental Relations, *Significant Features of Fiscal Federalism*, Volume 1, 1992.

都规定有最高家庭收入限额限制,高于此限额的不得享受断路政策,最低的俄勒冈州市 10 000 美元,最高的新泽西州则是 20 万元。这种限制政策获得了公众的普遍欢迎,根据纽约州的最新统计,86% 的纽约市民赞成该州实行的"断路政策"。

上述断路政策主要还是从纳税人的角度进行的限制,有些州法令也开始授权地方政府从课税对象的用途等方面施加更多的限制措施。包括对教育、水利设施、道路等设施的财产税课税实行限制,并确定特别的税率。

但是,这些断路政策和对课税对象的限制措施,并不涉及对整体税收收入的限制。由于二战期间联邦公共支出较多,地方性公共支出较少,个地方政府的财产税收入压力不大。二战以后,地方公共服务支出急剧上升,加上一些房屋升值也带来了税收增加,一些新闻媒体开始对这些情况大肆渲染,认为很多房主已经不堪重负,出售住房。各州在这种情况下,也开始了对某一行政区域整体税率或税收收入的限制措施。但是,这类限制常常产生与税收、财政本身看似不相干的结果。比如,为了规避财产税的这些限制,很多地方开始建立了各种类型的特别区政府。此次金融危机过程中,新闻媒体重新开始了这种渲染过程,新一轮的限制措施也在酝酿过程中。

## 二、对于财产税限制的具体政策：税收减免及其他优惠

由于财产税对 GDP 的敏感性,不动产税基价值巨大,其价值的剧烈波动将极大地影响公众的支付能力。美国越来越多的州在公众压力下,实行不动产税限制政策。截止到今年,美国已经有 44 个州实行了财产税限制,首先实施这一限制的州有阿拉巴马州。财产税的限制政策不限于控制税基价值的超长增长,也包括通过降低税率等形式(见表 6-6)。

表 6-6　美国不动产财产税的限制制度类型

| | 对特定类型地方政府税率限制 | 对地方总支出的税率限制 | 对财产税收入的增长率限制 | 对估价增长率的限制 |
|---|---|---|---|---|
| 1995 年限制的州数 | 32 | 12 | 28 | 9 |
| 1978 年限制的州数 | 28 | 8 | 11 | 1 |
| 可撤销限制的州数 | 21 | 9 | 15 | 1 |

美国各州的财产税减免项目各不相同，一般而言主要包括下列不动产：各级政府办公楼、医院、墓地、健康设施、公园、学校、慈善机构不动产、宗教组织不动产，盲人及其遗偶、伤残军人及其遗偶的法定居住地等等。其他补贴的措施包括低收入家庭补贴、承租人税收补贴等。主要包括免税、减征和延期纳税等有关规定：

1. 财产税的免税

对财产税的免税可以给予个人或机构，也可以给予特定种类的财产。美国各地比较重要的免税政策包括宅地免税政策、退伍军人免税政策和老年人免税政策等。在多数情况下，免税是可以累加的。如果一项财产的所有人既符合老年免税条件，也符合退伍军人免税条件，就可以从财产税税基中将这两项免税的数额都扣除掉。

针对个人或机构的免税政策，其免税依据是财产的所有权状况。如，政府财产；由宗教组织、教育机构、慈善机构和非营利组织所拥有的财产；通过宅地、退伍、抵押贷款和年老等免税形式所获得的住宅类财产可以享受到该项税收优惠政策。

针对特定种类财产的免税政策，大多是为了促进某些活动的开展而制定的。如，对经济开发、污染治理设施的税收优惠政策，对未开发的自然地区中土地的保护性的优惠政策等。

2. 财产税的减征

减征由财产所有人与财产所在地的地方政府签订合同，约定在一定时期内不对这项财产的部分价值课税的一种税收优惠政策。其中，减征的份额可以逐步缩小，从而逐渐将这项财产全部纳入征税范围。减征通常是为了促使开发商从事一些他们原本不愿意开展的项目。

财产税的免税政策并不能使最贫困群体享受到财产税的优惠，但上面所说的财产税的"断路政策"税收抵免可以解决这一问题。如果纳税人所缴纳的财产税与其收入之间的比例超过了"断路政策"法律的规定，政府会将超额的一部分返还给纳税人，或减少其应纳的所得税额或直接支付给纳税人现金，作为对所得税税收返还的一种补充措施。

3. 财产税的延期纳税

延期纳税是适用于特定财产所有人的特定财产税的另一种税负减让措施。适用于这种政策的纳税人包括：老年人、残疾人、低收入群体和处于正在开发地区边缘上的农场主等。

　　根据这项规定，如果纳税人的财产价值出现了大幅上升，而且这种上升不是由于纳税人自身原因所造成的，那么纳税人可以根据这项财产的原有价值纳税，但需要将所纳税款和应纳税款之间的差额进行记录。这个差额并不是被豁免掉了，而是推迟到以后再缴纳。这部分被推迟缴纳的税款，按照规定可能要全部缴齐，也可能只缴纳一部分。可能要求加收利息，也可能不要求加收利息，各州对此的规定不尽相同。

# 第七章　美国财产税与地方政府财政汲取能力危机

政府能力是政府履行职责和功能的程度,其大小与政府治理合法性程度成正比。人们对政府政策、法律认同度高,政府治理成本就低,政府能力就强。其中,财政汲取能力是基础能力,它是获取资源的能力。财产税是美国地方政府的主体税种,财产税收能力是美国地方政府财政汲取能力的主要表现。美国财产税制变迁不仅带来调控能力危机,也带来汲取能力危机。

## 第一节　政府公共治理的融资

从狭义上讲,融资即是市场化的资金筹集、融通的行为与过程。在英语中对应的"finance"的汉语含义是"财政"、"金融"、"融资",后来将政府融资称为"财政"(public finance),从其组词规律上可以看出,"公共"(public)是修饰"金融"(finance),也就表明财政与金融的本质是一样的。

### 一、政府公共治理融资而非财政收支

美国地方政府治理中的财政活动,已经不仅仅局限于简单的财政收支。新公共管理运动之后,地方政府在延续一直以来企业管理特色同时,更深入介入金融市场活动。公共资金更多具有融通而非局限于收支,这与后来财政危机关系密切。

1. 融资是财政学的本初含义

西方世界中比较权威的《大英百科全书》、《哥伦比亚百科全书》和《加拿大百科全书》在解释"金融"一词的时候,都将"私人金融"(private finance)、"公共金融"(public finance)并列,同时将政府作为

和企业、消费者等一样的融资主体。①《中国大百科全书》中认为：西欧各国使用的英文"finance"一词，因其原意泛指一切财务，为了加以区别，一般对国家的货币收支惯用"public finance"（公共财务）。

但这一词语译作汉语时，发生些许偏差，导致我们常常不能真正了解美国地方政府的资金活动。中国古代称财政为"度支"、"国用"、"岁计"、"国计"。"度支"、"国用"指国家的费用开支；"岁计"指国家年度收支计算；"国计"指国家财政。日本吸收我国汉字所固有的"财"与"政"这两个字，将它们合并起来创建财政，并在 1882 年官方文件《财政议》中，第一次使用了财政这个术语。"财政"一词于 19 世纪末从日本传入中国。1898 年，在戊戌变法"明定国是"诏书中有"改革财政，实行国家预算"的条文，是官方使用"财政"一词的开始。1903 清朝设立财政处，为中国官方机构以财政命名之始。

从语言学角度，我们应该注意的是，汉语和日语分属于 SVO 语言和 SOV 语言。② 我们在解释"财政"一词的时候，不应忽略两种语言的细微差异。在 SVO 型语言里，中心语都在修饰、限制成分的前边；在 SOV 型的语言里，情况刚好相反，中心语是在修饰、限制成分的后边，如"杀人"是汉语词汇，"人杀"是日语词汇。日本的许多经济学家都认为，财政学是金融（融资）学的一部分，并且认为财政学是专门研究政府（公共部门）融资活动。③ "财政"一词在汉语中开始使用的时候，似乎并没有注意到这个区别④，因而没有一个转换的过程，

① Incyclopedia Britainica online Acdemic Edition，http://search. eb. com/eb/article-9034277；Canadian Encyclopedia Online，http://www. thecanadianencyclopedia. com/index. cfm？PgNm＝TCE&Params＝A1ARTA0006545；Columbia Encyclopedia，Sixth Edition，http://www. bartleby. com/65/fi/finance. html.

② 美国的 Joseph H. Greenberg 从逻辑分析出发，将人类诸语言的整理归纳为 6 种可能出现的类型，即 SOV、SVO、VSO、VOS、OVS、OSV，分别代表了不同的基本语序类型。

③ 张文春：《财政学与公共经济学发展趋势——对部分世界著名经济学家的调查》，《财贸经济》2007 年第三期。

④ 翁同龢是"明定国是诏"的起草人，他不懂日语，所以肯定是从维新派的言论中得到这个词语的。其实，我们无需高估戊戌变法中部分维新人士对日语和西方文明的了解水平。据唐德刚先生的《晚清七十年》中记载，当年的公私费留学生中的很多人甚至"连基本日语也不会"，回国后却是以通晓"洋务"自居，并获得重用（历史有时是何其相似）。胡汉民、汪精卫、吴稚晖等著名留日学生，甚至康有为和当时的梁启超就是如此，鲁迅和周作人等属于极少数懂日语的留学生（见唐德刚：《晚清七十年》之"早年留日的文武学生"，长沙：岳麓书社 1999 年版，第 442 页）。

而是直接照搬了日语汉字中"财政"写法，这与英语、日语本意顺序颠倒。结合当时封建帝制传统和后世军阀割据强权统治，强调财政不同于其他资金，专属国家当权者掌握的属性，形成了如今的财政概念。

20世纪40年代中华书局所出版的《辞海》是这样解释的："财政谓理财之政，即国家或公共团体以维持其生存发达为目的，而获得收入，支出经费之经济行为也"，国家的主体作用是非常明显的。现在使用这一名词的时候，一般并不是将它理解为和私人融资过程并列、权利和义务相对应的一种资金融通、筹措活动。在国家分配论理论体系中，国家是作为一个超然的社会分配主体而存在，以强制性手段收取费用和征收税收，以所能筹集到的资金为限提供公共产品和服务，即"以收定支"，当然也就谈不上和私人、企业的融资活动并列问题。

我们在这里之所以要运用较大的篇幅，谈论"财政"、"融资"等词语的来源，就是要从根本上理清这一词汇的中西差别，真正了解美国地方政府公共收支的真正含义。

2. 融资、公共产品和服务融资与财政投融资

融资就是一个组织根据自身的资金状况、未来发展需要等，通过科学预测和决策，采用一定的方式与渠道向投资者和债权人去筹集资金，组织资金的供应，以保证正常运转、产品和服务供给需要的理财行为。融资分为直接融资和间接融资。直接融资是不经金融机构的媒介，由政府、企事业单位，及个人直接以最后借款人的身份向最后贷款人进行的融资活动，其融通的资金直接用于生产、投资和消费。间接融资是通过金融机构的媒介，由最后借款人向最后贷款人进行的融资活动，如企业向银行、信托公司进行融资等等。

筹资形式的多样化是美国地方政府区别于联邦、州政府的主要特色之一，除税收、公债外，还有转移支付收入、使用者付费与专项收益、公用事业与酒类储备等。美国地方政府公共服务融资一般根据"以支定收"原则确定的资金数额，通过税收、规费、公债、基金、衍生金融产品投资和其他直接和间接融资方式取得资金，提供或生产公共产品和服务，供社会公众消费的行为。

在财政学领域还有一个财政投融资的概念，一般所理解的财政融资行为比公共融资范围更窄。一般将财政投融资归入财政支

出中的经济性支出领域,并与维持性支出、社会性支出,构成财政支出的三大领域。认为财政投融资区别于其他支出的地方在于:它的资金来源主要是需要还本付息的有偿资金,而其他形式的资金多属于无偿的,单向的;财政投融资的资金具有灵活性,主要体现在收入形式、使用方式上,其他收入的取得受财务周期、征收比率、收入进度限制,使用时要依据预算拨付程序、预算追加规定等进行,缺乏灵活性。

3. 公共融资与财政收支

在传统地方财政管理中,政府几乎是公共产品和服务的唯一决策者、投资者,是没有资金融通概念的,而只有财政收支一词,包括财政收入和支出两个相反方向的行为,没有发展为统一的概念。① 即使是财政收支的渠道也相对简单,从收入形式上看,主要是税收转移支付收入、使用者付费、资产出售收入公债等;从支出形式上看,主要是人员经费支出、资本性支出。收入取得是依靠强制力进行的,不存在着通过支出所提供的公共产品和服务(尽管存在着这种实际)而对社会公众形成对价,即所谓的双向、有偿问题,当然也就谈不上融资问题。在经历了美国财政史上财产税时代,以及政府发展中的进步时代后,"税收是文明的代价"等观念深入人心。尤其是提供特定公共服务的特别区政府出现,财政融资观念更能概括美国地方政府资金管理的现实。公共融资与财政收支是非常类似,都存在着收、支问题,但是公共融资的范围要广得多,也体现出权利对等观念。

## 二、政府公共治理融资原则:以收定支?以支定收?

"以支定收"是政府根据社会成员的需求,确定公共服务规模的基础上确定公共支出规模。公共支出规模确定了,公共收入的规模和收入形式也就随之确定。反之,"以收定支"就是政府能够征得多少收入就安排多少支出,就提供多少公共产品和服务,不将社会公众需求作为先决条件。两者代表了不同的公共产品和服务供给程序模式,"以支定收"是美国地方政府公共活动的行为准则,它从公共需求

---

① 从逻辑学的角度,两个事物是否融合为一个事物的基本标志是是否产生了独立于这两个实体的概念,而不是这两个实体的简单的组合,传统的财政收支显然不具备这个条件。

出发确定支出规模，取得公共收入，进行公共支出，进而向社会公众提供公共产品；"以收定支"的模式则由政府根据现行体制规定框架，依据国家强制力取得公共收入，根据公共收入确定公共支出数量，然后按照国家意愿提供给社会公众（参见图 7-1）。"从市场经济—社会公共需要—政府职能—财政支出—财政收入的关系链，就是构建公共财政框架的基本线索，所以说，'以支定收'实质是公共财政框架的灵魂"①。

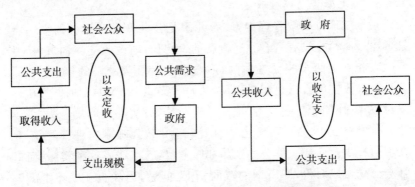

**图 7-1　以收定支和以支定收的循环图**

　　"以支定收"和"以收定支"的"收"、"支"概念，具有根本不同的含义。"以收定支"中，"支"仅仅表示政府财政支出，而"收"则是以行政性、强制性、固定性、无偿性的税收和作为国家所有者收取的企业利润为主要形式，国家掌控着对经济剩余直接的、全部的分配权利。从"以支定收"角度来说，"支"只是以社会公众需求为基础的公共产品和服务提供的一种外在表现，而其根本作用还不是在于"支"，而是支出形式背后的公共服务提供，以及社会公众公共服务需求；"收"是由契约化、分权化的税收、公债、收费、转移支付甚至资本市场等多样化形式构成，它强调收支权利义务的对等性、双向性（见表 7-1）。

---

　　① 高培勇：《"量入为出"与"以支定收"——关于当前财政收入增长态势的讨论》，《财贸经济》2001 年第 3 期。

表 7-1　两种不同的财政收支模式比较

| | 以收定支 | 以支定收 |
|---|---|---|
| 假定前提 | 支出需求是无限的 | 支出需求受到制度理性制约 |
| 适应体制 | 精英决策,计划经济,财政集权 | 民主决策,市场经济,财政分权 |
| 核心 | 强制的、无偿的、固定的收入取得 | 在公共产品和服务供给基础上的支出确定 |
| "收" | 单一的融资渠道,收入的强制取得 | 多形式、市场化融资渠道,收入的契约取得 |
| "支" | 单向的支出行为 | 支出表象下的公共产品供给,支出绩效评价 |

　　美国地方政府财政管理中的"以支定收"的财政收支原则是公共服务融资的前提。这一原则也是美国自进步时代以来日渐成熟的地方民主治理的一种表现形式之一。市场经济是一种契约经济,政府作为公众利益的代理人,接受公众委托,在反映公众基本需求的基础上,确定满足这些支出所需要的财政支出数量,进而取得财政收入,即"以支定收"。公共产品和服务融资是政府为实现其职能,运用包括税收、收费、发行债券(包括国债和市政债券)、银行借款、资本市场、私人资金、企业资金、政府间的转移支付等资金渠道,以满足公众的公共产品的消费需求。无论是公共收入还是支出,都是建立在法律约定框架的范围内,政府只是作为受托人依据公共需求提供公共产品和服务,不是主观代替民众做出决策,消极地"有多少钱办多少事",而是在汇总公共需求的基础上,积极融通资金,满足公众的支出需求。在一定意义上说,只有"以支定收"的情况下,才有资金融通的问题。"以收定支"的情况下,只是由政府在现有收入范围内做出支出计划就可以了,能给你"恩赐"多少就是多少,根本无需考虑为满足公共产品和服务的生产而进行的收入筹措。

　　关于美国地方政府普遍实行的"以支定收"的财政融资模式,也存在一定的争论。有人认为"以支定收"的财政收支管理方式也隐含着一个假设:即公众公共需求行为是自主理性的,或者在法律约束范围内是理性的。但是,这种假定未必是现实的。有很多人认为,这种情况下,财政收入的有限性与财政支出的无限性,即公共产品的无限需求与有限供给之间可能存在着尖锐的矛盾。这实际上隐含着相反的假设:公众的公共产品需求是无限的,甚至不受约束的,因而必定是难以满足的;而政府是理性的,总是考虑长远利益、他人利益的,没有自身私利的。但是不是如此呢? 我想,回答至少是不完全肯定的,这是我们前面理论部分所已经解决的。

强调"以支定收"的核心地位,并不必然是完全否定"以收定支"的存在价值。我认为,"以收定支"作为财政管理的具体原则,在公共服务供给财务控制中,仍然有其特定价值。两种管理原则的关系是,按照"以支定收"的原则,确定公共产品的种类、数量、标准;按照"以收定支"的原则,对公共产品和服务提供进行财务控制。

### 三、政府公共治理融资的基本特征

美国地方政府形式多样,被称为"百衲被"式管理模式。其财政融资方式也非常丰富,来源渠道多种多样。但是,地方政府融资,仍有一些共同特征。

#### 1. 公共产品和服务融资数额巨大

绝大多数公共产品和服务融资都体现了规模巨大的特征,这与公共服务的基本特征是联系在一起的。无论是地方还是全国性公共产品和服务,都在很大程度上具有非竞争性和非排他性特征,这就决定了它应当是供不特定多数人共同、长时期、无差别进行消费的产品和服务。这样使得多数公共产品和服务从物理特征上看,往往占用空间大、存续时间较长、物质资源耗费多,比如排水设施、城市道路等典型的公共产品就是如此。正是公共产品和服务的自身特点所导致的物理特征,造成其所需要的资金规模巨大。如 2007 年美国的县、市、乡镇、特别区、校区等 5 类地方政府共支出 15712.6 亿美元,5 类地方政府分别占 23.5%、32.3%、2.9%、11.1% 和 30.1%。

#### 2. 融资主体和融资渠道多样化

美国地方政府公共产品的融资主体包括政府、NGO、NPO、企业甚至个人。随着公共产品和服务提供和生产体制的改革,多种多样组织和个人介入公共产品和服务的供给过程,形成了多元化的公共产品和服务融资主体的特征。

美国地方政府公共服务融资形式主要包括税收、收费、发行债券（包括国债和市政债券）、贷款、资本市场、私人资金、企业资金、政府间的转移支付等。受 20 世纪 80 年代新公共管理运动影响，加上税收反抗运动造成财产税收下降，地方融资向其他形式拓展，包括范围更广。几乎是企业经营领域中所能用到的融资形式，甚至一些比较前沿的期权和证券回购交易①，都被用作公共服务的融资工具。最基础的融资方式仍是税收方式，其最基本特征是固定性，这使各级政府可以获得稳定的资金流，用以满足基本公共服务供给对资金流的稳定支出需求。其他收入形式也都有其各自特点和适应领域，因而都有其存在的必要性。比如收费形式，其费用负担和收益获得的对应性强，受益者明确，因而成本低、效率高；发行债券，具有收入来源充分、筹集额受预算限制少等特点，适应于一些收益性强的项目；政府间转移支付，具有平衡各地公共服务水平的作用，是保证公共产品和服务供给均衡性的基本手段；私人、企业通过志愿服务、捐助等形式提供的公共服务，具有公益性强，管理成本低的特点；政策性金融组织、国际金融组织借款形式，可以通过第三方对财务过程的介入，起到从多侧面加强监督管理的作用。

3. 公益性（非营利性）特征

地方政府公共服务的存在是用以满足非特定个人共同需求，不是单纯满足某个特定个人的私人愿望，所以它具有公益性的特征。有人认为，非营利性提供了一个具体的标准，界定了政府与企业（个人）两者在共同活动中的各自参与程度。② 公益性与非营利性实际上是一个问题的两个方面，正是公益性决定了公共服务融资多数情况下只有广义对价，不存在一对一支付关系，所以不存在盈利性。同时，由于政府是接受社会公众的委托进行公共服务供给，委托人和受益人是同一个主体，所以政府受托后的供给也应该具有非营利性，正是这种非营利性也反过来保证了公益性。

---

① 1994 年 12 月，美国加州的橙县政府因损失 17 亿美元而破产清算案，就是从事的债券回购交易。

② 杨良初：《我国公共财政及其职能问题的研究》，《财政研究》2003 年第 9 期。

美国地方政府提供的公共服务市场化程度要远远高于州政府与联邦政府,某些特别区政府甚至干脆就采用企业化的组织形式,运营中的使用者付费,更类似于市场化手段。但是,公益性仍然是美国所有类型地方政府融资的基本特征。

4. 市场化趋势逐步增强

初期公共产品和服务融资只是一种模拟市场运行的行为,但是随着技术进步和融资手段的创新,公共产品和服务融资的市场化在增强。公共产品和服务的非排他性、非竞争性、不可分割性是市场机制发挥作用的障碍,但随着技术手段的进步,很多公共产品和服务提供中,成本低廉的排他性手段已经具备,使公共产品和服务的个人消费利益科学分割、排除非支付者消费成为可能。如供暖计量表的发明,使得住户享受的供暖服务可以分户计量,并由受益人按对价支付,供暖逐渐由公共产品和服务,变成私人产品和服务。有的公共产品和服务虽然整体特征没有变化,无法具备市场机制发挥作用的条件,但可以对供给过程进行划分,将适合市场化的部分剥离出公共产品供给领域。比如电力供应领域将发电和输电分开,电网建设由政府投资,发电企业由私人进行投资,实行竞价上网。地方政府污水处理服务中,将污水处理与污水管网分开,污水处理厂实行市场化。在供水、垃圾处理等领域,也实行类似改革,提高了市场化程度。

# 第二节　美国地方政府主体税种的财产税及其收入危机

从 2007 年美国地方政府收入比重上看,财产税占 25.9%,政府转移支付占 34.2%,收费与专项收入占 21.42%,财产税收入数量不大(见图 7-2)。但是,由于其课税对象与税源分离,同时需要由一套比较复杂的税基评估、管理程序,评估中的主观因素也较多,因而备受诟病,很多人甚至认为这是一个"最坏的税种"。但是,财产税仍然称为大多数国家地方政府的主体税种,这就需要我们从各国地方政府收入体系特点、确立地方税的主要原则上去入手,分析这一问题的原因所在。

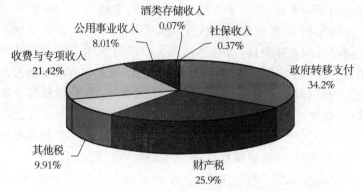

**图 7-2 美国地方政府 2007—2008 财年按大类划分的
主要收入来源比重(%)**

## 一、美国地方政府收入体系的脆弱性

美国地方财政收入体系的形成过程与美国的行政管理体系与政府间财政关系密切相关。了解美国地方政府收入体系的特点,需要从行政管理体制和财政体制入手,分析美国地方政府与其他层级政府的差异。

这种差异主要表现为:一是地方政府处于政府体系的最低端。世界各国以三级或三级以上政府为常态,地方政府通常是处于最低端,通常被称为基层政府(Grassroot Government)。美国地方政府包括多种类型,但是从基本形态上来看,包括一般目的政府和特殊目的政府、学区政府。

二是地方政府直接面对行政管理相对人。无论对于联邦制国家还是对于中央集权制国家,中央政府和次中央级政府(省、州或区等),往往并不直接面对具体的、单个的公民,进行行政管理或公共服务(除了有些社会保障职能外)。直接与民众打交道的职能,多由地方政府承担。

三是基层政府的行政管理和公共服务都具有强烈的地域性。地方政府不具有国防、外交等职能,也不具有区域性经济政策、跨境公共管理职能。地方政府主要提供地方治安、消防、供水,以及受益范围为当地的基础设施等公共服务。正是基于上述行政管理上的特征,地方政府在财政体制上形成了一些共同特点。

因为多级政府的存在,以及各级政府在提供公共服务、进行行政管理上的不同特点，决定了美国联邦、州、地方政府实行税收划分制度。在分税制下，各级政府分别或共同课征不同税种，并就税收收入在不同层级的政府间进行划分，这与各级政府承担不同的公共产品供给职能是相对应的。相对于联邦、州政府，地方政府由于贴近社会公众，享有较为充分的信息，因此税基流动性差、征管信息要求较高的税种，如财产税等通常属于地方政府税种。一些涉及宏观经济稳定、影响收入公平、税源具有较强流动性、或者区域分布不均衡的税种，常常由联邦、州政府课征，如所得税、销售税、资源税。

但是地方政府 2007—2008 财年的自有收入来源多达 50 种以上，自主的单项收入来源中，规模最大的是财产税，也仅仅占 1/40，其他 35 项收入来源中，有 23 项不到 1%，12 项不到 5%，非自主的收入来源主要是来自于联邦、州的转移支付收入。其中联邦占 3.8%，州占 30.47%，合计占比例为 34.27%。也就是说三分之一多的收入无法自主，多数收入比较零碎，最完整的财产税容易受经济被动影响，且收入因税收反抗运动而日趋下降（见表 7-2）。这种收入结构，表现了很强的脆弱性。

表 7-2 美国地方政府 2007—2008 财年财政收入直接来源排序

| 序号 | 收入项目 | 收入量<br>(亿美元) | 比重<br>% | 序号 | 收入项目 | 收入量<br>(亿美元) | 比重<br>% |
|---|---|---|---|---|---|---|---|
| 0 | 总收入 | 153081.4 | 100 | 19 | 运输 | 972.0 | 0.63 |
| 1 | 失业补偿 | 12.9 | 0.01 | 20 | 高等教育机构 | 1024.8 | 0.67 |
| 2 | 酒精饮料税 | 47.1 | 0.03 | 21 | 其他销售税 | 1100.0 | 0.72 |
| 3 | 烟草税 | 50.8 | 0.03 | 22 | 公用设施税 | 1333.6 | 0.87 |
| 4 | 烈性酒储存收入 | 111.4 | 0.07 | 23 | 固体废弃物处理 | 1481.2 | 0.97 |
| 5 | 机动车燃油税 | 142.5 | 0.09 | 24 | 航空(空港) | 1645.5 | 1.07 |
| 6 | 自然资源 | 146.5 | 0.10 | 25 | 个人所得税 | 2625.5 | 1.72 |
| 7 | 机动车执照税 | 162.6 | 0.11 | 26 | 其他税收 | 2667.3 | 1.74 |
| 8 | 停车设施 | 193.8 | 0.13 | 27 | 污水处理 | 3801.9 | 2.48 |
| 9 | 海洋岛屿码头设施 | 291.7 | 0.19 | 28 | 其他收费 | 4335.5 | 2.83 |
| 10 | 资产出售收入 | 332.9 | 0.22 | 29 | 供水 | 4517.8 | 2.95 |
| 11 | 高速公路 | 474.8 | 0.31 | 30 | 利息收入 | 4607.2 | 3.01 |

续表

| 序号 | 收入项目 | 收入量<br>(亿美元) | 比重<br>% | 序号 | 收入项目 | 收入量<br>(亿美元) | 比重<br>% |
|---|---|---|---|---|---|---|---|
| 12 | 房地产开发 | 497.0 | 0.32 | 31 | 其他专项收费 | 4881.0 | 3.19 |
| 13 | 雇员退休 | 560.9 | 0.37 | 32 | 联邦转移支付 | 5823.0 | 3.80 |
| 14 | 特别评估 | 696.1 | 0.45 | 33 | 电力 | 5880.8 | 3.84 |
| 15 | 学校午餐 | 696.9 | 0.46 | 34 | 医院 | 6100.1 | 3.98 |
| 16 | 公司税 | 705.1 | 0.46 | 35 | 一般销售税 | 6342.7 | 4.14 |
| 17 | 公园和娱乐设施费 | 802.7 | 0.52 | 36 | 财产税 | 39699.5 | 25.93 |
| 18 | 加油 | 891.4 | 0.58 | 37 | 州转移支付 | 46650.8 | 30.47 |

## 二、美国财产税确立原则

美国各州在地方税的税制建设、税收征管过程中形成了一些主要原则,作为税种选择、地方税改革的标准。财产税作为地方税种必然符合这些原则,才能够确立其作为地方税主体税种的地位。

### 1. 纳税人之间公平原则

公平原则包括横向公平与纵向公平,横向公平就是财富或收入相同的人缴纳相同的税款,纵向公平是财富或收入不同的人缴纳不同的税款。虽然公平原则也同样是联邦税收的原则之一,但是由于财产税的纳税人之间、纳税人与征管人员及评估人员之间的相互熟知,以及税收收入与支出的对称性的原因,决定了财产税对这一原则具有更强的敏感性。

### 2. 效率和简化原则

地方政府提供服务与税收具有较强的对应性,因此效率原则是地方税的一个重要原则;同时,地方政府通常不具备联邦政府征管机构所具备的强大的征管能力和高水平的人员素质,所以税制和征管流程设计要尽量简化、高效。但是,在税收反抗、经济危机压力下,税制不断变迁,并日益复杂。

### 3. 可见性原则

由于地方政府直接面对各类不同的纳税人,其所提供的公共服务数量是明显可见的，因而作为地方政府公共服务提供成本的财产税也往往应当具有较强的可见性。这是财产税作为地方税的一个明显的特点。因此，这一原则要求财产税在税收政策、税基确定、纳税申报、税款征收、以税收申诉方面要有较强的透明度，并增强公众的参与。多年来，美国各地也确实形成一系列申诉与公民参与制度。但是，日益复杂的税制，正在阻碍这种透明度的形成。

4. 地方自治原则

这是财产税的一个重要特征，财产税的主要功能就是为了地方政府公共服务支出，提供一个可控制的支出，这不同于受制于联邦和州的转移支付收入。但是，美国财产税限制、减免政策日益泛化，使财产税比重日益下降，转移支付收入日益增加，正侵蚀这一原则。

5. 低征收成本原则

财产税税制不应过于复杂，征收成本也不应过高，否则收入量本就不大的税收就缺乏课征必要。财产税征收成本与地方税征管机构征管能力，也与地方税所面对的纳税主体有关。联邦、州政府的税收机构通常比较庞大、分支机构遍布各地、人员素质也较高。同时，联邦、州税收纳税主体通常具有完善的会计核算机构、人员、程序，因而可以在很大程度上减少税收成本。但是，财产税征管机构较小，有的甚至缺乏独立的征管机构，面对的通常是一个个家庭，没有会计核算记录，因此降低税收成本成为美国财产税征收的难题。

6. 税基固定税源稳定的原则

即地方政府不应对税基具有高度流动性的收入征税，因为这将导致税基的外流，干扰统一的市场形成。[①] 房地产是不动产，美国财产税税基是不可移动的，但税源缺乏稳定性。房地产作为宏观经济晴雨表，市场被动巨大；同时对房地产征税，容易导致投资流失。这两者都易造成财产税不稳定性。

### 三、美国财产税与地方治理的契合与危机

按照确立地方税的上述一般原则看来，美国地方政府对不动产保有阶段课征的财产税收符合上述标准，但也存在着一定的收入危

---

① Stephen J. Bailey, *Local Government Economic：Principles and Practice*, Basing-stoke：Palgrave Macmillan (1999). pp. 153—154.

机,在征管实践中逐渐成为地方税的主体税种。从地方治理的角度它是很适合的收入源,但这种契合同样具有两面性。

1. 财产税具有中性税收特点,但政策工具功能不强

税收中性原则要求税种对私人经济决策的扭曲作用小,不会对经济运行过程形成过多干扰,进而把课税的影响降到最低限度。财产税课税对象是土地、建筑物等不动产,纳税人短期内不能通过移动来避税的。税收资本化的效应是将税收先期打入资本价值,进而不再影响未来的投资决策,就此而言,不动产课税一般不会扭曲纳税人未来的经济抉择。因此,较之其他税种,财产课税更符合税收中性原则的要求,不会对政府治理过程形成干扰,也非常符合大多数美国地方政府定位。但是,在某些规模较大的地方政府,以及在地方政府特定时期,需要将财产税作为政策工具使用时,则难以实现。

2. 税源具有可观察性(Visibility),便于公众对实行严格监控

这种情况下,既容易实现纳税人税收公平,又有利于提高税收征收率,加强对征管机构的监督。财产税比其他税种更具有可观察性,因为无论是本人还是他人所有的土地还是房屋等建筑物,其数量、类型、位置等都是普通公众可以直接看到的,大体的价格也是公众所能够获知的,因此税额具有一定的透明性。

但是这种可观察性,便于公众监控的特点,又对地方政府实行差别化管理带来了无尽的难度。因为,毕竟区域内居民情况千差万别,有必要实施区别性政策。但这种税基可观察性,增加了这种政策难度,导致了"富人区"、"穷人区"现象。

3. 税收收入与支出的对应性强

财产税收的支出主要用于为本地区提供社区卫生、道路、路灯、绿化等居民能够直接享受到的公共服务,税收与公共服务具有很强的直接对应性。通过不动产税制度的实施,有利于形成"税收增加、公共服务增加、房地产增值、税源增加"的良性循环机制。

这种收入、支出的较强对应性,使得一定财产税征收区域内不易产生公共产品外部性现象,不易产生受益的外溢。但是,却使得地方政府不易通过转移支付去均衡公共服务失衡,这对于一个区域广、内部差异大的地方政府治理是不利的。

## 第三节　次贷危机中的美国地方政府财政危机

税收之所以应当成为政府收入的主要来源，是因为税收具有相对的稳定性、均衡性特点，这与政府公共服务提供所要求的稳定性、均衡性要求相适应。较为理想的政府收入模式应当是各级政府都有相应的主体税种，以对应政府公共服务的均衡性、稳定性要求。上述对地方税种一般理论及美国地方政府财产税的分析中可以看出，财产税是符合这一要求的，但却具有两面性。不过在美国财政危机中，2007年开始的新一轮美国地方政府财产税制的不合理性的一面，为其地方治理带来了众多的危机。

### 一、危机中的美国政府间财政关系

从传统上看美国各级政府的收入体系，联邦政府以所得税为主体税种，州政府以消费税为主体税种，地方政府以不动产财产税为主体税种。但是，各个主体税种在美国各级政府总收入体系中，所占比例各不相同。2008财政年度联邦政府的主体税种的所得税占43%，州政府主体税种的销售税等，占45%，作为美国地方政府主体税种的财产税比重越来越低，仅占2%，其他税种尚无法成为地方政府的主体税种（见图7-3）。当然，财产税占政府税收总收入的比例较低，与地方政府收入占整个政府税收收入的比重较低有关。财产税在地方政府本级收入中的比例并不低，有的类型的地方政府收入中，财产税收入甚至占据到一半以上，地方政府平均为四分之一。

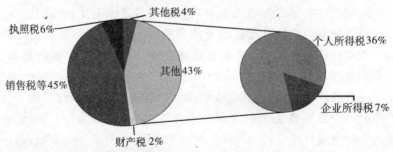

**图7-3　美国各级政府2008年税收收入结构图**

资料来源：2008 Survey of State Government Tax Collections, http://www.census.gov/govs/www/statetax08surveymethodology.html.

当然,美国地方政府的财政收入不仅仅来源于税收,它主要有六个来源:税收(Taxes)、使用者付费和专项收益(Charges and Miscellaneous Revenues)、政府间转移支付(Intergovernmental Transfers)和借款(Loan)、公用事业和酒类储备收入(Utility and Liquor Revenues)、保险信托收入(Insurance Trust Revenues),其中财产税收占据税收的主要部分。但是正如前面章节对地方政府财产税收收入的描述,财产税处于萎缩的趋势。随着政府税收比例的越来越低,这就导致地方政府不得不更多地依靠发行地方政府债券、投资股票市场、发行彩票,甚至进行金融衍生产品交易,来获得必要的公共服务资金。

## 二、美国地方政府收入及其脆弱性面临的危机

在历史上,财产税一直是美国地方政府最重要的税收,除财产税之外,地方政府还征收销售税、总收益税、个人所得税等税种。

上述所说的使用者付费是使用政府所提供产品和服务的人向政府按照成本费用原则所支付的各类费用,如公用事业收费、停车计费、通行费、运输费、证照费等。使用者付费目前是地方政府税收来源中增长最快的一种。尽管专项收益税款是作为提交给特殊领域业主的财产税清单中的一部分被征收来,但是它还是被作为是一种使用费付费的方式。

政府间转移支付是指联邦政府和州政府向地方政府的转移性质的支出,对于地方政府而言,就构成了收入。

地方财政债务主要有税收预期票据、一般性债券和处于盈利目的发行的财政债券。税收预期票据属于短期债务,一般在一个年度内通常作为获取资金的依据。一般性义务债券是由政府承诺其偿付的"完全可靠与可信",而为资本升值而发生的财政债券,只能靠其资助工程的收益来保证利率兑现。

美国整个地方政府收入体系中,与公共服务并不对应的税收比重越来越低(见图7-4),而与公共服务一一对应的使用者付费,甚至营利性质的收入的比重越来越大。

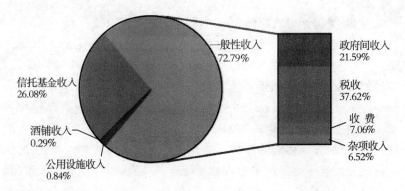

图 7-4　美国各级政府 2007 年度财政收入结构图

资料来源：State Government Finances：2007，http://www.census.gov/govs/state/0700usst.html.

### 专栏 7.1　华盛顿房地产价格猛跌 各县房产税不降反增

美国很多地方房地产价格急剧下滑，华盛顿地区有些地方房价跌幅高达 40%，但屋主明年未必能看到房地产税下降；华盛顿地区各县居民甚至面临着地产税上涨。

据华盛顿邮报今天报道，华盛顿特区各县都面临赤字，有些地方预算缺口惊人：费尔法克斯县赤字高达 6.5 亿元；蒙哥马利县赤字 4.5 亿元，威廉王子县赤字 1.9 亿元。

许多县的官员都说他们要通过减少服务，冻结工资、职员无薪放假等措施平衡预算。还有很多县已经采取了上述措施，减少目前的预算缺口。由于地方官员面临人们记忆中最严峻的预算调整，独立分析师说，明年的预算赤字太大，单靠节省开支难以解决，他们几乎别无选择，只有加税。

华盛顿地产分析机构三角洲公司（Delta Associates）执行长利奇（Greg Leisch）说，他们或者提高税收、或者减少服务，但看来两样都要。他说，政治家现在很痛苦。政府开支没有下降，还在上升。服务是要减少，但没有太多可以砍下的项目。

华盛顿邮报说，各县民选官员都在等待税务评估官员对于房地产现值的评估结果，他们将以此估算税收。就华盛顿特区来说，原来最红火的房屋市场降温，实际上各县房屋价值都在下滑。由于房地产税几乎是县政府的唯一收入来源,他们除了削减服务之外,只能提高税率。

弗吉尼亚州和华盛顿特区是每年一次房屋价值评估;马里兰州是每年评估三分之一的房屋价值。

——摘自 2008—12—26,美国中文网吴启明报道。

### 三、美国地方政府财政危机的橙县案例

美国橙县(Orange County)在 90 年代的破产案例①,是美国地方政府在危机中表现得最为典型的例子。这一案例,在十多年前就已经为美国地方政府这种收入模式敲响了警钟,但是此次危机中,以加利福尼亚州为代表的美国地方政府破产的案例层出不穷。这表明,这一收入模式的危机并未为大家所记取。所以,我们仍有必要追根溯源,对橙县案例进行反思。

美国大部分州都存在县政府设置,县政府属于地方一般目的政府。大多数县政府都设有一个投资基金机构(Investment Fund),它以发行地方政府的市政债券筹集资金,用此资金进行投资而获取利润,以此积累财富,并为本地区的财政预算开支提供一定的资金。

从橙县财政破产前所做的 1995 财政年度预算结构可以看出(见图 7-5),该县财政预算中 34% 来自于利息(包括投资、股息等)收入,21% 来自于机动车收费等,只有 30% 来自于税收。这一收入结构,与美国如今地方政府的总体表现出来的状况是基本一致的,而且税收比例更低。同时,表现出来对于经营性收入、收费的巨大依赖性。

---

① Public Policy Institute of California, *When Government Fails*: *The Orange County Bankruptcy A Policy Summary*, The Second Annual California Issues Forum After the Fall: Learning from the Orange County Bankruptcy Sacramento, California, March 18, 1998.

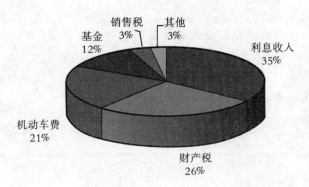

图 7-5　美国加州橙县 1995 财政年度收入结构图

　　该县财政总管罗伯特·L.西纯（Citron）向各方贷款 140 亿美元用于对利率波动极为敏感的衍生商品（Derivatives）投机，县投资基金损失高达 15 亿美元左右。以此为导火索，橙县财政的许多欠款都无法偿还，许多达成的协议不得不违约，这引起众多债权人对之提出清算要求；而一些公司又大量抛售橙县投资基金发行的债券，使得西纯无路可走，只能宣布县政府财政破产。破产案导致当时美国最大的经纪人公司美林以及摩根·斯坦利、野村证券等损失惨重，当年有 12 家公司因购买橙县市政债券或贷款给橙县投资基金从事投机活动而陷入困境。① 当时，许多美国地方政府都有类似的收入结构，只是上次金融危机影响主要集中在亚洲等地，这些地方的州政府和地方政府并未遭受巨大的损失。②

　　由于美国联邦政府、州政府和地方政府之间的松散型的府际关系，联邦政府对地方政府财政收支，尤其是地方政府债券，以及近 10 几年来兴起的投资基金、衍生产品交易等活动范围管理较松，缺乏明确的法律制度对地方政府从事这类高风险投机进行管制。不像对民间的基金、企业债券、商业机构的衍生品交易及其他基金组织管理那么严格。此外，地方政府投资基金不需要像私人投资者和某些准公共机构那样每日公布其基金资产价值，如具有公共性质的养老金基金就必须定期公布其运营情况。

　　① 刘卫：《美国一个富裕县的政府财政破产始末》，《改革》1995 年第 2 期。
　　② 林毅夫：《金融危机祸起 2001 年互联网泡沫》，《世界经济报道》2008 年 10 月 8 日。

就当年橙县的情况看,县财政主管西纯每年只报告一次他的资金情况,其投资活动的公开性和透明度极差,因此在事发之前公众对其活动的风险根本一无所知。[①] 呈现破产案在当年轰动一时,但是后续的美国各地方政府,包括此次危机中的地方政府,并没有从这一危机中吸取教训,当时的各项处理措施也主要是处于应急的需要。

### 四、次贷危机中的美国地方政府财政危机案例

此次美国次贷危机中,众多地方政府,甚至更高层级的州政府并没有从根本上吸取教训,联邦政府也仍然没有将对州和地方政府财政监管纳入其职责范围,此次很多州和地方政府纷纷陷入了财政危机,乃至于政府破产的境地。

在次贷危机中,2008 年 8 月美国阿拉巴马州杰弗逊县政府的财政负债规模已经达到了 32 亿美元,其中来自于市政债券的损失占25%。[②] 该县政府向所在的阿拉巴马州递交了破产申请,随后美国的 41 个州也先后进入财政危机境地。

以美国最大的加利福尼亚州为例,自"次贷危机"以来,加州房地产价格暴跌,经济遭受重创。深究其原因,依然可以找到财产税政策后果的影子。加州著名的 13 号提案后,主体税种的财产税被束缚住了手脚,任何税收增长的政策措施都很难通过全民公决的高门槛。导致税收大幅度减少的同时,政府很难通过相机抉择,适时制定应对危机的政策。失业率飙升,也造成了政府支出猛增。

收入减少、支出增加的双重打压,造成州政府财政出现危机。加州政府新年度预算赤字将高达 213 亿美元,2009 年初一度欠薪,公务员开始休无薪假。5 月下旬,州政府提出加税、扩大举债、削减支出等 6 项法案并举行公投,但选民唯一通过的法案是:州政府财政出现赤字时不准加薪。州政府下年度不得不大砍各项教育、医疗与社会福利支出,包括裁减公务员 5 000 人、提前释放监狱犯人、关闭部分消防队、取消贫困儿童的健康补助、减少对社区大学、受虐待妇女与儿童的补助等,这对弱势群体的冲击最大。5 月中旬加州政府公告拍卖体育馆、会展中心等七项房地产筹集资金。

---

① 刘卫:《美国一个富裕县的政府财政破产始末》,《改革》1995 年第 2 期。

② 王康:《杰弗逊县:美国一个县政府的破产》,《21 世纪经济报道》2008 年 9 月 3 日。

"次贷危机"中房地产价格猛跌，存量不动产所有者的应税能力大幅度下降，新增房地产税基缩水，财产税收入增长乏力；危急中失业率猛增，使得人们收入普遍下降，各个地方政府通过市政债券募集资金的能力下降。美国地方政府的财政收入体系由于对于财产税、市政债券具有高度依赖性，在这种双重打击下，地方政府更是雪上加霜。

# 第八章 美国财产税与地方政府
治理模式危机

一个组织的财政来源状况,往往决定了这一组织的运行模式。对政府机构而言,就是政府的治理模式。前一章所提到的地方政府财政汲取能力危机,尤其是其中的财产税收危机,已经在逐渐地改变着美国地方政府治理模式。

## 第一节 美国地方政府治理脆弱性的形成与深化

由于财产税来源于本区居民财产的直接付出,所以常常遭到居民的反对。作为居住区直接打交道的地方政府,就会经常面临着获取财政收入、获得居民的支持这个两难选择,最后往往是居民意见占据上风。即使在具体的征收过程中,作为当地居民之一的评估员同样面临这样的压力,这样不仅在立法环节,而且在执行环节的执行结果也是居民意见占上风。但是政府在提供公共服务的时候,却面临来自同样一批居民的提供更多公共服务的要求。解决这种矛盾的办法往往是,减少对财产税的依赖性,发行地方债券,启用使用者付费等方面的收入渠道。但是,使用者付费毕竟有限,而按照李嘉图等价定理,公债是延迟的税收,还本付息也需要未来的税收偿还。这一方面直接孕育着政府财政危机,另一方面,确实在改变着政府原有的管理模式,并促进了危机的深化。

### 一、美国地方政府治理模式脆弱性根源

地方政府财政收入模式及财产税制变迁,不仅仅直接形成了美国地方政府的财政危机,而且对美国地方政府的治理结构的影响也

是深远的。一个最为明显的直接影响就是，美国地方政府模式中的特别区（或专区）以及经理制的政府，获得了迅速发展。

美国地方政府中的公共产品和公共服务提供职能比较明确、经济来源较多的特别区政府，更是发展极为迅速（见图 8-1、图 8-2）。这些特别区政府的运营模式类似于工商企业，但是又缺乏企业那样相对有效的法人治理结构，风险管理环节往往缺失。同时，企业化运行的结果使得这些地方政府往往以效益作为核心因素，相对减弱了对社会公平与公正的关注，成为直接孕育危机的根源。

另一个增长较为迅速的是美国各州的市政府。美国城市政府按照其统治结构可以分为一下几类，实行市长暨议会制、委员会制的传统意义上的政府，也包括新公共管理运动中更多兴起的城市（议会）经理制政府。但是，就绝对数量而言，采用城市经理制的有 3 453 个城市，占城市总数的 49%，居第一位（参见图 8-1）；其次是市长暨议会制，有 3 089 个城市，占 44%；最后是委员会制，有 145 个城市，仅占城市总数的 2%（如图 8-2）。

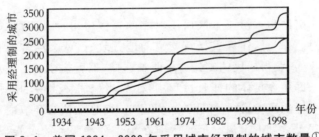

**图 8-1　美国 1934—2000 年采用城市经理制的城市数量①**

**图 8-2　美国当前三种城市管理类型的数量和比例**

---

① 李壮松：《美国城市经理制——历史到现实的综合考察》，厦门大学博士学位论文，2002 年 5 月；根据 1934—2000 Municipal year Book(Washington. D. C.) International-City/County Association 整理。

从时间序列上来看,1952年,20—50万人口规模城市的经理制第一次超过市长暨议会制(7:9),5—10万人口规模的城市(50:48);1954年在2.5—5万人口规模城市的经理制第一次超过了市长暨议会制(109:110);1993年在5 000以上人口的城市中,城市经理制超过市长暨议会制,成为这一人口规模以上城市采用最多的市政体制(2 044:2 151);此后的1998年,城市经理制成为2 500人口以上的城市和所有城市中最普遍采用的市政体制。① 这种变化中,财政困境无疑是主要的原因,因为税收反抗运动以后,市长议会制无法调和与选民之间的矛盾,作为民营化主要手段的城市经理制在缓和财政矛盾上具有自身独特优势,成为一种最为主要的选择。

### 二、美国地方政府治理脆弱性对危机的深化

这样的政府管理模式很大程度上是"税收反抗运动"后,由于政府收入结构的变化形成的。美国地方政府治理结构的变动,是适应这种收入结构的被动调整结果。

在这种治理结构下,美国各地方政府,甚至美国一些州政府由于缺乏内在的价值目标追求,将效率、效益、绩效等作为工作的衡量标准,常常会作出一些偏离公共价值的举措。有时往往将局部、地区的利益优先于整体利益,导致一系列危机的产生和深化。

以2007年始发的次贷危机中政府应对措施为例:为应对次贷危机,美国政府出台了7 870亿美元的经济刺激方案,并制定了数千亿美元的借贷计划、抵押贷款调整方案及其他措施(主要应急措施请见第一章的背景部分)。但是,各州和地方政府却与中央政府的一些政策、措施完全相反,治理模式上的危机已经开始显露。

1. 各州与联邦政府之间缺乏协调性

各州几乎都没有采取任何措施,配合联邦政府的应急经济政策。大部分没有启动储备基金,而使用的会计处理手段要么行不通要么刺激的力度不够,甚至有些公共政策选择还会威胁到经济复苏。据美国各州的中期预算表明,到2011年,美国各州的预算缺口将累计将达到2 300亿美元,美国已有42个州削减预算以应

---

① 李壮松:《美国城市经理制——历史到现实的综合考察》,厦门大学博士学位论文,2002年5月。

对不断增长的服务需求和日益减少的收入，约有一半州政府甚至已经采取了增税措施。这些政策措施，与美国联邦政府刺激经济的努力背道而驰。

最后，有些人认为各州之间对金融机构、保险产业的不同监管政策，造成一些金融机构，利用监管漏洞规避监管，也是造成目前金融危机的主要原因。[1]

2. 联邦、州和地方政府的责任缺乏确定

在过去 30 年来，联邦政府逐步重新界定各州和地方的作用和责任。联邦政府所承担的事务开始逐步由州政府，地方政府，非营利性组织、私人承包商等承担。美国各项政府间都是独立的，并无命令、指导之类的关系。高层级对低层级的影响是依靠转移支付资金投向去实现。长期以来，州政府在联邦示范鼓励下，承担了大量的环境，教育和卫生保健项目，州政府与地方政府间也是如此，这导致政府间责任模糊，各级政府的职能需要进一步定义。

3. 各州支出缺乏透明度

转移支付资金与财产税收入虽然都是美国地方政府收入来源，但财产税与居民利益损失直接关联，因此，透明度高。但转移支付资金则无这种对应性，透明度往往较差。2007 年的经济危机已经重新显露出来重新定义联邦—州—地方角色的重要性，特别是美国的复兴和再投资法案确立的基金，通过联邦体系流向州和地方政府的州和地方政府。这一为数 7 870 亿美元的资金中的 2 800 亿美元用于州、市的基础设施，医疗保险，失业保险，绿色能源项目和其他项目。这项法律为解决转移支付资金中普遍存在的风险，专门制定了包括严格的监督和报告的要求，尤其是要求给予受助人提供完整、透明的支出记录。

经济危机促使大量的联邦资金流露向各州、市，有人认为这加强了联邦的控制与集中。随着失业率的上升，越来越多的人失去他们依存于雇佣关系的医疗保险，这对州政府的社会保险计划提出了挑战福利和选择，并可能潜在地导致健康状况和社会平等问题。

---

① Terry F. Buss and Lois Fu, *Governance Challenges and the Financial Crisis: Seven Key Questions*, National Academy of Public Administration, March 9, 2009.

此外,经济衰退的各州税基的影响,加上州预算平衡的压力,也对不同州弥补不同的失业,保健和其他需要的失业和援助之间低收入居民生活造成压力。

### 三、美国地方政府财产税管理脆弱性问题

美国的财产税因其所处的政府治理环境差异,与其他国家所课征的财产税在政策制定、执行上显示出很大的不同,并成为危机的根源之一。

1. 各州独立制定政策,缺乏统一

从美国财产税的上述发展历程可以看出,美国属于地方税种,财产税立法权很多集中在州层级,实际征收中的评估标准,甚至一些具体的评估事务都是由州政府掌控。但是,财产税收入却属于县、自治市、镇以及各类特别区等各类地方政府分别享有。各类地方政府按照不同的税率,就同一项不动产,取得不同收入水平的财产税。整个美国没有全国统一的财产税立法,甚至也没有全国统一的法律框架。这点不同于其他国家和地区,包括那些同样实行联邦制的国家。

2. 迎合公众短期利益,公共服务供给的长期发展方面欠缺

美国地方政府实行比较普遍的选举制度,在一些地方政府层级实行直接民主形式,即投票人直接决定候选人当选与否。这种情况下,纳税人的选择,直接决定了地方政府官员的当选与否。这种体制下,为了迎合选民的利益,当然就需要固定财产税的税基,不随房地产市场价格上涨。据统计表明,美国财产税的评税周期通常在4年左右。

但是,同样的选民在讨论政府公共服务支出的时候,却又要求政府提供更多的公共服务。这样做的结果,直接导致了财产税收入的直接下降(图8-3),但是地方政府所负担的各项公共服务支出本身在增长,一些新的公共服务需求在增加。导致了政府不断地去开辟新的税源,只好依靠举借债务、公共服务民营化等充满风险的市场化方式去解决。

### 3. 对不动产价值的课征比重在逐步下降

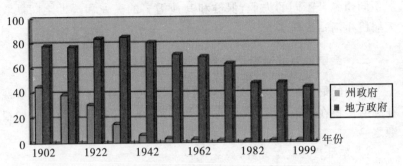

**图 8-3　美国 1902—1999 年州和地方政府财产税收入
占自有一般收入比重**

资料来源：U. S. Census of Governments，Historical Statistics of State and Local Finance，1902—1953；U. S. Census of Governments，Governments Finances for（various years）；and http://www. census. gov.

　　房地产税比重逐渐下降的这种变化有其他税种逐步成长起来的原因，但更主要的是财产税自身的政治压力越来越大，增长收到了很大的限制，按照真实价格计算的征收数量、成长比例逐步缩减。从占地方政府自有一般收入的比重上看，1932 年的 82%，到了 1999 年仅占比重 40%，远远低于最高年份的 82%。而从 20 世纪 80 年代的所谓"税收反抗运动"以后，所占比重更是降低到一半以下。

### 4. "以支定收"的收支关系，财产税税率逐年下降

　　在公共服务支出上，美国地方政府实行"以支定收"。其主要收支关系是：每年首先确定需要确定公共服务的支出需求，在此基础上确定支出预算，根据支出预算的需要，确定收入预算（见图 8-4）。在计算其他税收、收费收入，州、联邦政府转移支付收入，债券收入等其他收入后，从收入预算中减除，确定需要财产税提供的收入数量。根据房屋价值、评估价值，确定财产税税率后，制定相应的税法，开展相应的征收。

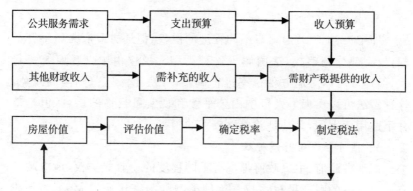

**图 8-4　美国大部分州的地方财产税税率确定的过程**

从财产税确定过程上看,地方政府并无收入匮乏之虞,财产税收入税率也将根据实际的支出需求进行调整。但是,美国财产税收实践中,却普遍存在的房地产税率、税基等的限制政策。

## 第二节　美国财产税管理映射的政府间关系危机

美国财产税主要是地方收入,但是州政府也面临着财产税管理中的分权问题。这种分权从管理过程角度有立法、执法、监督的分权,从权利类型上包括税制、评估、征管等类型。这种不同政府间权利的划分模式,也为政府间关系上带来危机。

### 一、国际视野中的财产税税权政府间划分

地方政府与其他层级政府间财产税权划分,也是其他各类权力划分的一个缩影。美国绝大部分州的地方政府是经过充分授权的,享有完全的税权,但是在美国财产税改革时,也不断地有人提出应将财产税转移到州一级政府。

1. 绝对集中的税权

即由中央政府集中全部的税收立法、执法和稽查权,主要是一些较小的国家。如瑞典税收立法权由瑞典议会统一行使,它所设立的10 个区域性的征管机构,132 个办公室,84 个稽查机构,集中了包括财产税在内的所有税种的执法权及稽查权。这种做法可以保证在更大范围内的公平性,但是这种做法一般只适用于幅员、经济异质性较小的国家,如果应用在我国,可能会面临着收入差距加大的风险。

## 2. 相对集中的税权

即中央、地方政府享有不同程度的税权，但地方政府无税种开征权，仅有部分调整权，法国属于这种类型。税权由中央政府统一行使，但地方可以对地方税税率进行调整，并决定一定范围内的减免。这种做法可以实现更大范围内公平性和现实可行性的结合，但是却并不适用于大国，尤其是差异性较大的国家。

## 3. 相对分权的财产税权

即地方政府、中央政府都享有不同程度的税收立法权，地方政府有比较完整的财产税执法权。这种类型的国家比例较大，主要是德国、日本、巴西和澳大利亚。日本的税收立法权虽然统一在国会，但《地方自治法》和《地方税法》却赋予地方政府一定的税率决定权和新税开征权。对属于日本财产课税范畴的固定资产税税率由各市町村在1.4%到1.2%之间制定，城市规划税开征与否亦由各地决定。

## 4. 比较完全的分权

即中央政府和地方政府有比较完整的财产税立法权、执法权，这种类型主要适用于一些幅员、地区差异较大的大国，如美国、加拿大等国家。中央政府并不享有财产税的立法权、执法权和监督权，但即使在这些国家，地方政府的财产税权也不是绝对的，省、州等次中央级政府通常享有部分立法权，及税基评估等部分征管权，有些是由地方政府反过来委托上层级征管机构进行代征。

不动产税权划分的四种类型并不是绝对的，但是仍然具有一定的规律，随着国家幅员、人口规模等的增加，不动产税权呈现相对分散的趋势（参见表8-1）。

表8-1　部分国家不动产税立法、执法等主要法律权限的划分

| 国家 | | 立法权 | 税基评估 | 税收征管 | 税率制定 |
|---|---|---|---|---|---|
| 澳大利亚<br>（因州而异） | 地方税 | R | R | L | L |
| | 土地税 | R | R | R | R |
| 加拿大 | | R | R 或 L | R 或 L | R 或 L |
| 智利 | | C | C | C,R 和银行 | C |
| 丹麦 | | C | C 和 L | L | C 和 L |

续表

| 国家 | 立法权 | 税基评估 | 税收征管 | 税率制定 |
|------|--------|----------|----------|----------|
| 法国 | C | C | C | C 和 L |
| 印度尼西亚 | C | C | C,L 和银行 | C |
| 以色列(仅特拉维夫) | C | L | L | L |
| 日本 | C | C 和 L | L | C 和 L |
| 荷兰 | C 和 L | L | L | L |
| 韩国 | C | L | R 和 L | C |
| 瑞典 | C | C | C | C |
| 瑞士(因郡而异) | R | R 和/或 L | R 和/或 L | R 和/或 L |
| 英国 | C | R 或 L | L | C(商业税率);L(市政税) |
| 美国(因州而异) | P | R 和 L | R 和 L | R 和 L |

　　注释:(1)根据美国林肯基金会和OECD财政事务部对有关国家不动产税制度的调研情况。

　　(2)C代表中央或联邦政府;R代表地区性政府(一般指州、省、郡);L代表地方政府(一般指乡、市、区)。

## 二、美国财产税管理中的立法权

　　各国财产税管理经验证明,税收作为国家剥夺纳税人财产的合法手段,必须经过严格的税收法定。国家征税须有限度,必须首先考虑纳税人的承受能力,绝不可触及纳税人维持基本生活的财产。只有通过立法才谈得上对纳税人权利的保护,也才能够使得国家获得公众的充分授权,对不动产财产权进行税收课征。

　　世界各国的不动产税立法通常分为三个层次:国家基本法规、专门法规、配套法规。其中,国家基本法规主要包括国家宪法、其他法律中关于物权、税权的规定;专门法规包括直接规定不动产税及其相关的减免、申诉等有关不动产税的法规;配套法规主要包括不直接规定不动产税税收制度,但与不动产征收密切相关的问题,包括征管、评估、产权产籍管理等相关的规定。如,南非在1996年宪法中,授予市政府的财产税立法权，并同时对这种立法权进行限制；在此基础上中央政府制定统一的财产税法规，包括《财产税法》,《申诉委员会法案》等，以及地方政府在平均税率的基础上制定具体的适用税率的有关规定；配套法规包括评估管理、评估周期与时点的规定、地方财政管理规定等。

从立法形式上看，大部分国家不动产税收立法采用的是单行法规的形式，如南非 2005 年生效的《自治市财产税法》(Municipal Property Rate Act)就是不动产税的全国性单行法规。也有一些国家采用《税法典》的形式，规定所有税种的税制、征管等制度，将不动产税作为其中的内容之一进行规定，这主要是大陆法系国家和近年来一些转轨国家较多采用的形式。如俄罗斯 1999 年颁布的《税法典》,其中就包含有不动产税的两个章节，一个章节是对土地征收的土地税、另一个是对建筑物征收的财产税。《税法典》的形式虽然有利于保持税收的稳定性，但是却往往给不动产税制改革带来一定的麻烦，僵化、难以调整的制度也往往带来风险累积。

### 三、美国财产税管理中的行政执行权

不动产保有课税的税权包括税收的立法、执法和稽查权。大多数实行财产税制度的国家，都是在制定统一立法基础上，由各地制定地方法规，规定税率调整、税基评估、征管程序事项。但是根据各国情况看，税收的基本立法权、税收执法中的税基评估权一般由州（省）级政府负责，以保证税制的公平性和税源分布的均衡性。

其中，最为核心的是不动产立法权的划分。虽然绝大多数国家都将财产税收入划归为地方税收入，但这并不意味着地方政府享有完全独立的立法权。各国的财产税立法权通常要在各级政府进行了划分，中央和省州级政府在很大程度上对地方财产税立法权进行限制。大多数国家并不授予地方政府完全的立法权，而是分层次享有。有些国家，如智利、丹麦、法国、印度尼西亚、以色列、日本、荷兰、韩国、瑞典和英国财产税的相关法律由国家制定，省州政府、地方政府在法律规定的范围内享有财产税的立法权。有些国家澳大利亚和美国的州政府，加拿大的省，瑞士的郡制定基本的财产税立法，地方政府也在一定程度上享有财产税立法权。

通常这种分层次立法权享有的规律是：中央、省州政府对课税对

象、基本税率,包括税基的认定等主要税制要素具有控制权,由国家立法、或省州级法律体系规定。在此基础上地方政府可以具有一定幅度内的税率调整权、部分课税对象的减免权。

世界大多数都对地方政府的不动产税课税权实行某种形式的限制,地方政府不动产税决策权主要体现在对税率的调整权(参见表8-2)和减免项目的决定权上。但是,即使这种税率调整权、减免项目也往往受到高层级政府在最高或最低税率、平均税率、税率调整幅度等方面的限制,也是一种不完全的税率调整权。至于地方政府减免权也受到中央、省州政府的限制,这时的限制主要体现在地方预算约束上。因为这种减免形成的地方税收收入减少,通常不会作为上级政府转移支付的考虑因素,否则将丧失区域之间的公正,也往往成为地方财政风险的诱因。

表 8-2　部分国家差别化税率、农用财产处理及地方政府税率决定权比较

| 国家 | 是否按财产等级课征不同税收 | 农用财产的处理方式 | 地方对税率决定权 |
|------|------|------|------|
| **OECD** | | | |
| 澳大利亚 | 是 | 在地方自由处置的基础上降低税率 | 地方税有决定权,但有年增长率限制 |
| 加拿大 | 是 | 作为农场评估,有些税率较低 | 有 |
| 日本 | 否,财产分类 | 城市外就作为农用评估 | 全国制定标准和最高税率 |
| 德国 | 是 | 包括机器设备和家畜,不收营业税 | 中央定基准税率,地方定变动率 |
| 英国 | 是,两种单独税收 | 豁免 | 只征住宅税,中央定税率变动幅度 |
| **中东欧** | | | |
| 匈牙利 | 是 | 部分豁免 | 有,在立法限度内 |
| 拉脱维亚 | 否 | 根据土地清册的平均价值,按比例确定农村土地价值 | 没有,但地方政府可以进行减免 |

续表

| 国家 | 是否按财产等级课征不同税收 | 农用财产的处理方式 | 地方对税率决定权 |
|------|------|------|------|
| 波兰 | 是 | 对农业、林业用地征收不同的税 | 有，受制于中央政府最大税率 |
| 俄罗斯 | 是 | 农业用地使用不同税率 | 有，次级政府规定范围内 |
| 乌克兰 | 否 | 税率取决于土地用途与肥沃程度 | 没有 |
| **拉丁美洲** | | | |
| 阿根廷 | 是 | 价值取决于地理位置、面积、肥沃程度，其他用途 | 有 |
| 智利 | 否 | 现在使用价值 | 没有 |
| 哥伦比亚 | 是 | 与城镇资产一样，税率最低 | 有，受制于上级政府 |
| 墨西哥 | 是 | 土地价值取决于土地用途，建筑物取决于单位价值，有时低于税率 | 没有 |
| 尼加拉瓜 | 否 | 超过一公顷可豁免 | 没有 |
| **亚洲** | | | |
| 中国 | 否 | 不征税 | 没有 |
| 印度 | 是 | 城乡相同，但税率地或豁免 | 有，受制于国家 |
| 印尼 | 否 | 大部分农村住房受豁免 | 没有，但可以改变价值扣除 |
| 菲律宾 | 是 | 对评估价值征收高于住宅一定比例的税 | 有，受制于最低最高税率 |
| 泰国 | 是 | 每年作物用地征收地税率 | 没有 |
| **非洲** | | | |
| 几内亚 | 是 | 不征税 | 没有 |

续表

| 国家 | 是否按财产等级课征不同税收 | 农用财产的处理方式 | 地方对税率决定权 |
|------|------|------|------|
| 肯尼亚 | 是 | 以无价值地块为基础 | 有 |
| 突尼斯 | 否 | 不征税 | 没有 |
| 南非 | 否，免除 | 农地、农用财产不征税 | 有 |
| 坦桑尼亚 | 是 | 不征税 | 有 |

注释：本表系在理查德·波特和艾尼德·施莱克对经合组织、中东欧、拉丁美洲、亚洲、非洲等25个国家不动产税制研究的基础上形成，本课题组对原作者的部分错误进行了订正。

财产税税收立法权的过度下放曾经给美国地方政府带来一些危机。比如美国部分州在一个时期，对不动产征收的财产税各类立法权基本上由地方政府掌握，造成了评估标准、评估管理及其实施的不统一，相邻地块价值差异巨大，引发很多的矛盾，后来普遍将税基评估立法权集中在州政府。部分转轨国家在转轨初期也曾遇到权力过分下放带来的恶性税收竞争，损害了地区的长远利益，形成地方财政危机的主要因素。以俄罗斯为代表的一些国家近年来开始对包括财产税在内的整个税收立法权进行合理的划分，以根治这一危机。

### 四、美国财产税收监督权及其危机

财产税收监督权是世界各国不动产税执法过程中，通过司法手段，规范纳税人、执法机关关系的基本制度。在税收监督权行使过程中，通过税收救济制度，保障纳税人的合法权益获得程序化的保障；通过强制执行制度，保证国家税法通过司法手段予以最终落实；通过税收行政执法公开和监督，保证规范不动产税执法行为。

#### 1. 不动产税税收救济制度

司法救济是世界各国法律体系中的基本制度，也是地方自治的一项主要内容。具体到不动产税法律体系中，主要包括纳税人与征管机关之间就税基估值、征管程序、税额计算等分歧进行的行政复议、诉讼制度。纳税人对估价结果持有异议的，可以向政府评估机构申请复议，或者通过法律程序向普通法院提出诉讼，有些国家或地区设有专门的税务法庭或其他的专门法庭，受理此类诉讼。

如印度就是通过法院系统受理对不动产税基评估案件的上诉。香港则建立了专门的土地审裁处（Land Trial），负责审理香港特区纳税人对物业税、差饷税等不动产税税收征管纠纷，并实行一裁终裁（申诉机制设计情况见表8-3）。

表 8-3  部分国家的估价责任、重估周期及申诉机制

| 国家 | 估价责任 | 重估频率 | 上诉机制 |
|---|---|---|---|
| **OECD** | | | |
| 澳大利亚 | 国家机关 | 4—7 年之间 | 国家委员会、法庭 |
| 加拿大 | 一般省级 | 不同省份不同 | 省级审查委员会、省法庭 |
| 日本 | 地方 | 3 年，商业 1 年 1 次 | 评估委员会、审查委员会 |
| 德国 | 地方政府 | 每 6 年，但 1964 年没有评估过 | |
| 英国 | 中央政府 | 住宅不评估，非住宅 5 年 1 次 | 评估法庭、高级法院 |
| **中东欧** | | | |
| 匈牙利 | 地方政府 | 地方决定、很少 | |
| 拉脱维亚 | 中央政府 | 每 5 年 | 地方政府最高法院 |
| 波兰 | 地方政府（土地税） | 地方技术目录局（财产税），1 年 1 次 | 地方法院、区域上诉委员会、行政法庭 |
| 俄罗斯 | 中央政府 | | |
| 乌克兰 | 国税总局 | | |
| **拉丁美洲** | | | |
| 阿根廷 | 省与地方政府 | 周期性调整 | 两级政府都有上诉机制 |
| 智利 | 有地方投入的国税部门 | 3—5 年，但经常延迟 | 国内税收部门、估价特别上诉法庭、最高法庭 |
| 哥伦比亚 | 地税部门 | 5 年 | 土地行政部门、税收上诉管理部门 |

续表

| 国家 | 估价责任 | 重估频率 | 上诉机制 |
|------|---------|---------|---------|
| 墨西哥 | 中央政府 | 1 年 1 次 | 财政部门、司法机关 |
| 尼加拉瓜 | 国税部门 | 很少 | |
| **亚洲** | | | |
| 中国 | 地税 | | 行政复议、行政诉讼 |
| 印度 | 地方当局，一些邦评估机构 | 周期性修改 | 受理上诉部门,针对上诉进行修正的部门 |
| 印尼 | 中央税务机关 | 3 年,有时 1 年 | 对财产委员会提出异议部门 |
| 菲律宾 | 省与地方 | 3 年 | 地方与中央受理上诉委员会 |
| 泰国 | 地方政府 | 3 年 | |
| **非洲** | | | |
| 几内亚 | 中央政府 | | |
| 肯尼亚 | 地方政府 | 10 年,通常会更长 | 当地法院 |
| 突尼斯 | 城市自治机关 | 10 年 | 对税率种类上诉 |
| 南非 | 地方政府 | 4—5 年(刚刚开始实施) | 评估上诉委员会 |
| 坦桑尼亚 | 地方当局(中央投入) | 5 年(经部长同意可延长) | 上诉(特等)法庭 |

注释:本表系在理查德·波特和艾尼德·施莱克对经合组织、中东欧、拉丁美洲、亚洲、非洲等 25 个国家不动产税制研究的基础上,本课题组对原作者的部分错误进行了订正。

2. 不动产税的行政强制

不动产税一次性缴纳的税额较高,且缺乏税源控制手段,无法像所得税那样通过源泉扣缴的方式收缴税款,也无法通过对相关支付行为的直接扣缴,执行税款。在征管过程中,无论是发展中国家还是发达国家都会出现一定程度的税款拖欠问题,有的国家在有的年份甚至达到 95%(见表 8-4)。

但是,不动产税的征缴过程中也形成了自身一些独特的做法,比如对不动产实行的查封、拍卖措施。当然，这往往是在税款拖欠达到一定的程度后进行的，只是作为一个最终的强制手段，在征管中往往很少被使用。其他的强制措施有罚款、罚息，以及对不动产继承、买卖等转让行为的限制等等。如，加拿大多伦多市政府对逾期缴纳不动产税，将会被要求支付罚款和利息，连续超过一定年限欠缴的，市政府有权将物业拍卖，冲抵税款。如同拆迁容易形成一些冲突一样，查封、拍卖作为政府纳税人间冲突的极端方式，很少被采用。

表 8–4　世界部分国家政府间征管责任划分及税收拖欠比例

| 国家 | 征收责任 | 税收拖欠占应税总额的比重 |
| --- | --- | --- |
| **OECD** | | |
| 澳大利亚 | 地方政府 | |
| 加拿大 | 地方政府 | |
| 日本 | 地方政府 | 3% |
| 德国 | 地方政府 | 欠款很少 |
| 英国 | 地方政府 | 房屋税 4%，非国内税 3% |
| **中东欧** | | |
| 匈牙利 | 地方政府 | 2%—11% 仅含部分支付 |
| 拉脱维亚 | 地方政府 | |
| 波兰 | 地方政府，小地方为国税 | |
| 俄罗斯 | 联邦税收地方分支机构 | 财产税遗产税 30%，土地税 69% |
| 乌克兰 | 中央政府 | 26% |
| **拉丁美洲** | | |
| 阿根廷 | 省级和地方政府 | 20%—25% |
| 智利 | 中央政府 | |
| 哥伦比亚 | 地方政府 | 波哥大 20% |
| 墨西哥 | 地方政府 | |
| 尼加拉瓜 | 地方政府 | |

| 国家 | 征收责任 | 税收拖欠占应税总额的比重 |
| --- | --- | --- |
| **亚洲** | | |
| 中国 | 地方税务局 | |
| 印度 | 地方政府 | 欠款很多 |
| 印尼 | 地方政府 | 城市 9% |
| 菲律宾 | 省级（有时为派给地方） | 城市 53%，省 46%，自治市 23% |
| 泰国 | 地方政府 | |
| **非洲** | | |
| 几内亚 | 中央政府 | |
| 肯尼亚 | 地方政府 | 40%—95% |
| 突尼斯 | 中央政府 | 45% |
| 南非 | 地方政府 | |
| 坦桑尼亚 | 地方政府 | 达累斯萨拉姆为 50%—60% |

### 3. 财产税管理的公共监督

不动产保有课税属于直接税，课税对象明显，单笔税额较大，税收收入多用于公众直接见到的公共服务项目，因此税收公开、透明成为纳税人税收遵从的一个必要条件。各个国家和地区在税权行使过程中的公众广泛参与，成为不同于其他税收的重要特色。如果在设计不动产保有课税制度时，脱离公共监督渠道，将产生制度合法性危机。

如香港的差饷税征收过程如下：首先，特区政府差饷与物业估价署的需要将估价结果提前在网上公布，纳税人在网上可以公开查询，并规定了一个较长的公示期，供纳税人提出意见。其次，差饷税的缴纳人可以就估价结果向政府提出反对意见，要求复核，政府必须根据要求进行复核。最后，差饷税缴纳人可以向专业的土地审裁处提出上诉，审裁处做出决定后，差饷与物业估价署必须执行。

## 第三节　从美国财产税管理透视地方治理过程

依据财产价值,支付公共服务费用,通过这些费用收取,构成地方政府公共治理的基本模式。这是美国地方政府治理形成的一个基本过程。通过对这一过程的考察,我们也可以发现其内在危机。

### 一、财产税基评估制度及地方治理机制形成

准确地评估财产计税价值是确定不动产保有课税税基、决定应纳税额的基础,计税价格评估管理是美国财产税制度的核心。其主要内容包括税基评估目的、原则、周期、期日的确定、评估方法选择、估价师规范、评估结果限制、评估管理机构等内容。

1. 财产税估价管理责任和估价机构

为适应征收财产税的需要,美国一般由地方政府负责税基评估实施工作。当然,为保证更大范围内税基评估的公正性,各国往往将评估责任由次中央级甚至直接由中央级政府承担(参见表8-5),而涉及评估师管理、评估标准等事宜,一般都是由中央级政府或全国性机构承担。美国很多州也是将这些工作交由州政府负责,以保证税收的均衡。

对财产课税估价机构设有专门的估价机构,这些估价机构有的隶属于税务系统(但一般与征管系统分开),有的独立于税务系统,但一般来说在工作中独立性较强。比如我国香港地区甚至成立与税务局平行的专门差饷物业估价署负责不动产价值的评估和差饷税(不动产保有环节的税收)的征收;澳大利亚各州设立总评估师办公室,负责税基评估,总评估师由议会任命,对州长负责;美国不动产税基评估主要在地方政府,比如波士顿60多万人,仅政府不动产价值评估人员就达200多人;英国政府负责不动产税基评估的是附设在国家税务局内部的估价办公室,并分为国家、区域和地方三个层次,通过这套管理体系的设立,保证了不动产税基评估的进行,这是不动产税稽征的基础。

表 8-5 部分国家不动产税基评估管理基本情况比较表

| 国家 | 评估官员 | 政府或契约 | 评估者资格 | 电子化 |
|---|---|---|---|---|
| 澳大利亚 | 指定的职业服务 | 政府 | 通过评估者协会注册的 | 销售进程,评估表准备,非价值评估 |
| 加拿大(因省而异) | 指定的职业服务 | 各省之间存在差异,一般是政府 | 各省之间存在差异,职业服务要求专业资格 | 有5个省具备电子评估能力,其他的省电子化刚刚起步 |
| 智利 | 指定的职业服务 | 政府 | 职业服务根据考试和学术背景 | 财政价值统计完全由计算机完成 |
| 丹麦 | 专业指定;地方:兼职,政府指定 | 政府 | 没有最低要求;国家或政府职员需接受培训 | 完全电子化 |
| 法国 | 指定的职业服务 | 政府 | 无最低要求,培训上岗 | 评估中不使用 |
| 印度尼西亚 | 指定的职业服务 | 政府 | 符合不断发展的资格和培训标准 | 评估中使用 |
| 以色列(仅特拉维夫) | 指定的市政评估者 | 政府 | 没有最低要求 | 市政税不据价值,税率计算非自动化 |
| 日本 | 指定 | 政府 | 没有,培训由地方提供 | 地方政府间有差异 |
| 荷兰 | 由选举出来的市政议员指定 | 政府(45%)或契约(55%) | 法律无规定,评估资格制度仍在考虑中 | 评估的电子化程度为25% |
| 韩国 | 公共指定私人评估者(for OVSP),地方官员(for OVIP) | 对OVSP,中央政府和私人评估师签订契约 | OVSP要执照;OVIP对地方官员培训。注册和证书基于考试和经验 | 对土地和建筑物的评估实现电子化 |
| 瑞典 | 指定的职业服务 | 政府 | 法律没有规定,专业的国家土地调查雇员提供评估专业技能 | 有些对销售用计算机分析,完全电子化评估在计划中 |

| 国家 | 评估官员 | 政府或契约 | 评估者资格 | 电子化 |
|---|---|---|---|---|
| 瑞士（因郡而异） | 选择出的县或市的委员 | 政府 | 选出的评估委员来自不动产交易或建设行业，且受土地注册部培训 | 没有实现电子化 |
| 英国（仅非住宅税率） | 指定的职业服务 | 政府 | 国内服务一般要求来自于受认可的专业评估组织的全职员工 | 管理选择功能（如编辑税目和生成税单）计算机完成，评估近期电子化 |
| 美国（因州而异） | 22 个州市选举，在 14 个州由政府指定，在 14 个州同时进行选举和指定 | 22 个州是政府实现，其他地方政府和契约联合完成评估 | 要求不同，在 31 个州法律对评估者有执照要求 | 依评估单位存在差异，但电子化程度在增加。有 21 个州估价实现电子化 |

**2. 财产税的估价周期及其变动**

为保证财产税基及时反映价值变化，各国都普遍规定了评估周期，每隔 3—5 年，长的 10 年就要对土地、房屋等重要的非金融资产进行一次价值评估，但实践中执行情况各不相同。如，马来西亚每 5 年评估一次，但香港每年评估一次，肯尼亚、突尼斯为 10 年，德国虽然规定为 6 年，但从 1964 年至今没有进行重新评估（估价频率见下表）。

**3. 不动产税评估限制**

由于不动产价值对经济波动的敏感性高于居民收入，往往容易导致不动产价格上涨迅速，居民税负急剧增加的情形。美国地方政府为此对不动产评估价值高增长进行了限制，被称为断路政策。如税收史上的美国加利福尼亚州著名的"13 号提案"限定最高再评估值增长率每年不超过 2%，不仅造成了加州财产税的式微，也在很大程度上造成美国其他州对不动产评估税基的增长进行限制。同时，美国各地税收反抗运动中形成的一些公众通过直接民主方式进行治理参与的模式，如"公民动议"三分之二以上多数居民投票等形式，改变了公共决策方式,形成现代治理危机。

## 二、财产税信息共享的部门协调及治理现代化

财产税要求的相关信息和税收征集的手段和方法,取决于所用的税基和纳税人团体。同时,现代化的征管信息系统、评估系统,往往成为政府判断市场走势,甚至现代办公的起点。

### 1. 不动产税产权产籍系统:电子政府的起点

发达国家经过长期的发展历程,逐步建立起了完善的私人财产登记制度,规范的个人征信制度和身份识别系统,为课税对象识别、税基评估、税收减免认定奠定了基础。发展中国家和转轨国家,在不动产税改革过程中,这些制度也逐步开始建立。如转轨国家的捷克共和国,就是在 1992 年确立了《不动产产权产籍法》(Act of the Czech National Council No. 344/1992 Sb. , on Real Property Cadastre of the Czech Republic)的基础上,于 1994 年建立了《不动产税法》。

在土地登记制度高度完善的国家,评估机构能够从产权注册登记机构采集业主、土地面积和物理边界、销售价格等相关信息。然后把它们应用到地块图和财产记录中。在丹麦、瑞典、荷兰,将土地相关信息与国家电子地籍簿的相结合,可以使得土地部门和财产税征管机构之间扩展了合作。这些制度提供了财产税的全面信息,具有多种用途互相参考的作用。

在澳大利亚的所有州使用托伦斯不动产登记制度(Torrens Title System of Land Registration)①,所有的与土地有关的交易都被记录在案。土地登记的电子化在新南威尔士已经完成,在其他州也进展良好。产权的转移由各州土地产权办公室送至总评估师,并在估价表中留存记录;同时送地方政府用于财产税征管。加拿大各省也采用相似的制度,如在不列颠哥伦比亚省,评估机构可以在线从土地产权办公室收到土地记录。

美国各州法律的要求并不相同,有的州财产法律说明和所有权由县一级的法庭或者注册登记机构记录,其余的州契约注册更为普遍。有些州要求记录所有权转移和销售价格信息,很多城市地区电

---

① 指财产转让采取登记和发给证书的办法而不立出让契约的一种法规类型。

子化土地登记,并通过网络给评估师提供信息。

2. 不动产地理信息：新治理模式及其危机

财产地图有助于征管机构直观地掌握纳税对象和纳税人信息,因此不动产地图信息是美国地方政府治理的重要信息源之一,地籍地图被广泛应用于财产税征收管理。地方政府评估办公室负责绘制并完善地块图,此类地图一般可以独立于其机构,应用于地方政府治理全过程。

随着计算机和网络技术的发展,不动产电子地图在世界各国的征管过程中获得了广泛的应用,并日益与征管信息系统结合,成为不动产征管系统的重要组成部分。与地籍清册一样,地图信息也需要根据发展的需求不断进行更新。在智利,市政府财产地图通过识别号和地理位置确认每类财产,但是却不包括具体的财产描述信息,比如说大小、规模等。

地方政府在治理发展过程中,逐渐将其他各类政务功能附着于原用于征税的地理信息系统上,提高了政务活动的效率。但这种做法造成了政府工作对这一系统的强烈依赖性,也增强了系统脆弱性。

3. 不动产特征信息：隐私还是公共资源

不动产主要包括土地和建筑物,土地信息具有相对的稳定性,而建筑物的信息却处于不断的更新过程中。土地信息可以通过地籍清册获得,在财产税包括土地上的建筑时,建筑物的性质信息或者通过对所有者或占用者提供的信息实地调查获得。这些资料的获取途径包括两种,即纳税人主动提供、不动产评估人员实地调查。

由于不动产税的纳税人涉及千家万户,所以世界各国的不动产税征收过程中,不动产信息获得途径主要是由纳税人主动提供。我国台湾地区及某些国家,在不动产税征收过程中,甚至一度实行过由所有人申报不动产价值的情况。①

在很多国家,不动产信息提供义务由征管机构负责,或者征管机

---

① 按照孙中山先生的设想,实行了"地价申报,按价征税,按价购买,涨价归公"的政策。其设想的机制是：如果所有者高报地价,将缴纳高税额；如果低报,政府则有权按照申报价格收购。所以,基于两方面的考虑,所有人申报的价格将是合理的。但事实证明,按价收购是无效的,因此低报的情况比比皆是,导致这一机制的失效。

构承担对所有人提供信息进行复核或补充调查的义务。如,加拿大、荷兰、韩国、瑞士、英国和美国的税收官员通过实地调查负责收集信息。在调查中,为了获取财产的相关信息,澳大利亚、加拿大、以色列、日本、荷兰、瑞士和英国的估价官员有法定权利进入被调查不动产,并查看内部情况(参见表8-6)。

表8-6  部分国家不动产税的征管信息来源及共享制度规定

| 国家 | 不动产信息来源 | 所有权信息 | 估价信息 | 所有人是否提供资料 | 征税机构入内检查权 |
|---|---|---|---|---|---|
| 澳大利亚 | 实地调查;官方文件 | 土地业权办公室 | 所有权转让 | 地方税:否<br>土地税:是 | 依法可以 |
| 加拿大 | 实地调查 | 土地业权办公室 | 所有权转让;其他公众、私人和商业来源 | 是<br>(商业收入) | 依法可以 |
| 智利 | 纳税人;实地调查 | 财政地籍簿没要求提供,但一旦提供便应记录 | 来源于公众和商业途径的市场交易情况 | 是,纳税人提供财产描述信息 | 不可,但特殊情况可申请准入证 |
| 丹麦 | 国家地籍簿 | 合法的所有权登记表 | 所有权转让 | 是,租金收入 | 不可以,但诉讼发生时可以 |
| 法国 | 纳税人 | 契据登记簿 | / | 是 | / |
| 印度尼西亚 | 纳税人;政府当局;实地调查 | 土地登记(占20%);公众和商业来源 | 来源于公众和商业途径的市场交易情况 | 是,要求主动申报 | 不可以,但可以申请准入证 |
| 以色列(仅特拉维夫) | 实地调查和建筑许可证 | 建筑物的历史有记载;但没有所有权信息 | 不适用(税收不依赖于市场价值) | 不是 | 可以 |
| 日本 | 纳税人;实地调查 | 土地登记。如无,则要提供建筑许可证和合同 | 公众和商业来源 | 是 | 可以 |

续表

| 国家 | 不动产信息来源 | 所有权信息 | 估价信息 | 所有人是否提供资料 | 征税机构入内检查权 |
|---|---|---|---|---|---|
| 荷兰 | 实地调查；国家地籍簿 | 国家地籍簿（所有权信息）；人口登记册（使用者信息） | 国家地籍簿（销售额）；商业和公共记录（租金） | 否，但如相关机构要求，所有人和使用人必须提供 | 可以 |
| 韩国 | 实地调查；财产登记 | 所有权登记 | 销售和市场信息由公共或私人评估员提供 | 否 | 不可以 |
| 瑞典 | 来源于中央土地资料库系统产权登记信息 | 来源于中央土地资料库系统的土地登记信息 | 来源于中央土地资料库系统的销售信息 | 是，所有人必须提供财产信息 | 不可以 |
| 瑞士（因郡异） | 实地调查；其他公共记录 | 公共登记处 | 销售额；公共登记处 | 否，但是如相关机构要求，所有人必须提供具体信息 | 可以 |
| 英国 | 田野调查 | 所有权登记处提供所有权信息；占有人提供租赁信息 | 私人商业来源 | 是，占有者必须提供租赁和租金信息 | 可以 |
| 美国（因州异） | 田野调查；建筑许可证 | 公共登记处 | 契据及所有权登记处；私人商业来源 | 否，但可以要求所有人确认信息，报告租金收入 | 不可，但可申请进入。一般无所有人同意，无人可批准 |

注释：（1）根据美国林肯基金会和 OECD 财政事务部对有关国家不动产税制度的调研情况

（2）财产信息：指地块和建筑物相关信息的来源；所有权信息：列出了有关所有权信息的法定官方文件；估价信息：列出了在审批过程中销售和估价信息的来源；所有人是否提供财产资料：指是否要求所有人提供他们财产的相关资料；征税机构能否入内检查：指为了搜集相关数据，税收官员是否有权利进入私人房地。

但是,依赖征管人员实地调查获得不动产信息的国家,有一个需要相关人员配合问题,对此有关国家的法律也做了规定。在美国的很多州,如果评估官员无法获得入内检查的许可,则有权列出最大可能渠道获得的不动产特征资料,并据此进行评估。纳税人对基于这些资料进行的税基评估结果不服的,除允许入内检查,否则其上诉将不能获得法律上的支持。

4. 不动产租售信息:私人信息的公共化

多数国家不动产税都是依据不动产价值进行课税的,但是这些价值往往并发课税对象的实际交易价值,而往往是政府专门评估机构和评估人员进行评估后的价值。但是,为保证这些评估过程的科学性、准确性,政府往往需要掌握最新的不动产租售信息。

在基于市场价值的确定税基的国家,销售信息是必要的。在要求不动产进行法定登记的地区,法律要求登记所有权转让的销售价格记录。这些信息对于税收官员行市场价值评估,是容易获得的。澳大利亚、加拿大、丹麦、以色列、荷兰、韩国、瑞典、瑞士、英国和美国的很多州法律都要求记录销售价格。在以色列和英国,销售信息不用于财产税估价,但却是转让税的基础。在加拿大和美国,评估官员通常还要向买卖双方邮寄销售确认表,并在所有权变更后组织实地调查。

对美国地方政府租金信息获得方面,评估官员一般提交表格给商务楼或公寓的所有者,要求他们反馈预期收入、费用和租赁信息。这些信息一般来说是机密的,相关人员承担保密责任。但是这些年信息往往是作为评估的参考,而不是作为评估的依据。

### 三、财产税征管制度反映地方治理能力危机

发达国家的不动产保有课征制度经过长期不断完善,已经逐步形成了包括税基评估、课税对象管理、纳税人管理等方面的一套比较严密的征管体系,但是往往面临着来自于纳税人方面的批评和诟病。发展中国家缺乏完善的制度,税制规定比较简单,管理相对粗放,但是也适应了这些国家的经济和社会发展的实际。

1. 不动产税的征管责任划分和征管机构

从不同层级政府的税权划分角度,收入权与征管权在很多情况下是分离的,被划为地方税的,也未必完全由地方政府进行征管,很多国家的地方税仍由中央政府实施征管,然后由中央政府取得收入

后划归地方政府。但是,不动产税出于信息对称性、管理方便的考虑,多由地方政府征管,也有少数国家由省、州等次中央级政府征管,也有的国家只设立一套征管机构,所以就不存在税权划分问题。但是,几乎所有国家地方政府在不动产税征收中都不同程度地发挥着主要作用,部分国家主要由地方政府负责征管。

美国各州除了马里兰州的所有财产评估均由州政府负责,其他州一般由县、市政府设立独立的机构执行评估和税收征收。大多数州的法律,授权各州评估机构来监督和指导地方工作,并对地方估价师提供训练,评估指南和法律、技术支持。有些州的特定财产评估,比如说公用设施,则由州机构进行。地方政府负责税收征收,或者特殊税收区负责征收后分配分配给不同的政府实体。一些州政府机构还负责审查和批准地方税率。

### 2. 不动产税征收管理成本

因为各国间不动产税制的巨大差异,大多数国家的财产税估价和税收征管成本的相关数据不具有可比性。比如说,在一些国家和地区,评估管理与税基评估、税款征收的功能性分离,以及不动产税征管机构的层级划分,导致无法对于税收成本进行完整的核算。另外,在一些国家和地区,其不动产税征管体系经过长期发展,已经相对完善,其征管体系的初始投资成本已经在多年前完成,近期的年度统计数据中,就无需包括这些成本。这与那些正在进行制度建设或转型国家,每年还需要对征管体系进行大量初始投入的国家不同。基于这种情况,两者根本无法进行比较。

除此之外,很多其他的因素还影响着成本,这些因素包括辖区大小,可获得信息来源,重估周期的频率,估价标准和评估方法、精确度等。

### 3. 不动产税征管信息化建设

征管信息化程度较高,管理成本逐步降低。近年来,随着网络技术的发展,各国不动产保有税收征收中普遍采用计算机网络,识别纳税人信息、不动产资料,评估后得出应纳税额,发出纳税通知书,并开通了网上报税、支付系统。近年来,随着计算机辅助评估技术的应用,税基评估成本在下降。如纽约市尽管税基差别巨大、评估规范繁琐、产权复杂,但其包括评估费用在内的整个管理成本不到应纳税额的 1% 。

# 第九章 从风险治理角度看我国地方收入体制和公共治理

财产税不仅仅与各国房地产市场、地方收入结构、地方治理紧密相连,而且在很大程度上构成一些经济危机、地方治理危机、财政危机的根源。我国从 2003 年开始,决定推进物业税改革,并进行了模拟评税的试点。一直到从 2009 年开始,悄悄改为房产税试点,2010年的提法正式改为房产税试点。同时,也赋予了这一改革多项任务,如促进房地产市场宏观调控、地方财政体制改革以及地方政府治理改革等。

但是这些前期措施和改革探讨多是从税制本身出发,没有从更为广阔的经济、财政、治理角度去考虑。更没有从公共风险治理角度去认识这一税种改革的特殊性。为此,今后的税制改革和制度设计中,应当在了解我国目前政府治理改革主要问题的基础上,更多地从危机管理角度去认识房产税制改革可能带来的一些问题,以便顺利地推进这项改革。

## 第一节 我国政府层级及行政区划现状

我国目前地方治理的一个重要问题是如何进行政府层级改革和行政区划调整,这是进行整个治理改革必须首先解决的问题。房产税制改革也必须建立在对我国政府层级、政府区划的认识基础上。

### 一、我国地方政府层级设置及行政区划由来

中国历史上的政府层级变化趋势是,经历了一个从秦代的三级制开始,后来朝代乃至多级,最后稳定在四级的变化过程。这一过程

主要分为三个阶段：

第一阶段中央、郡、县三层级向中央、州、郡、县四级制转变。从秦朝开始实行真正意义上的划分层级进行统治，而不是延续以往的世袭分封制。秦朝实行中央、郡、县三级制，最多的时候包括内史（即首都周边地区），全国共有 49 个郡，1 000 个县。西汉随着人口增长、疆域的扩大，郡总数 103 个，县总数为 1 587 个，平均每郡行政区域范围为 15 个，郡的管理范围基本合适，但是对于中央政府来说管理幅度过大。到东汉末年加上郡之上作为监察区域设置的州权力实化，开始实行了中央、州、郡、县的四级制。但是随着州一级权力的不断扩大，地方割据局面形成，直接构成了东汉灭亡、中国历史上第一个长期分裂局面形成的原因。到了隋代，为防止次中央政府一层的割据局面的形成，废除了郡，实行中央、州、县的三级制。

第二个阶段是从中央、州、县三级制向中央、道（路）、州、县的四级制转变。隋、唐两代实行的是中央、州、县的三级制，盛唐时期共有358 个州、1 551 个县，为了保证对次中央一级政府的管理，唐朝初年设立了巡察史、巡抚史，并且为了保证监察的效率，按照全国基本道路交通状况设置了监察分区，即"道"。到了唐朝末年，设置节度使，藩镇割据局面的形成，使得州之上的新一级政区道（方镇）也就形成了，藩镇割据是构成唐朝灭亡、中国历史上第二个比较大的分裂局面形成的原因。宋代吸取了唐灭亡的教训，将州之上的层级设置虚化，称为"路"，但后来这部分也逐步实化，成为一个新的行政层级，政府层级稳定在中央、路、州、县四个层级。

第三个阶段是从元代开始，由中央、省、路、府、州、县多级制向中央、省、县三级制的转变。元代的层级多，有些地区的层级关系能够达到六层之多，同时，层级之间的关系复杂；明代简化元代形式上的多级制度，另一方面又使高层政区中的布政使司、都指挥使司、按察使司三司分立，不但事权分散，而且三司的地域范围也呈现复式状态；到了清朝初期又恢复到了三级；清朝末年，国家政权向县以下延伸，开始设立乡镇，出现了五级，中央、省、州府、县、乡镇；民国时期县的数目已经达到 2 000 千多个，是秦代的两倍。建国以后，最多的时候达到七级,即中央、大行政区、省、地区、县、区、乡①。

从我国政府层级和行政区域发展的历史看,自秦朝实行郡县制两千多年以来,我国政府层级和行政区划主要有以下几个规律:

一是行政区划上的"山川形便"和"犬牙相入"两条原则的应用。自秦统一中国后,行政区划主要以天然山脉、河流作行政区的边界,使行政区划与自然区划基本一致。唐代正式提出"山川形便"的原则,唐 300 多州分十道,与自然地理区域一致,对后世的行政区划有很大影响。自唐以后,尤其是元代,为加强对地方控制,防止地方割据局面形成,逐渐采用"犬牙相入"的做法,使相邻政区彼此交错,从而互相牵制。这两条原则反映了行政区域划分中两种不同指导思想,按"山川形便"原则划分政区,因与自然地理形势相符合,有利于经济文化发展,但形成"形胜之区,四塞之国",容易形成割据势力,不利于中央集权。按照"犬牙相入"原则划分政区,有效避免了地方割据,但是破坏了经济区域自然地理单元的完整统一。

二是不论朝代如何更替、政府体系如何变化,至少从形式上,县级政府始终是地方政府中最稳定的一个层级。在美国,县政府也是较为各州地方政府中常见的一个层级,负责承担的主要是一些传统的政府行政职能。从房产税收角度,也是主要的征收主体之一,但是,从县域经济发展和城市化进程的角度看,现行的县级行政区划与以往的行政区划也有很大的差别,县政府所具有的公共职能也有了较大的转变,需要进行适当的调整。

三是我国 2 000 多年政府层级调整、行政区划的设置虽然包含着公共职能履行的内容,但是其根本目的不是完善公共产品和服务提供的需要,而是加强中央对地方的控制需要,在行政区划和政府层级的调整过程中是一个地方利益和中央利益、集权和分权、统一和分裂不断博弈的过程。这与房产税收与公共服务相对应的现代税收观不同。

四是所谓的层级划分和行政区划的调整,并不含有现代的地方自治观念。虽然在 30 年代我国曾经试行过地方自治和宪政,在有些地方形成了一定的成效。如早年曾留学日本的阎锡山在山西推行了

---

① 周振鹤:《中央地方关系史的一个侧面——两千年地方政府层级变迁的分析(上、下)》,《复旦学报(社会科学版)》1995 年第 3、4 期。

自治制度，成为全国的样本①。但由于辛亥革命后，各地割据势力形成，进行的行政改革多以加强控制，而非提供有效公共服务为目的②，与现代政府理念并不相符，缺乏成功范例，且最终被后来的战争所中断。现代房产税制、财产税收则是与地方自治密切相关的，这应该是房产税改革中应予注意的。

## 二、我国地方政府层级和行政区划现状

我国地方政府层级与行政区划现状是与计划经济条件下的财政收入状况及其政府间划分密切联系的。但 1994 年财税体制改革以来，政府层级与行政区划并未调整。

1. 我国政府目前层级设置和行政区划现状

我国政府一级政区主要沿袭了明、清、民国时期的设置状况，并进行了微调一直延续至今，形成我们现行的行政划边界。行政层级继承了清朝末年国家政权深入到乡镇的传统，设立了乡镇一级政府。这实际上也是适应了清末以来随着人口的不断增加、公共事务的不断增长，对政府公共产品和服务供给变化的要求。我国目前的行政区域设置中，包括 34 个一级行政区、33 个二级级行政区、2 862 个县级行政区，43 258 个基层行政区（如表 9-1 所示）。

表 9-1　我国目前地方政府行政区域层级设置现状表

| 一级行政区 | | | | 二级行政区 | | | 县级行政区 | | | | 基层行政区级 | | | |
|---|---|---|---|---|---|---|---|---|---|---|---|---|---|---|
| 区划数 | 省 | 自治区 | 直辖市 | 特别行政区 | 区划数 | 地区行署 | 地级市 | 区划数 | 县 | 县级市 | 市辖区 | 区划数 | 街道办事处 | 乡 | 镇 |
| 34 | 23 | 5 | 4 | 2 | 333 | 50 | 283 | 2 862 | 1 636 | 374 | 852 | 43 258 | 5 904 | 17 471 | 19 883 |

数据来源：国家统计局：《中国统计年鉴 2005》，中国统计出版社 2005 年版。

---

① 李德芳：《民国乡村自治问题研究》，人民出版社 2001 年版，第 42 页。

② 如作为当时统治山西，并积极推行乡村自治典范的阎锡山，就认为"鄙人现在亟待推行编村制，意欲有政治网不漏一村入手，一村不能漏，然后做到不漏一家，由一家而一人。网能密应治此处，方有政治可言"（山西政书编辑处：《山西现行政治纲要》，大国民印刷局 1921 年版，第 8—9 页）。

从政府层级的角度,虽然四个直辖市、海南省则存在三个地方政府层级,而且对于一些没有实行地改市的地方,地区行署作为省级政府派出机构存在,在一定程度上只是一种虚四级的管理体制,但是这些情况只是少数。一般认为,我国是五级政府架构,即中央、省(自治区、直辖市)和特别行政区、设区的市、县(市、区)、乡镇和街道办事处。

在其中,街道办事处和村委会是我国的特色。街道办事处属于县级市或者城市区政府派出机构,履行市或者区政府的职能,不属于具有独立履行行政职能的一级政府。至于村委会,有人认为从公共产品和服务理论角度,65.27万个村委会提供了区域范围内的公共设施管理、社会治安、民政事务等公共产品和服务供给职能,也应该属于理论意义上的政府概念,不过基于习惯,我没有这样认为。但是我国政府的实际层级组成情况依然是比较复杂的(如图9-1所示)。

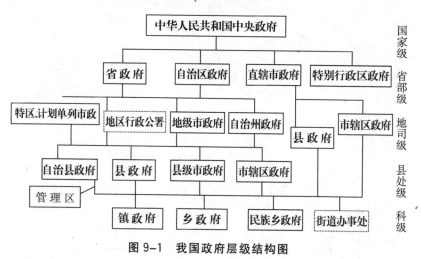

**图9-1 我国政府层级结构图**

2. 我国地方各层级政府设置情况

第一,我国"次中央级"行政区的设置现状。与国外主要国家相比,中国"次中央级"(省级)行政区划的一个突出特点是数量偏少,区划面积过大,所辖人口过多(参见表9-2)。同时,与其他国家所不同的是,我国地方政府概念包括次中央级政府。如果准确翻译为英语概念,以便于理解的话,我国地方政府概念应该是"No-central Government"(非中央政府),而不是直译为国外现有的"Local Government"

（地方政府）概念。因为其他国家的地方政府（local government）主要指中央政府、次中央政府之外的政府，是不包括次中央级政府的。财产税构成国外地方政府的主体税种，次中央级政府往往不参与收入分成。但外国次中央级政府在财产税收政策制定，评估标准上往往发挥巨大作用。

表 9-2　主要国家一级行政区划情况比较表

| 国家 | 一级区划数 | 面积（万平方公里） | 平均区划面积（万平方公里） | 人口（万） | 平均区划人口（万） |
|------|-----------|-----------|-----------|----------|-----------|
| 美国 | 50 | 937.26 | 18.75 | 27100 | 542.00 |
| 日本 | 47 | 37.78 | 0.80 | 12660 | 269.40 |
| 德国 | 16 | 35.70 | 2.23 | 8205.7 | 51.29 |
| 法国 | 95 | 55.16 | 0.58 | 5870 | 61.79 |
| 英国 | 46 | 24.30 | 6.08 | 5900 | 1,475.00 |
| 意大利 | 20 | 30.13 | 1.51 | 5746 | 287.30 |
| 中国 | 34 | 960.00 | 28.24 | 130000 | 3,823.53 |
| 巴西 | 27 | 854.74 | 31.66 | 16179 | 599.22 |
| 澳大利亚 | 8 | 768.23 | 96.03 | 1830 | 228.75 |
| 加拿大 | 12 | 997.06 | 83.09 | 2980 | 248.33 |
| 俄罗斯 | 70 | 1,707.50 | 24.39 | 14600 | 208.57 |
| 印度 | 28 | 297.47 | 10.62 | 93800 | 3,350.00 |
| 印度尼西亚 | 26 | 190.00 | 7.31 | 20500 | 788.46 |
| 尼日利亚 | 12 | 92.38 | 7.70 | 12000 | 1,000.00 |

我国省级区划单位面积在 30 万平方公里以上的有 8 个，在 20 万平方公里以上的有 10 个；人口在 5 000 万人以上的有 9 个，在 3 000 万人以上的有 19 个。无论就土地面积、还是就人口来说，这些省区的绝大多数都相当于或超过欧洲中等以上的国家。但是，省级层次政府下一级的政府单位多为××市，很多都由省政府派出机构——地区行政公署演变而来，各省（自治区、直辖市）平均却只有十个左右，管理幅度很小。这样，导致的直接结果是，需要由省级政府

提供的公共物品数量多。按照效率原则,如果公共物品更多地由上一级政府提供,由于信息不对称问题的存在,则供给效率就会受到很大制约。按照公共物品供给理论,公共物品并不是由越高一级的政府提供越好。一项公共物品由哪一级政府提供,关键是比较公共物品随生产规模扩大带来的收益和成本。政府管辖规模是一个重要的决策变量,尽管公共物品和服务提供存在规模经济要求,这需要有更大的区域,但如果超过一定的限度,地区越大共同性较少,差异性越多,又会导致资源配置效率偏低。

第二,我国"次中央级政府"下一级的行政区设置现状。这一级主要有两个类型:市管县体制、地区行政公署行署管理体制。从形式上看,城市按人口规模分为100万人口的特大城市、50万—100万的大城市,20万—50万的中等城市,20万以下的小城市四个类型。按城市政府的行政级别分为正省级、副省级、正市级、副市级、正县级五类。4个直辖市为正省级,15个计划单列市为副省级,大部分原地区行署改的、及部分新设立的市为正地级,原比较发达的县改过来的为副地级的市,大部分由县改过来的市为正县级。

市管县体制形成的历史不长,但却对当前公共产品和服务提供有着深远影响。长期以来,在省县之间的地区行署是省委、省政府的派出机关,行政首长由省委任,而非由选举产生,履行的公共职能也是省级政府职能。1982年宪法颁布以后,1983年大量的地区改为市,其初衷是想促进城乡一体化,让城市带动农村的发展。但是从二十多年的实践看,市管县之后,特别是1994年分税制以后,随着行政权力的集中,农村地区公共财力逐步向城市集中,政府公共产品和服务供给也向城市集中,这在广大的中西部地区更为明显。近年来,浙江省开始了省直管县改革,其原因除了防止市对县可能产生的财力集中外,也因为浙江全省陆域面积相对狭小,省会杭州与各县市的空间距离较短,省政府的行政权能够有效覆盖范围相对较大,为这种调整提供了现实可能。同时,到1994年浙江县域经济实力已经显现。仅30个发达县地财政就占到省财政收入的70%,地级市反而不如县级市重要,这样开始了省直管县的改革,其他部分省份也开始了"扩权县"试点工作。

地区行政公署起源于民国时期的行政督查专员公署设置,是省级行政机关的派出机构，对派出机关负责。① 新中国成立后沿用了这一管理体制，它与市不同，人员、编制属于省，没有人大，职权与现在的地级市没有多少差别。随着市管县的改革进程的深入，目前的地区行政公署设置越来越少。

第三，县级政府层级设置。县级作为形式、覆盖区域上最为稳定政府层级，由秦代的 1 000 个县，到汉代 1 500 多个县、近代的 2 000 个县，到 1949 年新中国成立后也基本上维持近代这一数据。尽管如此，较为稳定的县级政区在近 20 多年来也经历了比较大的变化，一是将县改为市辖区的数量大量增加，承担了部分县级提供的公共事务职能②；二是为了发挥城市对于乡村的带动作用，大量县改为市，县级市的数量大为增加，这种强化了城市中心主义的公共产品供给倾向，使得公共产品和服务供给资源向城市集中的现象更加严重；三是县的数量在逐年减少，仅 2002—2004 年三年间县就减少了 13 个，而同期公共产品和服务供给的城市化色彩最为浓厚的区，却增加了 22 个。县的上一层级政府设置有三类，即地级市或计划单列市，目前这是绝大多数地方的设置情况；地区行政公署，至今仍然有少数地方保留这种体制设置；省级政府，比如四个直辖市以及海南省是这种设置。

第四，乡镇政府和基层自治组织。基层政府是最贴近民众的公共产品和服务供给主体，在各国公共供给体系中具有特殊重要的地位。我国基层政权组织到春秋战国时期由乡、里等原来氏族公社赖以生存的地域组织向基层政权转化。③ 清朝末年到民国时期，乡镇设立以后，国家政权力量深入广大农村，基层官吏代替了原来的乡、里、什、伍及地方宗族和乡绅势力，承担了公共事务管理职能。建国以后，我国行政区划及管理模式上划分为城市和农村，在城市实行街道办事处、居民委员会等公共管理模式，几十年来的治理模式变化不大。在农村所建立的乡村公共治理模式先后发生了几次变化。

---

① 华伟：《地级行政建制的演变与改革构想》，《战略与思考》1998 年第 3 期。

② 近年来，一些地方将县改为区，有着一个暗含的目的就是地级市行政当局应对省级政府推进的省管县改革潮流，而带来的自身权力削弱的回应。中国行政改革中动力、矛盾机制中，历来是难以发现来自于需求者的回应的。

③ 卜宪群：《春秋战国乡里社会的变化与国家基层权力的建立》，《清华大学学报（哲学社会科学版）》2007 年 2 月。

第一阶段,县以下设立区、乡、村三级,乡里面设有乡长、公安员和财粮员,承担财粮收缴、治安和民政等基本公共服务职能。

第二阶段,组成人民公社负责经济职能,与公共管理职能的乡镇政权并立,到后来实行"政社合一",取消乡镇政权,人民公社管理了本辖区的生产建设、财政、贸易、民政、文教、卫生、治安、武装等一切公共事务和农业生产职能。

第三阶段,实行公社—大队—生产队的"三级所有、队为基础"的体制,公社更偏重于经济和社会公共事务管理职能,而大队、生产队更偏重于生产组织的职能。

第四阶段,文化大革命时期,公社成立革命委员会,设主任、副主任、政工、群工、武装、人民保卫、民政、秘书等干部。1981 年以后,撤销公社革命委员会,恢复了区公所建制和公社的管理委员会。

第五阶段,80 年代初期开始,用乡—行政村—村民小组的三级结构代替原来的体制。公社改为乡镇,大队改为行政村,生产队同时叫村民小组。乡镇基本上摆脱了生产组织职能,较多地注重与公共事务管理,但是此时乡镇政府机构大幅度增加,有所谓"七站八所"之说。1998 年,全国人大通过了新的《村民委员会组织法》,正式将村民委员会定位为村民自治组织,从 1999 年开始全国范围内实行村民直接选举村民委员会的制度。村民委员会有了独立的法律地位,负责所在区域少量公共产品和服务供给职能,主要资金来源为三项村提留。由于农村税费改革取消了"三提五统",村民自治组织公共服务提供的主要来源仅仅局限于上级转移支付和通过"一事一议"①的筹资。

3. 我国政府层级和行政区划与其他国家比较

首先,我们所理解的政府层级和其他国家政府层级含义之间的关系。我国政府管理中,历来不存在国外共同话语意义上的政府层级概念。在很大程度上,我国政府层级正如本章第一节中指出的那样,接近于科层制组织内部的层次划分。这种划分的主要特征:一是

---

①  农村税费改革后,村内兴办集体公益事业所需资金,已不再固定向农民收取,而是通过开展"一事一议"的办法筹资筹劳解决。但是根据笔者掌握的情况,一事一议并非如同当初设想和宣传的效果那样好,他直接导致了农村区域范围内公共产品和服务的无人负责现象。

政府之间严格的等级制，如我国与政府层级并行的有国家级、省部级、地司级、县处级、乡科级等的规定，政府之间分上级政府、下级政府，什么级别的干部，对应什么级别的政府机构职位，甚至企业、事业单位也有这样的级别设置。二是上级对下级的人员控制。这主要体现在上级政府对于下级政府的领导人员的任命和人员总编制的控制上；三是对下级政府收入、支出上的控制。经过 1994 年的分税制改革，各级政府收支划分相对规范，但是由于政治上集中控制的局面没有得到根本改观，依然存在事权下移，财权上收的弊端，这在省以下的地方公共产品和服务供给中表现尤其明显。世界上主要国家的政府关系中，无论是联邦制还是单一制国家，大都实行地方自治原则。不同层级政府之间，没有隶属关系，也不存在等级差异。不同层次之间的公共事务委托，以相应的财权转移为前提，较高层级政府的意图主要通过财权为手段去落实。联邦制和单一制国家的区别也主要在于财权控制上的区别。政府层级多，且存在隶属关系，"征伐自天子出"，容易带来代理链条长，信息、扭曲现象，存在巨大的治理风险。

其次，关于中外政府层级数量比较。一般人认为，我国政府是世界上层级最多的政府，其主要的依据是国外的政府层级一般都是 3 级。但是我认为，如果从综合目的政府角度，国外多不止三级政府。以美国为例：美国多数州行政区是由县组成的，有的县是属于州政府派出机构，有的需要地方选举，是自治机构。县行政区由多个市、乡、镇组成。如美国布鲁明顿市与其他 15 个镇一起构成了杰克逊县的版图，杰克逊县与其他 91 个县一起构成了印第安纳州的版图，这是一个比较典型的美国行政区域的组成方式。在布鲁明顿市和杰克逊县其他 15 个镇区域中，有着联邦、州、县、市镇四个综合性政府提供公共产品和服务，如果考虑到独立的 11 个特别区、4 个校区政府的话，这种覆盖层次要远远多于六层以上。① 这样看来，所谓我国政府层级多于其他国家的通行看法失之简单。由此得出来的，政府层级过多导致了行政成本高、对社会经济运行干扰过多的说法，依据是不充分的。至于说因为层级过多，税种过少，而导致无法在各级政府之间实行有效的分税制说法，也是很值得商榷的。因为美国的税种数

---

① U. S. Census Bureau, *2002 Census of Governments*, Volume 1, Number 1, Government Organization, GC02(1)-1, U. S. Government Printing Office, Washington, DC, 2002.

量上低于我国,但是在同一个地方提供公共服务的政府数量,要远远多于我国,即是最好的明证。

第三,关于中外政府的行政区划设置比较。行政区划与政府层级存在着密切的关系,一般而言区划与层级成反比。比如,取消乡镇政府层级就会使得县级成为基础层级,在县级政府自身行政区域不变的情况下,自然造成基层政府区划面积扩大。虽然公共产品和服务都或多或少地带有非竞争性和非排他性的特征,但是绝大多数公共产品和服务都具有一定消费人群限制,人员过多将带来拥挤问题。从公共产品和服务提供角度,政府行政区域设置应当主要考虑的因素之一就是人口,即公共产品和服务消费者因素。与外国政府相比,中国基层政府的面积和覆盖人口数都不少。如美国 55% 的乡镇、50% 以上的自治市不足 1 000 人,县的平均人口数是 6.7 万人。县之间差别巨大,人口最多的加利福尼亚洛杉矶县 951 万人,人口最少的得克萨斯锐减拉温(Loving)县只有 67 个人,人口超过 25 万人的只有 156 个县,仅占县总数的 5%。[1] 德国只有 12 个城市人口在 50 万以上,4 313 个乡镇人口数不足 500 人,乡镇平均的人扩规模在 2 400 人,县的平均人口在 14 万人。[2] 我国的地级行政区的平均人口在 390 万,县(市、区)为 45 万人,乡镇平均为 4 万人。无论对于公共产品和服务的提供来说,还是对于居民的公共产品和服务提供过程参与来说,这样规模的人数已经是不小了。如果通过取消乡镇来着手改革的话,显然对于公共产品和服务的供给不利。这种改革也将为未来政府公共服务提供,埋下巨大的隐患。

因此,构建公共产品和服务提供上的"有效的政府",而不一定是"小政府",才是经济和社会发展的关键。实质性的改革是要围绕政府公共服务的有效提供,政府的组织形式要与公共服务的需求相适应,而不是人员增减、层级变化、调整。

### 三、我国地方政府层级和行政区划改革

行政区划和政府层级调整,在我国历史上一直进行,在国外政府

---

[1]　U. S. Census Bureau, *2002 Census of Governments*, Volume 1, Number 1, Government Organization, GC02(1)-1, U. S. Government Printing Office, Washington, DC, 2002.

[2]　赫尔穆特・沃尔曼:《德国地方政府》,北京大学出版社 2005 年版,第 34—36 页。

管理中也很常见。从现代以来，国内外政府层级的调整和行政区划改革的主导思想都是基于公共产品和服务提供，加强地方自治，而不是以以往的加强中央政府控制为目标，尤其是公共危机管理、公民保护职能更是主要由地方政府承担。我国政府区域调整也逐渐开始不自觉地接受这一思想，但是从根本上看，目前的体制和行政区划的框架主要是沿袭了明清、民国时期的旧制，没有进行过全面的调整。从长远看，进行这种调整是很必要的。我认为应采取以下调整措施：

1. 关于"次中央层级"改革——适当缩小省区，慎重设立直辖市

从公共产品和公共服务提供的角度上看，省级政府所能够直接提供的公共产品和服务的供给是较为有限的，对于需要及时、快速行动的公民保护、应急管理、危机应对也不会非常有效，所以各国这一级行政机构职能并不多。但是它的很大作用在于通过转移支付的手段均衡区域内的公共产品和服务。在这个思路下，我国一级行政区改革的基本思路：适当缩小省区划分，慎重增设新直辖市。小省区划分涉及的内容很多，但基础要求包括：一定规模的人口与经济指标，已形成二元或多元经济中心，有利于省级政区公共产品和服务的提供，重视省际联系。新设直辖市是划小省区的又一重要方式，但是城市政府的主要职能还是以城市公共产品和服务的提供职能为主，新直辖市设立除要考虑人口经济规模、城市行政职能、布局均衡与落后地区的经济振兴外，更要注意区分传统的省政府均衡公共服务职能与市政府的城市建设职能，均衡本地的公共服务职能和公民保护职能。

2. 设区的市、县（市）的改革——保留市级，县市直管

我国实行市管县体制已经成为省以下政府设置的主流，作为省政府派出机构的地区行署设置已经所剩无几。市管县体制设计的初衷是希望通过中心城市的辐射带动作用，促进县域经济的发展，并没有更多地从公共产品和服务的供给角度考虑。经过多年实践，这种改革并没有达到制度设计的初衷，市级对上截流县里的财政资源，使得上层级政府均衡能力减弱；对下汲取县级资金，搞中心城区基础设施建设、市区居民的公共服务体系建设，造成了公共产品和公共服务在城乡之间的不均衡发展。现在全国范围内纷纷实行省直接管县的改革，有些人甚至主张取消市级层次。

我认为保留市级，是要保留市级机构及其行政级别，市不再管辖

县,但还要管区。这里所谓的"管"主要是负责区域内公共产品和服务提供,而不应当是管理和控制。市的官员级别设置上高于县级①,只是没有直接的隶属关系。在改革以后,设区的市、县、县级市三种类型的政府之上的层级都是省,县和县级市以上不再设中间层次,但从城市统一规划、管理的角度,区依然作为设区市的一部分。设区的市、县、县级市政府同层不同级,机构设置、官员安排上有差别。我国历史上有这样先例,比如同属于县这一个层次的,中国历代都实行县等制度,在官员的设置、品秩和任用方面有所区别,比如秦代和汉代的县根据人口的多寡分为两等,万户以上的设置县令,万户以下的设置县长,前者秩 1 千石至 600 石,后者秩 500 石至 300 石。目前我们这样做既有其必要性,也有其现实性。一是在继续保持原有激励机制的基础上,在一定程度上考虑了既得利益者的利益;二是为人员的调整减少阻力,保证了改革在减少震荡的基础上顺利推进;三是也适应了经济较发达、管理复杂程度高的中心城市对公共服务人员素质的较高要求。从长远来看,还是要通过改革消除不同政府间行政级别及隶属关系。

3. 基层政府改革——精乡扩镇,乡派镇治

目前乡镇改革主要有保留、取消和作为县级派出机构的说法,都有些偏颇。我认为应该对乡镇区别不同情况,进行结构性改革,乡和镇的机构改革措施应该有区别。从社会管理角度,农业社会是相对分散、单一、同质性较强;而工商业社会则是相对集中、多元化,异质性较强。以农业为主的地区,基层政府设立为乡,机构要精干,由县政府派出;以工商业为主的地区,基层政府设置为镇,要逐步扩大,健全公共服务职能,吸纳农村人口,镇作为一个独立的政府层级,予以保留,逐渐加强政府治理。目前,我国基层政府层级不是很多,不含市辖区,有 2 000 多个县域政府,地级市有 300 多个,少于美国、印度等国家。比如美国有 3 000 多个县政府 35 933 个县级以下政府,近 5万个特区政府。但是美国有只有 3 亿多人,不到中国的四分之一,县

---

① 这种级别所带来的内在激励恰恰是很多研究者所忽略的,但这却是公共产品和服务提供实践中的内在的、根本的动力源,详细的论述请见王小龙的"县乡财政解困和政府改革:目标兼容和路径设计"(《财贸经济》,2006 年第 7 期)内容,以及"我国公共部门的劳动契约和敬业激励"(《经济研究》2000 年第 11 期)。

以下的单位规模远远要比中国的乡镇小。例如河北省，一个乡镇一般能够达到数万人，财政收入有的仅百万，有的上亿，服务范围有的乡镇比一些县还要大，有的只有方圆几公里，这就决定了区分不同情况进行结构性改革的必要性。

## 第二节　我国地方政府治理的融资现状及风险

我们此处的资金融通并非狭义地指市场化的资金融通过程，而是将我国地方政府市场化、非市场化的所有资金筹措渠道，都放在同样一个风险分析框架下进行考量，分析不同渠道资金来源与政府风险治理的关系。

### 一、公共治理融资的"内部人"控制风险

所谓内部人控制是企业经营领域经常出现的一个问题，就是由于所有者和经营者的利益差异，加上企业经营中信息不对称现象的存在，经理层相对于投资者掌握更多信息，导致企业偏向于经理层私利的现象。如同企业剩余索取权应当归股东一样，政府公共产品和服务融资的决定权应当属于全体民众。正如公司最高权力的经常性行使不可能由人数众多的全体股东去进行，而是由股东选举出来董事会进行。对于人数更为众多的社会公众更是如此，公共资源的经常性控制权应当由公众选举的人民代表去行使。但是，政府公务员阶层更加了解政府运行状况，外界监控比较困难，公共资源经常被用来满足组织内部的少数人私利。这种私利的满足在绝大多数时候是以充足的理由为基础的。由于这些"内部人"优势话语权的存在，导致了反映这些内部人利益诉求的话语往往能够成为主流声音。掌握执行权的优势往往又能够将这些主流声音迅速转化为可执行的政策。

这种政府内部人控制的存在，是很多问题的内在根源，主要表现在：一是非履行公共产品和服务供给的机构过多。在政府各部门设立了大量的培训中心、管理中心、报社、出版社、协会、学会甚至企业等。这些机构业务范围与所属部门有着千丝万缕的联系，在很大程度上成为安排人员、满足部门自身需求的机构，更为主要的问题是对市场秩序的破坏。二是政府内部人员构成不合理，造成的公共资金

效率不高,远比通常所说的财政供养人员①过多问题严重。按照我们通常的理解,某个行业就业人员过多应该带来某种产品供给过剩。但是政府人员过多,却没有带来公共产品和服务供给过剩,其中一个重大问题就是政府内部人员构成不合理。除了上述非从事公共产品和服务供给,却占用编制、耗费财政资源的机构外,这种不合理主要表现在直接从事公共产品和服务提供的人员中,辅助性人员、领导岗位人员过多,没有实现最富效率的扁平化管理模式,导致资源浪费。三是满足办公环境、公务条件的支出过多。比如,我国绝大多数地区的政府办公楼,通常是最为宽敞、明亮,并成为一个地区的标志性建筑。反观一些发达国家,政府建筑却远没有与非政府和私人建筑如此之大的差异。这在很大程度上挤占了稀缺的公共资源,分散了财力,使社会急需的公共产品供给不足或无力供给。如基础设施和公共设施建设投入不足、欠账太多,无形的、难以表现为政绩工程的社会保障投入偏低,基础教育、基础科学、文物保护、公共卫生防疫公共产品供应结构性失衡,加剧了公共产品供求矛盾和投融资困境与风险。

## 二、地方政府融资来源结构风险

公共产品的融资结构主要是指用以弥补公共产品和服务生产和供给的财政收入来源形式,即公共收入结构,公共收入结构包括广义和狭义两种。②

(1)公共融资来源结构逐步规范化,但是收入刚性逐渐增强,缺乏调节余地,风险加大。从世界范围内看,公共产品和服务的融资形式主要包括税收、收费、基金、发行债券(包括国债和市政债券)、借款、私人和企业资金、政府间的转移支付等形式。其中,税收收入在大多数国家占主要部分,非税收入占少部分;在同一国家内部,各级政府非税收入比重呈现出越向下越大的规律。比如,美国联邦政府

---

① 财政管理中常用的统计口径"财政供养人员"是一个很意味深长的概念,似乎财政收入的目的就是为了人员供养之用的,实际上这也是与"以收定支"的理财思想有着密切联系,因为在"以支定收"的公共财政模式下,财政收入服务于公共产品和服务的提供,而不是服务于人员供养,这时就不存在这个概念。

② 刘尚西、杨良初、李成威:《优化公共收入结构:财政增收的重要途径之一》,《经济研究参考》2005年第49期。

非税收入比例一般不到 10%,而在地方政府预算中,非税收入占 20% 以上,有的地方甚至能够达到 40%。① 我国目前各种形式的公共融资实际上都是存在的,比如虽然《预算法》上并没有给各地以发行债券的权力,但是各地通过推迟财务结算周期、拖欠工程款项、拖欠职工工资、借款发工资、以政府直属投资公司名义借贷、向上级财政借用周转金等形式,形成了多样化的债务结构,早就超出了《预算法》规定。据不完全统计,1999 年乡村两级的公共债务余额就已经达到了 3 200 多亿元。但多数人觉得这一数字的准确性值得怀疑,认为实际数字要远远大于这些。在经过农村税费改革、清理乱收费、尤其是《行政许可法》颁布以后,公共收入形式的规范性增强,税收收入所占的比重在整个财政收入的比重大增,与此相伴而生的是收入刚性增强。公众公共产品和服务需求是不断地发展变化的,呈现高弹性。在缺乏必要的收入来源情况下,地方各级政府必然就寻求制度外收入渠道,这就导致了制度外收费、借款等膨胀。从哲学角度说,一种必然性往往代表了很大程度上的合理性。所以也有些人认为,"制度外财政的客观存在有其合理性,最关键的一点在于为地方性公共产品的提供发挥了很大作用"②。

(2) 公共产品和服务融资在各级政府分布结构逐步合理化,但是县、乡等基层政府(grassroot government)融资能力与其收入水平不相适应。多年来,对我国政府间收入结构研究,主要集中在中央和地方单一层面政府之间,1994 年分税制改革实际上也主要在中央和地方政府之间实行,省和大部分市之间实行了分税制,基层县、乡政府与上级政府之间基本上不存在规范的分税制。近年来,虽然整个财政收入占 GDP 比重,中央财政收入占整个财政收入的比重都有了大幅度增长,但是县、乡基层政府的财政收入却没有实现同比例增长,公共融资能力大幅度下降。其主要原因在于,近年来国家先后通过农村税费改革、行政审批制度改革、治理乱收费、收支两条线、清理乡村两级债务等项改革措施,基本上封堵了基层政府相对灵活的融资渠道。这些改革都是很必要的,但这些改革措施的副产品就是乡

---

① 财政部国际司:《国外财政考察与借鉴》,经济科学出版社 2000 年版,第 155 页。

② 夏杰长:《转轨时期中国政府收入结构的实证分析与完善对策》,《财贸经济》2001 年第 6 期。

镇政府公共融资能力的下降。与此同时,由于前面所说的我国政府层级带有很强的科层制层级色彩,上级政府不断地向下级政府移交公共事务的支出责任,却没有同时移交相应的财权,或者在财权移交上大打折扣,导致基层政府融资能力下降的同时,支出责任范围却不断扩大,财产风险加大。

(3) 税收收入结构不断地优化(参见图 9–2),但是规范的分税制建立仍有待时日。目前税收扮演了我国公共收入体系的主要角色,对税收结构的分析是公共融资分析的主要部分。1994 年税制改革以后形成了目前的税收收入格局,1999 年税收收入首次超过 1 万亿元,2003 年超过了 2 万亿元,近年来年增长速度都超过了 20%,其中以增值税占 46%,接近半数;其他在 1 500 亿元以上的有营业税、消费税、企业所得税、外商投资企业和外国企业所得税、个人所得税等,最多的企业所得税 5 545.88 亿元,占税收总额比重在 16%,是一种相对非均衡的税制结构。增值税外的税种收入中,营业税收入 5 128.89 亿元,占税收总收入的 13%;三个主要所得税类税种收入合计为 7 288 亿元,占税收总收入的 24.2%;在国外基层政府中比较重要的财产税类收入,在我国主要是涉及房地产和少量其他财产类税种,共有七个,合计为 2 080.6 亿元,占税收总收入的 5.3%,其占税收总收入的比重分别从 0.1% 到 2% 不等。

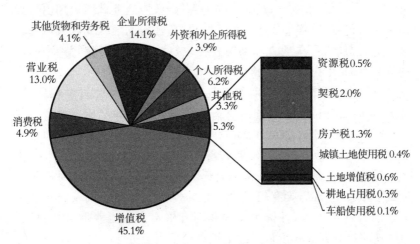

**图 9–2　2006 年全国税收构成**

*数据来源:根据国家税务总局、海关总署、财政部公布的资料,经整理后获得。*

同期美国各税收入中，最多的个人所得税，所占比重也不到30%，虽然全国主要的税种种类较少，但是发达国家每级政府都有相应的主体税种，所得税（包括个人所得税和公司所得税）、保险工薪税是联邦政府的主体税种，销售税是州政府的主体税种，财产税（以不动产为主）是地方政府的主体税种[①]；各级政府都有税种开征权，解决了各地由于税源分布不均衡而带来的公共融资水平差异，也在很大程度上消除了收入与支出总量的不对称性风险。

### 三、地方治理融资市场化不足和过度风险共存

政府等公共组织区别于企业的一个主要特征就是公益性和非赢利性。近年来世界范围内，各国政府将市场化手段引入公共管理过程，对政府进行改造，旨在提高政府效率，但是这并没有改变政府的公益性质。在我国一些公共产品和服务融资中，基础教育、农村公共设施、基础科学研究等都存在市场化过度情况，有些甚至将利润追求作为第一目标。比如从医疗公共服务上看，我国20世纪90年代后的医疗体制改革逐步以市场化为导向，许多地方在没有建立基本医疗保障体系、又没有相应合格的市场化主体存在的情况下，卖掉乡镇医院由私人经营，或者凭借多年的公共投入和垄断所形成的优势，进入市场盈利领域；从20世纪80年代开始，我国实行了住房制度改革，并将商品化、市场化、社会化作为目标，政府企业试图短期内甩掉住房供给包袱，导致市场化比重不断提高，住房问题构成巨大风险要素。更有甚者，有些地方和部门在行政执法中，以部门利益、小团体利益为目的，以罚代法、以执法搞创收，将公权力市场化。

虽然在一些公共产品和服务的供给中存在市场化过度现象，但公共产品和服务供给市场化不足现象更为严重。政府成了许多公共产品和服务唯一的、最大的投资者，如中国铁路现有运营里程和运输能力远不能满足经济社会发展的需求，但由于中国铁路资本市场化程度低，导致铁路建设和经营资金长期处于极度短缺状态，而铁路建设属于准公共产品，具有较强的市场因素，中国铁路基础设施却基本上是国有资本投入，外资和国内非国有资本尚不能涉足这一领域。中国铁路市场开放程度低导致了铁路建设资金处于一种恶性循环的

---

① 项怀诚、刘长琨：《美国财政制度》，中国财政经济出版社2000年版，第27页。

极度短缺状态。

在我看来,这两种相反趋势实际上源于一个风险根源,即公共部门中非公共利益存在。我们注意到,凡是所谓的市场化过度,一般不是将整个领域完全推入市场,而是将面向公众提供服务的终端环节市场化,市场化的利益由少数部门或群体,甚至个人获得相应的利益;而所谓的市场化缺乏,往往是指在市场准入环节、资本投入环节没有实现市场化,部分单位享受垄断利益。这就导致了这样一个后果,一方面,国家承担了大量的公共投入,并禁止其他主体的进入,另一方面,这种投入或补助形成的公共产品和服务在以市场化的手段向公众提供,从这个意义上说,市场化过度和市场化不足两个相反的趋势却有着相同的原因。比如医院是市场化过度的典型,国家投入大量的资金,并长期禁止其他主体的进入,形成了各大医院的优势地位,但各大医院却在利用这种多年投入、长期国家信誉,进行医疗产品的市场化提供;交通是市场化不足的典型,民间资金长期无法介入铁路、港口建设,导致这些领域投资不足。近年来在民间资金没有充分成长的情况下,外资大量投入这些领域,国家通过对市、县、乡级等非盈利公路的投入,汇集了人流、车流,形成了盈利性的高速公路高收益现象。很多盈利的高速公路、港口等基础设施被外商控制,享有终端垄断利润。

## 四、公共危机压力下的制度创新及其异化

地方公共产品和公共服务提供中,由于国家对基层政府制度内融资的限制,导致地方政府要满足各地公众日益增长的公共品需求,就必须加大对基础设施及具有社会效益项目的投资。从公共产品和服务范围角度,基础设施的投资主要应当由地方政府承担,这就使得政府开支日益加大。我国财政管理体制下,财政除基础设施投资外,还要负责地方基础教育、公共卫生、社会安定及行政管理等纯公共产品供给。在地方政府面临着沉重的公共融资压力的同时,我国的公共融资制度缺乏相应的灵活性,比如税收制度中税制结构不合理导

致地方缺乏相应的主体税种；没有税收立法权、停征权①，导致地方无法根据各地实际开征、停征部分税种；无举债权导致无法实现公共收入的跨期调剂。

巨大的支出压力和缺乏弹性的制度限制，形成了目前我国地方政府公共融资中的制度内、外融资方式并行，并促进了融资上的制度创新。政府制度内公共融资是指现行国家法律制度允许的公共融资方式，如征收税收和规费、争取国债转贷、国外借款、政策银行贷款等。制度外公共融资是指目前我国法律制度不允许的公共融资方式，比如，地方政府借贷、企业借款担保、向企业借债等。公共融资制度创新是指通过各种公共金融要素的重新组合和创造性变革所形成的公共融资工具或业务，主要指公共金融业务创新。传统的金融创新主要发生在公共金融领域之外，且这些创新多是在规避金融监管的情况下产生。比如西方发达国家金融监管机构对银行资产负债的管理、利率管制、外汇管制，金融机构分业管制等金融管制条件下，加强了金融机构的相互竞争，产生了一系列新的金融商品和交易手段。比如在美国联邦储备局对银行存款利率上限的限制下，金融机构创立了货币市场互助基金，以及可转让存单交易等就是管制带来的创新范例。我们所说的公共金融创新主要是指在现行法律制度框架内，由于技术进步、规避监管等原因而形成。比如各地政府组建隶属于财政部门或直属政府的投资公司，通过投资公司进行借贷，既达到了公共融资目的，又不违反法律禁止地方政府借贷的规定，就属于规避限制所形成的制度创新方式。规避监管进行的公共融资制度创新，很大程度上是地方政府在制度内融资不能满足公共资金需要的不得已选择。但制度外公共融资方式由于无法建立有效的偿还机制和决策、管理、监督机制，随意性较强，形成较大的公共风险并极易形成危机事件的发生。

---

①　在现行税收体制下，即使地方在不要求中央转移支付补助的情况下，停征某个税种也同样是被禁止的。如 1984 年湖北郧阳地区为减轻农民负担曾准备停征几年农业税，结果被中央通报批评，认为"用减免国家税收来提高农民收入的做法，是不适宜的"，并下文制止(见财政部 1984 年 8 月 28 日下发的《财政部致湖北省财政厅关于郧阳地区自行决定免征农业税问题的函》[84]财农字第 162 号)。

## 第三节　地方公共融资渠道改革及其风险考量

收付实现制(Cash Basis)一直以来都是世界各国财政管理中主要采取的核算基础,但在 20 世纪 70 年代以来"新公共管理"(NPM)运动的推动下,这种情况发生了很大的改变。很多国家在政府预算会计中运用了权责发生制(Accrual Basis),其中经合组织(OECD)一半以上的成员国在政府财务报告中采用了权责发生制。两种会计制度基础有根本性区别,主要体现在对于公共融资渠道的认识上。权责发生制以法定义务、权益的享有作为会计责任依据,使得一些非现金交易的融资方式,进入我们的考察视野,为政府公共融资活动奠定基础,成为公共融资改革的方向。我们对融资渠道的分析在很大程度上是建立在这种会计基础上。

### 一、地方治理融资主渠道的税收制度危机及其改革

进一步完善分税制财政管理体制,一是调整税收收入结构。进行增值税转型、所得税类、财产税改革,调整公共产品和服务融资结构。通过增值税转型,不仅实现促进投资和经济结构调整的目的,而且逐步实现税收收入结构的合理化,降低产品和劳务税收的比重,增加所得税类、财产税类税收比重。二是培育各级政府的主体税种,形成与公共财政职能相适应的大宗、稳定、与事权相配套的税源。主体税种的作用在于增强各级政府对预算收入的可预期性,便于根据居民公共需求对公共产品和服务供给做出合理安排。现在中央以增值税、消费税和所得税为主,省、市政府主体税种是营业税,县乡缺乏主体税种,形成收入波动性大、可预期性差,加大了财政支出风险。应通过税制改革,逐步建立不动产税制,形成中央以增值税、所得税收入为主,省级政府以营业税为财政支柱,城市、县级以财产税为主要财源的税收收入格局。三是降低税收的公共融资成本,集中税费征收权限。仅从税务机关税收征收成本的角度,公共融资成本逐年降低(参见表 9-3),而从 2000 年开始,我国各地的社会保险规费逐步由税务机关征收,极大地降低了成本。今后除了极少数公共服务提供行为与费用收取同时进行外,其他规费收入应逐步由同一征收机构征收,以降低税费征收成本。

表 9-3　全国税务系统人均征税额

| 年份 | 人员数 | 增幅（%） | 收入（亿元） | 增幅（%） | 人均征税额（万元） | 增幅（%） |
|------|--------|-----------|--------------|-----------|--------------------|-----------|
| 1993 | 578 955 |  | 4 078.89 |  | 70.45 |  |
| 1994 | 640 808 | 10.68 | 4 788.81 | 17.4 | 74.73 | 6.08 |
| 1995 | 733 986 | 14.54 | 5 562.18 | 16.15 | 75.78 | 1.41 |
| 1996 | 776 888 | 5.85 | 6 430.75 | 15.62 | 82.78 | 9.24 |
| 1997 | 968 189 | 24.62 | 7 998.42 | 24.38 | 82.61 | -0.21 |
| 1998 | 991 687 | 2.43 | 8 874 | 10.95 | 89.48 | 8.32 |
| 1999 | 986 240 | -0.55 | 9 920.48 | 11.79 | 100.59 | 12.42 |
| 2000 | 973 578 | -1.28 | 12 125.88 | 22.23 | 124.55 | 23.82 |
| 2001 | 890 036 | -8.58 | 14 429.5 | 19 | 162.12 | 30.16 |
| 2002 | 868 759 | -2.39 | 17 003.58 | 17.84 | 195.72 | 20.73 |

数据来源：根据 1994—2003 年的《中国税务年鉴》整理而成。

四是赋予地方适当的税收管理权限。主要包括税种选择权、设税权、立法权、税基和税率调整权、部分税种的停征权等，增加地方政府财政收入，为地方公共产品和服务提供稳定的资金来源，也使地方政府公共融资行为具有相应的灵活性。

## 二、地方治理融资的收费和政府性基金改革

按照公共产品和服务理论，任何一种公共收入的取得，都是以公共产品提供为对价。从这个意义上看，所有的公共产品都具有对等性，收费和基金如此，税收也应该一样。但是，采用收费融资方式的公共产品和服务，政府服务受益者的偏好更加容易显示出来，而且由于服务受益范围仅限于局部，其成本由非受益人承担的可能性不大，采用收费方式比税收更有效。收费和税收的根本区别在于对等性程度差异：一是多数规费缴纳所对应的公共产品和服务是即时的，如交通规费在交纳了相应费用后，即可获得通行服务；二是所获得服务是可以计量的，如工商执照工本费等，忽视这一特征将会混淆税费界限①。有些通过收费形成的资金多采用专款专用形式，这种专款的

---

① 朱海齐：《论行政规费》，《中国行政管理》2001 年第 2 期。

汇集就形成政府性基金(当然,政府性基金也有特定目的税等其他来源)。通过收费所形成的政府性基金是主要来源,所以基金和规费通常一起出现。设立基金的目的是为了保证项目所需资金的稳定性,使项目建设保持正常的速度,提高公共产品供给效率。但是 90 年代末期出现了 400 多项政府性基金,脱离了政府预算管理体系,为此国家开始清理取消各类基金。到 2002 年仅保留了 31 项,目前政府性基金目录中除了 2006 年到期项目外,有两个标注了具体停征时间,三个视项目进度决定停止时间,燃油附加费、公路客货运附加费等 13 个项目待燃油税开征后取消,另有 12 项为"在法律未作调整的情况下继续保留",新设南水北调工程基金和复征的民航基础设施建设基金未做规定。

我认为,行政性收费和政府性基金公共融资方式的改革方向应该是:一是关于规费的设定权。不应按照行政层级来设定规费的设定权,对于因公共资源或公共财产所有权所收取的收费项目,应逐步归行使资产所有者权能的相应层级政府;因公共产品和服务提供所收取的费用的确定权,应逐步归提供相应公共产品和服务的政府,以此来保证所提供公共服务的数量和质量。二是减少政府性收费、基金项目,将收费、受益对应性、即时性不强,按照交纳人收入、财产或消费状况收取的项目,改变为税收方式征收,如社会保险费可以改为社会保险税,一些地方性收费可以改为税收。三是行政规费的费率确定。规费费率依据应该是所提供公共产品和服务的数额,而不是消费者自身消费或财产收益状况,公共产品和服务数额无法确定的,应当纳入税收的范畴。四是要将行政性收费和政府性基金收入,全部纳入财政预算管理范围,防止漏洞和流失。

### 三、地方治理融资的转移支付

1994 年实行分税制改革之后,按照最初制度设计的转移支付规模不断扩大,根据预算安排,2006 年中央对地方政府的税收返还和补助增加到 12 697 亿元,占中央财政总支出的 57%,占地方财政收入总额的 43%,比例超过了世界上绝大多数实行分税制国家,这样大规模的转移支付比例构成了地方政府公共融资的主要来源之一。这种规模和比重的转移支付,应该使得我国比其他国家具有更好的公共融资均衡化效果——因为对于内部差距巨大的国家来说,均衡化是转移支付制度设计的主要目的。但是各地的公共服务水平差距却在不断拉大[①]，这种公共融资制度设计并没有达到均衡各地公共产品和服务提供的制度设计初衷，没有使得财政困难地区，尤其是很多县、乡两级政府的公共产品融资状况好转。

表 9-4　　几个代表年份转移支付结构表　（单位：亿元、%）

| | | | 1994 年 | 2000 年 | 2005 年 |
|---|---|---|---|---|---|
| 中央对地方转移支付支出 | | | 2 389.1 | 7 351.8 | 11 473.7 |
| 其中 | 税收返还 | 数额 | 2 028.1 | 3 335.0 | 4 144.0 |
| | | 比重 | 84.9% | 45.4% | 36.1% |
| | 一般性转移支付 | 数额 | | 279 | 1 121.0 |
| | | 比重 | | 3.8% | 9.8% |
| | 专项转移支付 | 数额 | 361 | 2 401 | 3 517 |
| | | 比重 | 15.1% | 32.7% | 30.7% |
| | 其他转移支付 | 数额 | | 1 336.8 | 2 691.7 |
| | | 比重 | | 18.2% | 23.5% |

其主要原因就是目前的转移支付制度设计与公共服务均衡化要求之间的矛盾，主要问题在于：转移支付形式达到六种之多，但是只有一般性转移支付均衡效果明显，结构并不合理（见表 9-4）；分配办法不透明，行政自由裁量权过大，造成分配不公；省以下转移支付制度缺乏，有的虽然建立，但是规范程度差。[②] 因此所采取的主要措施：转移支付制度改革目标应该通过调剂地区之间的财政能力差异，建立均衡性拨款制度和专项拨款转移支付这两种形式，均衡各地的基本公共服务水平；建立完善的转移支付制度，制定转移支付办法，提高科学化、法制化水平；实行纵向、横向相结合的转移支付办法，尤其是要建立横向转移支付制度；适当调整转移支付的形式，逐步取消税收返还，减少专项转移支付。

---

① 王雍君：《中国的财政均等化与转移支付体制改革》，《中央财经大学学报》2006 年第 9 期。

② 安体富：《中国转移支付制度：现状、问题、改革建议》，《财政研究》2007 年第 1 期。

### 四、地方治理融资的发债权及其潜在危机

按照我国预算法的规定,地方政府没有独立的发债权,但是这并不意味着地方政府没有进行债务融资。目前地方政府主要的债务融资渠道是各种负债,这些负债行为透明度低,很难监控,潜在风险大。允许地方政府发行债券,反而可以在很大程度上降低风险。其原因在于:一是通过公共债务证券化,将地方债务由地下变为公开,提高债务透明度,便于监督;二是通过发行地方公债进行公共产品和服务融资,通过公共产品收益或地方经济增长带来的公共收入增加进行还债,也拓展了公共融资渠道;三是吸收过剩的社会流动性,减少热点行业的资金,有利于宏观经济稳定。从国外经验来看,市政债券的发展也往往是伴随着城市建设、公共产品提供规模扩大的进程。因此,允许符合发债条件的地方政府发行债券具有非常重要的意义,而且从目前的实际情况来看,发债所需要的市场环境和制度环境基本具备,因此可以先试点,再逐步推广。如果就社会条件而言,我们目前大多数地方的发展条件和管理水平,要高于 20 世纪 20—30 年代的军阀混战、内忧外患的上海,但正是 1905—1934 年间上海先后九次通过成功地发行地方公债,奠定了上海繁荣的基础。[1]

赋予地方政府发债权,应当逐步进行。应当主要选择具有较强的管理能力和债务项目管理经验的城市政府,同时应确定其资格条件,如国债使用情况、财政赤字情况、财政收入增长情况等。但是我并不认为首先应当选择发达地区、大城市,因为这样会形成债务资金由中小城市向大城市和发达地区的倒流。在发行管理上,地方公债发行应由中央负责审查其发债资格、投向和规模,期限上应以中长期为主,并以基础设施建设和基础行业为主要投向,发债收入要纳入预算管理,同时要建立相应的偿债机制。制定《公债法》及其相关的配套法规,同时要在中央一级设立全国公债监管委员会,各省设立监管分会,负责公共债务监管工作。相应层级的地方人大是地方公债的决策机构,公债计划要由相应的人大会议审查通过。

---

① 刘志英:《近代上海的地方公债》,《财经论丛》2005 年第 4 期(总第 117 期)。

### 五、地方治理中的公共资产融资

商业融资方式有债权融资、股权融资和资产融资三种，前两种融资方式，反映的是资产负债表右侧负债、所有者权益的活动，资产融资反应的是资产负债表左侧的固定资产、流动资产等活动。资产负债表中的负债反映了从银行取得贷款、发行公司债券等债权性融资活动；所有者权益则反映了发行新股、配股等权益性融资活动；固定资产、流动资产则是通过股权、债权融资取得的资产。

对于公共融资来说，通过税收、收费等获得的无现金偿还义务的资金，性质与股权类似，而通过公债发行获得的资金，与债权性质相同，但是目前人们对于公共资产融资却缺乏一定的认识。公共资产融资是与其他公共融资不同性质的融资方式，主要是指为寻求将某特定资产转化为流动资金的融资。通过资产融资的方式进行融资，我国已经有先例，比如2006年中国证监会批准发售的"南京城建污水处理收费资产支持收益专项资产管理计划"，就是对市政公共基础设施进行资产证券化（ABS）的资产融资方式。广西南宁市威宁资产管理公司，就是通过对国有行政事业资产进行集中托管，实行市场化经营和公共融资的改革的一个案例。当然，资产融资方式是一种新型的公共融资方式，有些具体的做法还有待于探讨，目前所要做的工作应当主要是控制融资范围，加强项目进度监管，防范融资风险。

### 六、民间资金参与公共融资治理与风险控制

世界范围内公共融资的一个重要趋势是，各国越来越多地将一些具有有限非竞争性和非排他性基础设施以及公共产品提供和生产中可以市场化的环节，鼓励民间资金进入。这种做法不仅可以增加公共物品的供给，还能拓宽融资渠道，减轻政府的基础设施投入压力，对于吸引要素的流入和强化对于公共产品和服务的提供的监督都具有重要作用。但是，在监督主体缺位的情况下，这类投资规范程度、信息透明化程度较差，投资风险也最大。

## 第四节　地方政府义务教育治理危机：中外对比分析

美国地方政府中，义务教育是地方政府治理中的主要工作。美

国各地义务教育的经费主要来自于财产税,有些地方的比重是100%,大多数地区也要达到80%以上。我国义务教育经费并不特别对应某类收入,多是来源于地方政府一般收入与上级政府转移支付。不同职责配置方式和来源渠道,对政府职责履行职能效果不同,这种差异导致了一系列制度和现实危机。下面我们就以四川省成都市为例,着重从地方治理中,职能配置和融资渠道说明这一问题。

## 一、纵向多层级政府教育职责配置的危机

义务教育公共产品和服务的提供在一个国家的区域内应当是相对均衡的,要保证这种均衡性,支出责任就不应该是基层政府,而应由中央和省级政府承担主要责任。与此同时,义务教育公共产品和服务提供是各级政府的职责,但是其生产不可能由各级政府进行共同生产。由于基层政府贴近普通民众,熟悉情况,生产教育等公共产品具有信息方面的优势,所以义务教育管理可以由基层政府进行。本案例主要以成都市为核心,与美国的情况进行比较,说明我国各级政府在义务教育公共产品和服务职责的配置。

### 1. 对照美国地方治理中义务教育职责划分

美国实行的是分权制的教育管理体系,分联邦、州、学区三级,其中尤其以州和学区政府所起的作用最大。美国的教育公共产品和服务供给中,最为重要的是美国的学区制度。它有两层含义:即学区是一个教育行政单位;学区也是一个接受教育公共服务的区域单位。我们可以给它定义为:由各州立法机构设立的,为居住在服务区内的儿童提供义务教育公共产品和服务的实体。它有一定的行政区域范围,大小因州而异。学区是最早的教育提供单位,由于区域的局限性,学区在教育公共产品和服务供给中的作用曾经一度受到置疑,州政府所具有的在较大范围内均衡公共服务水平的作用受到重视,教育提供的中心逐步转移到了州政府身上。随着岁月的发展,美国学区自身也进行了改造,成为州对教育实行管理的工具,是美国地方教育行政机构,是州的最基层的教育行政单位,是直接经营和管理学校的地方公共团体。

半个多世纪以来,特别是前苏联人造地球卫星上天以后,美国朝野日益认识到教育对国家的发展至关重要,也深切地感受到了当时教育制度所存在的危机。于是,联邦政府加大了对全美教育的参与

力度。在义务教育阶段，联邦教育部通过增加资金投入支持各州的教育普及；通过启动教改项目引导各地义务教育的巩固和提高。联邦政府对义务教育的投入占全国义务教育经费的比例先是从 20 世纪 50 年代初的 1%，提高到 90 年代初的 3%，21 世纪初又提高到 7%。教育投入是各州最主要的公共开支。各州政府对义务教育财政的分担比重不断上升，从 20 世纪 40 年代的 30% 提高到现在的 50% 左右。学区是地方筹集义务教育经费的基本单位，学区居民所交的财产税基本上都用于本学区的义务教育事业。近年来，学区对义务教育投入资金的总额也在增加，只是由于联邦特别是州加大了投入力度，导致了学区分担的比例在下降，从 20 世纪中叶的 69% 降为目前的大约 43%。美国已形成了由联邦、州和地方三级政府共同分担、以州和地方为主的义务教育投入机制，有力地保障了其义务教育的不断推进和质量提高。

2. 我国目前各层级政府义务教育公共职责配置现状

1985 年《中共中央关于教育体制改革的决定》颁布，把发展基础教育责任交给地方，实行基础教育由地方负责、分级管理的原则。1993 年，中共中央、国务院印发《中国教育改革和发展纲要》，进一步明确到 2000 年实现"双基目标"；强调继续完善分级办学、分级管理的体制。这两个文件基本上确立了义务教育的管理体制框架。本世纪初，全国各地陆续进行了农村税费改革试点工作，2001 年国务院颁布《关于基础教育改革与发展的决定》，提出进一步完善农村义务教育管理体制，把农村义务教育的支出责任从主要由农民承担，转到主要由政府承担；把政府对农村义务教育的管理责任，从以乡镇为主转到以县为主。在上述制度下，成都市城区形成了部分初中、高中由市教育局直属管理，城区政府主要负责以小学和部分中学为主，五城区之外的县区负责各自中小学管理的义务教育管理体制。2006 年，成都市进行了市直属学校管理体制改革，将大部分直属高中全部下放到五城区，真正实现了"以县为主"的办学管理体制，全面承担本辖区教育发展的职责。成都市区级教育将由单一的以小学、初中为主，建立起从小学到高中的完整教育结构。

根据教育部、四川省、成都市、相关县市区各级政府间义务教育职责划分的有关规定，我们对于各级政府职责进行了简略划分。其中，中央政府确定义务教育的教学制度、课程设置、课程标准，审定教科书;各级政府共同保障农村义务教育投入,通过转移支付加大对贫困地区和少数民族地区义务教育的扶持力度;省级和地(市)级人民政府负责加强教育统筹规划和组织协调;县级人民政府对本地农村义务教育负有主要责任,负责全县中小学的规划、布局调整、建设和管理,统一发放教职工工资,负责中小学校长、教师的管理,指导学校教育教学工作;乡(镇)人民政府承担相应的农村义务教育的办学责任;继续发挥村民自治组织在实施义务教育中的作用(见表9-5)。

表9-5　中央、省、市、县(市、区)四级政府义务教育管理主要职能①

| 序号 | 义务教育公共服务职责 | 中央 | 省级 | 市级 | 区县 |
|---|---|---|---|---|---|
| 1 | 政策法规的制定 | √ | √ | √ | |
| 2 | 经费的管理 | √ | √ | √ | |
| 3 | 教育收费 | √ | √ | √ | |
| 4 | 学校的设置标准 | √ | √ | | |
| 5 | 教材的审定 | √ | √ | | |
| 6 | 教师资格标准 | √ | √ | | |
| 7 | 教育教学改革政策 | √ | | | |
| 8 | 人事(教师聘用、任免等) | | | | √ |
| 9 | 人员编制标准 | √ | √ | | |
| 10 | 教育统计 | √ | √ | √ | √ |
| 11 | 教育布局调整 | | | | √ |
| 12 | 教育设施建设 | | | | √ |
| 13 | 中小学校设立、撤销和变更 | | | | √ |
| 14 | 教育督导和评估 | √ | √ | √ | √ |

**3. 各级政府义务教育管理的具体职责**

一是中央政府职责。负责制定有关基础教育的法规、方针、政策及总体发展规划和基本学制;设立用于补助贫困地区、民族地区、师范教育的专项基金;对地方教育部门工作进行监督指导等。国家负

---

① 该表的主要内容根据教育部、四川省、成都市及其相关县市区、乡镇的三定方案中所确定的教育管理职责的有关规定总结后获得,当然内容可能不尽完整。

责制订有关基础教育的法规、方针、政策及总体发展规划、基本学制、课程设置和课程标准；设立用于贫困地区、民族地区、师范教育的专项补助基金；对省级教育工作进行监督、指导等。

二是省级政府责任。省级政府负责本地区基础教育的实施工作，包括制订本地区基础教育发展规划，确定教学计划、选用教材和审定省编教材；组织对本地区基础教育的评估、验收；建立用于补助贫困地区、少数民族地区的专项基金，对县级财政教育事业费有困难的地区给予补助等。省级人民政府还应当制订实施义务教育各类学校的经费开支定额，并制订按照学生人数平均的公用经费开支标准、教职工编制标准和校舍建设、图书资料、仪器设备配置等标准。

三是地、市级政府责任。地、市政府根据中央和省级政府制定的法规、方针、政策，对本地区实施义务教育进行统筹和指导。

四是县级政府责任。县（市、区）级政府在组织义务教育的实施方面负有主要责任，包括统筹管理教育经费，调配和管理中小学校长、教师，指导中小学教育教学工作等。

五是乡级政府责任。根据成都市的有关规定，乡级政府负责本辖区落实义务教育的具体工作，包括通过与家长、村民自治组织等的协调，动员适龄儿童、少年按时入学。维护学校的治安、安全和正常的教学秩序。有条件的经济发展程度较高的地区，义务教育经费可仍由县、乡共管，充分发挥乡财政的作用。

除了各级政府的义务教育职责之外，国家鼓励社会各界共同参与中小学的办学及管理，逐步形成以政府办学为主体、社会各界共同参与、公办学校和民办学校共同发展的办学体制。倡导中小学校同附近的企事业单位、街道或村民委员会建立社区教育组织，吸引社会各界关心，支持学校建设。

从对成都市义务教育管理体制的考察分析可以看出，经过多年的义务教育体制改革，教育管理职责逐步明确，教育行政管理机关、学校、义务教育接受者之间的职责逐步明确，义务教育非均衡的体制因素已经在逐步地减弱。

## 二、地方治理中义务教育融资风险分析

义务教育是各国主要的公共产品和服务供给，其支出量占据了各国财政支出，尤其是地方财政支出的大部分。多数国家的整个教

育经费来源呈现多元化特征,除政府拨款、学费外,社会捐赠、学校服务社会的收入也占有很大比例。但是,与我国不同的是:

第一,大多数国家义务教育阶段的经费来源比较单一。以美国为例,在 2003 至 2004 学年,91.2% 的基础教育经费投入来自联邦、各州及地方政府,其中联邦政府的投入为 8.2%,各州政府为 46%,地方政府为 37%,其余不到 9% 的基础教育经费主要来自私人捐赠等,这一部分主要用于私立学校,这样公立学校的几乎 100% 来源于各级的财政收入。美国义务教育经费很大比例是由学区承担,而学区教育经费来源又主要是依靠本地区居民的财产税(主要是房地产),因地区房地产价值和民众的负担能力不同而出现的教育经费的差异,同样导致了教育不公问题。

第二,实行义务教育的国家全部实行免费政策。关于免费的范围各不相同,基本上围绕着学费、教科书费、午餐费、交通补助费、住宿等进行。学费的范围自然包括相应的实验费用、取暖费用、考试费用等,而非像我国一些地方学费免除,取暖费、餐费不免除的做法(见表 9-6)。

**表 9-6　部分国家义务教育免费情况表**

★ **免学费国家**:13 以色列;12 比利时、英国、荷兰;11 加拿大、新加坡、马来西亚;10 亚美尼亚、挪威;9 奥地利、德国、波兰、瑞士、突尼斯;8 保加利亚、印度、意大利、巴西。

★ **免学费、部分免教科书费国家**:美国 12(有的州轮流使用免费教科书,低收入家庭学生午餐免费);法国(贫困学生免教科书费,补贴交通和午餐)、俄罗斯(贫困学生全部/部分免教科书费,提供交通/住宿)韩国 9(教科书小学全免费,初中除六大城市外免费);蒙古 8(贫困学生轮流使用免费教科书);葡萄牙 9(贫困学生免书本费,补贴交通和住宿)

★ **免学费、教科书费国家**:12 文莱、新西兰;9 古巴、埃及(边远农村全免费);8 科威特

★ **免学费、教科书费及其他**:9 日本(免部分午餐费);8 罗马尼亚(免费医疗和心理诊疗)

★ **免学费、教科书费、午餐费,交通费补助的国家**:11 朝鲜(教科书轮流使用,免费校服);9 瑞典(交通免费)、芬兰(医疗、保险免费、困难学生交通补贴)、泰国(出借自行车)

　　第三，义务教育经费使用方向上，国外财政每年正常拨款主要是维持中小学校运作。比如就加拿大 BC 省 2004 年的财政投入中，约 75% 用于支付教师的工资，其余 25% 用于水电、办公、学生服务等公用经费等。如有新建、扩充和改建基础设施和大规模设备更新等，则另拨专款。我国则有所不同，比如成都市 2004 年教育经费支出中，人员经费支出占 58.58%，公用经费支出占 31.49%，基本建设支出占 9.91%。

　　随着教育管理体制和财政体制的改革进程，我国义务教育融资发生了巨大的变化，义务教育经费逐步从以国家财政拨款为主，到多渠道筹措。上世纪 90 年代初期，通过《中国教育改革和发展纲要》以及《教育法》对于各地教育投资比例作了规定，使得整体的义务教育投入有了充分的法律保障。具体到作为义务教育公共产品生产者的学校，其融资则要联系其产权归属和财政体制。属中央政府的，所需经费在中央财政拨款中安排解决；属地方的，所需经费从地方财政中安排解决；尚未划转地方，仍属于企事业单位的，所需经费主要由主办单位安排解决，国家给予适当补助；社会团体和个人举办的，所需经费由主办者自行筹措（包括向学生收费，向社会募捐等）。除直接来源于教育的外，学校还通过勤工俭学，以及向社会提供有偿服务增加一些经费收入。

　　成都全市普通教育经费的投入总量上存在较大的差距，小学人均投入最多的高新区，达到了 6 000 元/生，城区生均投入最少的成华区为 2 000 元，全市的平均水平在 2 000 元，低于城区的平均水平。在整个投入中，全市 25% 左右来自于自筹经费收入，绝大部分依然来自于各类公共资金投入；全部城区及高新区的投入中 30% 以上来源于自筹经费收入，最多的区达到 40%，最少的区在 20%，而城区外的平均水平在 20%。无论从结构上看，还是从人均投入总量上看，城区之间，城区和城区外之间，存在较大的筹资能力差距（参见图 9-3 和图 9-4）。这与居民的负担能力、学校办学质量、所在区的财力等综合因素有着密切关系。

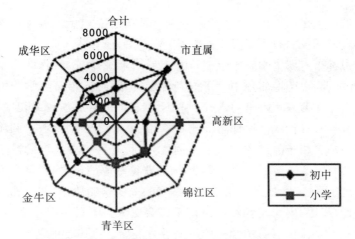

**图 9-3 2004 年成都市城区初中小学人均教育总投入图**

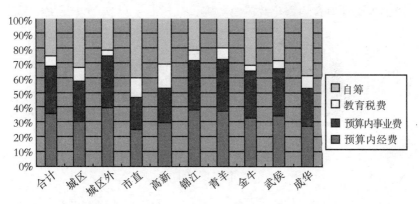

**图 9-4 2004 年成都市内各区教育投入构成**

2. 义务教育公共融资的运用渠道、结构等指标差异

长期以来,我国教育执行的是一种非均衡性的发展战略,我国义务教育供给体系还停留在计划经济时代,这主要体现在公立机构占据主导地位,民办教育规模较小。由于公立教育系统中精英教育传统的主导作用,我国优质教育资源基本集中在公立体系中。但是对于重点和非重点学校进行全面性的定量比较研究却难以进行,主要原因在于我国教育事业发展和经费统计数据向来不是按照重点学校和非重点学校进行。所谓重点与非重点的定性,也只是一种习惯说法,现实中可能是以"实验学校"、"示范学校"等名义出现,而且由于受多种因素的影响,其教学质量也处在变动中,获取资源的能力也是

变动的。但是我们依然可以从一些数据中间接地进行观察优质学校和非优质学校的教育经费投入差异。

成都市直属中学基本上属于重点或者职业学校、特殊教育学校等，2006 年已经将部分中学下放到各区管理，目前市直属学校大部分属于非义务教育阶段的学校。2004 年成都市直属学校的初中，生均教育经费总投入都远远高于城内各区（参见图 9-5）。考虑到城内各区中都有相当数量的重点中学因素，而且有些义务教育阶段初中质量甚至要高于直属中学的质量，因而获得资源的机会、数量要不低于直属中学，那么如果采用重点中学和一般中学的数据（如果能够获得的话）相比，生均教育经费的差距将会更大。不过值得注意的是，于 2003 年比，市直属中学初中生均教育经费总支出下降了 5.96%，预算内的教育经费支出下降了 5.34%，可资解释的原因在于近年来成都市义务教育均衡化政策的实施。

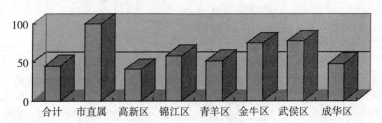

图 9-5　2004 年成都市市属初中与城区各区生均教育经费总支出之比
（市直为 100）

### 三、风险与危机压力下的义务教育制度变迁

美国义务教育经费与财产税之间的关系，经历了一个长期变化过程，其职责在州、市镇之间，不断调整。但是，义务教育经费来源于财产税这一点，却并无大的变化，这与我国状况有所不同。

1. 义务教育融资来源及其制度变迁

（1）预算内、预算外财政资金拨付标准及其历史变迁。

20 世纪 80 年代中后期开始，成都市的义务教育经费投入发展经历了三个阶段，义务教育责任呈现逐步上移的趋势。

第一阶段，20 世纪 80 年代中后期到全国基础教育工作会议之前，随着教育体制改革和义务教育法的实施，成都市义务教育经费实行"分级办学，分级管理，县乡共管，以乡为主"的体制，投入主要靠乡财政以及各种收费、集资、摊派为主要来源。此间政府出台筹资政策达到近 10 项。

第二阶段税费改革和全国基础教育工作会议后,实行"地方政府负责,分级管理,以县为主"体制,县财政负主要供给责任。停征了部分税费,取消了教育集资,义务教育主要靠预算内拨款和各项教育收费保障。农村义务教育经费由县级财政保障,市、省、中央财政转移支付予以补助。

第三个阶段是从 2006 年春季开始实行了农村义务教育经费保障改革。14 个郊区、县免除了学杂费,取消了学校各项行政性收费和综合服务收费,学校经费由县级财政及中央、省、市转移支付资金保证。

成都市开始开展了"普九"工作后,逐年增大了对义务教育教育的管理,各中、小学教育经费列入市财政预算,城区中、小学教育经费由市财政局划拨给市教育局,再由市教育局按计划划拨各学校,乡镇农村学校教育经费由市财政直接划拨。

除国家拨给的教育事业费外,市政府和各乡政府从 1985 年起开始征收教育费附加,实行专款专用。其中农村教育费附加按上年人均纯收入的 1.5％计征,列入乡镇财政收入来源,乡收乡管乡用,2000 年改为乡征区管乡用,农村税费改革中随着"三提五统"取消;城镇教育费附加以单位和个人交纳的产品税、增值税、营业税的税额为依据,附加率为 1％;1995 年开始按照职工工资的一定比例征收职工教育费,目前只保留了三税附加。

(2) 义务教育融资的其他来源途径。

除了国家财政义务教育经费投入外,其他的教育投入途径还有社会团体和公民个人的办学经费、社会捐资助学和集资办学经费,学杂费及事业收入等教育费用。这部分资金来源占全国整个义务教育经费比重的不到 30％,其中学杂费的收入是除了国家财政教育经费之外的最大收入来源(参见图 9-6 和图 9-7)。

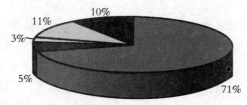

图 9-6　2004 年成都市城区初中小学人均教育总投入

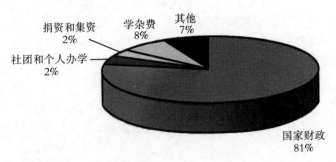

**图 9-7　2004 年全国普通小学教育经费来源**

　　1992 年以前,各地学杂费的收取量很少,而 1992 年颁布了《义务教育法实施细则》,其中规定:"实施义务教育的学校可收取杂费"。地方政府,为解决义务教育经费的困难,越来越多的收费项目被纳入"杂费"范围,导致了学杂费项目的急剧上升。在大多数年份中,学杂费的增长比重远远超过了国家财政教育投入的比重,在 1993 年的增长甚至接近 100% 最低的年份增长也达到了 20%,而财政投入的增长多数年份在 20% 以下,有几个年份甚至低于 10%(见图 9-8)。

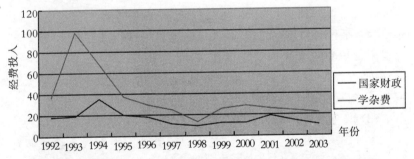

**图 9-8　1992—2003 年国家财政和学杂费投入增长(上年为 100)**

　　成都市城区各学校在国家财政资金教育经费来源之外的资金基本上在 30% 以上,高于全国平均水平,有些区甚至能够达到 40%,2005 年义务教育阶段的收费收入为 6.13 亿元,约占学校总经费的 24.8%,其中城镇小学收费收入 2.5 亿元,占其总经费的 30%,农村小学收费收入为 1.4 亿元,占其总经费的 18%,城镇初中收费收入 1.3 亿元占其总经费的 42%,农村初中收费收入 0.9 亿元,占总经费的 16.9%。表明城区的筹资能力要强于其他地方,这与经济发达程度有关。而在城区各学校的资金来源结构中,主要包括学杂费、集资和捐资、借读费和调剂生费、其他等项目,学杂费占比重并不很大。

　　按照国家的规定,义务教育阶段不允许择校,也就不存在收取借读费的问题;在义务教育阶段不在规定范围内的学校就读的,国家规定的收取项目为借读费。在成都市规定的收费项目中(如表9-7所示),以借读费最高,最多的初中达到每生每年4600元,3年费用达到1.38万元,但是据世行配合此项目所作的调查表明,实际缴纳的要高于这一数额,不过并不是以借读费名义收取的。

### 表9-7 成都市初中、小学主要收费项目及标准

| 收费项目 | | 收费标准 |
|---|---|---|
| 杂 费 | | 每生每期,初中60元、小学50元 |
| 课本预收款 | | 每生每期,初中180元,小学130元(期末按实结算,多退少补) |
| 借读费 | 五城区及高新区 | 初中:省级及以上示范学校3600元;改制学校4000元;市级示范中学2800元;一般中学2000元;成都实验外国语学校,每生每期2300元。小学:示范学校1600元;改制、窗口学校1200元;其他800元(除注明外,以上为每生每年) |
| | 其余县区 | 在低于城区标准的前提下,按规定报批并备案。 |
| 住宿费 | | 未经改建的学生宿舍,每生每期80元;1998年后改建,并配备规定设施和管理人员的,100—200元;其他宿舍收费标准,按规定另行审批 |
| 体检费 | | 每生每年5元,由承担体检的医疗机构收取 |
| 龋齿防治费 | | 每生每期5元,由龋齿防治机构收取 |
| 初中升学实验考试费 | | 每生每科6元(物理、化学、生物)由市教育技术装备管理所统一收取 |
| 初中升学体育考试费 | | 每生12元 由市招生办公室统一收取 |

　　2. 社会压力下的义务教育均衡化

　　财政转移支付制度的设计目的是在特定的区域内实现政府公共产品和服务供给的均衡,义务教育属于准公共产品,具有较强的正外部性,资源应该在更广阔的范围内配置市场经济条件下,政府不能通过硬性拉平竞争结果的方式去实现公平,那样会损害效率,但政府可以通过实施义务教育,实现起点公平,确保公民站在一个起跑线上。

所以说，相对于其他公共产品和服务的公共融资，义务教育中的转移支付有着更为重要的意义。

当前各国义务教育公共融资有集中、相对集中和分散三种模式，大多数国家采用集中和相对集中的模式，即由中央和省或州政府负担大部分费用，少数内部差异较小、国土面积不大的国家采用分散模式。从历史发展的纵向上看，主要教育大国都经历了由分散到集中的发展过程，各国中央政府都通过转移支付制度，建立起了在全国范围内均衡的义务教育公共服务。如葡萄牙、土耳其中央政府负担100%，法国的中央政府分担68.4%；比利时省政府负担90%，德国的州政府分担76.4%；日本中央政府负担义务教育学校教职员工资的三分之二、校舍建设费用的一半至三分之二、教材和教具费用的一半，其中教科书费用全部由中央政府负担。受传统财政体制影响，我国义务教育经费的中央专项投入比例较低，在义务教育财政体制调整前，我国义务教育财政投入的78%由乡级财政负担，9%左右由县级财政负担，11%左右由省地级财政负担，而中央财政负担仅为2%左右。

2004年成都市学校固定资产投资中，中央占各级财政拨款的比重占1.1%，省级为0.09%，市级为4.3%，区县级为8.95%，各种教育税费（按现行财政体制基本上属于市、区县两级财政收入）36.23%，捐集资5.32%，学校自筹38.71%，其余的占5.3%。即使包括各种教育税费，来源于财政的份额只占50.87%，这些财政资金属于中央、省、市、区县四级政府，不用说中央和省级政府，就是整个政府的财政调控能力也是比较微弱的（参见图9-9）。

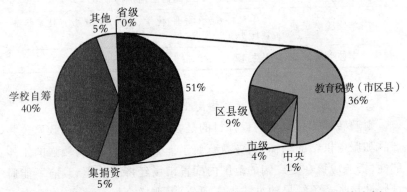

图9-9　2004年成都市教育固定资产投资按来源主体划分的比例

尽管自 1995 年以来,中央和省级财政部门已经制定实施了过渡时期的一般性转移支付管理办法,但由于一般性转移支付(体制补助、税收返还等)照顾了原财政体制下的地方利益,使得发达地区获益较多,贫困地区仍处于不利地位。此外,义务教育专项转移支付力度太小,而且大都要求地方政府提供数额不小的配套资金。在项目实施前,每个省都要与教育部、财政部签订提供配套资金的协议。协议只规定配套资金的数额,没有对省、市、县、乡各级政府的责任进行明确规定,结果往往把远远超出乡镇政府财力的配套资金"下压"到我国当前 5 级政府的末梢,造成基层财政负债累累,近乎崩溃。再加之地方政府管理和决策中存在着相对较为严重的"人治"色彩,而且我国不像其他国家那样,具有相对独立的学区制度,所以一般性转移支付中虽有教育因素的考虑,但是很难保障一定用于教育。

义务教育转移支付制度的具体设计主要有两种思路。一种是分类负担法。即在划分教育支出类别的情况下,根据指出的性质以及不同地区情况,各级政府根据分类,分担不同的教育支出项目。一种是公式法。即使用客观因素计算标准和教育经费收入,根据缺口情况进行教育经费转移支付。考虑的因素主要有义务教育的学生数量、标准配备状况、当地物价水平、收入状况、消费状况和本地教育收入及财政努力程度等,在此基础上计算出标准支出及其缺口状况,决定转移支付数额。第一种方法易于操作,实践中也应用较多,但是受主观因素影响过大,容易形成不公;第二种方法可观性较强,但是计算过程比较繁琐,如果因素设置不合理,也会带来不公。

## 结论

从美国义务教育与财产税的长期演化关系中,可以看出,风险压力因素对各级政府间教育职责划分,教育实施方式、学校组织形式等、进行不断的制度调整,最终形成了目前这种在美国各地占主导地位的学区模式。

本节中以四川成都市义务教育为例,考察了中国义务教育经费来源、职责划分、教育实施方式,学校组织形式等。如何在来自于社会风险、危机压力情况,逐步实现制度变迁的状况。这种制度变迁规律,再一次印证了本书所反复论证的风险压力的制度变迁模型。

# 第十章 风险社会下的我国地方财政 体制与公共治理改革

在全球危机的背景下,通过建立制度变迁的风险分析框架,对美国财产税与地方政府治理危机进行后续分析,对美国地方治理危机有了理论和实践层面的认识,也从地方治理角度,对我国地方政府体制及其存在的危机进行了分析。上述一系列工作,还不是主要目的,更为重要的是要通过对于美国相关情况的了解,最终分析我国地方治理、房产税改革等方面存在的现状、问题并提出建议。

## 第一节 风险分析下的财产税制与制度变迁要点

美国财产税的长期变动趋势对美国地方政府收入机制有着巨大影响,最终形成美国地方政府财政收入结构现状。美国各地的这种更加偏向于市场化融资的收入结构,对美国近百年来美国地方政府治理结构形成巨大影响。这种影响表现为美国地方政府组织形式更加市场化,同时也面临更大的风险。在日益复杂的社会体系中,这些脆弱性通过蝴蝶效应的放大效果,促进了危机的产生,但同时也为制度变迁带来了契机。

### 一、财产税制变迁,使政府出现房地产市场调控职能危机

从对房地产价格的影响上看,财产税税率具有与贷款利率同样的作用。而且从普遍性上看,房地产税率适用于所有的纳税人,作用范围更具有普遍性,而贷款利率只有对不动产抵押贷款人才是有效的。

美国地方政府长期的财产税税收限制政策，使得财产税基的价值比重逐年下降。作为公共服务均衡化的制度安排，或者地方政府财政支出压力向上转移的后果，联邦和州政府对地方政府的转移支付量开始增加。在美国的"以支定收"的财政收支体制下，美国大部分地区的实际财产税税率长期趋势趋于下降，税收的宏观调控职能减弱。

究其根源，美国地方政府"以支定收"的收入体制，与美国社会自1929年大萧条之前所形成的先消费，后筹钱的借贷消费观念有着密切的联系。这种长期存在的消费观念，直接导致了消费信贷及其相关衍生产品的繁荣，甚至地方政府也在广泛参与衍生产品交易。"为金融而金融"成为某些完全与实体经济活动无关的虚拟经济运行的目的，也是金融危机的根源之一。

## 二、财产税比例下降、收入结构变动导致财政危机

美国地方政府财产税收入的比重逐年下降，除了靠其他税收的逐年增长，联邦和州政府对部分地方政府转移支付的增长弥补之外，也在很大程度上源于地方政府越来越多地依靠收费和发行地方债券、衍生产品交易获取收入的增长去弥补。但是，随着具有稳定性、固定性的税收收入比重的减少，债券、衍生产品较大风险的项目，以及非均衡性的收费收入增加，导致这种收入模式形成了巨大的财政风险。此次"次贷危机"引发的金融危机中，美国一些地方政府甚至州政府面临破产的境地，就是这种财政结构的后果之一。

## 三、地方收入结构导致治理结构变迁，孕育了管理危机

受制于地方财政收入结构的影响，美国地方政府致力结构近几十年来发生了较大的变化，其中比较明显的是市政经理制的城市政府比例逐年增加。这表明美国地方政府公共管理的组织形式、管理方式，日益朝着市场化的方向迈进。随着80年代中后期"新公共管理"运动在美国各地的兴起，这种政府企业化的进度更加明显，一些并未进行政府组织形式变革的地方政府，也开始逐步将一些公共服务市场化。

美国地方政府越来越多地直接面向市场，在很大程度上提高了行政效率，但是也存在着"新公共服务理论"和其他对此持批评态度

的学派所提出的公共服务价值欠缺问题。从次贷危机角度看，也存在风险加大问题。

一是地方政府收入形式的变化，加大了整个市场的虚拟经济规模，增加了风险总量。美国地方政府越来越多地进入资本市场募集资金，增加了资本市场、虚拟经济的规模，也直接加大了社会风险规模。

二是政府组织形式的变化，将政府直接推向市场。美国地方政府改革的后果是，将政府这种传统上公民保护者的稳定组织形式，更多地推向了市场，演化为与商业公司差异不大的市政经理模式，直接承受市场波动风险。这在很大程度上，也是催发此次"次贷危机"，并且在次贷危机后，部分州、地方政府直接陷入危机的体制性因素。

### 四、"蝴蝶效应"放大脆弱性，形成政府管理危机

无论是地方政府财产税收入体制、政府管理体制方面的脆弱性，甚至由此进一步催发的"次贷危机"。就其绝对规模上看，尚无法直接导致大规模的危机产生。但是，在经济、社会系统日益成为一个复杂动力系统，并且更具有混沌特征的时候，这一系统的运行将对初始条件具有相当的敏感性，即产生"蝴蝶效应"的无限放大效果。

此次危机中"蝴蝶效应"的内在机制是金融衍生产品的存在，即通过对"次贷产品"的反复组合、打包，形成基于次贷产品之上的其他金融衍生产品，这些金融衍生产品又被保险、再保险，而经营这些金融产品的金融机构自身又具有很高的资产负债率、资金杠杆率。这样一旦次贷产品的资金链条的折断，将会带来巨大的危机产生。

### 五、风险、危机和突发事件，促进制度变迁形成

同自然系统不断地通过适应危机而完善结构一样，人类越来越复杂的系统也是通过在危机中不断地发现脆弱性，并予以改进而取得进步的。制度的一个主要功能就是作为人类对抗自然、社会不确定性的系统化应对策略的设计。

## 第二节 对我国地方政府治理改革的启示

从美国近百年来地方政府改革的历程可以看出，财产税改革，

地方政府公共收入结构变迁,以及地方政府管理模式的变革,这三者间存在密切的联系,对我国整个地方政府改革也具有很大的启示意义。

### 一、借鉴美国财产税模式,但要保持适度的税收调控工具职能

主要是要保持我国税收的宏观调控的职能,且注意房产税改革可能带来的市县地方政府公共服务的非均衡化。从美国地方政府财产税发展中的经验和教训看,财产税最早是对土地和牲畜按不同税率征收,到19世纪逐步发展为对所有动产、不动产征收的一般财产税,且执行同一税率的统一税种。19世纪末,选择性财产税代替一般财产税,只对不动产和工商业动产等征收的。目前,美国各地财产税实际上已经变成对房地产征收的不动产价值税。

在19世纪末之前的很长时间内,不动产市场化程度不高,各地财产价值尤其是不动产的单位价值差别不大,需要地方政府提供的公共服务的要求也相对简单,政府基本上执行的是守夜人职能。但是,二战以后房地产市场本身的市场化程度提高,税收宏观调控职能增强,房地产财产税对于房地产价格的影响也日益增强。

市场化程度增强所带来的另一个后果是,美国各地不动产价格差距逐步增大,因而税基差异较大,公共服务的非均衡化增强。房产税税基、公共服务能力之间呈现良性互动机制:即房地产价格上升,税基增高,公共服务竞争力增强;竞争力越强,通过税基资本化将价值内化,房地产价格升高。

对单个行政区来说的这种良性互动作用,对于行政区之间却是呈现非均衡的效果。导致的直接后果就是一些发达地区不动产价值高,只需要很低的税率就能课征到可观的收入,而不发达地区房地产价值低,需要较高的税率才能满足公共服务的支出需求,这就形成了贫困的恶性循环。

由于我国经济发展的城乡之间、地区之间,甚至统一城市的不同区域之间不平衡性更为严重,现实房地产市场价格差异巨大,未来实行房产税后的税收收入必然产生不均衡问题。

## 二、房产税改革中，税收主导及"以支定收"和"以收定支"的平衡

近年来，我国政府收入模式中，作为规范收入的措施，一直将"费改税"作为改革方向。但是，这种考虑是基于税收要比行政性收费的管理更加规范的角度，但并未从政府收入稳定性，降低政府管理风险角度进行考量。一旦随着行政性收费管理规范程度的提高，这种观点赖以存在的基础将不复存在。实际上，行政性收费、债券、经营性收入与税收的本质差异是市场化程度，而非所谓的管理规范程度。而市场化程度越高，收入所面临的风险越大。

"以收定支"和"以支定收"的两种政府收支关系体制，是不同消费传统在政府公共服务消费领域中的表现。1998 年以来，伴随着公共财政改革进程，关于这两种财政体制的优劣的争论一直在进行。主流的理论将"以收定支"定位于传统的财政观念，"以支定收"是所谓的公共财政观念。但是，都没有从财政风险的角度，对两者在理财谨慎性角度进行考量。相对而言，"以收定支"反映的是一种谨慎的理财观和消费文化，"以支定收"反映的是一种较大风险的理财观和消费文化。与当年亚洲金融危机中，人们对于亚洲"裙带观念"的反思一样，此次"次贷危机"同样反映了金融体系中西方文化某些脆弱性。

## 三、引进新公共管理改革理念的风险

20 世纪 80 年代以来，新公共管理运动在世界范围内对各国的公共管理实践构成了巨大影响。近年来，新公共管理运动也开始影响了我国各级政府公共服务供给过程。各国对新公共管理的批评声音也较多，但大多没有形成较为系统的理论，也没有对新公共管理理论进行根本性的颠覆。因为在泛市场化的环境下，市场化的改革方向总是被看做一种进步的力量，而反对市场化的声音总被看做是对进步的反动。在"次贷危机"引发的金融危机和全球实体经济危机的情景下，我们除了注重这种思潮对公平、正义、道德等公共管理基本价值的影响外，应当更多地从新公共管理运动对政府公共管理风险角度去分析这些问题。

### 四、注重公共治理中引发重大危机的细节

复杂动力系统的"蝴蝶效应",将导致一些管理上细微的脆弱性被无限放大,带来整个系统的危机。这是几乎所有的自然、经济和社会危机中反复出现的现象。政府管理中之所以会出现危机状态,也是因为政府日常管理中细微之处的一系列脆弱性的积累。因此,需要从细节上防止出现脆弱性,而导致危机状态的出现。

同时,从美国地方政府管理过程中,脆弱性容易导致危机出现的另一个原因在于政府管理的日益市场化,但却政府日常管理依旧僵硬、缺乏弹性的现状。政府与市场的联系程度越来越密切,导致市场波动很快影响到政府管理过程。政府管理过程中僵硬而缺乏弹性的实际情况,使得政府管理体系的运动很难通过主动调整,去适应变化,导致脆弱性的产生。这种脆弱性通过市场机制的作用被充分传导、放大,并构成一系列危机与突发事件来源。

### 五、危机后要及时推进制度变迁

危机在政府管理过程中的不断地出现,正是一个通过危机发现脆弱性的过程。因为制度本身的功能就是人类社会通过相对确定的体系,将日常行为模式化、固定化,以对抗现实生活中的不确定性。在简单的线性系统中,这种制度的确定化功能并不为人们所重视。但随着人们从混沌理论角度,对于复杂动力系统认识的加深,通过危机过后脆弱性的认识,主动通过制度创新推进制度变迁的意识增强。

## 第三节　我国地方政府改革的若干政策建议

在近期内,应当主动通过系统化的政策措施,推动房产税制度的完善,促进地方税体系的建立,完善地方财政收入结构,促进地方政府管理进步,减少因地方政府管理中的问题而带来经济和社会风险的可能性。

### 一、认真把握地方治理制度变迁的时机

目前地方治理制度变革的主要有三个内容:房产税改革、地方收入体系变迁、地方管理方式改革。其中房产税改革具有核心意义。

（1）房产税改革。如果从最初的物业税提法算起，推进房产税改革已经有 7 年的时间，部分城市的试点工作也有 3 年的时间。在此次全球金融危机中，房地产市场尚未完全挤干泡沫，部分城市房价便开始重新反弹，一边是大量空置房，一边是表面上的住房需求强劲依旧，人们寄希望开征房产税来遏制可能出现的新一轮房价上扬。2009 年 5 月 19 日，国务院批转了国家发展改革委《关于2009 年深化经济体制改革工作的意见》，提出了"深化房地产税制改革，研究开征房产税"的意见。2011 年新年伊始，重庆、上海等地开始房产税改革 。我认为，目前情况下基本上具备了进一步深化改革，逐步进入全面实转的基本条件。

（2）地方政府收入体制调整。1994 年财税体制改革以来，除了2002 所得税收入分享、2004 年农村税费改革之外，没有进行较大规模的体制调整。其中，本世纪初进行的农村税费改革与地方政府收入体制较为密切。通过农村税费改革，取消了农业税和"三提五统"，地方政府减收部分通过转移支付予以解决，但是基层政府自有收入却大幅度减少。通过房产税改革，建立基层政府主体税种的同时，应当对收入体制进行进一步的调整。

（3）地方政府公共管理改革。与美国地方政府管理体制中存在的风险不同的是，我国地方政府政策虽然可以在很大程度上排除来自于社会上各种利益集团的干扰，但是由于最终决策的集中性，在最终决策人变动比较频繁的情况下，容易带来政策的非持续性。尤其在很多地方政府以土地出让收益为主要收入来源的情况下，这种弊端更为突出。1978 以来，先后进行了六次机构改革，但基本上属于自上而下的改革。目前进行的"大部制"改革主要集中在省级，地方机构改革主要是复制上级体制。所以，应当在推进房产税改革、调整地方财政收入体制的同时，改革地方政府的公共管理，使之减少这种政策短视带来的弊端。

## 二、完善地方财政汲取能力改革中的管理技术

地方治理改革中，比较核心的房产税改革与其他任何一项税制改革不同。它对地方治理模式的影响是深远的，它同时是地方政府汲取能力的核心。但恰恰值得注意的是，除原来在农村地区课征农业税和"三提五统外"，我国政府并无从公众手中直接课征的经验（所

得税往往借助于源泉课征）。因此，应重视以下环节：

1. 准确确定税收归宿，核定税收减免

税收减免是除税基评估之外，确定应缴税款确立政府、公众间征纳关系的关键。（1）减免的必要性。房产税税基、税源是分离的，对从一个地区的总体情况看，税基价值、税源总量波动非同步的；具体到纳税人个体，房屋价值随着市场波动，个人收入却随着个体的不同情况发生变动，尤其是在我国目前个人收入差距加大，不稳定性增强的情况下更是如此。完善的减免制度设计不仅是处于税收公平的需要，也是税制能够为公众认可，顺利贯彻实施的需求。

（2）减免对象。应主要限于缺乏收入来源的贫困阶层。至于依靠财政收入的机构，可以将应纳税额列入税式支付，纳入统一的财政预算考虑。不应当直接单独使用税收减免形式，而做预算时又不再考虑这一因素。

（3）减免幅度。在严格控制减免范围的同时，不使用部分减免的方式，对纳税人或者实行全部减免，或者不纳入减免范围，这样便于操作。

（4）减免权限。财产税减免涉及地方预算平衡问题，同时需要结合地方税权改革，配置减免权，适宜由地方政府确定。

2. 税基评估价值的限制

任何一种体制下，都难以避免因市场性因素带来的，房产税税基价值超常增长，这种超常增长从理论上作为税收的"自动稳定器"的功能，对于熨平宏观经济波动，减少市场风险是有益的。但是，严格的税基限制将使得税制僵化，而难以适应房地产价格的剧烈波动，对房地产价值增长进行一定的限制还是必要的。这种限制主要是对于税基增长幅度限制，但是这种限制应当局限在某个评估周期内，而非无期限的限制。

3. 房产税税基评估管理

税基评估管理是世界各国房产税收征管中最易受到争议，同时也是税制风险与危机产生的触发点之一。因为税率是固定的，税额多少取决于税基，而税基是人为主观说评定的，存在巨大的寻租空间。因此，税基评估管理是风险防范的关键点，主要需注意的有以下环节：（1）税基评估权。应由各省级政府掌握，防止出现区域标准差异过大，进而影响房产税基的均衡。同时，也防止部分地区低估或高估税基,用来多征或隐匿房产税收入。

（2）税基评估实施。应参照大多数国家的做法,税基评估的实施一般由地方政府负责进行,其中主要评估人员由地方政府选择,甚至也可以考虑由当地居民负责选举产生。

（3）税基评估周期。为防止税基过于僵化而导致的税制名存实亡的问题,各国政府都规定了对不动产价值进行更新的周期,基本上以 4—5 年为主。我国未来房产税税基更新周期应为 5 年,这样与地方政府的任期基本一致。

### 三、进一步推进地方收入体系改革,防范风险与危机

未来房产税管理职责应在不同层级政府之间,进行合理配置。在此基础上,应改革相应的政府收入体制。

（1）在处理收支关系上,处理好公共服务支出需求与现实可获得财力之间的关系,坚持"以收定支"和"以支定收"两者的结合与均衡,防止任何将收支关系绝对化的倾向。

（2）即将开征的房产税收入要作为地方政府未来的主体税种,收入基本上归县级政府或城市政府所有。

（3）将土地出让收益逐步理入即将开征的房产税,进行年度征收,逐步降低经营性收入在政府收入中的比重,降低收入风险。

### 四、解决业已存在的地方公共服务非均衡性风险

从美国对房地产课征的财产税状况看,各地方政府间收入不均衡是形成财产税危机的一个重要风险因素。中国各地之间税基差异巨大,不均衡性问题更为突出。为解决不同区域的房地产价值不同,而导致的房产税税基的巨大差异,可能带来的未来政府公共服务区域均衡问题,应采取以下措施。

第一层次上,由市县政府,而非乡镇政府分配房产税收入,有利于房产税收初次分配上实现基层政府所提供公共服务的相对均衡。

第二层次上,还应在省级行政区域范围内建立房产税基金,按各地房产税税基比例汇缴,专项用于均衡各地方政府公共服务收入差异。

第三层次上,严格控制各地税收减免和掌握各地税源的基础上,由中央政府和省级政府负责建立进一步的均衡公共服务转移支付

制度。

## 五、减少风险要靠完善地方政府治理的细节

经历了 30 多年的政府管理体制改革,基本的制度体系已经健全,但是却缺乏细节的保障。混沌理论的"蝴蝶效应"表明,恰恰是这些细节往往构成风险与危机的来源。但是,传统的行政命令、监督机制等对完善细节管理是无效的,因为如果将这些机制深入到管理细节中去的话,将面临巨大的成本问题。细节管理水平的提高,只能依靠每个承担行政行为的公务员主观能动性提高。提高这种主观能动性的机制主要有:

1. 完善对政府公务员的职业危机激励机制

以往所谓的"高薪养廉"的激励之所以无效,是因为这种正向的激励措施,没有建立在负向激励措施之上,尤其是其中的职业危机激励。因此,除了正向激励机制之外,还需要加强对政府公务员的负向激励机制。即在适当顾及公务员队伍的稳定性同时,通过增强公务员职业危机感,将社会上普遍存在的职业危机的压力和竞争力,引入到公务员体系中。如定期考核、末位淘汰制、分类管理等等。

2. 加强公务员的职业精神培养

负向激励流于形式,或仅仅着眼于达到一定严重程度的负向激励。但正向激励中,同样存在欠缺;多以不具备可持续性的升迁、荣誉、表彰,缺乏持久作用于内心的职业道德,敬业精神激励。目前,我们并未建立起一套完善的公务员职业管理的规范和要求,所谓的公务员管理的法律法规也重点从增减监督、约束的角度进行的规定,而缺乏如何从加强职业精神的培养进行。应采取的主要措施包括:一是实行职务、职级分类制。制定不同职别的考核标准和职业设计目标,增强职业的荣誉感和责任感,增强公务员的职业认同感。二是实行功绩制。设立阶段性考核方案,制定有期限、可实现的目标,并与职级、薪资联系起来,提高公务员的敬业精神。三是改变单一级别考核评价体系,建立在这一制度体系基础上的"官本位"观念,是制约公共精神养成的主要障碍,它使得官员体系之外的工作变得无足轻重,行政级别之外的评价合理性缺乏。解决这一问题的路径之一就是要实行多元化的行政评价体系。

### 3. 建立和完善公务员职业道德体系

大部分国家都建立有公务员的职业道德体系，通过这些非规范性职业道德力量，规范政府公务员的行为。为此，一是要建立和完善我国的政府公务员道德规范体系，并具有可操作性。二是增强这些规范的可实施性。可以在增强内外的监督力量，减少内部的考核、民意测验方式，更多地引进外部的、社会化的考核、民意测验方式，并与机构负责人、工作人员的升迁联系起来。三是加强职业道德教育方面的培训，完善相关的监控制度体系。

### 4. 增强职责的可操作性及可问责性

政府各项措施是否落实，关键在于这些措施是否经过分解落实到单位或者个人。近年来，我国我国政策的可操作性、可问责性有了很大的进步。比如，国务院批转国家发改委的《关于 2009 年深化经济体制改革的意见》中，就将主要的工作进行了部门分解，使得各项措施更具有可操作性，对个人的问责也就有了基本的依据。

## 六、积极推进风险、危机和突发事件后的共识达成与制度建设

危机过程中及危机后的评估，属于危机管理的一个重要制度，通过这种机制可以获得制度改进的机会。但是，我们的所谓评估主要还是就事论事的定性化、总括性评估，而没有着重于从中总结出来一般化的制度性改进的内容。

### 1. 风险和危机评估的法定化

在《突发事件应对法》等相关的法律制度中，进一步细化有关评估内容。一是纳入法定的制度体系，这类评估作为危机管理的必经程序。二是在评估内容上，要扩大到制度化建设内容，而不仅仅停留于灾害损失的评估。三是在评估方式上，改变以往的经济评估为主的做法，将定性评估和制度化建设建议作为一项重要内容。

### 2. 促进这种风险与危机评估的公众参与

公共风险从某种意义上看源于公众对未来预期的缺乏。这种缺乏往往来源于公众与政府间的信息不对称。开放政府管理数据源，使得风险治理的公众参与成为可能。《信息公开条例》中，将"突发公共事件的应急预案、预警信息及应对情况"列入公开的范围，但应在其配套文件和有关突发事件应急管理文件中增加风险与危机治理信息公开的有关内容，并将这些内容进一步细化。二是建立听取、吸收

公众意见和建议的顺畅渠道。包括与政府的危机管理听证制度、新闻发布制度、双向交流制度的完善。因为从制度层面上看,这些制度的建立已有时日,但多处于不规范状态,且缺乏操作性。

3. 在立法机构内部建立风险与应急委员会

建立各级人大风险与应急委员会的目的,就是要形成组织化、制度化改进政府管理的体系,将危机过后的制度改进,通过立法的形式固定下来。委员会的组成由人大代表以及风险危机管理有关方面的专家、学者组成,主要职责与行政机构的应急管理委员会区分开来,不是进行突发事件具体事务管理,而是促进危机过后制度的形成与完善。

# 参 考 文 献

[1] Agarwal, V. B. and Phillips, R. A. , "Mortgage Rate Buy-Downs Implications for Housing Price Indexes", *Social Science Quarterly*, 65, 1984, pp. 868—875.

[2] Albert Hirshman, *Exit, Voice, and Loyalty: Response to Firms, Organizations, and States*, Harvard University Press, 1970.

[3] Berglas. E. , "On the Theory of Clubs", *The American Economic Review*, Vol. 66, No. 2(1976), pp. 116—121.

[4] Besley, T. and Coate. S. , "Centralized vs. Decentralized Provision of Local Public Goods: A Political Economy Analysis", *NBER Working Paper*, 1999.

[5] Besly, Timothy, and Anne Case, "Incumbent Behavior: Vote-Seeking, Tax-Setting, and Yardstick Competition", *American Economic Review* 85 No. 1 (March, 1995): 25—45.

[6] Bewley, A Critique of Tiebout's Theory of Local Public Expenditures, *Econometrica*, 49 (1981), pp. 713—740.

[7] Buchanan, "An Economic Theory of Clubs", *Economics*, Frb. 1965.

[8] Buchanan, "Efficiency Limits of Fiscal Mobility: An Assessment of the Tiebout Model", *Journal of Public Economics*, Apr, 1972.

[9] Byron F. Lutz, *The Connection Between House Price Appreciation and Property Tax Revenues*, Working Paper of Federal Reserve Board, Washington, D. C. 2008—48.

[10] C. Kurt Zorn, Jean Tesche and Gary Cornia, "Diversifying Local Government Revenue in Bosnia-Herzegovina through an Area-Based Property Tax", *Public Budgeting & Finance*, Winter 2000.

[11] Carmen M. Reinhart and Kenneth S. Rogof, *Is the 2007 U. S. Sub-Prime Financial Crisis So Different? An International Historical Comparison*, NBER Working Paper, 13761, 2008.

[12] Daniel R. Blake, "Property Tax Incidence: Reply", *Land Economics*, Vol. 57, No. 3. (Aug. , 1981), pp. 473—475.

[13] Edel, M. and Sclar, E. , "Taxes, Spending, and Property Value: Supply Adjustment in A Tiebout-Oates Model", *Journal of Political Economy*, Vol. 82, pp. 941—54.

[14] Fischel, William A. , *Municipal Corporations, Homeowners and the Benefit View of the Property Tax, In Property Taxation and Local Govern-*

*ment Finance*, edited by Wallace E. Oates, 1781—1803, Cambridge: Lincoln Institute of Land Policy, forth coming. Appeared in State Tax Notes 18 No. 18. 22 (May 22, 2000): 1781—1803.

[15] Fischel, William A., *The Home Voter Hypothesis: How Home Values Influence Local Government Taxation*, *School Finance*, *and Land-use Policies*. Cambridge, M. A.: Harvard University Press.

[16] Fisher, Glenn W., *The Worst Tax? A History of the Property Tax in America*, Lawrence: University Press of Kansas, 1996.

[17] Fisher, Glenn, *History of Property Taxes in the United States"*, EH. Net Encyclopedia, edited by Robert Whaples, September 30, 2002, http://eh. net/encyclopedia/article/ fisher. property. tax. history. us.

[18] Goodman, J. L., *Interest Rates and Housing Demand 1993—1995*, Common Sense versus Econometrics Paper presented at the Mid-year AREUEA Meeting of 1995.

[19] Hamilton, "Zoning and Property Taxation in a System of Local Governments", *Urban Studies*, Volume 12, Number 2, June 1975.

[20] Hamilton, "Capitalization of Inter-jurisdictional Differences in Local Tax Prices", *The American Economic Review*, December, 1976.

[21] Harberger, Arnold C., "The Incidence of the Corporation Income Tax", *Journal of Political Economy*, Vol. 70, No. 3. (Jun., 1962).

[22] Jack C. Harris, "The Effect of Real Rates of Interest on Housing Prices", *Journal of Real Estate Finance and Economics*, 1989,2, (1) 47—60.

[23] James M. Poterba, David N., Weil, Robert Shiller, *House Price Dynamics: The Role of Tax Policy and Demography*, Brookings Papers on Economic Activity, 1991, 1991, 1991 (2) 143—203.

[24] James R. Prescott, Gene Gruver, "Veterans Property Tax Exemption: Incidence and Policy Alternatives", *Land Economics*, Vol. 47, No. 4. (Nov., 1971), pp. 410—413.

[25] Jan K. Brueckner, Luz A. Saavedra, "Do Local Governments Engage in Strategic Property-tax Competition?" *National Tax Journal*, Jun 2001; 54,2.

[26] Jerry McCaffery, John H. Bowman, "Participatory Democracy and Budgeting: The Effects of Proposition 13", *Public Administration Review*, Vol. 38, No. 6. (Nov. -Dec., 1978).

[27] Jonathan Morduch, "Poverty and Vulnerability", *The American Economic Review*, Vol. 84, No. 2.

[28] Joseph E. Stiglitz, *The Theory of Local Public Goods Twenty-five Years after Tiebout: A Perspective*, Working Paper, NBER, 1983.

[29] Joyce Y. Man, "The Incidence of Differential Commercial Property Taxes: Empirical Evidence, *National Tax Journal*, Washington: Dec 1995. Vol. 48, Iss. 4.

[30] Juan Ayuso, Roberto Blanco and Fernando Restoy, *House prices and Real Interest Rates in Spain*, Prepared for the BIS Annual Autumn Central

Bank Economist's Meeting held in Basel on 30—31 October 2006.

[31] Kau, James B. and Keenan, Donald C. ,"The Theory of Housing and Interest Rates", *Journal of Financial and Quantitative Analysis*, 1980 (4), pp. 833—847.

[32] Kenny, G. ,"Modeling the Demand and Supply Sides of the Housing Market Evidence from Ireland", *Economic Modeling*, 1999, 16, pp. 389—409.

[33] L. Douglas Kiel, *Managing Chaos and Complexity in Government*, San Francisco: Jesse Bass Publisher, 1994.

[34] Leroy J. Hushak, "Property Tax Incidence: Comment", *Land Economics*, Vol. 57, No. 3 (Aug. , 1981).

[35] Levin_&_Pryce, *The Real Interest Rate Effect on the Price*, Real & PES Working Paper, 28, feb, 2007.

[36] Nancy C. Tomberlin, Sheldon Bluestein, Pamela M. Dubov, James L. Pence, et al. ,"Standard on Mass Appraisal of Real Estate", *Assessment Journal*, Jan/Feb 2002.

[37] Netzer, Dick, *Economics of the Property Tax*, Washington, D. C. : Brooking Institution, 1966.

[38] O'Connor, James, *The Fiscal Crisis of the State*, St. Martin's Press, New Yorks, 1973.

[49] Overman, E. S. ,"The New Sciences of Administration Chaos and Quantum Theory", *Public Administration Review*, 1996, 56 (5) .

[40] Paul A. Samuelson,"The Pure Theory of Public Expenditures", *Review of Economics and Statistics*, Vol. 36, No. 4. (Nov. , 1954).

[41] Paul Pierson,"Increasing Return, Path Dependence, and the Study of Politics", *American Political Science Review*, Vol. 94, No. 2, June 2000.

[42] Peter M. Mieszkowski, "The Property Tax: An Excise Tax or a Profits Tax?", *Journal of Public Economics*, 1972,1(1).

[43] Pierre Garrouste and Stavros Ioannides, *Evolution and Path Dependence in Economic Ideas: Past and Present.* Cheltenham, England, 2000.

[44] R. A. Musgrave,"Schumpeter's crisis of the tax state: an essay in fiscal sociology", *Journal of Evolutionary Economics*, (1992) 2: pp. 89—113.

[45] Robert C. Bishop, What Could Be Worse than the Butterfly Effect? Volume 38, *Canadian Journal of Philosophy*, Number 4, December 2008, pp. 519—548.

[46] Schumpeter, Joseph,"The Crisis of the Tax State", in Joseph Schumpeter, *The Economics and Sociology of Capitalism*, edited by Richard Swedberg. Princeton: Princeton University Press,1991.

[47] Seligman, E. R. A. , *Essays in Taxation*, New York: Macmillan Company, 1905, originally published in 1895.

[48] Simon, Herert A. , "The Incidence of a Tax on Urban Real Property", *Quarterly Journal of Economic*, 59 No. 3 (May, 1943).

[49] Stilwell, J. ,"Managing Chaos", *Public Management*, 1996, 78 (9) .

[50] Tiebout, A Pure Theory of Local Expenditures, *Journal of Political E-*

conomy，Oct. ，1956.

[51] Wallace. E. Oates，*Fiscal Federalism*，Harcourt Brace，New York，1972.

[52] Wallace. E. Oates，"On Local Finance and the Tiebout Model"，in *The A-merican Economic Review*，Nashville：May 1981. Vol. 71，Iss. 2.

[53] Wallace，E. Oates，"The Effects of Property Taxes and Local Public Spend-ing on Property Values：An Empirical Study of Tax Capitalization and the Tiebout Hypothesis"，*The Journal of Political Economy*，Vol. 77，No. 6. (Nov. -Dec. ，1969).

[54] White，Michelle J. ，"Firm Location in a Zoned Metropolitan Area"，in *Fis-cal Zoning and Land Use Controls*，edited by Edwin S. Mills and Wallace E. Oates，175—202. Lexington，MA：Lexington Books，1975.

[55] William J. McCluskey，A. Adair，"Computer Assisted Mass Appraisal：An International Review"，*Ashgate*，15 July，1997.

[56] Wu Jinguang，Ma Li，"A Study on Transmission Mechanism of Financial-Supervision with Chaos Theory"，*Canadian Social Science*，Vol. 4 No. 2 April 2008.

[57] Yinger，John，Howard S. Bloom，Axel Boersch-Supan，and Helen F. Ladd，*Property Taxes and House Values：The Theory and Estimation of Intrajurisdictional Property Tax Capitalization*，San Diego，CA：Aca-demic Press，1988.

[58] Zodorow，George R，and Peter Mieszkowski，"The Incidence of the Proper-ty Tax In Benefit View vs. the New View"，in *Local Provision of Public Services：The Tiebout Model after Twenty-five Years*，edited by George R. Zodorow，109—29. New York：Academic Press，1983.

[59] Zodorow，George R. ，"Reflections on the New View and Benefit View of The Property Tax"，in *Property Taxation and Local Government Fi-nance*，edited by Wallace E. Oates. Cambridge：Lincoln Institute of Land Policy，Forthcoming. Appeared in State Tax Note 18 No. 22（May 22，2000）：1805—21.

[60] 北京大学中国经济研究中心宏观组：《中国物业税研究：理论、政策与可行性》，北京大学出版社 2007 年版。

[61] 曹荣湘、吴欣望：《蒂布特模型》，北京：社会科学文献出版社 2004 年版。

[62] 陈志勇、李波、毛晖：《财产税理论创新与制度构建：财产税理论与制度国际研讨会观点综述》，载《中南财经政法大学学报》2006 年第 6 期。

[63] 曹远征：《美国住房抵押贷款次级债风波的分析与启示》，载《国际金融研究》2007 年第 10 期。

[64] 谷成：《财产课税与地方财政：一个以税收归宿为视角的解释》，载《经济和社会体制比较》2005 年第 5 期。

[65] 郝联峰：《西方税收归宿理论：趋势与述评》，载《涉外税务》2000 年第 5 期

[66] 何孝星、赵华：《关于混沌理论在金融经济学与宏观经济中的应用研究述评》，载《金融研究》2006 年第 7 期。

[67] 胡芳：《美国靠联邦基金利率调控房价》，载《中国地产市场》2005 年第 6 期。

[68] 胡洪曙：《财产税、地方公共支出与房产价值关联分析》，载《当代财经》2007

年第 6 期。

[69] 黄书雷、张洪:《房价房租利率相互关系实证研究》,载《云南财经大学学报》2008 年第 5 期

[70] 黄金老:《论金融脆弱性》,载《金融研究》2001 年第 3 期。

[71] J. 布卢姆等:《美国的历程》,北京:商务印书馆 1995 年版。

[72] 纪益成、王诚军、傅传锐:《国外 AVM 技术在批量评估中的应用》,载《中国资产评估》2006 年第 3 期。

[73] 姜艾国:《为何经济学家遭质疑》,载《瞭望新闻周刊》2009 年第 11 期。

[74] 荆知仁:《美国宪法与宪政》,台北:三民书局 1984 年版。

[75] 金朝武:《次贷危机敲警钟:学者建言我国应缓征或不征房产税》,载《法制日报》2008 年 11 月 8 日。

[76] C. A. 库普乾:《美国时代的终结:美国外交政策和 21 世纪的地缘政治》(潘忠岐译),上海人民出版社 2004 年版。

[77] 蓝志勇:《公共政策的缺失与当前世界性经济危机》,载《公共管理学报》2009 年第 1 期。

[78] 李明、练奇峰:《试析房地产评估技术标准》,载《中国房地产》2006 年第 5 期。

[79] 李明:《不进行纳税申报的税款追征期问题》,载《税务研究》2006 年第 8 期。

[80] 李明:《第二部分:房地产相关税收制度》,载杨遂周:《房地产税收管理一体化手册》,杭州:浙江人民出版社 2006 年版。

[81] 李明:《境外房地产保有课税的税基评估比较》,载《涉外税务》2008 年第 1 期。

[82] 李明:《重构不动产税体系,完善县乡税制》,中国社科院研究生院学位论文,2003 年 5 月。

[83] 李洺、孟春:《物业税改革:税制设计之外的政策研究》,载中国社科院经济学部、中国博士后基金会:《全球化下的中国经济学》2007 年。

[84] 李石凯:《低储蓄率是美国次贷危机的根源》,载《中国金融》2007 年第 21 期。

[85] 李旭红、孙力强:《物业税税基评估方法及其相关问题的解决》,载《涉外税务》2008 年第 1 期。

[86] 李壮松:《美国城市经理制:历史到现实的综合考察》,厦门大学博士学位论文,2002 年 6 月。

[87] 梁启超:《附录一:改革起源》,载《戊戌政变记》,北京:中华书局 1954 年版。

[88] 刘汉民:《路径依赖理论研究综述》,载《经济学动态》2003 年第 6 期。

[89] 刘绍贤:《欧美政治思想史》,杭州:浙江人民出版社 1987 年版。

[90] 刘涛雄、彭宗超:《大流感爆发对中国经济的影响预测》,载《清华大学学报(哲学社会科学版)》2007 年第 4 期。

[91] 刘学梅:《我国房地产价格走势与理论、汇率机制改革》,载《经济问题探索》2005 年第 5 期。

[92] 柳云飞、周晓丽:《传统公共行政、新公共管理和新公共服务理论之比较研究》,载《前沿》2006 年第 6 期。

[93] 罗伯特·登哈特、珍妮特·登哈特:《新公共服务:服务而不是掌舵》,北京:中国人民大学出版社 2004 年版。

[94] 罗伯特·希斯：《危机管理》，北京：中信出版社 2004 版。

[95] 孟春、李明：《房地产税制改革的有关问题》，载《国务院发展研究中心研究报告》，2000 年第 118 期。

[96] 孟春、李明：《房地产税制改革需要考虑的几个问题》，载《财政研究》2006 年第 1 期。

[97] 孟春、李明：《推出物业税的若干相关政策建议》，载李剑阁：《中国房改现状与前景》，北京：中国发展出版社 2007 年版。

[98] 彭宗超、钟开斌：《非典危机中的民众脆弱性分析》，载《清华大学学报（哲学社会科学版）》2003 年第 4 期。

[99] 乔海曙、张贞乐：《银行危机的蝴蝶效应、负外部性及其防治》，载《金融论坛》2006 年第 11 期。

[100] 秦月星、熊平安：《从美国次贷危机探视"流动性之谜"》，载《财政研究》2007 年第 11 期。

[101] 盛洪：《美国金融危机的制度原因》，载中国经济学教育科研网—名家讲座—讲座实录—经济学讲座，http://www.cenet.org.cn/article.asp? articleid=45016。

[102] 宋勃、高波：《利率冲击与房地产价格波动的理论与实证分析 1998—2006》，载《经济评论》2007 年第 4 期。

[103] 宋玉华、高莉：《美国房地产业的繁荣、风险及其对美国经济的影响》，载《美国研究》2006 年第 3 期。

[104] 孙立坚、周赟、彭述涛：《"次级债风波"对金融风险管理的警示》，载《世界经济》2007 年第 12 期。

[105] 汤因比：《历史研究》，上海人民出版社 1986 年版。

[106] 田彦：《美国利率体系及其定价基准》，载《银行家》2005 年第 12 期。

[107] 汪丁丁：《制度创新的一般理论》，载《经济研究》1992 年第 5 期。

[108] 王东：《美国次贷危机的深层次原因与影响》，载《当代经济》2008 年第 9 期。

[109] 文森特·奥斯特罗姆、罗伯特·L. 比什等：《美国地方政府》，北京大学出版社 2005 年版。

[110] 吴寄南：《日本的行政改革》，北京：时事出版社 2003 年版。

[111] 夏明方：《自然灾害、环境危机与中国现代化研究的新视野》，载《历史理论研究》2003 年第 4 期。

[112] 项怀诚、刘长琨：《美国财政制度》，北京，中国财政经济出版社 2000 年版。

[113] 谢伏瞻：《中国不动产税收政策研究》，北京：大地出版社 2005 年版。

[114] 谢伏瞻：《中国不动产税制设计》，北京：中国发展出版社 2006 年版。

[115] 薛澜：《美国危机管理体系的结构分析》，载《学习时报》2002 年 7 月 22 日。

[116] 薛澜：《美国公共政策制定过程中的思想库》，载《国际经济评论》1996 年第 Z6 期。

[117] 薛澜：《危机管理：转型期中国面临的挑战》，北京：清华大学出版社 2003 年版。

[118] 薛澜、朱琴：《危机管理的国际借鉴：以美国突发公共卫生事件应对体系为例》，载《中国行政管理》2003 年第 8 期。

[119] 杨斌：《新自由主义是美国金融危机的根源》，载《光明日报》2009 年 1 月

21 日。

[120] 姚枝仲:《美国金融危机:性质、救助与未来》,载《世界经济与政治》2008 年第 12 期。

[121] 叶娟丽、马骏:《公共行政学的新范式——混沌理论:兼评基尔的"政府管理中的无序和复杂性"》,载《武汉大学学报(人文社会科学版)》2000 年第 5 期。

[122] 于安:《政府活动的合同革命:读卡罗尔·哈洛和理查德·罗林斯的〈法与行政〉一书"酝酿中的革命"部分》,载《比较法研究》2003 年第 1 期。

[123] 于安:《制定突发事件应对法的理论框架》,载《法学杂志》2006 年第 4 期。

[124] 于晓娜:《次按危机对中国经济影响不大》,《21 世纪经济报道》2007 年 8 月 22 日。

[125] 约翰·W.金登:《议程、备选方案与公共政策》,北京:中国人民大学出版社 2004 年版。

[126] 约翰·希克斯:《经济史理论》,北京:商务印书馆 1987 版。

[127] 张明:《美国次贷危机的根源、演进及前景》,载《世界经济与政治》2008 年第 12 期。

[128] 张晓晶:《次贷危机的警示:经济学家还无法把握这个不确定性的世界》,载《经济学家茶座》2008 年第 35 期。

[129] 张宇燕、何帆:《由财政压力引起的制度变迁》,载盛洪、张宇燕:《市场逻辑与制度变迁》,北京:中国财政经济出版社 1998 年版。

[130] 赵磊:《对美国次贷危机根源的反思》,载《经济学动态》2008 年第 11 期。

[131] 周邦珞:《展现新科学的混沌现象》,载《中国人民大学学报》1995 年第 6 期。

[132] 周国红:《金融系统风险研究与控制的混沌理论探索》,载《浙江大学学报》2001 年第 6 期。

[133] 周业安、冯兴元、赵坚毅:《地方政府竞争与市场秩序的重构》,载《中国社会科学》2004 年第 1 期。

[134] 周业安:《政治过程中的路径依赖》,载《学术月刊》2007 年第 8 期。

[135] 朱春奎:《"新科学"与公共行政学研究——混沌理论》,载《公共行政评论》2008 年第 6 期。

[136] 踪家峰、李蕾:《Tiebout 模型的研究:50 年来的进展》,载《税务研究》2007 年第 3 期。

[137] 左林江:《公共行政中的混沌与复杂性理论》,载《西南科技大学学报(哲学社会科学版)》2006 年第 12 期。